CHARLOTTE LINK

Sechs Jahre

Der Abschied von meiner Schwester

Außerdem von Charlotte Link bei Blanvalet lieferbar:

Die Sünde der Engel (37291)
Die Täuschung (37299)
Sturmzeit (37416)
Wilde Lupinen (37417)
Die Stunde der Erben (37418)
Das Haus der Schwestern (37534)
Die Rosenzüchterin (37458)
Das andere Kind (37632)
Am Ende des Schweigens (37640)
Schattenspiel (37732)
Der Verehrer (37747)
Der Beobachter (36726)
Der fremde Gast (37927)
Im Tal des Fuchses (38259)
Das Echo der Schuld (38354)
Die letzte Spur (38371)
Die Betrogene (0085)

Charlotte Link

Sechs Jahre

Der Abschied von meiner Schwester

blanvalet

Der Verlag weist ausdrücklich darauf hin, dass im Text enthaltene externe Links vom Verlag nur bis zum Zeitpunkt der Buchveröffentlichung eingesehen werden konnten. Auf spätere Veränderungen hat der Verlag keinerlei Einfluss. Eine Haftung des Verlags ist daher ausgeschlossen.

FSC
www.fsc.org
MIX
Papier aus verantwortungsvollen Quellen
FSC® C014496

Verlagsgruppe Random House FSC® N001967

3. Auflage
Taschenbuchausgabe April 2016 bei Blanvalet,
einem Unternehmen der Verlagsgruppe Random House GmbH,
Neumarkter Str. 28, 81673 München

Umschlaggestaltung: www.buerosued.de
Umschlagmotiv: © privat
Lektorat: NB
Herstellung: sam
Satz: Uhl + Massopust, Aalen
Druck und Bindung: GGP Media GmbH, Pößneck
Printed in Germany
ISBN 978-3-7341-0255-4

www.blanvalet.de

Vorwort

Warum dieses Buch? Diese Frage habe ich mir gestellt, bevor ich begann, es zu schreiben, und auch während ich daran arbeitete, habe ich immer wieder versucht, sie zu beantworten. Schon deshalb, weil ich, bekannt als Autorin von Kriminalromanen, davon ausging, dass meine Leser vielleicht verwundert sein würden und eben genau dies von mir würden wissen wollen: Warum dieses Buch?

Meine Schwester Franziska starb im Alter von sechsundvierzig Jahren am 7. Februar 2012, nachdem sie sechs Jahre lang voller Entschlossenheit gegen den Krebs und vor allem gegen die dramatischen gesundheitlichen Folgen von Strahlen- und Chemotherapien gekämpft hatte. Unsere ganze Familie kämpfte an ihrer Seite. Wir erlebten Schreckliches in dieser Zeit, Tragisches, Verrücktes, Unglaubliches, manchmal sogar Komisches. Es gab immer wieder Momente, in denen Franziska zu mir sagte: »Wenn das alles hier hinter uns liegt, musst du darüber schreiben!«

Ich versprach ihr, dass ich das tun würde. Und dann wechselten wir rasch das Thema, weil wir nicht weiter vertiefen wollten, wie es aussehen würde, dieses *Wenn das alles hinter uns liegt.* Es ging um Leben oder Sterben. Diese Dimension sieht keine Zwischenlösungen vor.

Mit dem Tod meiner Schwester verlor ich den wichtigsten Menschen in meinem Leben. Ich durchlebte eine seelische Erschütterung, die mir vorkam wie ein schweres Erdbeben: Nichts war mehr wie zuvor, kein Stein lag mehr auf dem anderen, jedes Gefühl von Sicherheit und Vertrauen schien verloren zu sein.

»Das Leben geht weiter!« Es gibt wohl keinen Ausspruch, den ich in der Folgezeit so oft hörte wie diesen.

Ja, dachte ich dann immer, das tut es wohl. Bloß wie?

Ich wusste nicht mehr, wo mein Platz in meinem eigenen Leben war. Ich versuchte, diesem Schicksalsschlag mit Tapferkeit zu begegnen, weiterzumachen, nicht in Trauer zu versinken, den Kopf über Wasser zu halten. Manchmal gelang mir die Strategie des Vorwärtsgehens; meistens glückte sie aber auch gar nicht. Irgendwann begriff ich, dass ich der Verwüstung, die in meinem Inneren herrschte, nicht dadurch Herr werden konnte, dass ich sie immer wieder zu ignorieren versuchte. Ich musste sie ansehen, akzeptieren und dann mit den Aufräumarbeiten beginnen. Nur so würde ich möglicherweise irgendwann eine Ahnung davon haben, wie mein Leben von nun an tatsächlich weitergehen könnte.

So besehen, gehörte das Schreiben dieses Buches für mich zu den Aufräumarbeiten. Stellte ein Stück persönliche Bewältigungsstrategie dar. Vielleicht sogar den Versuch, das, was geschehen ist, irgendwann dadurch zu begreifen, dass ich es in Worte gefasst habe. Denn noch immer ist dies das vorherrschende Gefühl in mir: Ich begreife nicht, dass sie nicht mehr da ist.

Darüber hinaus denke ich, dass wir in den hier beschriebenen sechs Jahren manches erlebt haben, was anderen Menschen zugänglich gemacht werden sollte. Ich schildere in diesem Buch, mit welch erschreckend geringer Empathie schwer kranke Menschen in manchen – keineswegs in allen – Krankenhäusern behandelt werden. Wie alleine man sie und ihre Angehörigen mit hoffnungslosen Diagnosen lässt. Wie gnadenlos drastisch oft gerade tödliche Diagnosen ausgesprochen werden, ohne dass zuvor mit der gebotenen Gründlichkeit überprüft worden wäre, ob sie überhaupt stimmen.

Ich bin sicher nicht die Erste und nicht die Letzte, die ihren Finger auf solche Missstände legt. Ich bin aber der Überzeugung, dass man auf diese Probleme nicht oft genug hinweisen kann. Dass man als Betroffener sogar verpflichtet ist, immer wieder darauf hinzuweisen, so lange, bis sich etwas Entscheidendes ändert.

Dieses Buch möchte außerdem Mut machen, trotz seines tragischen Ausgangs. Franziska war eine Kämpfernatur, und sie hat scheinbare Aussichtslosigkeit nie einfach hingenommen. Wenn ihr fünf Ärzte gesagt hatten, dass es aus einer bestimmten Situation keinen Ausweg mehr gebe, dann hat sie den sechsten oder siebten Arzt gesucht, der vielleicht doch noch eine Möglichkeit sah. Wir, ihre Familie, haben mit gesucht, und wir konnten Erfolge verbuchen. In vermeintlich hoffnungslosen Situationen, über die man uns zuvor gesagt hatte, ein Erfolg sei vollkommen ausgeschlossen.

Ich habe dieses Buch aus meiner Sicht, also aus der Sicht eines medizinischen Laien geschrieben, und ich habe bewusst darauf verzichtet, es später von einem Arzt noch einmal gegenlesen zu lassen. Über medizinische Abläufe und Zusammenhänge berichte ich daher genau so, wie sie sich mir in jener Zeit darstellten und wie ich sie verstehen konnte. Ganz sicher würden Fachleute etliche Problembereiche als weitaus komplexer und vielschichtiger bezeichnen, als ich hier mit ihnen umgegangen bin.

Einem wissenschaftlich fundierten Anspruch in größerem Ausmaß gerecht werden zu wollen hätte jedoch bedeutet, die Absichten dieses Buches in einem wesentlichen Punkt zu unterlaufen: Wir waren eine Familie ohne besonderes medizinisches Wissen, und wir standen plötzlich inmitten der Konfrontation mit einer lebensbedrohlichen Krankheit. Gerade auch die Hilflosigkeit zum Ausdruck zu bringen, die sich aus Unkenntnis ergibt, war mir ein Anliegen.

Dass es richtig war, dieses Buch zu schreiben, bestätigt mir die Tatsache, dass ich noch während der Entstehungsphase bereits von zwei Kliniken angesprochen und um spätere Lesungen aus dem fertigen Buch gebeten wurde. Einmal zu der Thematik des ärztlichen Umgangs mit Schwerstkranken. Und dann zu dem Problem der Spätfolgen von Radiotherapien. Ich hielt unseren Fall natürlich nicht für den einzigen seiner Art, aber doch für ziemlich speziell. Was nicht stimmt, wie ich erfuhr.

»Das Problem der Spätfolgen von Krebstherapien betrifft immer mehr Patienten«, schrieb mir der Professor, der mich zu der Lesung einlud. Zunehmend beschäftigt sich die Wissenschaft nicht mehr nur mit der Bekämpfung der furchtbaren Krankheit Krebs, sondern mit den Krankheiten, die durch eben diese Bekämpfung überhaupt erst ausgelöst werden. Franziskas gesamter Leidensweg ist ein tragisches Beispiel für dieses Dilemma, in dem die moderne Medizin steckt – und wir alle mit ihr.

All dies sind sicher sinnvolle Gründe, die vorliegende Geschichte zu erzählen. Aber neben meinem Versuch der persönlichen Aufarbeitung und dem Bemühen, anderen Betroffenen mit unserer Geschichte zu helfen, geht es mir vor allem auch darum, einem sehr besonderen Menschen in der Beschreibung wenigstens ansatzweise gerecht zu werden: meiner Schwester Franziska.

Charlotte Link

Sonntag, 8. Januar 2012

Die Sonntage sind mein Part, so haben wir es abgesprochen. Vereinzelt auch Wochentage zwischendurch, aber die Sonntage stehen fest. Es fällt mir sonst schwer, von morgens bis abends nicht daheim zu sein, ich habe ein zehnjähriges Kind und drei Hunde. Aber sonntags ist mein Mann da, ich kann problemlos weg.

An den anderen Tagen sind meine Eltern im Krankenhaus. Wir wollen meine Schwester Franziska nicht mehr alleine lassen, oder zumindest so wenig wie möglich. Seit dem 29. Dezember 2011 liegt sie im Krankenhaus von Bad Homburg, einem Vorort von Frankfurt. Seit sechs Jahren kämpft sie, kämpfen wir alle um ihr Leben. In den vergangenen Wochen hat sich die Situation dramatisch verschärft. Im tiefsten Inneren wissen wir bereits, dass jetzt nur noch ein Wunder helfen kann, und sie weiß es auch. Sie ist 46 Jahre alt und wird Tag und Nacht von dem Gedanken an ihre Kinder gequält, die sie zurücklassen muss, einen zwanzigjährigen Sohn und eine achtjährige Tochter. Darüber hinaus hat sie einfach Todesangst. Die Angst wird schlimmer, wenn sie alleine ist, daher versuchen wir sie abzulenken, so gut wir können.

Ich gehe den Gang entlang. Krankenhausgeruch, leise quietschendes Linoleum unter meinen Füßen. Eine Schwester schiebt einen Wagen mit leeren Tassen und Tellern zur Küche zurück. Sie grüßt freundlich. Alle hier auf der Lungenstation sind sehr nett, sehr bemüht. Eine Wohltat nach manch anderem, was wir in den letzten Jahren erlebt haben.

An den Türen hängen noch die Weihnachtssterne aus rotem und goldfarbenem Stanniolpapier. Irgendwie wirken sie inzwischen etwas deplatziert. Mir begegnet der sehr sympathische Pfleger, der sich immer so um meine Schwester bemüht. Er gehört zu den Menschen, die unaufgefordert stets mehr tun, als sie tun müssten. Er scheint auch gerade über die Sterne nachzudenken, denn er sagt zu mir: »Die kommen morgen weg. Dann hängen wir Frühlingsblumen aus Papier an die Türen.«

»Ich freue mich darauf«, sage ich. Zwar scheint der Frühling in endlos weiter Ferne zu liegen, und draußen ist der Januar genauso kalt, grau und trostlos, wie es nach meinem Empfinden nur dieser Monat sein kann. Aber umso schöner, wenn man versucht, etwas Farbe in den Alltag zu bringen.

Ich betrete das Zimmer meiner Schwester. Die Tür ist nur angelehnt. Franziska, die genau wie ich immer eher der ausgesprochen individualistische Typ war – nie zu viel Gemeinschaft ertrug und stets eine gute Rückzugsmöglichkeit in Reichweite brauchte –, hält geschlossene Türen nicht mehr aus, zumindest nicht, wenn sie alleine ist. Man respektiert das auf dieser Station, indem ständig ein blaues Handtuch so von innerer zu äußerer Türklinke drapiert wird, dass die Tür nicht zugehen kann. Ich nehme das Handtuch jetzt weg. Ich bin da, wir können die Tür schließen.

Franziska schläft, sie bemerkt mein Kommen nicht. Ich stelle die große Tasche, in der ich frische Wäsche und Zeitschriften für sie habe, auf einen Stuhl. Ziehe meinen Mantel aus und husche so leise wie möglich zur Garderobe, um ihn aufzuhängen. Trotzdem hört sie mich jetzt. Sie schlägt die Augen auf, braucht eine Sekunde, um den Schlaf abzuschütteln. Dann erhellt ein warmes, freudiges Lächeln ihr Gesicht.

»Du bist da«, sagt sie. »Schon lange?«

»Eben gekommen.«

Mit ihrem Lächeln umarmt sie andere Menschen, es ist strahlend und echt. Immer noch, auch wenn sie sich sonst auf schreckliche Weise verändert hat. Bei einer Größe von 1,73 Meter ist sie auf 39 Kilo abgemagert, was ihren Kopf in eine Art lebenden Totenschädel verwandelt hat, an dem die langen, noch immer leuchtend blonden Haare fast irritieren. Von ihrem Körper ganz zu schweigen. Wenn ich ihr ein neues Nachthemd mitbringe und sie sich umzieht, muss ich mich wegdrehen, ich ertrage den Anblick nicht. Sie sieht aus wie die Frauen auf den Bildern, die nach der Befreiung von Auschwitz gemacht wurden.

In ihre Nase laufen zwei Schläuche, die sie mit dem Sauerstoffgerät verbinden. Ihre Luftnot ist in den letzten Jahren immer schlimmer geworden, aber zumindest konnte sie noch im vergangenen November mit dem Auto von München nach Wiesbaden zu mir kommen, um ihre Nachsorge in Mainz wahrzunehmen. Jetzt schafft sie es ohne Sauerstoffgerät nicht mehr vom Bett bis zum Bad.

Das ist es, was uns alle in diesem Winter verzweifeln lässt: Die Krankheit galoppiert plötzlich. Auf einmal überschlagen sich die Ereignisse. Wir verlieren die Kontrolle. Wir jagen hinterher, versuchen einen Dammbruch zu verhindern und haben doch das Gefühl, ständig zu spät zu sein. Sechs Jahre lang sind wir immer wieder aus jeder noch so aussichtslos erscheinenden Schlacht als – zumindest vorübergehende – Sieger hervorgegangen. Jetzt droht uns das Schicksal abzuhängen.

Trotz ihres Lächelns merke ich, dass dies kein guter Tag

werden wird. Letzten Sonntag, am Neujahrstag, war ich auch hier, und alles verlief ganz harmonisch – gemessen jedenfalls an den mehr als unschönen Umständen. Ich wusch ihr die Haare, und wir mussten beide über die Turnübungen lachen, die ich dabei veranstaltete: Das kleine Bad, darin Franziska, ein Stuhl, auf dem sie sitzen konnte, der Rollwagen, auf dem das Sauerstoffgerät stand. Für mich war eigentlich kein Platz mehr, und ich wusch ihre Haare in einer Körperhaltung, die mir zeigte, dass ich auch als Endvierzigerin noch ziemlich gelenkig bin und auf meine Bandscheiben stolz sein kann.

Heute wird es keine Situation geben, in der wir lachen. Franziska ist tief deprimiert. Der Luftmangel sei heute besonders schlimm, sagt sie mit leiser Stimme, und außerdem komme sie einfach nicht über das Ergebnis des gestrigen Wiegens hinweg: 38,5 Kilo.

»Es wird schlimmer«, sagt sie. »Es wird immer schlimmer.«

Meine Schwester hängt nicht nur an einem Sauerstoffgerät, sie wird über einen Port, der unter ihrem Schlüsselbein sitzt, zudem mit Hochkaloriennahrung versorgt. Rund um die Uhr, 24 Stunden am Tag, fließt eine weiße Pampe in ihren Körper, die jeden anderen Menschen ziemlich rasch in einen Fettkloß verwandeln würde. Sie bekommt die künstliche Ernährung seit Weihnachten, also seit zwei Wochen. Und nimmt weiterhin ab.

Im Prinzip habe ich natürlich auch keine Ahnung, aber ich erkläre ihr, dass ich mir das so wie bei einer Diät vorstelle, nur umgekehrt. Wir kennen das alle: Man will abnehmen und hungert und hungert, und zunächst passiert einfach nichts. Unter Umständen geht das Gewicht sogar nach oben. Erst nach einer ganzen Weile erntet man den Lohn für die Mühe. Vielleicht, so denke ich, ist das auch so, wenn man dringend zuzunehmen versucht. Es braucht seine Zeit, bis die Nahrung anschlägt.

»Du wirst sehen«, sage ich, »noch ein paar Wochen, und du passt in keine Jeans mehr.«

Sie lächelt müde. So wird es nicht sein, und das wissen wir beide.

Sie will an diesem Sonntag wieder, dass ich ihr die Haare wasche, aber sie hat eine Heidenangst vor der Prozedur. Da sie vor Schwäche kaum stehen kann, muss sie auf einem Hocker sitzen, der ganz dicht an die Dusche herangeschoben wird, und dann muss sie ihren Kopf nach vorn neigen, damit ich ihr die Haare waschen kann. Trotz Sauerstoffgerät bekommt sie in dieser Haltung so gut wie überhaupt keine Luft mehr. Da ihre Atemnot an diesem Tag ohnehin schlimmer als sonst ist, graut es ihr vor dem Moment, da wir anfangen.

»Lassen wir es doch«, sage ich. »Ich kann morgen oder übermorgen wiederkommen, dann machen wir es eben später.«

Aber sie ist wild entschlossen. Trotz oder vielleicht gerade wegen ihrer erbärmlichen Schwäche ist ihr an nichts so viel gelegen wie daran, sauber und gepflegt zu bleiben. Jeden Tag wäscht sie sich von Kopf bis Fuß, alleine, obwohl sie sich fast nicht auf den Beinen halten kann. Sie hat mich gebeten, ihr einen Conditioner für die Haare mitzubringen, weil diese so trocken geworden sind. Das erfüllt nun mich wiederum mit Nervosität: Mein Auftrag ist es, vor allem *rasend schnell* zu machen. Haare nass, Shampoo rein, Shampoo raus. Im Eiltempo, damit sie sich wieder aufrichten und atmen kann. Der Conditioner wird den Ablauf verzögern.

Letztlich werden wir ihn dann auch nicht benutzen. Wir werden froh sein, es überhaupt irgendwie zu schaffen.

Der Vormittag vergeht, indem sie sich mit der Frage herumquält, wann wir anfangen. Sie muss vorher nach einer Schwester klingeln, die sie von der künstlichen Ernährung abstöpselt und das Sauerstoffgerät von der Wand auf den Rollwagen umbaut. Hinterher muss das alles wieder in die Ausgangslage gebracht werden. Insofern gibt es kein Zurück, wenn sie sich entschieden hat – zumindest nicht, ohne dass sie nicht das Gefühl hätte, anderen unnötig Arbeit gemacht zu haben. Sie ist den Tränen nahe.

»Ich kriege keine Luft«, sagt sie immer wieder. »Ich kriege keine Luft.«

Neben vielem anderen, was im Argen liegt, leidet meine Schwester an einer Strahlenfibrose. Ihre wegen einer Krebserkrankung bestrahlte Lunge hat vor drei Jahren begonnen, Lungengewebe in Narbengewebe umzubauen und dabei gleichzeitig zunehmend zu versteifen. Erst langsam, dann schneller und schneller, unaufhaltsam. Inzwischen verfügt sie noch über die Atemkapazität einer Säuglingslunge – soll aber den Körper einer erwachsenen Frau mit genügend Sauerstoff versorgen. Der Lungenmuskel pumpt wie wahnsinnig, ist mittlerweile völlig überlastet. Da Franziska das Gefühl hat – ob gerechtfertigt oder nicht, darüber streiten die Ärzte –, nach jedem Bissen Essen noch weniger atmen zu können, hat sie in den vergangenen drei Jahren mit fortschreitender Fibrose ihre Nahrungsaufnahme immer weiter hinuntergefahren. Sie hat, fast unbewusst, eine Vermeidungshaltung eingenommen, die natürlich zum nächsten Problem führen musste: ein inzwischen lebensbedrohliches Untergewicht.

Was uns alle überhaupt noch aufrecht hält, ist die vage Hoffnung, dass die Fibrose zum Stillstand kommt und dass der Lungenmuskel an Kapazität gewinnt, wenn Franziska wieder mehr wiegt. Die Hoffnung ist mehr als schwach, und manche Ärzte schütteln darüber auch nur den Kopf. Andere sehen noch diese Möglichkeit. An ihnen halten wir uns fest.

Ich selbst habe ein äußerst schlechtes Gefühl.

Das Mittagessen wird gebracht, Franziska setzt sich zu mir an den Tisch. Theoretisch müsste sie nichts essen, weil sie ja künstlich ernährt wird, aber ihr behandelnder Arzt, Dr. Althoff, bittet sie immer wieder, es zu versuchen. Der Magen soll sich nicht noch weiter verkleinern, das gesamte Verdauungssystem nicht vollständig seine Arbeit einstellen. Man bringt ihr leichtes, appetitlich riechendes Essen, aber sie starrt ihren Teller wieder einmal nur tief unglücklich an.

»Komm«, sage ich, »drei Löffel. Bitte. Für mich.«

Sie nimmt den Dessertlöffel, um das Problem von vorneherein zu verkleinern, stippt ein wenig Kartoffelbrei auf die Spitze, führt ihn in den Mund. Schluckt und presst gleich darauf die Hand auf den Magen.

»Ich bin restlos satt. Ehrlich, ich kann nicht mehr.«

»Dein Magen ist verkleinert, ich weiß. Aber *so klein* ist er auch nicht. Bitte. Drei Löffel. Du hast es versprochen.«

Das hat sie zwar eigentlich nicht, aber sie spürt meine Sorge. Sie nimmt eine zweite Löffelspitze. Ihr Atem geht jetzt röchelnd.

»Bitte, zwing mich nicht. Ich kriege kaum noch Luft.«

Dadurch, dass sich die Lunge so verkleinert hat, ist Platz entstanden, und der Magen ist ein Stück nach oben gerutscht, das wurde festgestellt. Ob er tatsächlich auf die Lunge drückt, ist strittig. Die einen sagen: ja. Die anderen meinen, das Ganze sei ein psychisches Problem. Franziska versuche, möglicherweise unbewusst, ihr Körpergewicht der schwindenden Lungenkapazität anzugleichen und bilde sich diesen Druck nur ein. Egal wie: Sie kann jedenfalls nicht essen.

Um den Schwestern auf der Station ein objektives Bild zu geben, esse auch ich die Mahlzeit nun nicht auf, sondern packe ein mitgebrachtes Brot aus. Niemand soll ein leergegessenes Tablett abräumen und glauben, die Dinge entwickelten sich besser, als sie es tatsächlich tun. Nur den Nachtisch, einen Becher Schoko-Sahnepudding, verschlinge ich mit schlechtem Gewissen. Neben Franziska komme ich mir wie ein übergewichtiges Walross vor.

Während ich mir auf dem Gang eine Tasse Kaffee aus den dort ab mittags immer aufgestellten großen Thermoskannen hole, denke ich noch einmal an den letzten Sonntag. Franziska bekam plötzlich Lust auf ein Stück Kuchen, und ich stürzte in die Krankenhauscafeteria hinunter und kaufte ein Stück Sahnetorte. Sie aß es immerhin fast zu einem Drittel auf.

Es gibt auch bessere Tage, tröste ich mich, heute ist eben … ein Scheißtag.

Zurück im Zimmer. Franziska hat sich inzwischen durchgerungen, sich jetzt die Haare waschen zu lassen, weil sie den inneren Druck, der durch das dauernde Aufschieben entsteht, nicht mehr erträgt. Ich halte den Moment nicht für günstig, weil sie nach den zwei Bissen Kartoffelbrei ohnehin extrem nach Luft ringt, aber ich will es ihr nicht ausreden. Nachdem ich meinen Kaffee getrunken habe, klingeln wir nach der Schwester.

Das Abenteuer kann beginnen.

Erwartungsgemäß wird es zum Desaster. Wir müssen zweimal abbrechen, weil sie die Luftknappheit nicht aushält. Dadurch, dass sie dann jedes Mal den Kopf panisch nach oben reißt, wird sie völlig nass. Sie muss also zu allem Überfluss auch noch das Nachthemd wechseln, was sie ihre allerletzten Kräfte kostet. Als sie endlich wieder in trockenen

Sachen, aber mit noch nassem Kopf auf einem Stuhl mitten im Zimmer sitzt, das Sauerstoffgerät wieder in der Nase und kreidebleich im Gesicht, fängt sie an zu weinen.

Sie kämpft seit sechs Jahren gegen den Tod, und sie hat selten geweint in dieser Zeit. Sie ist eine Kämpfernatur, und sie hat noch nie zu Selbstmitleid geneigt. Wir sind immer wieder Ärzten begegnet, die Franziska ausdrücklich ihre Hochachtung ausgesprochen haben für die Tapferkeit, den Mut und die Würde, mit denen sie ihrem Schicksal begegnet.

Es ist deshalb besonders schlimm für mich, sie weinen zu sehen. Weil ich weiß, dass sie in diesem Moment seelisch und nervlich völlig am Ende sein muss.

»Es wird nichts mehr«, sagt sie leise, von Schluchzern unterbrochen. »Schau mich doch an. Du weißt doch selber, dass ich das nicht mehr schaffe. Ich werde nie wieder nach Hause können. *Ich werde es diesmal nicht schaffen.*«

»Das weißt du doch nicht. Dr. Althoff sagt …«

Sie unterbricht mich schroff: »Wahrscheinlich sagt er euch in Wahrheit etwas anderes. Er weiß es, und ihr wisst es, dass es vorbei ist. Ihr habt euch abgesprochen, mir etwas anderes zu erzählen, aber ich bin doch nicht blöd!«

Tatsächlich haben wir nichts abgesprochen. Wahr ist aber auch: Wir sind alle nicht halb so zuversichtlich, wie wir ihr gegenüber tun. Ich frage mich, nicht zum ersten Mal, ob unsere Strategie, vor ihr immer stark und sicher und positiv aufzutreten, die richtige ist. Wir haben es vom ersten Tag an so gemacht, und sicher haben wir sie dadurch oft entscheidend gestützt. Aber manchmal wird sie sich in ihrer Verzweiflung auch allein gelassen gefühlt haben, weil sie spürte, es eigentlich wusste, dass die Dinge ausgesprochen schlecht standen. Manchmal müssen unsere lächelnden, optimistischen Gesichter auch wie Hohn gewirkt haben und so, als kämen sie aus einer anderen Welt. Sie bekommt seit sechs Jahren eine Hiobsbotschaft nach der anderen von den Ärzten überbracht, zuletzt die furchtbare Diagnose: »Ihre Lunge wird schrittweise vernarben. Und wir können nichts dagegen tun.«

Sie steht mit dem Rücken zur Wand, und sie klagt selten. Ich stelle mir vor, dass ich, hätte ich diese Diagnose bekommen, von morgens bis abends schreien würde.

Ich nehme ihre Hand. »Komm, halt durch. Du hast so viel geschafft, du schaffst das auch. Und jetzt föhne ich dir endlich die Haare trocken. Du holst dir sonst noch eine Lungenentzündung, und das ist wirklich das Letzte, was wir jetzt brauchen können.«

Sie hält meine Hand einen Moment länger. »Pass auf, wenn das alles hier nicht gut ausgeht, dann möchte ich, dass du …«

Ich unterbreche sie sofort. »Darüber spreche ich nicht mit dir. *Es geht gut aus.*«

Sie schweigt. Es ist das vierte oder fünfte Mal in all der Zeit, dass sie versucht, mit mir über ihren Tod und die Zeit danach zu sprechen. Jedes Mal weise ich sie zurück. Der Gedanke, sie zu verlieren, ist für mich von so überdimensionalem Schrecken, dass ich es nicht fertigbringe, ihn in Worte zu fassen. Ich weiß, dass sich meine mühsam aufrechterhaltene Alles-wird-gut-Fassade auflöst, wenn ich mich auf ein solches Gespräch einlasse, und dass es mir dann nicht mehr gelingen wird, sie wieder aufzurichten.

Ich trockne ihre Haare, sie kehrt ins Bett zurück. Ihre künstliche Ernährung fließt wieder. Ich hole mir einen zweiten Kaffee. Draußen wird es langsam dunkel, die schneeschweren Wolken sinken tiefer. Wir unterhalten uns über – in unserer Situation – unverfängliche Themen. Januar 2012, die Affäre um Bundespräsident Wulff hält die Republik in Atem. Ich bringe Franziska jede Woche den *Spiegel* mit, unser Vater lässt ihr täglich seine *FAZ* da. Anhand ihrer Äußerungen – stockend und mühsam wegen des Sauerstoffmangels hervorgebracht – erkenne ich, wie aufmerksam sie alles liest. Sie ist rundum informiert, hat sich eine Menge Gedanken zu der Thematik gemacht. Sie war nie ein Mensch, der Ansichten, die in der Zeitung standen und die öffentliche Meinung bestimmten, einfach nachgeplappert hat. Sie macht sich ihr eigenes Bild, beleuchtet Sachverhalte von allen Seiten, zieht eigene Schlüsse. Es macht Spaß, mit ihr zu diskutieren, weil man nie mit Plattitüden konfrontiert wird und nie mit einer eindimensionalen Sicht der Dinge. Sie ist das Gegenteil jeglicher Stammtischargumentation. Und gerade wenn die allgemeinen Ansichten – wie in der Wulff-Affäre – in nahezu völliger Gleichförmigkeit durch sämtliche Medien, ganz gleich welcher Couleur, geschrien werden, wenn zudem der Eindruck entsteht, dass sich nur wenige noch die Mühe machen, Behauptungen durch recherchierte Fakten zu belegen, wird sie misstrauisch. Und zweifelnd.

Trotzdem müssen wir das Gespräch schließlich abbrechen. Sie schließt die Augen, versucht, ihren Atem zu stabilisieren. Ich ziehe ein Buch hervor, fange an zu lesen. Gebe auf, nachdem ich viermal dieselbe Seite gelesen habe und noch immer nicht weiß, was dort steht. Außerdem wird es Zeit für mich. Schneefall ist vorausgesagt, und ich will zu Hause sein, ehe es losgeht.

Als ich schon im Mantel dastehe, in der Hand die Tasche, in der sich jetzt die alte Wäsche befindet, sagt Franziska plötzlich: »Könntest du mir noch einen Gefallen tun? Ich möchte meinen Tavor-Vorrat unter Kontrolle haben. Könntest du mir die Packungen ans Bett stellen?«

Tavor ist ein starkes, sehr gut wirksames Beruhigungsmittel, angstlösend und leicht sedierend. Es wird Menschen mit Angststörungen verschrieben, es verhindert Panikattacken und hebt anhaltende Schlaflosigkeit auf. Meiner Schwester wurde es sechs Jahre zuvor empfohlen, als sie nach einer vernichtenden Krebsdiagnose, die keine Hoffnung ließ, ihre Panik nicht mehr unter Kontrolle bekam. Das Problem mit Tavor ist, dass man nach vier Wochen täglicher Einnahme bereits in eine psychische wie physische Abhängigkeit von dem Wirkstoff gerät. Franziska hat es inzwischen sechs Jahre ohne Unterbrechung genommen. Ein Entzug wäre nur noch in einer Klinik möglich, aber im Augenblick ist ihre Tavor-Abhängigkeit unser geringstes Problem und seine Lösung damit auf irgendeinen späteren Zeitpunkt verschoben. Seit jedoch Dr. Althoff verlauten ließ, er würde sich wünschen, seine Patientin käme irgendwann von den Tabletten los, lebt Franziska in der Furcht, er könne ihr die Medikation plötzlich verweigern. Was er nie täte, wie ich ihr immer wieder versichere. Zum einen ist er Arzt und weiß, dass ein plötzliches Absetzen einen katastrophalen Zusammenbruch zur Folge hätte. Zum anderen: Sie ist immer noch ein erwachsener, selbstbestimmter Mensch. *Sie* entscheidet, welche Medikamente sie nimmt.

Im Prinzip weiß sie das, aber es ist wohl ihrer Schwäche und dem Gefühl totaler Wehrlosigkeit zuzuschreiben, dass sie trotzdem auf Nummer sicher gehen will. Ich musste deshalb an verschiedenen Stellen im Zimmer, vor allem in Taschen und Kleidungsstücken, ihre gesammelten Tavor-Rücklagen verteilen. Dabei habe ich überrascht festgestellt, *wie groß* ihr Vorrat ist, sie könnte einen blühenden Handel mit anderen Tavor-Junkies eröffnen. Sechs Schachteln à 100 Stück habe ich vor Dr. Althoffs vermeintlichem Zugriff versteckt. Nicht alle Packungen sind noch voll, aber dennoch muss Franziska über die Jahre zeitweise deutlich weniger Tabletten genommen haben, als ihr verschrieben worden waren. Nur so lässt es sich erklären, dass sie diese Mengen horten konnte.

Und jetzt will sie die alle an ihrem Bett haben?

»Warum? Ich meine, wieso brauchst du die jetzt?«

»Ich finde das nicht mehr so sicher, wie sie verteilt sind. Ich hätte sie lieber alle hier in meiner Schublade.« Sie weist auf den fahrbaren Tisch neben ihrem Bett.

»Für heute Abend hast du doch eine? Und für morgen und die kommende Woche?«

»Ja. Es geht mir nur um die *Kontrolle.*« Sie sieht mich genervt an, hasst in diesem Moment wohl ganz besonders ihre körperliche Schwäche, die es ihr nicht erlaubt, das Zeug einfach selbst einzusammeln.

Ich sehe sie ebenfalls an.

»Nein«, sage ich, »ich finde es besser, wenn sie da bleiben, wo sie sind.«

»Es kostet dich eine Minute. Bring sie mir doch.« Sie klingt völlig unverfänglich und gelassen.

»Ich sehe den Grund nicht.«

»Es geht mir um die Unsicherheit. Wenn die Putzfrau sie findet …«

»Die Putzfrau putzt nicht in deinen Taschen und Kleidungsstücken.«

Sie sagt nichts mehr. In Auseinandersetzungen ist man ihr zurzeit einfach deshalb überlegen, weil ihr so furchtbar schnell die Luft ausgeht.

Ich bleibe noch eine Weile. Franziska wirkt so ruhig, dass ich plötzlich sicher bin, ich habe die Situation falsch interpretiert. Sie wollte ihre Medikamente wirklich nur in Reichweite haben, um auf sie aufzupassen. Eine ganz leichte Paranoia ist ihr in der letzten Zeit einfach nicht abzusprechen. Und mir ganz offensichtlich auch nicht.

Schließlich umarme ich sie zum Abschied. Es ist, als drücke man ein ganz zartes Küken an sich, das jeden Moment zerquetscht werden könnte. Sie lächelt mich an, als ich das Zimmer verlasse und das blaue Handtuch wieder so drapiere, dass die Tür einen Spalt offen bleibt.

Ich fahre im Aufzug hinunter, durchquere die Eingangshalle, trete hinaus in die eisig kalte Winterluft. Bezahle mein Parkticket am Automaten. Erste Schneeflocken wirbeln vom Himmel. Ich fühle mich immer elend, wenn ich von ihr weggehe, habe das Gefühl, sie alleine zu lassen. Zu früh zu gehen. In das Leben zurückzukehren, während sie mit ihrer Atemnot und ihrer Todesangst alleine zurückbleibt. Ich weiß, dass sie jetzt ihre Tavor-Tablette nehmen und sich darüber entspannen wird. Unter Tavor funktioniert sogar die Atmung besser. Sie wird noch etwas fernsehen und dann schlafen.

Aber heute gelingt es mir nicht wie sonst, ganz allmählich über den Abschied hinwegzukommen. In mir erwacht langsam wieder eine furchtbare Unruhe. Das Wort *Tavor* kreist in meinem Kopf. Der Gedanke an sicher mehrere hundert Tabletten, die sich da oben in ihrem Zimmer befinden. Keiner der Ärzte weiß darüber Bescheid, keiner *kann* über unsere konspirative Aktion Bescheid wissen. Ich glaube, nicht einmal unsere Eltern wissen es. Nur ich. Und ich kenne ihre große innere Verzweiflung und Hoffnungslosigkeit.

»Meine schlimmste Angst wäre es, ersticken zu müssen«, hat sie vor Jahren einmal in einem anderen Zusammenhang gesagt.

Ich frage mich, ob ich die Tabletten hätte mitnehmen

müssen. Einfach zur Sicherheit. Sie hätte mich nicht daran hindern können. Aber mir ist völlig klar, dass mich dann ein noch schlimmeres Gefühl quälen würde, nämlich das, ihr ihre Würde genommen zu haben. Gerade weil sie sich gegen nichts mehr wehren kann, was andere mit ihr tun, ist es von tiefster Bedeutung und Wichtigkeit, *nichts* gegen ihren Willen zu unternehmen. Es sind ihre Tabletten. Niemand außer ihr hat die Verfügungsgewalt darüber.

Es ist Sonntagabend, daher gelange ich ohne den üblichen Stau von Bad Homburg nach Wiesbaden. Mit jedem Kilometer, den ich zurücklege, wächst meine Panik. Ich habe richtig gehandelt, das ändert aber nichts an meiner Angst.

Es ist die Angst, die mich seit sechs Jahren gefangen hält, die ich mal besser, mal schlechter unter Kontrolle habe. Meine Schwester ist der wichtigste Mensch in meinem Leben. Sie war immer da, und ich habe stets in dem Glauben gelebt, dass sie auch in Zukunft da sein würde. Sie ist nicht nur meine Schwester, sondern auch meine beste Freundin und engste Vertraute. Es gibt nichts, was sie nicht von mir weiß, und umgekehrt ist es genauso. Sie ist der Mensch, der mir Sicherheit, seelische Stabilität und Zuflucht gibt.

Ohne sie zu leben ist nicht vorstellbar für mich.

Die Panik überfällt mich jetzt so stark, dass ich nicht weiterfahren kann. Zum Glück habe ich Wiesbaden schon erreicht, schere nach rechts in eine Parklücke aus. Etwas abrupt, der Fahrer hinter mir hupt erbost. Bis heute weiß ich nicht mehr, an welcher Stelle ich damals anhielt.

Ich schalte den Motor aus, zerre mein Handy aus der Handtasche. Ihre Telefonnummer im Krankenhaus habe ich gespeichert, zum Glück, denn meine Hände zittern so sehr, dass selbst das Aufrufen des Speichers zweimal misslingt.

Endlich. Bei ihr im Zimmer müsste es jetzt klingeln.

Es dauert. Das ist jedoch normal. Selbst eine so einfache Sache wie das Abnehmen eines Telefonhörers kostet sie Kraft. Außerdem zögert sie vermutlich. Es gibt dort kein Display, sie kann nicht sehen, wer sie anruft. Manchmal melden sich Freunde, die es gut meinen und glauben, während eines langweiligen Krankenhausaufenthaltes müsste ihr doch der Sinn nach nichts so sehr stehen wie nach einer schönen, langen Unterhaltung. Da ich niemandem sagen darf, *wie* schlecht es ihr geht, haben die meisten ein falsches Bild von ihrem Zustand. Ihr Handy hält sie deshalb auch schon grundsätzlich ausgeschaltet. Sie will nicht erreichbar sein.

»Bitte«, flüstere ich, »geh dran! *Geh dran*!«

Endlich meldet sie sich. Ihre Stimme klingt erschöpft, aber nicht schlechter als sonst.

»Ja?«, fragt sie einfach.

Ich weiß gar nicht sofort, was ich sagen soll. Ich bin so erleichtert, dass sie sich gemeldet hat. »Ich bin's. Hallo«, sage ich schließlich.

»Bist du zu Hause?«

»Noch nicht ganz. Ich bin aber schon in Wiesbaden. Irgendwo am Straßenrand.«

»Am Straßenrand?«

»Ja. Ich … ich habe es irgendwie nicht mehr geschafft … Also, es dauerte mir zu lange bis nach Hause …«

Sie wartet.

»Ich wollte mich nur vergewissern, dass bei dir alles in Ordnung ist«, sage ich.

»Ja. Danke. Alles in Ordnung.«

»Hast du ein Tavor genommen?« Betonung auf *ein*.

»Eben gerade. Wirkt aber noch nicht.«

»Ach, bestimmt wirkt es jetzt bald«, sage ich. Ich bin immer noch nicht am entscheidenden Punkt des Gesprächs. Dann aber bricht es plötzlich aus mir heraus.

»Die vielen Tabletten … Du hast sie dir nicht geholt, oder?«

Sie klingt fast erstaunt. »Nein. Da wäre ich ja den halben Abend beschäftigt.«

»Okay. Okay, das ist gut.« Ohne dass ich es kontrollieren könnte, fange ich plötzlich an zu weinen. Es sind nicht nur ein paar Tränen. Ich weine so heftig wie seit Jahren nicht mehr. So, als könne ich nie wieder aufhören. »Du darfst es nicht tun. Bitte. Versprich es mir. Dass du es nicht tust!«

Sie weiß sofort, wovon ich rede. Sie schweigt einen Moment. Als sie antwortet, klingt sie sehr resigniert. »Ich habe nicht mehr die Hoffnung, das hier zu überleben, weißt du.«

»Doch! Doch, du überlebst das! Ich bin ganz sicher. Du musst kämpfen. Du hast all die Jahre gekämpft. Bitte, gib jetzt nicht auf. Hör nicht auf zu kämpfen!«

Ich weiß, was ich da verlange. Wie soll man kämpfen, wenn alles so aussichtslos erscheint? Wenn es kaum mehr jemanden gibt, der einem Hoffnung macht? Und wenn man vom vielen Kämpfen schon so müde ist, dass man einfach nicht mehr weiß, woher man die Kraft noch nehmen soll?

Normalerweise würde ich jetzt auf ihre Kinder kommen. So war es die ganzen Jahre über. Wenn sie einen Durchhänger hatte – während der Chemotherapien, Bestrahlungen und Operationen –, dann verwiesen wir anderen sie immer auf ihre Kinder.

Du musst für die Kinder kämpfen!

Diesmal sage ich es nicht. Ich spreche nicht von den Kindern. Auch nicht von ihrem Mann. Von ihren vielen Tieren. Es ist während der langen Jahre ihrer Krankheit einer der wenigen Momente, in denen ich nicht überlegt und vernünftig, nicht *erwachsen* bin. Sondern durch und durch authentisch.

Und als sie leise fragt: »Warum?«, da antworte ich ihr mit meinen Gefühlen. Mit meinen Ängsten. Einfach mit mir selbst.

»Wegen mir. Meinetwegen musst du kämpfen. Und durchhalten. Wenn es wegen nichts sonst ist, dann wegen mir. Weil du mich nicht verlassen darfst. Weil das nicht denkbar ist. Bitte. Verlass mich nicht. Ich schaffe es nicht ohne dich. *Lass mich nicht allein*!«

Ich höre es sofort an ihrer Stimme, dass ich sie erreicht habe. Wir, die ganze Familie, haben unsere Furcht, unseren Schmerz immer sorgfältig vor ihr verborgen. Um stark und stützend aufzutreten. Zum ersten Mal, seitdem der Tod als ständiges Damoklesschwert über ihr hängt, lasse ich sie in meine Seele blicken. Und in die trostlose, verzweifelte Dunkelheit, die darin herrscht. Ich bin nicht die große Schwester, die alles im Griff hat. Ich bin einfach nur ein Mensch, der vor Angst völlig am Ende ist.

»Keine Sorge«, sagt sie. »Ich versuche alles, um bei dir zu bleiben.«

Weiterer Versicherungen bedarf es nicht.

Zu unserem Verhältnis gehörte es immer, dass eine sich bedingungslos auf die andere verlassen konnte.

Tschesie

Ich nenne sie *Tschesie.* Das liegt daran, dass ich den Namen, mit dem unser Vater sie früher oft rief, als kleines Kind nicht aussprechen konnte: Er machte häufig aus *Franziska* eine *Francesca.* Und an eben dieser italienischen Variante brach ich mir die Zunge. *Tschesie* war da einfacher, und irgendwann wurde der Name von allen übernommen.

Dass unser Vater sie namensmäßig in einem südlichen Land ansiedelt, hängt damit zusammen, dass sie sich äußerlich ein wenig vom Rest der Familie unterscheidet. Wir sind alle äußerst hellhäutig und entsprechend empfindlich, ganz besonders meine Mutter und ich. Nur bei dem Gedanken an die Sonne bekommen wir beinahe schon einen Sonnenbrand. Meinem Vater geht es ein wenig besser, aber auch er muss sich im Sommer vorsehen. Tschesie hingegen kommt mit einem olivfarbenen Hautton auf die Welt, wird alljährlich mit den ersten Sonnenstrahlen im Frühling tief und anhaltend braun. Da ich sie von Anfang an als einen Teil von mir selbst empfinde, betrachte ich sie nicht mit Neid, doch aber mit einer gewissen Sehnsucht, so auszusehen wie sie.

Als Kind ähnelte ich, meinem eigenen Empfinden nach, einem Perlhuhn. Vor allem meine Nase war übersät mit Sommersprossen.

»Oh je, irischer Hauttyp«, sagt die Verkäuferin in einer Drogerie einmal zu mir. »Da wirst du es immer schwer haben!«

Es klingt irgendwie nach einem Schicksalsschlag. Über Tschesie, meist tief gebräunt, frei von jeder Andeutung einer Sommersprosse, blond und grünäugig, sagt niemand so etwas.

Über Tschesie heißt es von Anfang an: »Was für ein bildschönes Kind!«

Sie war und ist das größte Geschenk, das mir meine Eltern je machten.

Sie kommt auf die Welt, als ich ein Jahr und vier Monate alt bin, und auch wenn ich keine bewusste Erinnerung an diese erste Zeit habe, muss ich nur alte Fotos anschauen, um sofort zu wissen, wie viel sie mir schon damals bedeutet: Ich halte sie ständig im Arm, schleppe sie dauernd mit mir herum. Lehne mich über ihr Kinderbett, halte ihre Hände umklammert, schlinge beide Arme um sie. Es gibt, speziell aus unserer frühen Kindheit, kaum ein Bild, auf dem wir nicht gemeinsam zu sehen sind. Wir sind untrennbar, daher auch nicht einzeln zu fotografieren. Ich nenne sie »mein Baby«. So stelle ich sie anderen Leuten vor, und zum Schrecken meiner Mutter sammle ich gelegentlich wildfremde Kinder auf der Straße ein, führe sie in einem langen Zug ins Haus und an das Bett meiner Schwester, um dieses unglaubliche Wunder, das in mein Leben getreten ist, voller Stolz vorzuführen.

Das größte Drama unserer Kindheit findet an dem Tag statt, an dem ich in die Schule komme, während sie naturgemäß noch zu Hause bleiben muss. Es ist unsere erste Trennung, und sie stürzt uns beide in eine tiefe Krise. Glücklicherweise hat meine Klassenlehrerin die Sitte eingeführt, dass Geschwister – in Begleitung von Erwachsenen – gelegentlich ganz hinten im Klassenzimmer sitzen und zuhören dürfen. Da unsere Eltern beide berufstätig sind, werden wir von einer Kinderfrau betreut, die täglich ins Haus kommt und die wir um den Finger wickeln können. Sie und Tschesie sitzen nun so oft hinten bei mir im Klassenzimmer, dass Tschesie, als sie schließlich selber in die Schule kommt, den gesamten Stoff des ersten Schuljahres praktisch schon auswendig kennt.

Trotzdem hat die Schule ihr Gutes, sie verhindert, dass wir allzu sehr miteinander verschmelzen. Nun lernen wir beide andere Kinder kennen, schließen eigene Freundschaften. Nabeln uns auf eine gesunde Art zunehmend voneinander ab. Entwickeln eigene Interessen.

Die tiefe, innere Verbindung bleibt dabei bestehen. Wir sind eine Einheit, verstehen uns auch als solche. Es ist für Außenstehende, aber auch für unsere Eltern, völlig unmöglich, sich mit einer von uns anzulegen, ohne nicht auch die andere sofort als Gegnerin zu haben. Unser Zusammenhalt hat etwas von einem starken, tief verankerten Fundament, dessen Vorhandensein ich während meiner Kindheit und Jugend noch kaum reflektiere; es ist einfach da, selbstverständlich und unwandelbar. Später begreife ich, wie viel Halt ich daraus ziehe, wie im tiefsten Kern unverletzbar ich mich fühle in der Gewissheit, *einen* Menschen immer und bedingungslos an meiner Seite zu haben. Durch sie weiß ich selbst in den schwierigen Jahren der Pubertät nicht, wie sich Einsamkeit anfühlt.

Erst als die Krankheit in ihr Leben tritt, verstehe ich, wie sehr ich mich immer auf meine Schwester verlassen habe: Der Krebs bedroht existenziell ihr Leben.

Meinem Leben reißt er den Boden unter den Füßen weg.

Im Nachhinein ist es seltsam zu sehen, dass meine Schwester schon mehrfach früher in Todesnähe schwebte, als sei der Tod ein stets in ihrem Hintergrund stehender Begleiter gewesen, ein roter Faden, der nie ganz abriss. Als Kind erkrankt sie nicht einfach an einer Blinddarmentzündung wie viele andere, sondern es ist gleich ein Durchbruch, der sie im Rettungswagen mit Blaulicht ins Krankenhaus katapultiert.

Als sie mit siebzehn Jahren bei einem Reitausflug vom Pferd stürzt, bricht sie sich nicht einfach einen Arm oder ein Bein, sondern liegt fast zwei Monate lang mit einem schweren Schädelbasisbruch in der Klinik, wobei in den ersten Tagen beständig eine Hirnblutung droht, von der ihre Ärzte nicht wissen, ob sie sie überleben würde.

Mit dreiundzwanzig Jahren erkrankt sie an Morbus Hodgkin, einer speziellen Variante des Lymphdrüsenkrebses. Von dieser Krankheit wird später noch die Rede sein, denn sie stellt sich letztlich als die entscheidende Weiche für alles Folgende heraus. Sie bedeutet unsere erste direkte Konfrontation mit dem Schrecken von Chemotherapie und radioaktiver Bestrahlung.

Als dann das eigentliche Drama im Frühjahr 2006 über uns hereinbricht, wird Franziska gerade einundvierzig Jahre alt. Mit ihrem Mann Christian und ihren beiden Kindern sowie einer Menge Hunde und Katzen lebt sie in einem kleinen Dorf, direkt am oberbayrischen Ammersee gelegen. Nach vielen Jahren engagierter Arbeit als Redakteurin verschiedener Münchner Zeitungen hat sie sich für eine Weile vom Berufsleben zurückgezogen: Sie will verhindern, dass ihr Sohn Johannes, gerade vierzehn Jahre alt, nach der Schule von mittags bis abends allein zu Hause ist und sein Leben ausschließlich vor Fernseher und Computer verbringt. Er braucht jemanden, der ihm ein Mittagessen kocht, seinen Schulfrust anhört und vor allem dafür sorgt, dass er seine Hausaufgaben erledigt – er überschlägt sich damals nicht gerade vor brennendem Eifer. Und da sie nun ohnehin für absehbare Zeit als Hausfrau und Mutter fungieren wird, hat Franziska ganz bewusst im Alter von achtunddreißig Jahren noch einmal ein Kind bekommen, ihre Tochter Clara. Später, wenn beide Kinder aus dem Gröbsten heraus sind, will sie überlegen, was es noch an beruflichen Möglichkeiten für sie gibt. Nachdem sie Johannes als kleinen Jungen ständig in verschiedenen, über den Tag verteilten Kindergartengruppen betreuen lassen musste, worunter er sehr litt und worüber sie entsprechend heftige Schuldgefühle entwickelte, genießt sie es nun, rund um die Uhr für ihre Kinder da sein zu können.

Da das Haus, in dem sie leben, seit dem Familienzuwachs zu klein geworden ist, haben sie es gerade verkauft und sich für ein etwas Größeres entschieden, ein Stück weiter entfernt vom See und noch ländlicher gelegen. Im Juni soll der Umzug stattfinden.

Franziska freute sich auf den neuen Lebensabschnitt. Es geht ihr allerdings körperlich nicht besonders gut, sie ist oft ungewöhnlich müde und fühlt sich ständig angeschlagen, aber sie schiebt das auf ihren anhaltenden Schlafmangel: Die kleine Clara schreit selbst mit ihren zwei Jahren noch in vielen Nächten, und Franziska sitzt dann stundenlang bei ihr und versucht, sie zu beruhigen. Kein Wunder, dass sie nicht gerade wie das blühende Leben aussieht und sich auch nicht so fühlt.

Sie hat nicht den leisesten Hauch einer Ahnung, dass sie einen metastasierenden Krebs in sich trägt, der bereits ein Stadium erreicht hat, das die Ärzte als unheilbar bezeichnen werden.

Februar/März 2006

1

Der 27. Februar, Franziskas Geburtstag. In diesem Jahr, 2006, ist es ihr einundvierzigster, und er fällt auf den Rosenmontag. Da meine Schwester genau wie ich eine ausgesprochen norddeutsche, nämlich äußerst zurückhaltende Haltung dem Fasching gegenüber hat, war sie schon immer verärgert darüber, dass ihr Geburtstag oft genau mit dem Karneval zusammentrifft. Auf den Fotos von ihren früheren Kinderpartys sieht man immer unser ganzes Wohnzimmer mit Luftschlangen geschmückt, und mindestens zehn oder zwölf Kinder hüpfen kostümiert dazwischen herum.

»Künstlich gefärbte Tulpen, gefüllte Krapfen und Pappnasen«, auf diesen Nenner hat sie ihren Geburtstag einmal gebracht.

Trotz dieser Abneigung hat sie ihrem Mann und ihrem Sohn zuliebe an diesem heutigen Rosenmontag beschlossen, mit der ganzen Familie nach München hineinzufahren und dem närrischen Treiben auf dem Marienplatz zuzuschauen. Anschließend irgendwo essen zu gehen und dann noch ein wenig durch die Geschäfte zu bummeln. Sie hat von unseren Eltern einen Einkaufsgutschein für Kleidung bekommen, und das ist eine gute Gelegenheit. Seit die Familie auf dem Land lebt und Franziska noch dazu durch Clara ziemlich eingebunden ist, kommt sie nicht mehr oft dazu, etwas für sich zu kaufen.

Als ich sie gleich am frühen Morgen anrufe, um ihr zu gratulieren, klingt ihre Stimme gequält. Sie habe immer noch diese schrecklichen Bauchschmerzen, erwidert sie auf meine Frage, sie seien sogar schlimmer geworden. Sie fürchte, dass sie den Ausflug nach München nicht schaffen werde.

Die ganze Familie ist seit ein paar Wochen gesundheitlich angeschlagen. In Johannes' Schule wütet ein Darmvirus, Johannes hat ihn nach Hause geschleppt, und dort – wie das so ist in Familien – hat ihn jeder reihum bekommen. Aber während mein Schwager, Johannes und sogar die zweijährige Clara inzwischen wieder fit sind, ist bei meiner Schwester die ganze Sache in eine Magenschleimhautentzündung übergegangen, wegen der sie nun bereits seit zehn Tagen in ärztlicher Behandlung ist. Sie bekommt starke Medikamente, aber nichts scheint zu helfen. Sie ist von den anhaltenden Schmerzen inzwischen ziemlich zermürbt, wir anderen, ihr Mann, ihre Eltern und ich, beginnen nervös zu werden.

Diese Unruhe, wenn bei Franziska ein gesundheitliches Problem auftritt, begleitet uns seit dem Jahr 1988, als bei ihr der Lymphdrüsenkrebs diagnostiziert wurde, eben jener *Morbus Hodgkin,* der uns alle – sie als Patientin, uns als Angehörige – auf die onkologische Station eines großen Münchner Krankenhauses katapultierte, wo wir zum ersten Mal ganz konkret mit der Welt der Krebspatienten konfrontiert wurden. Seit Franziskas Genesung sind inzwischen siebzehn Jahre vergangen, zuletzt sprach der Arzt von einer vollständigen Remission. Das Rückfallrisiko ist nach so langer Zeit äußerst gering. Familien, in denen einmal ein

Krebsfall war, werden jedoch wissen, was ich meine: Es ist hinterher nicht mehr alles so wie vorher. Der Schrecken sitzt tief, und er lässt sich nie wieder ganz vertreiben.

Bei jeder anderen Person, einschließlich mir selber, würde ich jetzt denken: Na ja, es ist eben eine äußerst hartnäckige Magenschleimhautentzündung. Da es um Franziska geht, bohrt noch ein anderer Gedanke im Hinterkopf: Hoffentlich ist es *nur* eine Magenschleimhautentzündung.

Wir telefonieren gegen neun Uhr noch einmal, ich will wissen, ob es ihr besser geht. Nein, tut es nicht, und inzwischen hat sie einen Termin bei ihrem Hausarzt ausgemacht. Dass sie tatsächlich den Familienausflug absagt, auf den sich alle schon lange gefreut haben, zeigt mir, wie schlecht es ihr gehen muss. Sie ist ein Mensch, der immer die Zähne zusammenbeißt und sich eine Menge abverlangt, auch und gerade wenn es um körperliche Probleme geht. Sie hasst es, krank zu sein. Noch mehr hasst sie es, bedauert zu werden. Daher muss es heftig kommen, ehe sie zugibt, dass sie ernsthaft in Schwierigkeiten steckt.

Mittags sind wir auch nicht schlauer, eher noch besorgter: Der Arzt kann sich absolut nicht erklären, weshalb seine extrem starken Medikamente partout nicht anschlagen wollen, und möchte, dass Franziska sofort in ein Krankenhaus geht. Es soll eine Computertomographie vom Magen gemacht werden. Bei mir schrillen sämtliche Alarmglocken, nachdem ich »CT vom Magen« gegoogelt habe und dabei erfahre, dass dieses Verfahren hauptsächlich bei Verdacht auf Magenkrebs angewendet wird. Diese Information behalte ich allerdings vorläufig für mich. Franziska beschließt, ihren Geburtstag keinesfalls im Krankenhaus zu verbringen, und verschiebt die ganze Geschichte auf den nächsten Tag. Ein fröhliches Ereignis wird es trotzdem nicht. Anstelle gefüllter Krapfen isst sie Zwieback und trinkt Kamillentee und geht dann früh ins Bett.

Sie hat Angst.

Am 28. Februar, Faschingsdienstag, vereinbart Franziska einen CT-Termin in einer Klinik. Da sie als überraschender Notfall kommt und wegen des Faschings alle Abläufe in der Klinik reduziert sind, kann sie erst am Nachmittag untersucht werden. Ihr Mann nimmt sich frei, um bei der Tochter bleiben zu können.

Ich bin an diesem Tag mit einer Freundin verabredet, einfach nur zu einem Kaffee bei ihr zu Hause. Eigentlich will ich absagen, will im Grunde nur daheim vor dem Telefon sitzen, auf Nachrichten warten und dann sofort agieren können – ohne zu wissen, wie ein solches Agieren eigentlich aussehen würde. Da ich diese Freundin aber schon zweimal versetzt habe, weil berufliche Dinge dazwischengekommen sind, ringe ich mich dann doch durch. Das Handy habe ich dabei, und meine Mutter will mich sofort anrufen, wenn sie etwas gehört hat. Sie ist ebenfalls höchst unruhig, versucht aber, keinesfalls in Panik zu geraten. Mein Vater bleibt am gelassensten – sein Lebensmotto lautet, sich grundsätzlich immer erst dann aufzuregen, wenn er definitiv weiß, dass es etwas zum Aufregen gibt. Ich halte das für absolut vernünftig, aber bis heute sind alle meine Versuche gescheitert, mir davon auch nur eine schmale Scheibe abzuschneiden.

Bei Barbara komme ich etwas zur Ruhe, ich erzähle ihr alles, sie tröstet und beruhigt mich. Zweimal rufe ich von ihr aus meine Mutter an, aber sie weiß noch nichts. Franziska ist in der Klinik über ihr Handy nicht erreichbar, daher müssen wir warten.

Als ich mich auf den Heimweg mache, ist es schon dunkel. Ich bin in extremer Sorge und frage mich dauernd, was mich diesmal eigentlich so verrückt macht. Warum spüre ich fast schon die Gewissheit drohenden Unheils? Franziska ist seit der Lymphdrüsengeschichte schon öfter krank gewesen, und nie bin ich derart durchgedreht. Erstmals stelle ich mich der Erkenntnis, dass ich schon seit einiger Zeit Böses ahne. Weil meine Schwester so schlecht aussieht. Ich habe das nur immer wieder verdrängt.

Ich wohne seit sieben Jahren im hessischen Wiesbaden, und wir sehen einander nicht mehr oft. Da aber mein Verlag seinen Sitz in München hat, fahre ich mit einiger Regelmäßigkeit in die bayerische Landeshauptstadt. Jedes Mal nutze ich die Gelegenheit, die Familie meiner Schwester aufzusuchen, meist wohne ich auch bei ihnen draußen am Ammersee und nehme von dort aus meine Termine wahr, was wegen des weiten Weges ziemlich umständlich ist. Aber das ist es mir wert.

Seit gut eineinhalb Jahren erschrecke ich jedes Mal, wenn ich Franziska bei einem erneuten Treffen zum ersten Mal wiedersehe. Sie war immer schlank, zart, mit filigranen Gesichtszügen. Ich kenne sie strahlend, lebhaft, unternehmungslustig. Nun aber scheint sie abgemagert. Ihr Gesicht ist spitz geworden, die Wangen sind eingefallen. Die Haut ist grau. Sie hat breite, braune Ringe unter den Augen. Ihre Bewegungen wirken manchmal auffallend kraftlos.

Sie erklärt das alles mit den schlaflosen Nächten wegen ihres häufig schreienden Kindes, und ich lasse mich von dieser Erklärung nur zu gern überzeugen. Im allertiefsten Inneren aber, dort, wohin ich nicht blicken möchte, weiß ich: Meine Schwester sieht nicht einfach nur müde aus. Sie sieht krank aus. Und zwar sehr ernsthaft krank.

Irgendwo zwischen Bischofsheim und Wiesbaden fahre

ich an diesem Abend auf einen Parkplatz. Es stehen ein paar LKW dort, deren Fahrer sich ausruhen. Es ist eisig kalt draußen, der Wind wirbelt vereinzelte Schneeflocken herum. Ich weiß nicht warum, aber ich habe das Gefühl, es jetzt gleich bei Franziska versuchen zu müssen. Das ist gegen die Absprache, wir sollen sie im Krankenhaus nicht anrufen, sie wird sich melden. Trotzdem wähle ich ihre Handynummer, und tatsächlich antwortet sie sofort. Sie sitzt im Eingangsbereich der Klinik und wartet auf ihren Mann, der sie abholen will.

»Und?«, frage ich atemlos.

Franziska klingt ausgesprochen ruhig. In ihrer Stimme ist so etwas wie ein Staunen – weit mehr als Schrecken oder Furcht. Nichts Bedrohliches im Magen, sagt sie. Tatsächlich nur eine heftige und offenbar höchst hartnäckige Magenschleimhautentzündung, unangenehm, jedoch nicht gefährlich. Aber …

»Was?«, frage ich.

»Die haben auch noch Bilder von meiner Lunge gemacht. Routinemäßig oder so. Und nun behaupten sie, darauf wären Metastasen zu sehen.«

»Du liebe Güte!« Ich spüre Erleichterung. Diesen Fall hatten wir sechs Jahre zuvor schon einmal. Meine Schwester musste wegen eines Schilddrüsenproblems in eine Frankfurter Klinik, und der sie behandelnde Professor entdeckte Metastasen auf ihrer Lunge. Kurz darauf stellte sich heraus, dass er die von der Bestrahlung ihrer Lymphtumore zurückgebliebenen Narben für Metastasen gehalten hatte. Nach zwei ziemlich schrecklichen Tagen und Nächten bekamen wir Entwarnung, und ich hatte mir damals vorgenommen, ärztlichen Diagnosen in Zukunft etwas mehr Misstrauen entgegenzubringen.

»Die verwechseln wieder die Narben«, sage ich. »Hast du ihnen erzählt, dass du Morbus Hodgkin hattest?«

»Ja. Und sie sagen, die Narben könnten sie auch deutlich erkennen. Aber daneben wären eben auch Metastasen. Die seien runder und abgegrenzter als die Narben und würden deshalb ganz anders aussehen.«

»Aber der Professor damals in Frankfurt war auch total sicher. Und am Schluss stimmte es nicht. Lass dich bloß nicht ins Bockshorn jagen. Du wirst sehen, da ist gar nichts. Nicht das Geringste.«

Dann kommt mir der nächste Gedanke. »Und überhaupt«, sage ich in einem Brustton der Überzeugung, als hätte ich nun das ultimative Gegenargument gefunden, »was heißt schon *Metastasen*? Metastasen könntest du doch nur haben, wenn du irgendwo einen Primärtumor hättest.«

Die bislang so gefasste Stimme meiner Schwester klingt nun doch etwas verzagter.

»Ja«, sagt sie. »Und genau diesen Tumor wollen sie jetzt in den nächsten Tagen suchen.«

Die Ärzte tippen zunächst auf einen Brustkrebs und unterziehen Franziska am folgenden Tag, dem 1. März, einer entsprechenden Ultraschalluntersuchung und einer Mammographie. Zu unser aller Erleichterung finden sie dabei nichts. Als Nächstes planen sie eine Darmspiegelung. Diese kann aber erst am übernächsten Tag stattfinden, da der zuständige Arzt am Donnerstag nicht im Haus ist.

Freitag, 3. März. Franziska ist am Vormittag für die Darmspiegelung vorgemerkt. Wir haben zuvor eine Telefonkette verabredet: Wenn alles vorbei ist, wird sie ihren Mann in seiner Firma anrufen. Dieser dann unsere Mutter. Und sie wird sich bei mir melden.

War ich während der Brustuntersuchung relativ gelassen, bin ich an diesem Morgen in Hochspannung. So unruhig, dass ich kaum still am Schreibtisch sitzen kann. Wieder einmal wittere ich Unheil, und allmählich fange ich an, mich diesbezüglich für einen relativ gut funktionierenden und leider immer wieder richtigliegenden Seismographen zu halten. Vielleicht liegt es an dem überaus engen Verhältnis zwischen meiner Schwester und mir. Wir stehen immer in einer Art innerer Verbindung, spüren, wenn es der anderen nicht gut geht, wenn man anrufen sollte, wenn sie Hilfe braucht. Das war immer so und hat sich durch unsere räumliche Distanz und durch die Tatsache, dass jede ein ganz eigenes Leben führt, nicht im Geringsten verändert. An diesem Morgen wittere ich Gefahr – und zwar intensiver und konkreter als während der letzten Tage. So greifbar, als stünde das Verhängnis schon direkt vor mir.

Trotzdem versuche ich zu arbeiten. Ich habe gerade meinen Roman *Das Echo der Schuld* im ersten Durchgang beendet, bin jetzt an der Überarbeitung, am Abklären aller Fakten, an der Überprüfung der Stimmigkeit von Örtlichkeiten und Zeitangaben. Eine penible, pingelige Tätigkeit, manchmal etwas nervig, aber nicht halb so anstrengend wie die tägliche Herausforderung, neue Texte auf einen leeren Bildschirm zu produzieren. Vor allem kann man sie notfalls auch unter großem innerem Druck stehend ausführen. Ich bin erleichtert, dass ich das Buch selbst gerade noch abschließen konnte; ich wüsste kaum, wie ich unter den gegenwärtigen Umständen kreativ sein sollte.

An diesem Vormittag aber gelingt mir sogar die relativ stumpfsinnige Tätigkeit des Überprüfens von Jahreszahlen und Wochentagen kaum. Immer wieder schweife ich in Gedanken ab. Starre das Telefon an und hoffe, dass es endlich klingeln möge. Und dass es eine gute Nachricht sein wird, die wir zum Abschluss dieser Woche bekommen.

Den ganzen Vormittag über ruft mich niemand an. Als der Apparat schließlich wenige Minuten vor zwölf Uhr läutet, hebe ich mitten im ersten Klingeln ab. Meine Mutter ist dran, und ihrer Stimme höre ich sofort an, dass sie geweint hat.

»Ja«, sagt sie, »sie haben den Tumor. Es ist Darmkrebs.«

Wie aus weiter Ferne höre ich, was sie weiter berichtet. Dass Christian sofort zu Franziska in die Klinik gefahren ist. Dass ein ausführliches Gespräch mit einer Onkologin für Montag geplant ist. Dass der Arzt, der die Spiegelung durchgeführt hat, aber bereits angedeutet hat, nun müsse alles sehr, sehr schnell gehen: Chemotherapie, Bestrahlung, dann OP. Der Tumor habe sich bereits tief in die Darmwand gefressen, Lymphknoten seien mit Sicherheit betroffen, ein Befall des Bauchfells sei nicht auszuschließen. Die Entdeckung der Krankheit habe in einem äußerst späten Stadium stattgefunden, die Lage sei mehr als kritisch.

»Sie sprechen überhaupt nicht von Hoffnung«, sagt meine Mutter. Dann fügt sie hinzu: »Ich will sofort zu ihr. Sie braucht mich jetzt. Vor allem, damit sich jemand um Clara kümmert. Kannst du mich fahren?«

Meine Eltern leben in meiner Nähe, tief im Taunus, also auch weit vom bayerischen Ammersee entfernt. Meine Mutter, zu diesem Zeitpunkt siebzig Jahre alt, fährt nicht mehr gern allein auf der Autobahn. Und sie richtet sich auf eine so lange Zeit in Bayern ein, dass sie eine Menge Gepäck mitnehmen muss und lieber nicht den Zug nehmen würde. Wir vereinbaren, am Sonntag in aller Frühe aufzubrechen.

Als Erstes verständige ich meinen Mann, sage anschließend zwei Termine ab, die ich für das Wochenende habe.

Dann rufe ich Birgit und Christine an, meine beiden engsten Freundinnen in Wiesbaden. Christine hat einige Jahre zuvor ihren Mann – viel zu früh – an Darmkrebs verloren; das prädestiniert sie nicht gerade dazu, besonders optimistische Betrachtungen über den Verlauf dieser Krankheit anzustellen. Trotzdem bemüht sie sich nach Kräften, mich aufzurichten. Birgit, seit vielen Jahren mein ständiger Fels in der Brandung, genauso. Beiden merke ich aber an, wie erschrocken sie sind. Schließlich schreibe ich noch eine Mail an meine Verlegerin. Wir sind über die berufliche Zusammenarbeit hinaus eng befreundet, von vielen privaten Gelegenheiten her kennt sie Franziska gut und mag sie sehr. Mir fällt in diesem Moment ein, dass sie sie einmal als Typ »schwedisches Fotomodell« bezeichnet hat. Wegen ihrer sehr langen Beine, der langen blonden Haare und der ebenmäßigen, fotogenen Gesichtszüge.

Dann fange ich an, *Darmkrebs* zu googeln, und schließlich auch die Kombination *Darmkrebs mit Lungenmetastasen.* Es ist unfassbar, wie viele Eintragungen es dazu im Internet gibt und wie viele Foren, in denen sich Betroffene austauschen. Alles, was ich lese, klingt nicht besonders gut, genau genommen ist das Ganze ein höchst deprimierendes Unterfangen. Ich warte und hoffe ständig darauf, einen Eintrag in der Art zu finden: *Ich hatte Darmkrebs mit Lungenmetastasen und bin vollständig genesen, nachdem ich … usw., usw.*

Ich stoße jedoch nur auf die Beschreibungen schrecklichen qualvollen Sterbens von Patienten mit dieser Diagnose, geschrieben von ihren Angehörigen, oder, wenn der Schreiber selbst betroffen ist, auf Schilderungen, die verzweifeln lassen: Chemotherapien mit grausamen Nebenwirkungen, ein ganz und gar vom Krebs und dem permanenten Kampf gegen ihn beherrschtes Dasein, der komplette Ausstieg aus dem normalen Leben, den die Erkrankung mit sich gebracht hat.

Am gründlichsten informieren mich die Ausführungen der Felix-Burda-Stiftung. Die Mutter des an Darmkrebs verstorbenen Sohnes des Verlegers Hubert Burda hat die Stiftung gegründet, um mitzuhelfen, neue Wege im Kampf gegen diese Krankheit zu finden und damit anderen bessere Chancen zu verschaffen, den Krebs zu besiegen. Hier finde ich echte Fakten, sehr sorgfältig und – soweit ich das beurteilen kann – kompetent zusammengestellt. Leider sind sie absolut nicht geeignet, mich zu beruhigen, ganz im Gegenteil.

Bis zum frühen Nachmittag dieses furchtbaren 3. März habe ich – bei allen Vorbehalten gegenüber Informationen, die man aus dem Internet gewinnt – vor allem eines erkannt: Wir haben es hier in unserem Fall nicht einfach *nur* mit einem Krebs zu tun, sondern wir stehen vor dem absoluten Worst-Case-Szenario. Franziska hat nicht bloß einen Darmtumor, den man bestrahlen und operieren kann, um dann zu hoffen, dass man alle bösartigen Zellen erwischt hat. Sie hat einen Tumor, der bereits gestreut hat, und zwar nicht nur in die nächsten, umliegenden Organe, sondern bis hinauf in die Lunge.

Wenn sich darüber hinaus der Unkenruf des Arztes von heute früh bestätigt und sowohl Lymphknoten betroffen sind als auch das Bauchfell befallen ist, haben wir entsprechend der sogenannten TNM-Klassifikation, die den Krebs in Stadien einteilt, in allen drei Klassifizierungen jeweils das äußerste und somit denkbar schlimmste Stadium vorliegen.

Zum krönenden Abschluss gerate ich auf einer anderen Internetseite an Statistiken, bei denen Heilungschancen und Überlebensrate der verschiedenen Krebserkrankungen graphisch dargestellt werden – je nach TNM (T = Größe und

Ausbreitung des Primärtumors, N = Befall von Lymphknotenstationen, M = Metastasenbildung).

Ich erinnere mich an den Morbus Hodgkin, jenen Lymphdrüsenkrebs fast zwanzig Jahre zuvor. Bei allem Schrecken hatten wir doch von Anfang an jede Menge berechtigter Hoffnung, heil aus dem Schlamassel herauszukommen – die Wahrscheinlichkeit einer völligen Remission wurde uns mit fast 80 Prozent angegeben.

Nun schaue ich mir die statistische Wahrscheinlichkeit an, nach der meine Schwester beim Grad ihrer Erkrankung die magische Fünf-Jahres-Überlebensmarke erreichen wird.

Zum ersten Mal an diesem Tag fange ich an zu weinen.

Die Wahrscheinlichkeit liegt bei schwachen 5 Prozent.

2

Montag, 6. März. Franziska hat am späten Nachmittag den Gesprächstermin mit einer der Onkologinnen der Klinik. Ich bin am Sonntag mit meiner Mutter an den Ammersee gefahren – an einem Wochenende, für das ein letzter Wintereinbruch, Schnee, Eisglätte und Chaos auf den Autobahnen vorhergesagt wurde. Wir rutschen irgendwie nach Bayern, beide angespannt in dem Bewusstsein: *Ausgerechnet jetzt darf nicht noch irgendetwas anderes schiefgehen.*

Ich bewundere wieder einmal meine Mutter. Sie hat eine ungeheure Fähigkeit, in kritischen Situationen die Nerven zu behalten und mit Ruhe und Entschlossenheit genau das zu tun, was nun ansteht und getan werden muss. Sie lamentiert nicht, jammert nicht. Sie packt einfach ihre Sachen und schickt sich an, den bevorstehenden Kampf an der Seite ihrer jüngeren Tochter zu kämpfen. Mein Vater wird ihr den Rücken freihalten, indem er zu Hause bleibt und sich um die Tiere meiner Eltern kümmert; sie kann sich darauf verlassen, dass dort alles in guten Händen ist und sie sich keine Sorgen machen muss.

Ich bewundere auch meine Schwester. An jenem Sonntag tritt sie uns äußerst gefasst gegenüber. Sie ist noch blasser, als sie es während der letzten Monate schon war, sie sieht sehr schlecht aus – und nun wissen wir ja auch, warum. Aber auch sie jammert nicht. Minutenlang halten wir uns zu dritt umschlungen, Franziska, unsere Mutter und ich. Es ist eine wortlose Umarmung, in der wir einander ein stummes Versprechen geben: Wir stehen das jetzt zusammen durch. Franziska kann mit unserer totalen Unterstützung rechnen. Sie wird keine Sekunde lang in ihrem Kampf alleine sein.

Meinen Schwager Christian erlebe ich an diesem Wochenende verstört, aber gefasst. Er ist unendlich dankbar, dass meine Mutter da ist. Christian steckt beruflich derart im Stress, dass er kaum wüsste, wie er die Situation alleine auffangen sollte.

Johannes, mein Neffe, kommt mir vor wie jemand, der sich ganz und gar in sich selbst zurückgezogen hat. Pubertätsbedingt war die Tendenz, sich abzukapseln, schon seit einiger Zeit bei ihm zu beobachten, nun scheint sie einen Schub zu bekommen. Er weiß, dass seine Mutter sehr krank ist, wie dramatisch die Lage ist, hat ihm jedoch niemand gesagt. Er ist ein sehr aufgeweckter, kluger und hellhöriger Junge. Es wird nicht lange dauern, und er erfasst den Ernst der Lage vollständig. Es wird jedoch keinem von uns, weder seinen Eltern noch seiner Großmutter noch mir gelingen, ein offenes Gespräch mit ihm zu führen. Johannes hat sämtliche Selbstschutzjalousien heruntergefahren.

Clara mit ihren zwei Jahren begreift natürlich vorläufig nichts. Sie freut sich einfach, dass wir zu Besuch kommen. In der Folgezeit wird sie sich eng an meine Mutter anschließen. Bis heute haben die beiden eine innige, sehr vertrauensvolle Beziehung.

Ich fühle mich fast wie ein Fahnenflüchtiger, als ich Montagfrüh wieder nach Wiesbaden zurückfahre. Aber meine Mutter überzeugt mich, dass es richtig ist. In dem kleinen Häuschen meiner Schwester (noch sind sie ja nicht umgezogen) treten wir uns jetzt schon gegenseitig auf die Füße. Ich kann im Grunde nichts machen, die Regie über Kinder und Tiere hat meine Mutter übernommen und bereits perfekt im Griff. Auch Franziska will, dass ich jetzt vor allem meine Arbeit erledige und auf jeden Fall das neue Buch termingerecht abliefere.

Sie kommt mir sehr beherrscht, sehr stark vor. Ich bin zweifellos viel aufgelöster und panischer als sie.

Franziskas Ruhe hat mehrere Ursachen. Zum einen: Sie ist ein in kritischen Situationen sehr sachlich und rational agierender Mensch. Sie geht Herausforderungen in dem Bemühen an, unbedingt einen kühlen Kopf zu bewahren. So war sie schon immer. Zum anderen: Die Situation ist ihr nicht völlig unvertraut. Sie hat das alles achtzehn Jahre zuvor schon einmal erlebt. Natürlich weiß sie, dass ihre jetzige Ausgangslage deutlich schlechter ist. Aber sie weiß auch, was auf sie zukommt, das Ganze verschwimmt nicht in einer Art nebulösem Schrecken vor ihren Augen. Chemotherapien und Bestrahlungen sind weiß Gott kein Zuckerschlecken, aber sie hat das damals überstanden, und alles ist am Ende gut ausgegangen. Sie ist – so seltsam das in diesem Zusammenhang klingen mag – positiv konditioniert, was den Krebs angeht.

Und: Sie ist zwar nicht der Typ, der Yoga oder autogenes Training macht, aber sie hat ihre geheimen Techniken und ihre mentalen Reserven. Sie hat sich während des Wochenendes mit großer innerer Stärke selber aus dem Verzweiflungssumpf gezogen, in den sie am Freitag direkt nach der Diagnose gestürzt war.

Ich verabschiede mich an jenem Montagmorgen von einer Frau, die sich über den Ernst ihrer Lage nichts vormacht. Die aber entschlossen ist, sich nicht so einfach geschlagen zu geben. Die kämpfen wird und die durchaus Vertrauen in sich und in ihre Kräfte hat. Besser und sinnvoller als sie, so scheint es mir, kann man sich für das, was kommen wird, nicht wappnen.

Das ist, wie gesagt, Montagfrüh.

Am Abend desselben Tages ist sie ein gebrochener Mensch. Ohne jede Hoffnung und von Todesangst beherrscht. Sie wird Tavor bekommen müssen, ein äußerst starkes Beruhigungsmittel, um ihre Panikattacken aushalten zu können. Sie wird von diesem Medikament bis zum Ende nicht mehr loskommen. Ein Psychologe wird ihr wenig später eine tiefe Traumatisierung bescheinigen.

Sie in diesen Zustand zu katapultieren gelingt innerhalb von knappen dreißig Minuten jener Onkologin, die mit Franziska den Fall besprechen will.

Ich habe Ärzten nie pauschal misstraut, und ich tue es auch jetzt nicht. Schon allein aus dem Grund, weil ich phantastische Ärzte kenne und auch während der Krankheitsgeschichte meiner Schwester kennengelernt habe. Ohne den uns über die ganze Zeit hinweg begleitenden homöopathischen Arzt in Frankfurt, ohne sein Wissen, seine Einfühlsamkeit und sein tiefes menschliches Verständnis in jeder

Krise wären wir über die meisten Hürden nicht hinweggekommen. Der Weg hat meine Schwester durch zahlreiche Krankenhäuser an den verschiedensten Orten Deutschlands geführt, und überall sind wir Ärzten begegnet, denen wir heute nur danken können – für ihren Einsatz und für ihr großes Können. Zuletzt haben wir auf der Lungenstation der Hochtaunusklinik Bad Homburg erlebt, wie geborgen man sich selbst in einem Krankenhaus fühlen kann, wenn Ärzte und Schwestern freundlich, respektvoll und wertschätzend auch mit todkranken Patienten umgehen und dem in meinen Augen so unendlich wichtigen *Prinzip Hoffnung* immer einen Spaltbreit die Tür offen halten.

Wir sind aber auch Ärzten begegnet, deren Verhalten mich bis heute fassungslos sein lässt – fassungslos deshalb, weil ich mich frage, wieso ein Mensch einen helfenden Beruf ergreift, wenn er gleichzeitig so menschenverachtend, rücksichtslos und fast feindselig mit Menschen umgeht, die sich in einer wehrlosen Situation befinden. Und weil ich mich frage, wie es angeht, dass mit Fehldiagnosen in rauen Mengen um sich geworfen werden darf, ohne dass hinterher auch nur ein einziges Wort der Entschuldigung gegenüber dem wieder einmal umsonst in Angst und Schrecken versetzten Patienten fällt – geschweige denn, dass es sonst irgendeine Konsequenz für denjenigen hätte, der einen fatalen Irrtum ohne jedes Hinterfragen in die Welt hinausposaunt hat.

Es gibt immer noch zu viele Ärzte, denen man raten möchte, entweder ihren Beruf aufzugeben oder auf der Stelle einen Crashkurs in Empathiefähigkeit zu belegen. Gerade die Ärzte, die auch unter schwierigen und zweifellos stressreichen Bedingungen die Würde des Patienten stets im Auge haben, beweisen, dass es geht: Arzt sein und gleichzeitig Mensch bleiben.

Die Onkologin, der Franziska an jenem 6. März allein gegenübersitzt – sie wollte keine familiäre Begleitung –, teilt ihr unverblümt mit, dass es keinerlei Hoffnung gibt, null, »nicht bei diesem Krankheitsbild«. Man werde mit einer kombinierten Chemo-/Strahlentherapie, die sofort beginnen muss, und einer anschließenden operativen Entfernung des Tumors im Darm einen geringen Aufschub erreichen, mehr nicht. Die Metastasen auf der Lunge seien inoperabel, damit sei ein längeres Überleben ohnehin ausgeschlossen, denn nur das Operieren von Metastasen sichere eine nennenswerte Überlebensdauer. Auch hier werde man also nur Chemotherapie anwenden können, die allerdings bloß eine bestimmte und höchst begrenzte Zeit lang greifen könne. Dann sei Schluss. Wahrscheinlich noch vor Ende des Jahres. Und die Monate bis dahin würden grauenhaft sein.

Meine Schwester ist, wie sie später berichtet, völlig betäubt, fällt fast in eine Art Schockstarre. Es ist nicht nur das, *was* die Ärztin ihr sagt, es ist auch das *Wie*. Sie schießt ihre Hiobsbotschaften im hämmernden Stakkato eines Maschinengewehrs ab und wirkt dabei völlig unbeteiligt. Meine Schwester ist ein Posten auf ihrer heutigen To-do-Liste, der erledigt und abgehakt werden muss. Mehr nicht.

Franziska kommt es vor, als befinde sie sich nicht im Sprechzimmer eines Arztes, sondern vor einem Exekutionskommando. Als sie wieder sprechen kann, sagt sie: »Ich habe Kinder. Meine Tochter ist erst zwei Jahre alt.«

»Das ändert nichts«, erwidert die Ärztin.

Das hatte Franziska auch nicht erwartet. Sie wollte nur signalisieren: Ich. Bin. Ein. Mensch.

Weil dieser Umstand ihrem Gegenüber nicht klar zu sein scheint.

Allerdings hat die Erwähnung der Kinder nun doch plötzlich kreative Kräfte in der Ärztin freigesetzt – wobei zu bezweifeln ist, dass der gute Vorschlag, den sie meiner Schwester unterbreitet, einem spontanen Einfall zu verdanken ist. Vermutlich handelt es sich um ihr Standardrezept für todgeweihte Patientinnen, denen nicht mehr viel Zeit bleibt und die Kinder haben.

»In diesem Fall«, sagt sie, »würde ich an Ihrer Stelle sofort mit der Erstellung einer Dokumentation Ihres Sterbens beginnen.«

Franziska versteht nicht ganz …

»Ein Fotoalbum«, erläutert die Ärztin, »das Sie gleich morgen kaufen. Da kommt dann alles rein: Ihre Gedanken und Gefühle, je mehr Sie sich dem Tod nähern. Und Fotos. So, wie Sie heute sind, werden Sie ja dann nicht mehr aussehen. Und das alles stellt dann Ihr Vermächtnis an Ihre Kinder dar. Die können sich das immer wieder anschauen.«

Ihre zuvor gleichgültige Stimme hat einen fast lebendigen Klang bekommen, so fabelhaft findet sie ihre Idee. Man stelle sich die hübsche Beschäftigung für zwei Kinder an verregneten Sonntagen oder langen Winterabenden vor: Mamas Sterben anschauen.

Franziska erhebt sich, dankt für das Gespräch. Sie ist bereits stationär in die Klinik eingezogen, weil geplant ist, die Chemotherapie dort durchzuführen. Sie geht in ihr Zimmer zurück, wählt die Telefonnummer ihres Zuhauses. Erreicht ihre Mutter – und fängt an zu schreien. Ohne etwas zu sagen. Sie schreit nur.

»Wie ein Tier in der Falle«, sagt meine Mutter später. Durch das Telefon hört sie, dass offenbar zwei Pfleger, aufgeschreckt von den Schreien, in das Zimmer ihrer Tochter stürzen.

»Scheiße«, ruft der eine, »ein Suizid ist das Letzte, worauf ich heute Abend noch Lust habe!«

Gott sei Dank hat er die Lage verkannt. Franziska hat nicht die Absicht, sich das Leben zu nehmen. Ich frage mich allerdings, ob man das in der Klinik schon kennt: ein Ansteigen der Rate an Suizidversuchen bei Patienten nach Gesprächen mit dieser Onkologin.

Es würde mich nicht wundern.

Wenn einem Patienten eine tödliche Diagnose auf besonders brutale Weise um die Ohren gehauen wird, dann rechtfertigen die Ärzte, wie wir erfahren werden, diese Vorgehensweise mit zwei möglichen Begründungen: Zum einen beziehen sie sich auf neuste Erkenntnisse, die aus den USA stammen sollen und angeblich belegen, dass Patienten, denen von vorneherein die nahezu völlige Aussichtslosigkeit ihrer Lage klargemacht wird, einen immensen Widerstandswillen entwickeln und enorme Kräfte sammeln, um, der schlechten Prognose zum Trotz, ihre Krankheit dennoch besiegen zu können.

Abgesehen davon, dass mir persönlich diese Vorgehensweise grundsätzlich ziemlich gewagt erscheint, so ist es zumindest eine unbestreitbare Tatsache, dass Menschen verschieden sind und unterschiedlich reagieren. Es kann daher nicht richtig sein, ein Standardverfahren zu entwickeln und es pauschal und ohne jedes Ansehen der jeweiligen Person blindlings anzuwenden.

Das zweite Argument, das herangezogen wird: die Wahrheit.

»Ich musste ihm/ihr doch die Wahrheit sagen!«, erklären die Ärzte ihre Holzhammermethode. Aber was ist Wahrheit in diesen Fällen? Ganz sicher verkündet der Arzt das, was er für die Wahrheit hält. Er stützt sich dabei auf seine Erfahrungen und auf statistische Wahrscheinlichkeiten, und damit würde er seine Diagnose im Zweifelsfalle auch immer belegen können. Ein guter Arzt wird noch etwas anderes im Auge haben: den individuellen Krankheits- und Schicksalsverlauf des Menschen, der ihm gegenübersitzt. Den kennt er nicht, kann ihn nicht kennen. Sein unwiderlegbares Vorhandensein würde jedoch in meinen Augen immer eines rechtfertigen: der Hoffnung Raum zu geben. Ohne Gefahr zu laufen, dabei mit der Wahrheit in Kollision zu geraten – denn wer auch immer mit der letzten Wahrheit eines jeden Einzelnen von uns vertraut ist: Der Arzt kann es in diesen Momenten sicher nicht sein.

Hoffnung setzt immense Kräfte im Menschen frei. Diese Kräfte im Falle einer schweren, sehr schweren Krankheit von vorneherein zu zerschlagen halte ich für eine grob fahrlässige Verfahrensweise.

Um es vorwegzusagen, nichts von dem, was jene Ärztin an diesem dunklen Tag im März meiner Schwester an *Wahrheiten* vor die Füße wirft, trifft ein. Was die Ärztin jedoch an Selbstvertrauen und Hoffnung in wenigen Minuten zerstört, lässt sich nie wieder ganz aufbauen.

3

Warum dieser Darmkrebs? Darüber grübeln wir in diesen ersten Wochen ständig nach. Die Ärzte, die wir befragen, äußern sich unserem Empfinden nach ausweichend, geben aber auch zu erkennen, dass Franziska für diese Erkrankung ungewöhnlich jung ist. Darmkrebs kann in jeder Altersstufe auftreten, vermehrt tut er das jedoch erst in späteren Jahren. Das Durchschnittsalter für eine Darmkrebserkrankung liegt bei fünfundsechzig Jahren. Einen Hämocculttest bieten die gesetzlichen Krankenkassen ab dem fünfzigsten, Darmspiegelungen ab dem fünfundfünfzigsten Lebensjahr an. Regelmäßige Früherkennungsuntersuchungen für jüngere Menschen werden nur dann empfohlen, wenn ein erhöhtes Risiko vorliegt.

Franziska ist gerade eben einundvierzig geworden. Und wie wir es drehen und wenden, sie scheint nicht unter den Begriff *erhöhtes Risiko* zu fallen. Ein erhöhtes Risiko hat man, wenn es im familiären Umfeld bereits Darmkrebserkrankungen gegeben hat, besonders natürlich dann, wenn Verwandte ersten Grades, also Eltern oder Geschwister, erkrankt sind. Das ist bei uns nicht der Fall. Weder bei Verwandten ersten noch zweiten noch sonst irgendeines Grades lässt sich eine Darmkrebserkrankung finden. Es gibt ein paar andere Krebsfälle in der weiteren Familie, aber in welcher Familie ist das nicht so? Eine spezielle Häufung liegt bei uns nicht vor.

Zudem trägt die persönliche Lebensweise dazu bei, das eigene Risiko zu steigern oder zu verringern. Was den Darmkrebs angeht, liegt ein besonderes Gewicht auf der Frage der Ernährung. Es gibt Studien, die besagen, dass Menschen, die regelmäßig rotes Fleisch, speziell Rind- und Schweinefleisch, zu sich nehmen, mit einer um immerhin 50 Prozent erhöhten Wahrscheinlichkeit irgendwann im Leben einen Darmtumor entwickeln. Ebenso spielen das Fehlen ballaststoffreicher Kost, Bewegungsmangel und Übergewicht eine entscheidende Rolle.

Aber auch in dieser Hinsicht: Fehlalarm in unserem Fall. Franziska lebt nicht derart konsequent und absolut vegetarisch wie ich, aber sie nimmt so selten Fleisch zu sich, dass sich aus den verschwindend wenigen Gelegenheiten kaum eine Gefahr ableiten lässt. Mit der ballaststoffreichen Kost hantiert sie schon eher etwas schlampig, mehr oder weniger wie die meisten von uns: ab und zu eine richtig ungesunde, fetttriefende Pizza. Aber dann auch wieder ausreichend Salat und Gemüse. Schon der Kinder wegen.

Was den Bewegungsmangel angeht, so ist sie so ziemlich der letzte Mensch, den ich kenne, dem man das vorwerfen könnte. Franziska ist eigentlich immer in Bewegung. Durch und durch ein *Outdoor-Mensch*, findet sie nichts so langweilig und nervend, wie still daheim im Zimmer zu sitzen oder auf dem Sofa zu liegen. Sie will immer nach draußen, bei Wind und Wetter. Entweder ist sie mit ihrem Pferd unterwegs oder strampelt große Runden auf ihrem Fahrrad. Unternimmt lange Spaziergänge mit ihren Hunden. Egal, ob es regnet, stürmt oder schneit. Deswegen wollte sie auch so gerne aufs Land hinausziehen. Um noch mehr Natur und noch mehr Bewegungsspielraum um sich herum zu haben.

Bleibt die Frage nach dem Übergewicht. Aber die ergibt sich fast schon aus dem zuvor abgehandelten Punkt. Franziska ist immer sehr schlank gewesen. Tendenziell eher zu dünn als zu dick. Warum also nun dieser furchtbare Befund? Einfach nur eine Laune des Schicksals?

Durch einen seltsamen Zufall komme ich Ende März dem Rätsel auf die Spur. Ein Mandant von Klaus, meinem Mann, hat uns zum Abendessen eingeladen. Irgendwann erwähnt er seine Tochter, die auch gerne an diesem Abend dabei gewesen wäre. Leider sei ihr Hodgkin-Nachsorgetermin in Heidelberg dazwischengekommen. Sofort werde ich extrem hellhörig. Persönlich habe ich noch nie jemanden kennengelernt, der Morbus Hodgkin hatte oder Angehöriger einer Person mit dieser Erkrankung ist. Allerdings handelt es sich auch um eine eher seltene Erkrankung.

Als ich mein Interesse bekunde, wird der Mandant konkreter: Eigentlich ist seine Tochter nämlich gar nicht direkt bei der Hodgkin-Nachsorge. Sondern, genauer gesagt, bei der *Hodgkin-Folgetumor-Vorsorge,* wie er es nennt. Und dann erfahre ich Zusammenhänge, von denen ich keine Ahnung hatte. Die aber alles, was mit meiner Schwester gerade geschieht, in ein neues Licht tauchen.

Ende der achtziger Jahre, als meine Schwester an Morbus Hodgkin erkrankte, waren die Spätfolgen der Therapie, vor allem der speziellen Strahlentherapie, die man anwenden musste, um die Krankheit zu besiegen, noch nicht bekannt. Die stellten sich erst nach und nach heraus, und dabei wurde klar, dass sie erheblich sind: In signifikant erhöhter Weise nämlich erkrankten ehemalige Morbus-Hodgkin-Patienten in späteren Jahren an einem weiteren Tumor, und schließlich erhärtete sich der Verdacht, dass es sich dabei um eine Folge der Therapie handelte. Dieser neue Tumor hat nichts mit den sonst üblichen Krebsrisiken zu tun und fällt damit aus jedem Raster der üblichen Vorgaben für Früherkennung oder Vorsorge. Solange die Betroffenen nicht über diese Spätfolge aufgeklärt sind, können sie nicht ahnen, welch schleichende Gefahr sich anbahnt.

Gift und Strahlen zerstören den Lymphdrüsenkrebs. Sie zerstören aber auch viel zu viel an gesundem Gewebe. Und der Körper rächt sich.

Die Tochter dieses Mandanten hatte Glück. Die Universitätsklinik Heidelberg, in der sie seinerzeit therapiert worden war, schrieb später alle ehemaligen Patienten an und machte sie auf das Vorhandensein dieses besonderen Risikos aufmerksam. Geraten wurde, sich einmal pro Jahr vollständig durchscannen zu lassen, um einen Folgetumor so frühzeitig wie möglich entdecken zu können.

»Irgendwann kommt er, an irgendeiner Stelle«, habe ein Arzt gesagt, »und dann müssen wir ihn sofort erwischen.«

Ob das Münchner Krankenhaus, in dem Franziska behandelt wurde, auch eine derartige »Vorwarnaktion« gestartet hat, kann ich nicht sagen. Franziska hat jedenfalls kein Schreiben bekommen. Allerdings hat sie in der Zwischenzeit geheiratet und ihren Nachnamen geändert, zudem ist die Familie zweimal umgezogen. Sie aufzuspüren wäre sicher nicht einfach gewesen. Sollte es ein Schreiben gegeben haben, wäre es vermutlich mit dem Vermerk *Unbekannt verzogen* zurückgegangen.

Auf den Zusammenhang zwischen der Behandlung der Hodgkin-Erkrankung damals und dem Darmtumor heute nun konkret angesprochen, reagieren die meisten Ärzte zustimmend. Sie halten diese Wahrscheinlichkeit für sehr hoch. Warum sie sich zu Anfang so bedeckt gaben, kann ich nur vermuten. Möglicherweise eine instinktiv einsetzende Abwehrhaltung gegenüber allem, was auch nur entfernt nach *Schadensersatzanspruch* riecht.

Uns liegt jedoch nichts ferner als dieser Gedanke. Die Probleme, die jetzt auf die ganze Familie einstürmen, sind so massiv, dass wir unsere gesamte Energie zu ihrer Bewältigung einsetzen müssen.

Bloß keine weitere Front eröffnen.

4

Nach dem Gespräch mit der einfühlsamen Onkologin und einem dramatischen seelischen Zusammenbruch verlässt Franziska jenes Krankenhaus geradezu fluchtartig. Es ist klar, dass nach diesem Vorkommnis jegliches Vertrauen fehlt. Sie entscheidet sich für die Klinik in München, in der sie seinerzeit ihren Lymphdrüsenkrebs besiegt und später ihre Kinder zur Welt gebracht hat. Sie hat gute Erfahrungen mit diesem Krankenhaus gemacht.

Fast gleichzeitig mit ihrem Einzug dort setzt ein bundesweiter Ärztestreik ein.

»Auch das noch«, stöhnt meine Mutter am Telefon. Ob man die Forderungen der Ärzte nach höherem Lohn und besseren Arbeitszeiten versteht oder nicht – für jemanden, der sich gerade anschickt, eine todbringende Erkrankung zu bekämpfen, stellt ein solcher Streik eine extreme Komplikation innerhalb einer sowieso äußerst schwierigen Situation dar. Natürlich sorgen die Krankenhäuser für eine ständige Notbesetzung. Die Patienten haben es aber dadurch mit immer wieder anderen Ärzten zu tun, die ihrerseits kaum eine Gelegenheit haben, sich in einen Fall wirklich einzuarbeiten und mit ihm vertraut zu werden. Vor Franziska steht jeden Tag ein neuer Arzt, der ihre Krankenakte in der Hand hält und mit zerfurchter Stirn im Eiltempo zu erfassen sucht, worum es geht und was nun genau zu machen ist. Meine Mutter, die inzwischen eine Halbtagsbetreuung für die kleine Clara organisiert hat und sich ebenfalls häufig in der Klinik aufhält – seit dem Vorkommnis mit der Onkologin steht sie wie eine Art Wachhund neben ihrer Tochter –, entdeckt eines Tages im buchstäblich letzten Moment, dass auf der Akte, die eine Ärztin für einen Moment auf dem Tisch abgelegt hat, der Name einer ganz anderen Patientin steht. Entsprechend wäre vermutlich auch eine andere Chemotherapie verabreicht worden. Die völlig überforderte Ärztin, die diesen Fehler zu verantworten hat, reagiert verwirrt. »Ach, Sie sind gar nicht der Eierstockkrebs«, sagt sie und fügt ratlos hinzu: »Wer, um Himmels willen, sind Sie denn dann?«

Franziskas Therapie ist im vollen Gange – eine extrem harte Therapie, weil ihre Krankheit so weit fortgeschritten ist. Bei weitem nicht jede Chemotherapie, das möchte ich hier vorsorglich anmerken, um nicht zu viel Schrecken zu verbreiten, hat so schreckliche Nebenwirkungen wie diese.

Am Vorabend des Therapiebeginns hat sie mich aus dem Krankenhaus angerufen.

»Was machst du gerade?«, fragte ich sie.

»Ich sitze hier im Bett und streichle meine Beine. Weißt du, ich sehe meinen Körper vielleicht zum ersten Mal mit offenen Augen. Ich merke, wie sehr er zu mir gehört und wie sehr ich ihn liebe. Ab morgen pumpen sie dieses furchtbare Gift in ihn hinein. Ich glaube, ich nehme gerade auch ein Stück weit Abschied von ihm.«

Sie bekommt 5FU-Oxaliplatin, eine Runde nach der anderen. Der Vorteil dieser Chemotherapie: Den Patienten fallen keine Haare aus. Franziska ist darüber sehr erleichtert, vor allem deshalb, weil man sie dadurch später draußen nicht noch monatelang als Krebspatientin wird identifizieren können. Andererseits ist diese Therapie äußerst aggressiv. Manche vertragen sie etwas besser, manche schlechter.

Meine Schwester verträgt sie überhaupt nicht.

Ab dem zweiten Tag ist ihr dermaßen schlecht, dass sie aufhört zu essen, zu trinken und zu sprechen. Sie liegt einfach nur im Bett und bemüht sich, jede, auch die kleinste, Bewegung zu vermeiden, da alles die unerträgliche Übelkeit verschärft. Ich versuche, sie täglich anzurufen, gerate aber immer nur an meine Mutter.

»Tschesie kann nicht. Ihr ist schon wieder so schlecht.«

Das wird zur Standardauskunft. Die Dauerübelkeit meiner Schwester nimmt besorgniserregende Ausmaße an, vor allem, was ihre Unfähigkeit, Nahrung zu sich zu nehmen, betrifft. Jeden Mittag wird ein Tablett mit Essen in ihr Zimmer getragen und völlig unberührt wieder abgeräumt. Das scheint niemanden zu irritieren. Meine Mutter weist die Schwestern immer wieder darauf hin, dass hier eine Gefahr im Verzug ist, doch die reagieren schulterzuckend. »Da müssen Sie mit einem Arzt sprechen.«

Bloß ist es nicht so einfach, einen zuständigen Arzt zu erwischen. Weil es eigentlich keinen gibt. Weil der gerade streikt.

Meine Mutter beginnt, selbstgekochtes Essen in kleinen, appetitlich angerichteten Portionen ins Krankenhaus zu transportieren. Damit entspannt sich die Situation ein wenig, Franziska schafft es nun zumindest hin und wieder, ein paar kleine Häppchen zu sich zu nehmen. Trotzdem wird sie bis Ende April 12 Kilogramm Gewicht verloren haben.

Gleichzeitig läuft die Strahlentherapie. Diese zerstört die Haut im gesamten Bauch- und Beckenbereich, fügt ihr schlimmste Verbrennungen zu. Sowohl meine Mutter als auch mein Schwager haben bei Franziskas Anblick den Eindruck, dass zumindest mit der Strahlentherapie übertrieben wird, dass sich dieses Ausmaß an Verbrennung zwar vielleicht negativ auf den Tumor auswirken wird, jedoch auch den gesamten Menschen zu sehr in Mitleidenschaft zieht.

Sogar einer der Ärztinnen scheint das nicht mehr geheuer. Sie spricht den verantwortlichen Professor während einer seiner Visiten leise darauf an. »Wir sollten vielleicht die Bestrahlungen aussetzen. Das hält die Patientin nicht mehr durch!«

Er schaut Franziska kurz an. »Weitermachen«, sagt er dann einfach nur. Und verkündet im Hinausgehen noch: »Ich gehe immer an die Grenze!«

Die Konsequenzen seiner Grenzgänge müssen nur leider andere tragen, nicht er. Ein paar Jahre später treffe ich übrigens durch Zufall einen anderen ehemaligen Patienten dieses Professors. Als ich berichte, dass auch meine Schwester bei ihm in Behandlung war, schaut er mich an, Zuversicht im Blick: »Und sie hat es überlebt? Dann überlebt sie die gesamte Krankheit, machen Sie sich da mal keine Sorgen. Wer den Kerl übersteht, den bringt einfach nichts mehr um!«

Vorläufig sind wir aber von der Fähigkeit, ironische Betrachtungen anzustellen, ziemlich weit entfernt. Es geht Franziska schlecht, immer schlechter. Physisch wie psychisch gerät sie in eine zunehmend desolate Situation. Was sie, was wir alle dringend bräuchten, wäre endlich eine gute Nachricht, welche auch immer. Aber so sieht es nicht aus, ganz im Gegenteil. Meiner Mutter ist es inzwischen gelungen, ein ausführliches Gespräch mit einem Arzt zu führen. Er bringt ihr die Dinge zumindest schonend und einfühlsam bei, kann jedoch auch keinerlei Hoffnung erzeugen.

»Wir gewinnen Lebenszeit«, sagt er. »Mehr können wir nicht tun.«

»Wie viel Lebenszeit?«, fragt meine Mutter.

»Vielleicht zwei Jahre. Allerhöchstens. Das große Problem sind die Lungenmetastasen. Sie sind absolut inoperabel. Und sie werden schon relativ bald auf keine Chemotherapie mehr reagieren.«

Zwei Jahre.

Als mir meine Mutter von diesem Gespräch berichtet, falle ich völlig in mich zusammen.

Ich werde meine Schwester verlieren.

Ich werde den Menschen verlieren, ohne den ich mir mein Leben nicht vorstellen kann.

April/Mai 2006

1

Während sich meine Schwester durch ihre Chemotherapie kämpft, meine siebzigjährige Mutter einen Haushalt mit Kleinkind, Teenager, drei Hunden, zwei Katzen und drei Enten managt und nebenher als Hilfskrankenschwester und Seelsorgerin im Krankenhaus Dienst am Bett ihrer Tochter tut, während mein Vater daheim den Zoo betreut, den meine Mutter während ihrer Arbeit im Tierschutz angehäuft hat, tue ich das so ziemlich Sinnvollste, was man in einer solchen Lage tun kann: Ich stürze in die schlimmste Krise meines ganzen bisherigen Lebens.

Franziska und ich sind keine Zwillinge. Unsere Verbindung ist aber von ebensolcher Intensität, fast schon symbiotisch. Tatsächlich haben uns viele Menschen für Zwillinge gehalten, als wir noch Kinder waren. Weil man uns so gut wie nie einzeln erlebte. Weil unser eiserner Zusammenhalt manchmal nach außen hin beinahe einschüchternd wirkte. Weil wir einfach eine ohne die andere nicht denkbar waren.

Die nun ganz real im Raum stehende Möglichkeit, meine Schwester an einen grausamen Tod zu verlieren und ihrem sich möglicherweise qualvoll dahinziehenden Sterben zusehen zu müssen, ohne etwas dagegen tun zu können, stürzt mich auf den Grund tiefster mir vorstellbarer Verzweiflung. Ich komme mir vollständig traumatisiert vor und so, als werde dort in München gerade mein eigener Lebensnerv durchtrennt. Ich kann nicht mehr schlafen, ich kann nicht mehr essen. Ich bin auch zum ersten Mal in meinem Leben nicht mehr im Kontakt mit meiner Schwester, weil sie wegen ihrer sich ständig verschärfenden Übelkeit so gut wie überhaupt nicht mehr für mich zu sprechen ist. Mehrfach bitte ich meine Mutter, doch auch nach München kommen zu können, aber sie rät mir in Franziskas Interesse davon ab: Franziska kann im Moment einfach kaum Menschen um sich ertragen, konzentriert sich vollkommen darauf, die Chemotherapie durchzuziehen – die von Mitpatienten um sie herum reihenweise schon nach dem zweiten Zyklus abgebrochen wird, weil sie es nicht mehr aushalten. Das heißt: Ich würde im Krankenhaus jetzt stören.

Wenigstens habe ich mein Buch inzwischen abgeschlossen und abgeliefert. Meine gesamte Energie richte ich nun darauf, mich mit noch mehr Ausdauer und Anstrengung durch das Internet zu graben, immer auf der Suche nach der rettenden Entdeckung. Wie genau die aussehen soll, weiß ich auch nicht, ich werde sie schon erkennen, wenn sie vor mir liegt. Aber nach wie vor stoße ich hauptsächlich auf Negativberichte, die mich noch tiefer herunterziehen. Mein Vater, den ich an den Wochenenden besuche, stellt fest, dass ich inzwischen wirklich krank aussehe und beschwört mich, die Finger von diesem »schrecklichen Internet« zu lassen. Er warnt mich vor dem vielen Halbwissen, auf das ich dort stoße, vor nicht nachprüfbaren Geschichten, die dort wild herumgeistern. Als völliger medizinischer Laie, so sagt er, sei ich ja nur äußerst bedingt in der Lage, die Spreu vom Weizen zu trennen.

Ich gebe ihm durchaus recht. Schaffe es aber trotzdem nicht, mit der Suche aufzuhören. Einige Wochen später werde ich dabei dann auch tatsächlich einen entscheidenden neuen Weg finden.

Bis dahin gerate ich nur einfach von Tag zu Tag stärker in eine Spirale, die nach unten führt. Als mich meine Freundin Birgit, die mich längere Zeit nicht gesehen hat, besucht, zuckt sie zurück. »Oh Gott, du hast ja furchtbar abgenommen! Isst du überhaupt noch irgendetwas?«

Und dann kommt auch noch der schon vor langer Zeit bestellte Fotograf, der im Auftrag meines Verlages neue Autorenfotos für das Buch machen soll, das im Herbst erscheinen wird. Da ich so viel weine und kaum noch schlafe, ist die Haut um meine Augen herum inzwischen chronisch geschwollen, und ich finde, dass ich wie ein Zombie aussehe. Ich versuche, meiner Verlegerin die Sache mit den Bildern auszureden, aber sanft und taktvoll weist sie mich auf eine unumstößliche Wahrheit hin: »Meine Liebe, du siehst wirklich gut aus mit deinen zweiundvierzig Jahren. Aber auf dem letzten Bild, das wir von dir haben, bist du dreißig. Wir *können* es nicht mehr verwenden!«

Der Fotograf, der mitsamt Assistent bei mir aufkreuzt, ist weniger schonungsvoll. »Ach, was für ein Mist! Was ist denn mit Ihren Augen los? Wie soll ich denn da anständige Bilder hinbekommen?«

Am Ende wird er die Fotos dann einfach stark retuschieren. Ich sehe dadurch so geglättet aus, dass man tatsächlich genauso gut das Bild hätte nehmen können, auf dem ich dreißig bin. Allerdings ist die Ausstrahlung eine völlig andere: Auf dem älteren Bild strahle ich fröhlich in die Kamera. Auf den neuen Bildern wirkt mein Lächeln angestrengt und gequält.

Anfang April geht es mir psychisch so schlecht, dass mich sowohl mein Mann als auch meine Mutter beschwören, professionelle Hilfe zu suchen. Meine Mutter berichtet von den vielen Broschüren, die in den Wartebereichen des Krankenhauses herumliegen und sich in großer Zahl gerade an die Angehörigen von Krebspatienten richten. Darin wird auf deren besondere Problematik hingewiesen. Meist sind sie genauso geschockt wie der Patient selbst. Müssen gleichzeitig aber mehr denn je funktionieren: den Kranken stützen, trösten, ihm Mut zusprechen und ihn aufbauen. Ihre eigenen Ängste und Sorgen so gut es geht vor ihm verbergen, das heißt, über viele Stunden des Tages eine anstrengende Maskerade aufrechterhalten. Zugleich muss ihr eigenes Leben nebenher weiterlaufen: in der Familie und im Beruf. Da es in erster Linie um das vom Tode bedrohte Leben des Krebskranken geht, stellen die anderen sich und ihre Bedürfnisse vollständig zurück und merken oft zu spät, wie sie langsam ausbrennen.

»Psychologischer Beistand wird den Angehörigen von Krebspatienten dringend angeraten«, sagt meine Mutter. »Warum machst du das also nicht einfach?«

Weil es nicht einfach ist. Zum einen: so schnell jemanden zu finden, der helfen kann. Und zum anderen: Mich blockiert auch mein Schuldgefühl. Ich sehe, was meine Mutter, die fast dreißig Jahre älter ist als ich, täglich leistet. Sie bleibt dennoch fit und, wie es scheint, unbegrenzt belastbar. Ich hingegen leiste eigentlich gar nichts und drehe trotzdem seelisch völlig am Rad. Erst später begreife ich, dass die Dinge komplizierter liegen. Meine Mutter schaufelt zwar jeden Tag einen Berg Arbeit zur Seite, aber der aktive Kampf direkt an der Front vermittelt ihr auch das stärkende Gefühl, inmitten dieser alptraumhaften Situation etwas Sinnvolles tun zu können. Ich jedoch empfinde mich zunehmend als vollkommen ohnmächtig. Diese Ohnmacht zermürbt mich, und so hat die Angst vor dem drohenden Verlust ein leichtes Spiel mit mir: Sie verschlingt mich ganz und gar.

Ich brauche Hilfe.

Vor allem in den Nächten, die ich im Haus herumwandernd zubringe, denke ich nun darüber nach, an wen ich mich wenden könnte. Irgendetwas sagt mir, dass ein Psychologe oder Psychotherapeut nicht das ist, was ich gerade brauche. Ich müsste jemanden finden, der zu mir passt, und die Zeit, diesen Jemand zu suchen und auszuprobieren, habe ich nicht. Außerdem ist das alles eine Dimension zu groß. Ein Arzt, ein Therapeut reichen nicht aus, dazu ist meine Krise zu existenziell. Sie berührt etwas in meinem Leben, für das mir keine Instanz als genügend kompetent erscheint.

Eines Nachts begreife ich es dann. In dieser vollkommen ausweglosen Lage, in der uns kein Mensch bisher auch nur noch einen Schimmer Hoffnung hat übermitteln können, bleibt mir der liebe Gott als einzige, als letzte Anlaufstelle.

Ich bin nicht gut darin, überhaupt nicht. Schon gar nicht geübt. Ich trage den Glauben in mir, den man als Kind mit auf den Weg bekommt – zumindest in meiner Generation war das zumeist noch der Fall –, aber ich habe das für mich nie bis zum Ende vertieft. Gibt es einen Gott oder nicht? Der Frage bin ich nie wirklich nachgegangen, habe sie eigentlich bisher ausgespart. Ich bin aber auch noch nie in eine Situation gekommen, in der ich mich dieser gesamten Thematik hätte ernsthaft stellen müssen.

Mir wird klar, dass ich einen Vermittler brauche, und so kommt mir der Gedanke, mich an den Pfarrer unserer Gemeinde zu wenden. Auch das ist vollkommen neu in meinem Leben. Mit dem Glauben ist es eine Sache, aber mit der Kirche und ihren Vertretern habe ich immer Probleme gehabt und daher deutlichen Abstand gewahrt. Was an einem wirklich unangenehmen Pfarrer liegt, mit dem ich während meiner Jugendzeit zu tun hatte und von dem ich mich in eine viel zu pauschalisierende Ablehnungshaltung habe treiben lassen. Noch nie im Leben habe ich von mir aus den Kontakt zu einem Pfarrer gesucht, außer etwa ein Jahr zuvor, als wir unsere damals vierjährige Tochter taufen ließen. Das war dann auch ein ausgesprochen positives Erlebnis. Zum obligatorischen Taufgespräch besuchte uns der Pfarrer zu Hause, saß mit mir bei Kaffee und Kuchen auf der Terrasse, und wir unterhielten uns mehr als eine Stunde lang angeregt und gut miteinander. Über sehr weltliche Themen. Er ist verheiratet, Vater von zwei kleinen Kindern, steht also mitten im normalen Leben. Er erschien mir engagiert, sehr gefestigt in seinem Glauben, dabei trotzdem weltoffen.

Dennoch bin ich sehr unsicher. Auch deshalb, weil ich genau die Sorte Mensch bin, die sich auf Gott erst dann besinnt, wenn der Karren richtig im Dreck steckt. Sonst nicht. Ich bin in all den Jahren, die wir jetzt in diesem Viertel in Wiesbaden wohnen, genau zweimal in der Kirche gewesen, einmal bei der Taufe und einmal im Familiengottesdienst am Nachmittag des 24. Dezember, als meine Tochter im Krippenspiel als Engel auftrat und mit zwei weißen Plastikflügeln auf dem Rücken den tragenden Text zu sagen hatte: »Dort muss es sein!« (womit der Stall von Bethlehem gemeint war).

Ich denke mir also, was der Pfarrer denken wird: Typisch! Aber jetzt kommt sie angekrochen!

Trotzdem spüre ich es in mir. Es ist fast wie ein Sog. Dort liegt der Weg, den ich jetzt gehen muss. Der einzige Weg.

Klar ist auch, dass meine Schwester nie etwas davon erfahren darf. Eben weil das, was ich jetzt tue, so völlig untypisch für mich ist, dass sie daraus nur verheerende Schlüsse ziehen könnte, was meine Einschätzung ihrer Krankheitssituation betrifft. Es wird dann auch eines der ganz wenigen, vielleicht das einzige Geheimnis sein, das ich für immer vor ihr habe: mein Gang zum Pfarrer.

Als ich ihn nach langem innerem Hin und Her am Abend endlich anrufe, reagiert er freundlich und zuvorkommend und gibt mir sofort für den nächsten Morgen um neun Uhr einen Termin in seinem Büro. Ich habe ihm noch nicht genau gesagt, worum es geht, habe nur von einer »akuten Krisensituation« gesprochen, in der ich mich befinde.

Überpünktlich stehe ich am nächsten Morgen vor seiner Tür. Er bittet mich hinein, fordert mich auf, mich zu setzen. Und zwar an einen kleinen runden Tisch, nicht etwa vor den großen Schreibtisch, auf dessen anderer Seite er dann thronen würde. Er setzt sich zu mir, ganz auf Augenhöhe. Noch bevor ich irgendetwas sagen kann, fange ich an zu weinen.

Gute fünf Minuten lang ist der Pfarrer nur beschäftigt, mir ein Taschentuch nach dem anderen zu reichen. Er wartet geduldig ab, bis ich mich so weit beruhigt habe, dass ich wieder ansprechbar bin. Dann fragt er: »Wollen Sie mir erzählen, was Sie so verzweifelt sein lässt?«

Ich nicke, und dann berichte ich ihm alles, in ziemlich wirrer und ungeordneter Form. Von der Erkrankung meiner Schwester. Was mir Franziska bedeutet. Dass ich sie als meine Lebensgefährtin, als meine Lebensbegleiterin empfinde und fast wahnsinnig werde bei dem Gedanken, sie könnte uns verlassen. Dass ihre Krankheit in einem viel zu späten Stadium entdeckt wurde. Ich berichte von dem Gespräch, das sie mit jener Onkologin geführt hat. Von dem Gespräch zwischen meiner Mutter und dem Arzt in München. Von den Statistiken und Aussagen, die ich täglich im Internet finde und die absolut niederschmetternd sind. Von ihrem Mann und ihren beiden Kindern, die sie brauchen.

»Niemand macht uns Hoffnung«, sage ich. »Wirklich niemand. Alle sagen, dass sie bald tot sein wird. Die Ärzte sagen es. Die Statistiken sagen es. Die …«

Zum ersten Mal unterbricht er mich. Sein Gesicht hat einen unwilligen Ausdruck angenommen. »Die Ärzte«, wiederholt er, leicht verärgert, wie es mir scheint, »die Statistiken!«

Er neigt sich vor, sieht mich sehr eindringlich an. »Bitte glauben Sie mir, was ich Ihnen jetzt sage. Es ist wichtig, und ich bin von dieser Wahrheit zutiefst überzeugt. Und habe sie auch immer wieder bestätigt gefunden: Über die Frage, ob Ihre Schwester leben oder sterben wird, entscheiden *nicht* die Ärzte. Darüber entscheiden auch *nicht* die Statistiken. Sondern darüber entscheidet Gott ganz alleine. Niemand sonst. Und deshalb, bitte, lassen Sie sich nicht derart einschüchtern von all dem Gerede. Wenn Er will, dass sie lebt, wird sie leben. So einfach ist es. Oder so schwer, im Falle, dass Seine Entscheidung anders lautet. *Dein Wille geschehe.* Wenn Sie das akzeptieren können, werden Sie sich getragen fühlen. Und nicht mehr jede Meinung, die irgendjemand verkündet, wird Sie sofort umwerfen.«

Seine Worte berühren mich eigenartig tief, obwohl sie ja keinen wirklichen Trost enthalten. Wie diese ganze Sache ausgehen wird, weiß er auch nicht, er kann mir keine optimistischen Versprechungen machen. Und natürlich kann man argumentieren: Was soll er denn anderes sagen? Es ist sein Beruf, diese Sicht der Dinge zu vertreten. Einen echten *Beweis* ist in dieser Frage noch jeder schuldig geblieben.

Trotzdem geschieht in diesen Momenten etwas mit mir.

Ich bin bis zu diesem Zeitpunkt zwar keine Atheistin gewesen, aber so von Zweifeln und Skepsis durchsetzt, dass ich zumindest schon in die Nähe einer atheistischen Weltanschauung komme. Ich bin daher nicht prädestiniert, mir etwas einzubilden. Aber in diesem Augenblick spüre ich buchstäblich die Anwesenheit einer Kraft neben mir, spüre, dass ich nicht alleine bin. Jemand nimmt mir einen Teil der Last von meinen Schultern. Jemand hilft mir, die Angst zu tragen und jemand lindert meine Verzweiflung. Die Einsamkeit der letzten Wochen löst sich auf, die Einsamkeit, die sich aus der Situation ergab, wie ich sie empfand: Unsere kleine Familie gegen die Übermacht all jener, die uns Mut und Hoffnung Tag für Tag von neuem raubten.

Ich hatte den Medizinern die komplette Macht über mich eingeräumt. Sie sind in diesem Moment entmachtet, und sie werden – bei allem, was noch kommt und was schlimm genug sein wird – diese Form der totalen Kontrolle über mein Denken und Fühlen auch nicht mehr erlangen.

Ich vertraue meine Schwester und mich jetzt einer anderen Macht an. Einer, deren Entscheidung ich – das fühle ich – bei allem Schmerz werde letzten Endes akzeptieren können.

Der Pfarrer und ich sprechen noch eine Weile über Franziska, dann beten wir gemeinsam für sie. Er verspricht mir, weiterhin täglich für sie zu beten.

Als ich gehe, ist wieder Hoffnung in mir.

Sie wird in den folgenden Monaten und Jahren immer wieder auf eine harte Probe gestellt werden. Es ist nicht so, als hätte ich einfach einen Schalter umgelegt, und alles sei plötzlich gut. Aber ein Prozess ist in Gang gesetzt, der mich durch die Ereignisse begleiten und mich mehrfach vor dem Sturz ins Bodenlose bewahren wird.

Dem Pfarrer bin ich für dieses Gespräch aus tiefster Seele dankbar.

2

Ende April verlässt Franziska das Krankenhaus. Chemo- und Strahlentherapie sind beendet. Für Juni steht – im selben Krankenhaus – die operative Entfernung des Darmtumors auf dem Plan. Da ihr körperlicher Zustand die aufwändige OP nicht zulassen würde, soll sie zunächst in einer anderen Klinik aufgepäppelt werden. Sie muss ein bestimmtes Körpergewicht erreichen, sonst kann der Eingriff nicht durchgeführt werden. Einer ihrer Ärzte hat ihr eine onkologische Fachklinik, ebenfalls in Bayern gelegen, empfohlen. Dort wird alles rund um den Krebs angeboten – auch die Betreuung nach einer Chemotherapie und die Vorbereitung auf eine anstehende OP.

Franziska sträubt sich heftig gegen diese Klinik. Sie vergeht fast vor Sehnsucht nach ihren Kindern, will endlich wieder in ihren normalen Alltag, kann Krankenhäuser welcher Art auch immer nicht mehr sehen. Außerdem erinnert sie der Begriff »Krebsklinik« an eine ähnliche Einrichtung, in der sie seinerzeit nach ihrer Hodgkin-Therapie wieder auf die Beine gestellt werden sollte. Sie blieb drei Tage dort, dann brach sie das ganze Unterfangen ab, nachdem man sie mit aller Kraft hatte nötigen wollen, an einem Töpferkurs teilzunehmen.

Sie sah den Grund nicht ein.

»Warum soll ich plötzlich eine Töpferscheibe drehen, nur weil ich Krebs hatte?«, fragte sie mich aufgebracht.

»Ich würde das ja sonst auch nicht tun. Kannst du mir, bitte schön, den Zusammenhang erklären?«

Zudem misstraut sie den Psychologen, denen man in derartigen Therapiezentren begegnet. Schon zweimal hat sie jetzt während ihrer Darmkrebs-Behandlung mit Psychotherapeuten zu tun gehabt, die ihr klarmachen wollten, sie müsse als Erstes lernen, ihre Krankheit zu akzeptieren, ja, versuchen, sie »wie einen Freund zu umarmen«. An dem Gedanken mag etwas dran sein, ich hätte den betreffenden Ärzten aber gleich sagen können, dass sie bei meiner äußerst gradlinigen, rationalen Schwester, die einen starken Vorbehalt gegen alles hat, was auch nur entfernt an esoterisches Gedankengut erinnert, mit einem derartigen Ansinnen auf Granit beißen würden.

»Auf keinen Fall«, erklärte sie einem der Psychologen unumwunden. »Ich werde den Krebs ganz sicher nicht akzeptieren. Geschweige denn umarmen. Er ist mein Todfeind.«

»Diesen Begriff sollten Sie möglichst nicht verwenden …«

»Nein? Wie würden Sie denn jemanden nennen, der Sie mit allen Mitteln umzubringen versucht?«

Von uns gedrängt, willigt sie dennoch schließlich in einen erneuten Klinikaufenthalt ein. Sie hat selbst den Eindruck, dass sie es aus eigener Kraft nicht schaffen wird, in möglichst kurzer Zeit möglichst viel an Gewicht zuzunehmen. Immerhin darf sie vorher noch für zwei Wochen nach Hause.

Ich besuche sie am Ammersee und bin entsetzt über ihren Zustand. Sah sie vorher elend und mitgenommen aus, so scheint sie jetzt nur noch ein Schatten ihrer selbst zu sein. Abgemagert bis auf die Knochen. Fahl im Gesicht. Die Chemotherapie hat alle Schleimhäute zerstört, sie kann daher kaum kauen und schlucken. Ihre Hände und Füße kribbeln ständig, Arme und Beine fühlen sich immer wieder abgestorben an. Ihre Geschmacksnerven funktionieren nicht mehr, weshalb sie auch keinerlei Appetit verspürt.

»Ich habe nicht mal mehr Lust auf Spaghetti Vongole«, erklärt sie mir, als ich ihr einen Besuch bei ihrem Lieblingsitaliener vorschlage. Für dieses Gericht hätte sich meine einst so genussfreudige Schwester früher zerreißen lassen.

Am meisten leidet sie darunter, dass sie sich um Clara nicht wirklich kümmern kann, weil ihre körperliche Schwäche ihr immer wieder einen Strich durch die Rechnung macht. Sie hat der Rückkehr zu den Kindern so entgegengefiebert, muss nun aber feststellen, dass sie gerade einem lebhaften Kleinkind kräftemäßig nicht mehr gewachsen ist. Ohne die ständige Unterstützung unserer Mutter an allen Ecken und Enden ginge nichts. Und Johannes ist nach wie vor auf Rückzug eingestellt. Ich versuche Franziska zu erklären, dass das bei einem Jungen, der bald fünfzehn wird, ziemlich normal ist, also nicht nur und in erster Linie etwas mit der besonderen Situation innerhalb der Familie zu tun hat. Sie kann diesen Trost nur begrenzt annehmen. Sie lebt in dem Gefühl, dass ihre Erkrankung nun alles und jeden ringsum, auch das Familiengefüge, in den Abgrund reißen wird und dass sie nichts tun kann, um diesen Prozess zu verhindern.

Ich erlebe sie so verzagt wie kaum je zuvor.

Trotzdem ist es so schön, wieder bei ihr sein, sie wieder umarmen zu können.

Am zweiten Tag meines Besuches will sie einen Ausflug machen. Es ist ein wunderschöner, sonniger Frühlingstag, und nach den langen Wochen im Krankenhaus möchte Franziska nichts so sehr wie nach draußen. Wir beschließen, in das Dorf zu fahren, in dem sich das neue Haus der Familie befindet; das Haus, in das sie im Juni einziehen wollen.

Genau genommen werden zunächst nur Franziskas Mann und ihre Kinder umziehen, sie selbst wird zu dieser Zeit für mehrere Wochen im Krankenhaus liegen.

»Mein Timing ist wieder mal perfekt«, sagt sie. »Wenn schon Krebs, dann so, dass man etwas davon hat. Jetzt erspare ich mir den ganzen anstrengenden Umzug und ziehe erst ein, wenn alles fertig ist!«

Wenigstens beginnt sich ihr Sinn für Humor wieder zu regen. Leider wird er ihr noch im Laufe desselben Tages wieder völlig vergehen.

Wir fahren in das Dorf, sie zeigt mir das Haus. Aus der Ferne jedenfalls, noch wohnen ja die alten Eigentümer darin, denen wir uns nicht aufdrängen wollen. Mir gefällt das Haus, auch seine Lage im Wendehammer einer Straße. Ringsum viele Wiesen, in der Ferne Wälder. Die Alpen stehen weiß und schneebedeckt am Horizont, an diesem Tag weithin sichtbar. Ein schöner Ort, um zu leben.

Dann will Franziska spazieren gehen. Sie und ihr Mann sind die Gegend früher schon abgelaufen, daher kennt sie sich ein wenig aus. Sie möchte ein Stück Landstraße entlang – die ausschließlich von landwirtschaftlichen Nutzfahrzeugen befahren werden darf – und dann einen Feldweg hinauf. Auf einem kleinen Hügel, so sagt sie, befinde sich ein Kreuz, darunter eine Bank.

»Da können wir uns dann ausruhen. Ich bin ja noch nicht wieder so fit.«

Früher hätte dieses kurze Stück Weg in ihren Augen den Begriff *Spaziergang* nicht verdient. Es hätte sich bestenfalls um die ersten wenigen Meter eines Spaziergangs gehandelt.

Nach einigen Schritten wird mir bereits klar, dass wir es nie im Leben den Hügel hinauf bis zu der Bank schaffen werden. Meine Schwester schleppt sich neben mir her, muss ständig stehen bleiben, ringt um Luft. Ihr winziges bisschen Kraft hat sie schon allein durch das Aussteigen aus dem Auto verbraucht. Sie ist kreideweiß im Gesicht. Und völlig erschrocken. Sie hat nicht gewusst, *wie* schwach sie geworden ist. Sie hat sich Lichtjahre von der sportlichen, bewegungsfreudigen Frau entfernt, die sie immer war. Schließlich bleibt sie stehen. Wir haben uns höchstens hundert Schritte weit vom Auto entfernt.

»Ich kann nicht mehr«, sagt sie. Ihre Stimme schwankt. Ich merke, dass sie mit den Tränen kämpft. »Schau mal, was die aus mir gemacht haben. Ich bin total am Ende.«

Wir stehen mitten auf der sonnenbeschienenen Straße und wissen nicht weiter. Franziska kann nicht mehr vor, aber auch nicht zurück. Sie kann sich einfach kaum noch auf den Beinen halten, und ich spüre, dass dies einer der Momente ist, in denen Mut und Zuversicht sie wieder einmal völlig verlassen.

»Pass auf, du bleibst stehen, und ich hole schnell das Auto«, sage ich.

Sie dreht sich um, sieht, wie nah wir noch immer am Auto sind. Sie fängt an zu lachen, während ihr gleichzeitig die Tränen über das ausgemergelte Gesicht laufen.

»Nein. So tief bin ich noch nicht gesunken. Ich gehe selbst zum Auto zurück.«

Wir machen uns auf den Rückweg, sie stützt sich auf mich. Ich rede beruhigend auf sie ein. Dass sie bis vor wenigen Tagen noch Chemo bekommen hat. Dass alle auf der Station, die gleichzeitig mit ihr diese Chemotherapie begonnen haben, früher abgebrochen haben, weil sie es nicht mehr aushielten. Dass sie sich am längsten durchgebissen hat, aber nun natürlich am schlimmsten geschlaucht ist. Dass sich ihr Körper erholen wird. Dass sie wieder reiten wird. Und Fahrrad fahren. Und schwimmen. Dass sie mit ihrer Familie und den Hunden über diese wunderschönen Wiesen ringsum laufen wird.

Ich merke, dass ich sie nicht wirklich erreiche mit meinen Worten. Sie ist tief in eigene Gedanken versunken. Sie sieht so schlecht aus, dass ich richtig Angst bekomme. Ich werde drei Kreuze machen, wenn ich sie erst wieder im Auto habe.

Dann bleibt sie erneut stehen. Schaut mich an. »Du hast es so gut, dass du leben darfst«, sagt sie.

Ich halte inne, mitten in meinem Es-wird-alles-wieder-gut-Vortrag. Es gibt viele Stunden während ihrer Krankheit, da will sie aufgebaut werden, da will sie hören, dass sich der ganze Alptraum auflösen wird. Eigentlich müsste ich jetzt sagen, dass sie selbstverständlich genauso lange leben wird wie ich. Weil sie unseren Optimismus braucht – ganz gleich, wie mühsam wir ihn selber aus den hintersten Winkeln unserer Seelen hervorkramen.

Dieser Moment hier auf der Straße zwischen den blühenden Wiesen ist jedoch ein Moment tiefer Ehrlichkeit zwischen uns beiden.

Du hast es so gut, dass du leben darfst.

Also sage ich, was ich fühle. Ich sage: »Aber weißt du, was es aus meinem Leben macht, wenn du stirbst?«

Sie nickt, sie weiß es. Umgekehrt wäre es genauso.

Wir kehren schweigend zum Auto zurück.

Am Abend sitzen wir alle in der Küche beim Essen. Franziska, ihre Familie, unsere Mutter und ich. Clara turnt in ihrem Hochstuhl herum, Johannes erzählt von irgendeinem lustigen Ereignis aus seinem Schulunterricht. Hunde und Katzen haben sich unter dem Tisch verteilt und verhindern, dass irgendjemand seine Beine ausstrecken kann. Scheinbar eine ganz normale, fast idyllische Situation.

Aber eben nur scheinbar.

Franziska nuckelt an ihrem *Provide.* Sie hat noch immer solche Schmerzen beim Schlucken und darüber hinaus so wenig Appetit, dass es mit dem normalen Essen einfach nicht funktioniert. Nun hat sie eine hochkalorische Flüssignahrung verschrieben bekommen, die aus kleinen Fläschchen per Strohhalm getrunken wird und die es in mehreren Geschmacksrichtungen gibt. Sie hat sich für Johannisbeere entschieden. Das Zeug lagert tonnenweise in der Küche, vier Stück soll sie pro Tag zu sich nehmen, um auf ihre Mindestkalorienzahl zu kommen. Sie schafft meist nur zwei. Und selbst die findet meine Mutter oft noch halbvoll im Mülleimer.

Als Clara im Bett ist und Johannes sich an seinen Computer zurückgezogen hat, verkündet Franziska plötzlich in die Runde: »Ich muss euch etwas sagen. Ich werde nie wieder eine Chemotherapie machen. Es ist mein voller Ernst. Lieber sterbe ich. Ich mache das nie mehr wieder.«

Meine Mutter, die die ganze Zeit über im Krankenhaus dabei war, hat diesen Satz von vielen Patienten gehört, vor allem von denen, die ihre Therapie vorzeitig abbrachen, weil sie die Nebenwirkungen, besonders die qualvolle Übelkeit, nicht mehr aushielten. »Lieber sterben«, so hieß es dann immer.

Franziska meint es tatsächlich ernst, das merken wir alle gleich. Sie wird auch später konsequent dabei bleiben: Als ihr nach der Darm-OP eine weitere Chemotherapie angeraten wird, lehnt sie auf eigene Verantwortung ab.

Wenn man sie so sieht, hat man allerdings auch nicht den Eindruck, dass sie noch eine Runde Chemo überleben würde, jedenfalls nicht vor Ablauf von mindestens zwei Jahren. Aus meinen Verlagskreisen kenne ich den Fall eines

Mannes, der an der Chemotherapie gestorben ist – nicht etwa an dem Krebs, gegen den sie eingesetzt wurde. Wir können Franziska nur zu gut verstehen und würden ihren Entschluss auch gerne unterstützen, aber …

»Was machen wir denn dann mit den Lungenmetastasen?«, fragt meine Mutter ratlos.

»Es gibt keinen anderen Weg«, sagt Christian, zutiefst erschrocken. »Das wissen wir doch inzwischen.«

Wir haben mittlerweile die verschiedensten Lungenfachärzte zu Rate gezogen, sind in etlichen Lungenkliniken vorstellig geworden. Ich habe alle möglichen Kontakte angezapft, auch im Ausland. Jeder hat Aufnahmen der Lunge bekommen, und jeder hat mit einem Kopfschütteln reagiert: »Unmöglich zu operieren. Da hilft nur Chemo. Und auch bloß eine sehr begrenzte Weile.«

Das heißt, dass Franziska selbst dann, wenn sie sich für eine erneute Chemotherapie entscheiden würde, nur wenig Zeit gewinnen könnte. Zwei Jahre allerhöchstens, das ist die übereinstimmende Meinung aller Befragten. Zwei Jahre … was sind zwei Jahre für eine einundvierzigjährige Frau, die in allererster Linie vor allem ihre Kinder großziehen will? Und wie werden die zwei Jahre aussehen – unter der ständigen Bombardierung mit dem Gift, das Franziska schon jetzt mehr tot als lebendig erscheinen lässt?

Franziska scheint wie in einer Falle gefangen. Und wir alle mit ihr.

»Da hilft jetzt nur eines«, sagt sie und schaut mich mit genau dem Blick an, den ich aus unserer frühen Kindheit kenne, als ich die große Schwester war, die schon zur Schule ging, wahnsinnig schlau war und immer eine gute Idee hatte. Und die ihre kleine Schwester immer, *immer* beschützte.

Ich weiß genau, was sie sagen will.

»Ja. Das ist der einzige Weg. Ich muss jemanden finden, der diese verdammten Dinger operiert.«

3

Meine Schwester wird im Mai mit einem Krankentransport in die onkologische Fachklinik transportiert. Ihre Blutwerte sind so verheerend schlecht, dass ihr Arzt die Fahrt im normalen PKW für zu gefährlich hält. Ihr Mann fährt mit seinem Auto hinterher. Er will für zwei Tage bei ihr bleiben, um zu sehen, ob die Klinik okay ist und sie sich dort wohl fühlt. Da er im Krankenhaus nicht wohnen kann, hat er sich eine Pension im Nachbarort gesucht.

Genau am selben Tag stoße ich, inzwischen wieder in Wiesbaden, im Internet auf einen wirklich interessanten Hinweis. In einem Forum berichtet einer der Schreiber, seine Cousine sei mit inoperablen Lungenmetastasen überall abgewiesen worden, habe aber schließlich doch jemanden gefunden: einen Professor Rolle im Fachkrankenhaus Coswig bei Dresden. Er habe sie erfolgreich operiert – entgegen jeder Menge anderslautender Prognosen.

Ich bin vollkommen elektrisiert, aber es kommt irgendetwas dazwischen, weshalb ich dem Hinweis nicht sofort nachgehen kann. Als ich am Abend erneut in die Welt der Darmkrebs-Lungenmetastasen-Foren eintauche, stoße ich gleich ein zweites Mal auf den Namen. Wieder ein hoffnungsloser Fall. Wieder wird Professor Axel Rolle erwähnt.

Jetzt google ich ihn und finde etliche Einträge zu seiner Person. Ich erfahre, dass er ein Lasergerät entwickelt hat, mit dessen Hilfe sich Lungenmetastasen gewebeschonend operieren lassen. Die Leute kommen von weither zu ihm nach Coswig, selbst die USA und Kanada werden genannt. Er hat zahlreiche Menschen operiert, deren Metastasen sowohl wegen ihrer Anzahl als auch ihrer Lage als absolut inoperabel galten.

Natürlich bin ich höchst skeptisch. Wenn das alles stimmt – wieso ist der Mann dann ein solcher Geheimtipp, dass ich erst nach wochenlangem intensivem Stöbern auf einschlägigen Internetseiten zufällig auf ihn stoße? Wieso kennt nicht jeder Lungenfacharzt in Deutschland sein Lasergerät? Warum haben sich nicht andere Kliniken das Gerät längst selbst zugelegt? Wir haben mit so vielen Fachleuten gesprochen, und niemand hat uns auf ihn aufmerksam gemacht.

Weitere Recherchen ergeben, dass Rolle einen Wissenschaftspreis für sein Lasergerät gewonnen hat. Er muss in Fachkreisen bekannt sein; dennoch bleibt er ungenannt, wenn man wie wir auf der Suche nach einem Operateur in hoffnungslosen Fällen ist. Wie weit, frage ich mich, haben manche Ärzte primär das Wohl der Patienten im Auge? Und wie weit wird es kleinlichem Konkurrenzdenken geopfert?

Ich bin nach wie vor unsicher. Habe wahnsinniges Herzklopfen. Und irgendwie das Gefühl, vor einem Durchbruch zu stehen.

Am nächsten Morgen sitze ich am Schreibtisch und stelle weitere Untersuchungen in Richtung Coswig und Lasergerät an – noch habe ich meine Entdeckung für mich behalten, um nicht zu früh Hoffnungen zu wecken, die sich dann vielleicht nicht erfüllen –, da klingelt mein Telefon. Meine Mutter, die noch immer am Ammersee den Haushalt meiner Schwester führt, ist am Apparat. Sie ist in Tränen aufgelöst – was mich sofort vor Angst erstarren lässt. Meine Mutter weint äußerst selten, ich kann die Fälle, die ich erlebt habe, nahezu an einer Hand abzählen.

»Tschesie hat angerufen«, stößt sie hervor. »Sie haben eben gerade Metastasen im Herzen bei ihr gefunden. Es ist alles aus!«

Ich bin völlig perplex. Dass man überhaupt Metastasen im Herzen haben kann, habe ich bisher gar nicht gewusst.

Meine Mutter fasst sich so weit, dass sie mir alles erzählen kann. Franziska hat in der Fachklinik, in die sie gestern gebracht wurde, gleich heute am frühen Morgen einen Termin beim Chefarzt gehabt. Dieser hat einen Ultraschall gemacht und dabei einen sogenannten Perikarderguss festgestellt, was, seiner Einschätzung nach, mit einer sehr hohen Wahrscheinlichkeit auf das Vorhandensein von Metastasen im Herzen hindeutet.

Ich rufe sofort meine Schwester an. Sie ist inzwischen wieder in ihrem Zimmer. Sie klingt ruhig – zu ruhig. So, als stünde sie unter Schock.

»Er sagt, man kann jetzt gar nichts mehr machen«, berichtet sie.

Ich beschwöre sie, ruhig zu bleiben – was überflüssig ist, weil sie sowieso unnatürlich ruhig ist.

»Ich kümmere mich darum«, verspreche ich. »Ich rufe dich an.«

Als Erstes informiere ich mich, was es mit einem Perikarderguss auf sich hat. Eine Flüssigkeitsansammlung zwischen Herzbeutel und Herzhaut, finde ich heraus. Ursache dafür kann ein Primärtumor im Herzen sein. Oder es haben sich möglicherweise die Metastasen eines Tumors im Herzen angesiedelt. Letzteres vermutet offenbar jener Chefarzt.

In den nächsten Minuten klicke ich mich in rasantem Tempo von einer entsprechenden Internetseite zur nächsten. Wenn es noch eine andere Erklärung gibt, muss ich sie finden. Nach meinem wochenlangen Surfen im Themenbereich Krebs bin ich inzwischen sehr geübt darin, blitzschnell den Inhalt einer Seite zu erfassen und zu entscheiden, ob er von Belang für uns ist oder nicht.

Mir kommt das alles absolut unwirklich vor. Und ausgesprochen seltsam. Franziska lag wochenlang im Krankenhaus, wurde immer wieder vorwärts und rückwärts durchgecheckt, war im CT, im Kernspintomographen, ist per Ultraschall immer wieder durchleuchtet worden. Man hat alles nach weiteren Krebsherden abgesucht, hat aber außer dem Primärtumor im Darm und den Metastasen auf der Lunge nichts entdeckt – und das reichte ja nun auch wirklich, um uns das Leben schwer zu machen. Nun kommt dieser Chefarzt und findet bei einem einzigen Ultraschall die Herzmetastasen. Waren die anderen blind? Ist er der geniale Diagnostiker?

Dann schießt mir plötzlich ein Satz ins Auge. Er steht – soweit ich mich heute erinnere – mitten in der Dissertation von irgendjemandem zu irgendeinem Thema und lautet dahingehend, dass sich ein Perikarderguss häufig als anhaltende Folge der Strahlenbehandlung bei einem Morbus Hodgkin finden lässt.

Da ist er wieder, der verflixte Hodgkin, dieser Keim allen Unheils. Könnte es sein, dass *er* für diese Flüssigkeitsansammlung im Herzen verantwortlich ist?

Zumindest eröffnet dies eine zweite Theorie neben der vernichtenden Diagnose des Chefarztes. Aber von dem Hodgkin musste er auch wissen, und offenbar hat er diese Variante gleich ausgeschlossen.

Ich rufe erneut bei meiner Schwester an. Ihre Stimme klingt noch immer vollkommen betäubt.

»Habt ihr über den Hodgkin gesprochen?«, frage ich. »Die Strahlentherapie bei einem Hodgkin kann nämlich auch einen anhaltenden Perikarderguss auslösen. Hat der Arzt diese Möglichkeit ausdrücklich ausgeschlossen?«

»Über den Hodgkin haben wir gar nicht gesprochen«, erwidert Franziska.

In mir keimt ein böser Verdacht.

Hat der Chefarzt ihr etwa, kurz nach dem Frühstück in einem 20-Minuten-Termin, mal eben schnell eine tödliche Diagnose gestellt, ohne überhaupt einen einzigen Blick in ihre Krankenakte geworfen zu haben?

Ich habe nämlich, als ich meine Schwester zuletzt besuchte, Vorsorge getroffen: Als sie mir von ihrer Krankenakte erzählte, die bereits einen unglaublichen Umfang erreicht habe, kam mir die Idee, eine Zusammenstellung ihrer Krankengeschichte in Stichpunkten zu verfassen und auszudrucken. Eine Seite nur, aber alles steht darauf, mit Jahreszahlen versehen. Ganz oben, fett gedruckt und unterstrichen: *Morbus Hodgkin, 1988 entdeckt. Strahlen-/Chemotherapie bis Spätsommer 1989.*

Mein Gedanke war, dass niemand, vor allem unter Zeitdruck, so schnell alle wichtigen Stationen in Franziskas Krankengeschichte erfassen kann. Mithilfe meiner Aufstellung kann sich jeder Arzt sofort einen Überblick verschaffen und die einzelnen Punkte dann innerhalb der Akte nach Bedarf vertiefen.

Franziska hat dieses Blatt zuoberst in ihre Akte gelegt. Man muss nur den Deckel aufschlagen, dann wird man von dem Begriff *Morbus Hodgkin* förmlich angesprungen.

Ich rufe als Nächstes meinen Schwager Christian an, erreiche ihn im Auto. Er hat sich, aufgeschreckt von meiner Mutter, auf den Weg zu Franziska gemacht. Seine Stimme hört sich panisch an. »Oh Gott, Herzmetastasen. Das schaffen wir nicht. Das können wir alles gar nicht mehr schaffen.«

Ich erkläre ihm, was ich herausgefunden habe. Er findet, dass das plausibel klingt, aber fragt irritiert: »Warum weiß der Arzt das nicht?«

Ich kämpfe inzwischen auch mit den Folgen des Schocks am frühen Morgen, habe weiche Knie und einen rasenden Puls. Ich kann einfach nicht mehr an mich halten.

»Weil dieser Amateur ihre Krankenakte vermutlich nicht einmal aufgeblättert hat. Weil er es nicht einmal bei einer solchen Diagnose für nötig hält, jede andere Möglichkeit zu prüfen, ehe er seine Todesurteile in die Welt hinausposaunt!«

Ich instruiere Christian, in der Klinik sofort auf ein Gespräch mit dem Chefarzt zu bestehen. Ihn auf den Hodgkin hinzuweisen und ihn zu fragen, ob hier eine Alternative zu der von ihm gestellten Diagnose liegen könnte.

Mittags betritt der Chefarzt mitsamt Gefolge das Zimmer meiner Schwester. Wieso sie ihm von dem Hodgkin denn nicht gleich etwas gesagt habe, fährt er sie an.

Franziska, inzwischen wieder einigermaßen gefasst, reagiert kühl. Sie habe schließlich nicht bei dem Begriff *Perikarderguss* automatisch eine Verbindung zu ihrem fast zwanzig Jahre zurückliegenden Morbus Hodgkin herstellen können. Im Unterschied zu ihm, dem Arzt, habe *sie* ja nicht Medizin studiert und ihren Facharzt in Onkologie gemacht.

»Außerdem«, fügt sie hinzu, »wird auf der allerersten Seite meiner Krankenakte, ganz oben und dick unterstrichen, auf diese Erkrankung hingewiesen. Haben Sie das nicht gelesen?«

Er wird knallrot, weil sie vor versammelter Mannschaft

deutlich gemacht hat, dass er offenbar nicht gern in Krankenakten liest.

»Es können *aber doch* Herzmetastasen sein!«, wirft er ihr noch hin, ehe er das Zimmer wieder verlässt.

»Wie ein kleiner Junge«, sagt Franziska später, »der im Sandkasten noch schnell eine Schippe Sand ins Gesicht seines Gegenübers schmeißt.«

Von Herzmetastasen ist dann nie wieder die Rede. Weder in dieser Klinik noch später in irgendeiner anderen. Der Chefarzt lässt sich bei meiner Schwester nicht mehr blicken, obwohl sie gemäß ihrer privaten Zusatzversicherung für stationäre Krankenhausaufenthalte Anspruch auf Behandlung durch den Chefarzt hat. Allerdings ist das ganz in Franziskas Sinn, sie hat auch keine Lust mehr auf weitere Begegnungen mit diesem begnadeten Mediziner. Es reicht ihr, mehrmals am Tag aufgeschreckt zu werden, wenn er mit quietschenden Reifen und aufheulendem Motor seinen Porsche startet. Der unglücklicherweise stets direkt unterhalb von Franziskas Zimmer parkt.

4

Meine Mutter kommt angereist, um Franziskas Mann abzulösen und Franziska seelischen Beistand zu leisten. Wir haben sie überredet, doch noch eine Weile in der Fachklinik zu bleiben. Sie hat weiter an Gewicht verloren, und wir haben Angst, die OP-Auflage nicht erfüllen zu können. Sie muss im Juni spätestens operiert werden, und nach wie vor ist ein Mindestgewicht die unabdingbare Vorrausetzung.

Erwartungsgemäß bringt der Aufenthalt aber nicht mehr

viel. Jegliches Vertrauen in die Einrichtung ist gleich am ersten Tag zerstört worden. Franziska lehnt die Klinik jetzt aus tiefster Seele ab, was bedeutet, sie nimmt auch keines der Angebote, die dort gemacht werden, wahr. Weder will sie malen noch basteln noch musizieren. Schon gar nicht möchte sie auf bunten Riesenbällen sitzend mit anderen Patienten zusammen im Kreis hüpfen. Sie findet das Essen schrecklich und den allgemeinen Umgangston unfreundlich. Außerdem erklingt immer wieder ein zartes Glockengeläut durchs Haus, von dem eine Mitpatientin gegenüber Franziska behauptet hat, es handele sich dabei um die Sterbeglocke. »Sie ertönt dann, wenn einer hier für immer gegangen ist.«

Franziska ist nicht ganz sicher, ob sie das glauben soll, denn die Glocke erklingt ziemlich oft. Manchmal mehrfach an einem einzigen Tag. Ein paarmal hat sie allerdings auch schon den Wagen vom Bestattungsinstitut gesehen. Das Ganze deprimiert sie so, dass sie sich von den Geschehnissen im Haus noch weiter abkapselt. Irgendwann weigert sie sich, in den Speisesaal zu kommen. Als man ihr bedeutet, man werde ihr die Mahlzeiten nicht im Zimmer servieren, zuckt sie mit den Schultern.

»Dann esse ich ab jetzt eben nur noch mein Provide.«

Meine absolut kompromisslose Schwester. Ich hätte sicher, trotz allem, irgendeinen Weg der Anpassung gesucht. Ich bin die Harmoniebedürftige von uns beiden. Ich hätte es nicht ausgehalten, mich nach und nach mit dem gesamten Klinikpersonal zu überwerfen. Franziska schon. Bereits als Kind hat sie Ablehnung durch andere viel besser ertragen als ich. Sie hat eine große innere Unabhängigkeit gegenüber anderen Menschen, vor allem gegenüber der Meinung, die diese von ihr haben. Das habe ich immer an ihr bewundert. Und immer wieder vergeblich versucht, es ihr gleichzutun.

Unsere Mutter, in dem Bemühen, wenigstens irgendetwas Gutes aus der Situation zu machen, überredet Franziska täglich zu Spaziergängen, die allmählich immer länger werden. Es regnet in Strömen, jeden Tag, zwei Wochen lang. Typischer bayerischer Schnürlregen, der, einmal angefangen, nicht mehr aufhören will. Die Gegend ringsum verschwindet fast völlig in den Wolken, wabernde Nässe hängt über den Bergen, während die beiden unverdrossen marschieren, stundenlang. Meine Schwester gewinnt immerhin in kurzer Zeit einen beachtlichen Teil ihrer Körperkräfte und ihrer Kondition zurück. Die frische – wenn auch äußerst nasse – Luft tut ihr gut.

»Aber nahezu jedes Mal, wenn man dann zurückkommt, hört man schon wieder diese verdammte Glocke«, berichtet sie mir am Telefon. »Falls das wirklich eine Sterbeglocke ist, so halte ich das für eine total idiotische Erfindung. Die anderen hier drehen ja seltsamerweise nicht durch, aber ich bin kurz davor.«

Schließlich reist sie deutlich früher ab als geplant. Niemand versucht, sie zum Bleiben zu überreden. Wahrscheinlich sind sie alle erleichtert, als diese widerborstige und anstrengende Patientin endlich weg ist.

Zurück daheim tut sie das, was sie eigentlich gut kann, was sie aber manchmal vernachlässigt: Sie schmiedet eigene Pläne. Zu der Klinik haben *wir* sie überredet, und es ging schief. Sie entscheidet sich jetzt für einen Coach in München, der sich auf das mentale Training schwer kranker Menschen spezialisiert hat. Er will ihre Kampfeskraft stärken, ihren Siegeswillen fördern, vor allem ihren *Glauben* an einen Sieg manifestieren. Sie kommt mit diesem Mann von Anfang an gut zurecht und gewinnt sichtlich an Selbstvertrauen.

Dies zeigt sich auch darin, dass sie auf einmal sehr viel wacher und aktiver den Geschehnissen gegenüber wird, die um sie herum passieren. Der Termin für die OP in München steht bereits, das Gespräch mit dem Arzt, der sie operieren soll, hat sie schon geführt, da kommt ihr plötzlich der Gedanke, dass sie sich viel zu schnell für den Weg entschieden hat, der durch ihren Aufenthalt in der Münchner Klinik während der Chemotherapie vorgegeben schien, nämlich dort auch den ganzen Rest der Geschichte erledigen zu lassen. Nun erklärt sie eines Tages: »Ich habe mich gar nicht genug informiert. So kritisch, wie es bei mir aussieht – ich muss den *besten* Arzt suchen. Ich brauche die absolute Koryphäe.«

Viel Zeit bleibt nicht, aber wir alle beginnen uns fieberhaft umzuhören. Sämtliche Arztkontakte abzuklappern und nach der besten aller Möglichkeiten zu fahnden. Schon sehr bald kristallisiert sich ein Name mehr und mehr heraus, er wird immer wieder genannt und dies auch jedes Mal im Tonfall größter Hochachtung: Professor Junginger, Universitätsklinik Mainz.

Sogar Ärzte, die selbst in der Abdominalchirurgie tätig sind und als Könner gehandelt werden, benennen ihn.

»Europaweit«, sagt ein Professor aus Regensburg, den mein Mann kontaktiert, »finden Sie niemanden, der so gut ist wie er.«

Da Mainz nur einen Katzensprung von Wiesbaden entfernt ist, werde ich auserkoren, den Professor persönlich aufzusuchen. Ich soll vor allem herausfinden, um welchen Typ Mensch es sich handelt – ob wir auch von ihm Aussagen wie »alles absolut hoffnungslos« zu erwarten haben. Gegebenenfalls will ich ihn im Vorfeld bitten, sich Franziska gegenüber sehr vorsichtig zu verhalten. Von dieser Absicht weiß sie nichts, darauf haben nur meine Mutter, Christian und ich uns verständigt. Zwar hat meine Schwester vor allem mithilfe ihres Coachs wieder ein Stück Gleichgewicht gefunden, aber noch immer muss sie Tavor gegen ihre Panikattacken nehmen, und es ist für uns alle spürbar, wie labil ihre Seelenlage ist. Nach dem Angriff jener ersten Onkologin und später der fehlerhaften Herzmetastasendiagnose wollen wir unbedingt weitere Vorkommnisse dieser Art vermeiden.

Denn immerhin gibt es inzwischen einen echten Lichtblick, einen Hoffnungsschimmer. Der Kontakt mit dem Fachkrankenhaus Coswig ist hergestellt, Professor Rolle allerdings gerade im Urlaub. Wir sollen eine CD mit Aufnahmen der Lunge schicken, der Professor wird sie sich nach seiner Rückkehr ansehen. Wir wissen, dass hier unsere einzige Chance liegt. Wenn er ebenfalls »inoperabel« sagt, sind wir am Ende.

Ich bekomme recht schnell einen Termin in Mainz. Vor lauter Angst, zu dieser wichtigen Unterredung zu spät zu kommen, bin ich schließlich fast 40 Minuten zu früh in der Uniklinik. Die Zeit verbringe ich im Patientengarten auf einer Parkbank. Es ist ein wunderschöner, sonniger Maitag, und ich hoffe, dass das gute Wetter ein positives Vorzeichen ist. Inzwischen habe ich, haben wir alle, vor jeder Begegnung mit einem Arzt Angst. Weil wir nie etwas hören, das uns Mut machen könnte.

Schließlich fahre ich in den sechsten Stock hinauf und werde von Professor Jungingers Sekretärin, Bärbel Niebling, sehr freundlich begrüßt. Sie wird sich später noch als ein wahrer Engel erweisen, immer bemüht, Franziska zu unterstützen, günstige Termine für sie auszumachen, ihr das Leben zu erleichtern. Ich weiß zu diesem Zeitpunkt noch nicht, wie schwierig es für die Patienten ist, innerhalb der Vielfalt an Stationen in einer Universitätsklinik rein logistisch durch den Krankenhausalltag zu kommen. Die Hilfe eines Menschen, der sich auskennt und wie diese Frau als unmittelbare Mitarbeiterin eines der angesehensten Professoren an einer Schaltstelle sitzt, ist von nahezu unschätzbarem Wert.

Das Gespräch mit Professor Junginger verläuft ausgesprochen sachlich. Eines ist mir sofort klar: Ein Panikmacher ist das nicht, auch nicht jemand, der aus Wichtigtuerei mit haarsträubenden Diagnosen um sich wirft. Er ist durch und durch Wissenschaftler, überprüft seine Einschätzungen sicher sehr sorgfältig, ehe er sie verkündet. Er ist allerdings auch nicht der Typ, der Mut macht. Dafür ist er zu sachlich.

Wir gehen den Fall genau durch. Die Krankenakte hat er vorab bekommen; er zeigt sich bestens informiert. Er möchte den Tumor schnell operieren, schlägt einen Termin Anfang Juni vor. Danach müssten sich dann die Lungenärzte um die Metastasen kümmern. Ich berichte von Coswig, aber dazu möchte er nichts sagen. Die Lunge ist nicht sein Gebiet, und er hält sich mit Kommentaren zu Themenbereichen, in denen er nicht hundertprozentig Bescheid weiß, vollständig zurück.

Schließlich haben wir im Prinzip alles geklärt, verabschieden uns voneinander. Die ganze Zeit über habe ich es nicht gewagt, ihn nach seiner Prognose für Franziska zu fragen. In der letzten Sekunde, bereits in der Tür stehend, fasse ich mir ein Herz. »Herr Professor, können Sie uns Hoffnung machen?«, frage ich ganz direkt. »Darauf, dass sie überlebt. Dass sie viele Jahre überlebt?«

Er zögert. Schließlich erklärt er mir, dass er sich auf eine Prognose zu diesem Zeitpunkt nicht festlegen möchte. Der Krankheitsverlauf eines jeden Patienten sei zu unterschiedlich, eine Voraussage könne im Moment nicht wirklich seriös sein.

Das ist nicht viel. Es ist nichts, woran man sich getröstet festhalten könnte, aber: Er ist immerhin der erste Arzt seit langem, der mir nicht klipp und klar sagt, dass Franziska in einem Jahr, spätestens in zwei Jahren tot sein wird. Das lässt Raum für ein kleines bisschen Hoffnung. Jedenfalls versuche ich das so zu sehen.

Ich bin überzeugt, dass meine Schwester die richtige Entscheidung getroffen hat. Zudem habe ich den Eindruck, dass wir alle, die gesamte Familie, nach dem schockierenden, uns völlig überrollenden Start in diese ganze Krankheit, allmählich wieder die Fäden in der Hand halten. Der Gang der Ereignisse treibt uns nicht mehr vor sich her, mehr und mehr bestimmen wir, was geschieht, wann und wo es geschieht. Das nimmt dem Krebs etwas von seiner bedrückenden Allmacht. Er ist überfallartig in unser aller Leben gedrungen und hat sich einen beachtlichen Vorsprung errungen, aber von nun an hat er es mit äußerst entschlossenen Gegnern zu tun. Wir werden ihm alles entgegensetzen, was wir haben, finden und aufbringen können.

Es kommt mir vor, als befänden wir uns im Krieg.

Tatsächlich *sind* wir im Krieg. Mit einem Feind, der sich, wie sich zeigen wird, immer wieder neue Wendungen ausdenken wird, um uns das Leben schwer zu machen. Aber wir fangen bereits an, ihn besser zu verstehen und ihn damit berechnen zu können.

So leicht wie in den Monaten vor der Diagnosestellung wird er es nie wieder haben.

Juni/Juli 2006

1

Der Begriff »Krieg« ist nicht unbedacht gewählt. Krieg bedeutet im Allgemeinen – glücklicherweise – eine Ausnahmesituation, und zwar eine der extremen Art. Wer Krieg führt, entfernt sich von seinem normalen Alltag, von dem Leben, das er bis dahin gekannt hat und das ihm vertraut war. Alles verändert sich, nichts ist mehr wie zuvor. Ganz gleich, welche Probleme es vorher gab und wie schwerwiegend sie gewesen sein mochten: Es ging nie um Leben und Tod. Es ging um berufliche Sorgen, um Schulprobleme, um Liebeskummer, um Geld, um Freundschaften, um Feindschaften, zerbrochene Beziehungen, Streit mit dem Ehemann, Nachbarschaftskrisen. Um alles Mögliche, womit man sich Tag für Tag herumschlägt.

Auf einmal geht es ums Überleben. In erster Linie natürlich für den Patienten selbst. Aber auch für die Angehörigen.

Seit März 2006 läuft mein Alltag im »Krebs-Modus«. Was das bedeutet, wird mir erst nach und nach klar. Zum einen nimmt die Krankheit und alles, was mit ihr in einem Zusammenhang steht, viel Raum ein und beansprucht daher eine Menge Zeit. Immerzu müssen Termine organisiert, Ärzte, Krankenhäuser, Therapien gesucht werden. Da aber nebenher das normale Leben auch am Laufen gehalten werden muss, wird der Zeitrahmen, der jeden Tag zur Verfügung steht, deutlich enger.

In meinem Fall heißt das: Ich muss für meine Schwester funktionieren. Ich muss für meine Tochter funktionieren. Die Sorgen und Probleme einer Fünfjährigen hören nicht auf, weil sich ihre Tante mit dem Krebs herumschlägt, und schuldbewusst stelle ich schon nach kurzer Zeit fest, dass ich kaum noch ein Ohr für ihre Anliegen habe. Ebenso wenig wie für die meines Mannes: Klaus ist erwachsen und kann natürlich mit der Situation besser umgehen, als das ein Kind vermag, aber es wird, vor allem in den folgenden Jahren, kritische Momente geben, in denen er mir vorwirft, aus meinem Denken und Fühlen plötzlich völlig herauskatapultiert worden zu sein. Und ich kann nicht abstreiten, dass das wirklich der Fall war.

Ich muss außerdem für meine Tiere funktionieren: Meine Hunde wollen versorgt werden, gefüttert, spazieren geführt, zum Tierarzt gefahren werden. Wenigstens das. Die mentale Zuwendung kommt auch ihnen gegenüber jetzt zu kurz.

Ich muss in meinem Beruf funktionieren. Zwar hatte ich das neue Buch gerade noch rechtzeitig abgeschlossen, aber schon liegt es als von der Lektorin fertig redigiertes Manuskript wieder vor mir, muss sorgfältig überarbeitet werden. Viele Menschen werden eine Menge Geld dafür ausgeben, sie haben das Recht darauf, dass ich meine Arbeit mit aller Sorgfalt und Konzentration abschließe. Klappen- und Rückseitentexte werden geschrieben, geprüft, variiert, ein Cover muss ausgesucht werden. Die Programmvorschau wird gedruckt und von mir abgesegnet.

Bleiben noch die profanen Dinge des Daseins: Haushalt, Wäsche, Garten, Einkaufen. Auch das muss weitergehen. Weder können wir alle aufhören zu essen und zu trinken noch in ungewaschenen Klamotten herumlaufen. Und der Garten darf uns auch nicht völlig überwuchern.

Bislang war ich diejenige, die alles immer ziemlich gut im Griff hatte und auf die sich sowohl mein Mann Klaus als auch meine Tochter und mein Stiefsohn ziemlich sorglos verließen. Auch verlassen konnten. Ich hatte immer die Fähigkeit, meinen Tag so perfekt zu strukturieren, dass ich in der Lage war, alles, was anfiel, zuverlässig zu erledigen. Und trotzdem noch ein normales soziales Leben zu führen: Freunde zu besuchen, Freunde einzuladen. Mir dort den Ausgleich zu holen für einen manchmal recht eng getakteten Alltag, der sich nicht von dem anderer berufstätiger Frauen mit Familie unterscheidet, die sich ständig auf den verschiedensten Ebenen gefordert sehen.

Gefordert. In diesem Sommer 2006 spüre ich, dass ich ganz schleichend in die *Überforderung* gleite. Überfordert nicht nur, weil jeder Tag plötzlich mehr Stunden haben müsste, als er tatsächlich hat. Sondern auch, weil ich rund um die Uhr in Angst und Bedrückung lebe. Und einen größeren Energiefresser als die Angst gibt es nicht.

Typischerweise trifft eine solche Entwicklung als Erstes das soziale Umfeld. Nicht, dass Freunde nichts wert wären, im Gegenteil. Aber während man weder im Beruf noch im Familienleben, zumindest jedenfalls nicht bei der Versorgung von Kindern und Tieren, Abstriche machen kann, lassen sich Freunde zunächst vertrösten. Man hetzt mit hängender Zunge durch den Tag und findet die Kraft nicht mehr, am Abend noch schnell auf einen Prosecco bei der besten Freundin vorbeizuschauen und sich zwei Stunden lang zu unterhalten. Man landet stattdessen auf dem heimischen Sofa und glotzt stumpfsinnig in den Fernseher, manchmal ohne wirklich aufzunehmen, was sich dort abspielt. Man ist froh, irgendwie geschafft zu haben, was an diesem Tag anstand.

Mehr ist nicht drin.

Ich beginne, mich von den Menschen um mich herum zu entfremden. Das ist zum einen eine Zeitfrage. Es liegt aber auch daran, dass sich die Problemstellungen in meinem Leben so verschoben haben, dass ich nicht mehr ganz eine von ihnen bin. Selbst meine engsten Freunde haben plötzlich Hemmungen, mir von den Sorgen mit ihren Kindern oder dem Ärger mit Kollegen im Beruf zu erzählen. Der klassische einleitende Satz bei jedem Gespräch ist jetzt: »Ich weiß, es kommt absolut nicht an das heran, was du gerade durchmachst, aber … meine Tochter bleibt sitzen dieses Jahr … oder: mein Chef wird immer ungerechter… oder: mein Mann will immer seinen Willen durchsetzen … usw. usw.«

Und ich? Versuche, weiterhin die verständnisvolle Freundin zu sein. Die natürlich begreift, dass das Leben der anderen nicht stehenbleibt, nur weil das eigene gerade in ein Desaster gestürzt ist. Die nicht abwägen und werten will, wessen Sorgen größer sind, mehr wiegen. Und die das doch im tiefsten Inneren tut, fast automatisch. Wie oft denke ich: *Großer Gott, ich wünschte, ich hätte bloß dieses Problem!* Ich bemühe mich, diese Gedanken nicht zu zeigen. Aber vermutlich sind sie spürbar.

Noch intensiver trifft das natürlich Franziska. Ein großer Teil ihrer Freunde weiß gar nicht mehr, wie er sich verhalten soll. Wie geht man mit einer Frau um, die so schwer krank ist und der von den Ärzten noch eine Lebenserwartung von knapp zwei Jahren eingeräumt wird? Will man der ernsthaft erzählen, dass man sich gerade so sehr um den Sohn sorgt, der schon wieder eine Fünf in Mathe geschrieben hat? Erzählt man es aber nicht, ist dies bereits der erste Schritt der Entfremdung. Man teilt sich nicht mehr mit. Die Unbefangenheit ist völlig dahin. Das spüren wir alle in unserer Familie.

Darüber hinaus gibt es dann auch noch Menschen, von denen ich mich mehr und mehr ganz bewusst distanziere. Die ich plötzlich von einer Seite kennenlerne, die ich bislang an ihnen nicht kannte. Sie gehören zu einer Spezies, die überraschend viele Mitglieder zählt und deren Haupterkennungsmerkmal eine kaum oder gar nicht verhohlene Sensationsgier ist. Auch wenn es um Krebs geht.

Gerade, wenn es um Krebs geht.

Ich fange an, sehr feine Sensoren zu entwickeln, vielleicht tut man das unwillkürlich, wenn man sich in einer Phase befindet, in der man extrem verletzbar ist. Ich erkenne bald schon sehr gut, ob mich jemand in echter Anteilnahme oder aufrichtiger Sorge nach meiner Schwester fragt, oder ob nur die Lust auf weitere prickelnde Details oder schöne Gruselschilderungen dahintersteckt. Meist verraten sich die Fragesteller durch ein gieriges Blitzen in den Augen. Manchmal aber auch ganz schlicht durch ihre Fragen.

Als die Chemotherapie in München beginnt, erkundigen sich etliche Bekannte einfach nur danach, wie es Franziska geht. Sie überlassen es mir, wie genau ich bei meiner Antwort ins Detail gehen will. Gebe ich wenig preis, dann fragen sie auch nicht weiter, begreifen und respektieren, dass ich mehr offenbar nicht sagen möchte.

Andere können einfach nicht an sich halten. Die Standardfrage, nach höchstens einer Minute gestellt, lautet: »Und? Sind ihr schon alle Haare ausgefallen?«

Und beinahe meine ich, Enttäuschung in ihren Gesichtern zu lesen, wenn ich, wahrheitsgemäß, antworte: »Nein. Wird auch bei dieser speziellen Chemo nicht passieren.«

Das Ganze wiederholt sich, als in Mainz schließlich der Tumor operiert wird. Mehr als die Frage nach dem Gelingen der Operation und der weiteren Schritte, die nun noch folgen werden, interessiert etliche Menschen nur eines, mit gesenkter Stimme und in deutlich freudiger Erwartung eines neuen Schockers gestellt: »Sie wird wohl von nun an … mit einem künstlichen Darmausgang leben müssen?«

Das wäre nun wirklich etwas, was man genüsslich im weiteren Bekanntenkreis verbreiten und ausgiebig durchhecheln könnte, aber auch hier muss ich enttäuschen, wiederum wahrheitsgemäß. Die Lage des Tumors ist grenzwertig, aber Professor Junginger gelingt es dennoch, ihn so zu entfernen, dass Franziska diese sehr häufige Folge eines Darmkrebses erspart bleibt.

Während ich also immer empfindlicher werde und mich langsam in eine schlechte Freundin, in eine nervöse Mutter und in eine ganz und gar auf eigene Probleme konzentrierte Ehefrau verwandle, deren überlastete Kapazitäten sie immer weniger greifbar für andere Menschen sein lässt, geht Franziskas Kampf weiter. Vierzehn Tage sind für den Aufenthalt in Mainz angesetzt. Letztlich werden es volle sechs Wochen sein, die sie dort verbringt. Sechs Wochen, die sich in meiner Erinnerung für immer mit folgenden Eindrücken verbinden: Hitze. Ein stickiges Zimmer mit großem Südfenster, eigentlich schön, nun aber einfach zu heiß. Eine Schwester, deren Psyche Kapriolen schlägt. Die ständig Schmerzen hat. Die Angst hat.

Und: die zweite Runde im Ärztestreik.

Und draußen tobt das *Sommermärchen,* die Fußball-WM 2006 in Deutschland. Man hat das Gefühl, ständig von jubelnden, feiernden Menschen umgeben zu sein. Und selber in einer Nische des Schreckens zu leben.

Das Gefühl der Entfremdung verstärkt sich.

2

Wenn die Zeit in Mainz auf einen Nenner gebracht werden sollte, dann tatsächlich auf diesen: Hoch und Tief. In rasantem Wechsel.

Franziska ist ziemlich guter Dinge, als ich sie und unsere Mutter Anfang Juni in München abhole. Der Coach hat mehr bewirkt, als wir anfangs gedacht hätten. Als die Skyline von Frankfurt vor uns auftaucht, in der Ferne dahinter die sanft blaugraue Hügelkette des Taunus, atmet meine Schwester tief durch. Auch nach zwanzig Jahren in München ist dies hier immer noch ihre Heimat, die Umgebung, in der sie aufgewachsen ist. Sie schaut hinaus und sagt: »Ich werde es schaffen. Ich spüre einfach, dass ich es schaffen werde.«

Das klingt nicht nach jemandem, der im Dunkeln pfeift. Es klingt nach einem echten Gefühl.

Sie erzählt, dass der Coach mit ihr das Visualisieren und gefühlsmäßige Nachspüren eines Momentes in ihrem bisherigen Leben geübt hat, der sich für sie siegreich und triumphal angefühlt hat. Diesen soll sie dann auf den Krebs übertragen. Natürlich wollen wir sofort wissen, welchen Moment sie dafür gewählt hat. Uns schwebt so etwas wie ihr Abitur vor, mit der glorreichen Eins vor dem Komma. Oder die Geburten ihrer Kinder …?

Sie lacht. »Nein. Es ist der Augenblick, als ich meine Motorradführerscheinprüfung bestanden habe.«

Wir sind ziemlich perplex. *Das* ist ihr siegreichster Moment im Leben?

»Weil ihr alle nämlich nie geglaubt habt, dass ich das schaffe«, erklärt sie.

Wir müssen nun auch lachen. Wie hätten wir das auch

glauben sollen? Nur zu gut ist uns ihre Autoführerscheinprüfung in Erinnerung, ein sich monatelang hinziehendes Familiendrama. Die theoretische Prüfung war kein Problem, aber durch die praktische Prüfung fiel meine Schwester ein ums andere Mal durch. Ihr Fahrlehrer, obwohl er an ihrer Unfähigkeit sehr gut verdiente, war irgendwann dem Wahnsinn nahe. Unser Vater rechnete im Stillen schon aus, wie lange sein Richtergehalt reichen würde, die nicht enden wollenden Fahrstunden seiner jüngeren Tochter zu bezahlen. Franziska selbst entwickelte schließlich eine Prüfungsneurose, was die ganze Sache noch hoffnungsloser machte. Sie bestand erst, als sie schon aufgegeben hatte, überhaupt noch bestehen zu wollen. Sie wurde dann jedoch zu einer sehr guten und begeisterten Autofahrerin und blieb unfallfrei bis zuletzt.

Als sie uns Jahre später eröffnete, Motorradfahren lernen zu wollen, reagierten wir ziemlich konsterniert. Und wollten es tatsächlich kaum glauben, als sie die Prüfung auf der schweren Maschine im ersten Anlauf bestand.

Franziska zieht also relativ gefasst in der Uniklinik Mainz ein, aber dort erwartet sie gleich am ersten Tag ein Tiefschlag: München hat das Ergebnis der Tumoruntersuchung nach Abschluss der Radio-Chemotherapie übermittelt – dies ist offenbar erst Wochen nach der letzten Therapie möglich –, und dieses Ergebnis ist niederschmetternd. Der Tumor hat sich praktisch kein bisschen verkleinert. Er hat so gut wie überhaupt nicht auf die Tortur reagiert, die den ganzen übrigen Körper so schwer in Mitleidenschaft gezogen hat.

»Das kommt vor«, sagen die Ärzte.

Franziska reagiert mit Tränen – zum ersten Mal seit Wochen erlebe ich sie wieder weinend. Sie hat die Chemo länger durchgehalten als alle anderen um sie herum, und sie hat das nur geschafft, indem sie sich während der vielen, endlosen Stunden qualvollster Übelkeit und der Verbrennungsschmerzen immer wieder mit zusammengebissenen Zähnen den Tumor vorstellte: wie er immer kleiner und mickriger wird und schließlich unter der Wucht des Angriffs vollkommen in die Knie geht. Sie hat Kraft aus dem Gedanken gezogen, dass sie zwar leiden muss, dass *er* aber noch viel mehr leidet. Irgendwo hat sie gehofft, das Ergebnis werde einen fast zur Unkenntlichkeit zusammengeschmolzenen Tumor präsentieren. Nun jedoch scheint sie der Krebs zu verhöhnen. Während sie halbtot aus dem Krankenhaus hinauswankte, hat er die ganze Angelegenheit weitgehend unbeschadet überstanden. Er zeigt ihr sozusagen den Mittelfinger und lacht hämisch.

Neben der Enttäuschung erscheint ihr das Ganze aber auch wie ein böses Omen. Es kommt ihr vor, als habe sie die erste Runde verloren, und als sei es nun wahrscheinlich, dass sie alle weiteren Runden auch verlieren wird.

In dieser seelischen Verfassung startet sie in die Operation. Diese dauert mehrere Stunden. Professor Junginger persönlich ruft meine Mutter hinterher an und berichtet von einem insgesamt guten Verlauf.

Als wir am späten Nachmittag nach Mainz fahren, um Franziska, die noch auf der Intensivstation liegt, zu besuchen, werden wir dennoch nicht vorgelassen. Es gehe ihr nicht gut, es sei besser für uns, sie in diesem Zustand nicht zu sehen. Sie habe eine wirklich schwere Operation hinter sich gebracht, und völlige Ruhe sei für sie jetzt äußerst wichtig. Dieser letzte Punkt überzeugt uns.

Wir fahren nach Hause, angstvoll, zwischen Hoffen und Bangen schwankend. Wie wird es nun weitergehen?

Daheim erwartet uns allerdings eine phantastische Nachricht, durch Zufall oder Schicksal genau an diesem entscheidenden Tag: Professor Rolle aus Coswig hat sich bei meinem Vater gemeldet. Er hat sich die CD mit den Aufnahmen der Lunge angesehen und gibt grünes Licht.

Er wird die Metastasen operieren.

3

Der zweite Nenner, auf den die Zeit in Mainz gebracht werden kann, heißt *lähmende Ereignislosigkeit,* und das steht nur scheinbar im Widerspruch zum ersten Nenner *Hoch und Tief in rasantem Wechsel.*

Letzteres bezieht sich auf unser aller Gemütslage.

Ersteres auf den tatsächlichen Gang der Geschehnisse, und den gibt es kaum. Franziska ist operiert. Der Tumor ist draußen. Nun wartet sie, dass die Schmerzen aufhören. Dass die Ärzte sie endlich wieder entlassen.

Bloß: Die Schmerzen hören zunächst einfach nicht auf. Da ist der lange Bauchschnitt, der oben gleich unterhalb der Brust beginnt und senkrecht auf der alten Kaiserschnittnarbe ganz unten endet. Und da ist natürlich auch die Tatsache, dass Teile des Darms und jede Menge Lymphknoten entfernt wurden. Für diesen Heilungsprozess braucht Franziska täglich mehrere Schmerzspritzen. Tabletten reichen nicht aus. Und jede noch so kleinste Bewegung tut weh.

Sie kann nichts anderes tun, als zu warten, und dieser Umstand bringt es mit sich, dass sie viel zu viel grübelt. Über eine Situation nachgrübelt, die alles andere als rosig ist. Die Schmerzen, die brütende Hitze, die Langeweile: Dies alles, gepaart mit dem Damoklesschwert einer tödlichen Erkrankung, bringt Franziska an den Rand ihrer seelischen Kräfte.

Und uns auch.

Meine Mutter ist bei uns in Wiesbaden eingezogen, weil sie von dort schneller in Mainz ist. Jeden Morgen fährt Klaus sie hinüber in die Uniklinik, ehe er in sein Büro geht. Dort sitzt sie bis abends bei meiner Schwester, mit zunehmend geschwollenen Beinen wegen der Hitze. Dem Prozess des Wartens ebenfalls hilflos ausgeliefert und von ihren eigenen Ängsten gequält. Obwohl sie und Franziska sich zunehmend aneinander reiben, will sie jeden Moment mit ihr gemeinsam verbringen. Trotz all der Hoffnungen, an die wir uns klammern, weiß sie doch, dass sie ihr Kind – denn das ist diese erwachsene Frau ja trotz allem für sie: ihr Kind – möglicherweise verlieren wird. Sie kommt mir in diesen Wochen wie ein Mensch vor, der einen anderen Menschen rund um die Uhr beschützen will und Angst hat, etwas Furchtbares könnte geschehen, sowie sie die Augen abwendet.

Ich arbeite täglich bis um sechzehn Uhr, dann hole ich meine Tochter vom Kindergarten ab und fahre mit ihr nach Mainz hinüber. Meine Tochter, die mit ihren fünf Jahren den Ernst der Lage noch nicht begreift, liebt diese Ausflüge, nicht zuletzt deshalb, weil es in der Krankenhauscafeteria ein besonders köstliches Eis gibt und sie auch jedes Mal eines bekommt. Sie nimmt einen ganzen Koffer voll Barbiepuppen und Zootieren mit und baut sie weitflächig in Franziskas Zimmer auf. Professor Junginger und sein Team müssen bei der abendlichen Visite über diese Spiellandschaft hinwegturnen, um an das Bett der Patientin zu gelangen; ein Umstand, mit dem sie netterweise sehr souverän und freundlich umgehen.

Wir beiden Neuankömmlinge werden jedes Mal sehnsüchtig erwartet. Wir bringen Abwechslung und frischen Wind in eine Atmosphäre der Spannung und verhaltenen Aggression. Von der wir allerdings nach und nach selbst ein Teil werden.

Ich empfinde meine Schwester als sehr anstrengend.

Ich empfinde meine Mutter als anstrengend.

Beide empfinden sie mich als anstrengend.

Und sich selbst gegenseitig auch.

Zur echten Ablenkung und zu einem Kraftspender wird in dieser Konstellation tatsächlich meine kleine Tochter, die in diesem Zimmer der Hochleistungsmedizin auf dem Fußboden sitzt und einfach nur unbeirrt spielt.

Es ist für mich interessant zu beobachten, dass die Ausnahmesituation, in der wir leben, uns drei Frauen nicht in unseren Strukturen und unserem Wesen verändert, die Konflikte jedoch, die sich daraus schon immer zwischen uns ergeben haben, schärfer hervortreten lässt.

Franziska, als die Jüngste in der Familie, hat sich von klein auf immer ein wenig zurückgesetzt empfunden. Dominiert von der großen Schwester (»Immer hast du bestimmt, was wir spielen!«) und von den Eltern nicht mit derselben Aufmerksamkeit bedacht wie die Erstgeborene. Unsere Eltern haben sie nicht weniger geliebt als mich, aber eines stimmt auch: Ich war als Erstgeborene das große Wunder, die Sensation. Weder Eltern noch Großeltern flippten bei ihrer Geburt derart aus wie bei meiner. Das zeigt sich schon daran, dass es von mir sehr viel mehr Babyfotos gibt, unzählige sozusagen. Man muss mich mit der Kamera Tag und Nacht verfolgt haben, um auch wirklich jedes einzelne zahnlose Grinsen einzufangen und für die Nachwelt zu erhalten. Franziska wurde auch fotografiert, natürlich, aber deutlich weniger. Und im Übrigen selten alleine. Es gibt kaum Bilder, auf denen sie einzeln zu sehen ist. Immer sitze ich mit darauf und halte sie strahlend im Arm.

Über die Tatsache, dass sie sich nicht ganz gleichwertig vorkam, haben wir oft gesprochen. Es gab deswegen übrigens nie ein böses Wort zwischen uns, meine Schwester hat ihre Situation – ob zu Recht empfunden oder nicht – niemals mir angelastet. Ich habe ihr zu erklären versucht, dass es auch seine Schattenseiten hat, das erste Kind zu sein. In mich wurden beispielsweise sehr viel mehr ehrgeizige Erwartungen gesetzt. Indem meine Eltern in mir das schönste, klügste, begabteste Kind unter der Sonne sahen, fühlte ich immer den Druck, diesem Bild nun auch entsprechen zu müssen. An einem solchen Anspruch scheiterte ich natürlich und haderte daher von klein auf mit meiner eigenen Unzulänglichkeit, die ich auf Schritt und Tritt unter Beweis zu stellen glaubte. Franziska hingegen wurde dann schon mit den Maßstäben gemessen, die ich zuvor auf ein normales Maß gestutzt hatte. Sie durfte sehr viel mehr sie selbst sein.

Das Problem mit den tief eingegrabenen Gefühlen und Komplexen besteht darin, dass ihnen mit reiner Ratio nicht beizukommen ist. An Franziskas Eindruck, gelegentlich vom Schicksal benachteiligt zu werden, änderten alle unsere Gespräche nichts. Und nun dieser Krebs, ein Krebs im katastrophalen vierten Stadium. Er scheint – auf besonders brutale Weise – zu bestätigen, was sie oft fürchtete: mit schlechten Karten angetreten zu sein. Das lässt sie in der Mainzer Zeit manchmal ihrer Umwelt gegenüber ungerecht werden.

Der Charakter meiner Mutter wirkt in dieser Konstellation häufig wie Öl, das ins Feuer gegossen wird. Ihr Lebensprinzip ist es, dem Schicksal, ganz gleich, wie böse es sich präsentieren mag, die geballte Kraft des positiven Denkens entgegenzusetzen. Selbst unter den übelsten Bedingungen bleibt sie optimistisch, gut gelaunt und heiter. Damit hat sie während unserer Kindheit für eine fröhliche Grundstimmung im Haus gesorgt und uns über viele Schwierigkeiten des täglichen Lebens hinweggeholfen: furchteinflößende Lehrer, vergeigte Klassenarbeiten, Ärger mit den Mitschülern, den ersten Liebeskummer. Unsere Freundinnen, die sie großzügig wochenlang bei uns wohnen und übernachten ließ und deren Sorgen sie sich geduldig anhörte, liebten sie. »Deine Mutter ist toll«, bekomme ich während meiner Schulzeit oft zu hören. »Die ist immer gut drauf und hat für alles Verständnis.«

Auch dem Krebs ihres Kindes begegnet sie – wie immer es in ihrem Inneren aussehen mag – nach außen hin mit entschlossenem Optimismus. Sie ist in Mainz derart aktiv und guter Dinge, dass sie nicht merkt, wie befremdet sich Franziska von diesem Verhalten fühlt. Wir sind nicht mehr bei Schulnoten und blöden Lehrern. Franziska hat ein Todesurteil verkündet bekommen. Sie sagt mir später, sie hätte sich manchmal jemanden gewünscht, der mit ihr weint. Und nicht auf alle ihre Ängste mit einem zuversichtlichen »Das wird schon!« reagiert. Sie fühlt sich alleingelassen, weil sie den Eindruck hat, dass ihre Mutter nicht versteht, wie es in ihr aussieht, dass sie den Krebs bagatellisiert und wieder einmal »alles weglächeln will«, wie sie es ausdrückt.

Franziska ist jetzt häufig patzig zu ihr.

Und unsere Mutter ruft mich fünfmal am Tag aus dem Klinikgarten an, um Trost zu suchen, weil sie sich so ungerecht behandelt fühlt.

Ich gerate also, wenn ich am späteren Nachmittag in Mainz eintreffe, in eine nicht unproblematische Situation. Ich bin aber schon immer diejenige in der Familie gewesen, die alles ausbalanciert hat – wofür mir häufig der Vorwurf gemacht wurde, keine klare eigene Position zu vertreten. Ich verstehe jeden und versuche, wechselseitig Verständnis füreinander herzustellen. Ich weiß, was meine Mutter leistet. Ich weiß auch, wie viel Angst sie hat. Und dass es in ihr bei weitem nicht so heiter aussieht, wie man von außen meinen mag.

Ich weiß aber auch, dass sie – unbeabsichtigt – in meiner Schwester das Gefühl erzeugt, dankbar sein zu müssen, und dass sich Franziska damit schwertut. Sie durchlebt einen Alptraum, in dem sie positiver Empfindungen kaum fähig ist. Sie sehnt sich nach ihrer Familie. Nach ihren Tieren. Nach ihrem Leben, das ihr von einem Tag zum anderen unter den Füßen weggerutscht ist. Sie weiß nicht, ob sie es je wiederfinden wird, weiß ja nicht einmal, ob ihr eine nennenswerte Zeit an Leben überhaupt noch bevorsteht. Sie hasst es, plötzlich wieder in der Rolle eines Kindes zu sein, beschützt und umsorgt von ihrer Mutter. Sie ist eine erwachsene Frau, verheiratet, Mutter von zwei Kindern. Sie war jahrelang erfolgreich im Beruf, hat ihr Leben alleine und selbstverantwortlich gemeistert. Nun liegt sie abgemagert, kraftlos und schmerzgepeinigt in einem Krankenhaus und ist in ihrer Todesangst nicht fähig, mehrere Stunden hintereinander allein zu sein. Sie braucht ihre Mutter so dringend, wie sie sie seit der Zeit, als sie ein Baby war, nicht mehr gebraucht hat. Und dieser Umstand macht sie rasend.

Nach wie vor sind wir alle überzeugt, mit Mainz die richtige Entscheidung für die OP getroffen zu haben, aber ein Nachteil macht sich jetzt eklatant bemerkbar: Hier in dieser Gegend hat Franziska tatsächlich nur uns. Zwar ist sie im Rhein-Main-Gebiet aufgewachsen, ist aber direkt nach dem Abitur vor mehr als zwanzig Jahren nach München gegangen. Auch enge Freunde von einst wohnen nicht mehr in der Gegend, neue Freundschaften hat sie in Bayern geschlossen. Ihr gesamtes soziales Umfeld befindet sich mehr als 400 Kilometer weit entfernt, was bedeutet, dass niemand mal schnell für einen Nachmittag bei ihr vorbeischauen kann.

Das Gefühl der Abhängigkeit von ihrer Mutter wird dadurch verstärkt.

Sie startet sogar einen Versuch, das Alleinsein besser zu ertragen, und kontaktiert einen der Psychologen im Krankenhaus. Der Begriff Onkopsychologie ist bereits weit verbreitet, psychologischer Beistand wird Krebspatienten dringend angeraten. Nach weniger guten Erfahrungen in München hatte meine Schwester davon Abstand genommen, jetzt versucht sie es noch einmal. Leider stellt sich dabei bloß heraus, dass auf absehbare Zeit kaum eine Besserung ihrer seelischen Situation zu erwarten ist. Der Psychologe spricht – von ihr ermächtigt – auch mit mir über seine Einschätzung der Lage. Zum ersten Mal erlebe ich es, dass sich ein Arzt zornig über einen anderen Arzt äußert. Er ist außer sich über die Art und Weise, wie jene erste Onkologin meiner Schwester die Todesdiagnose übermittelt hat, nennt den Vorgang »fahrlässig« und »verantwortungslos«. Ich erfahre, dass Franziska jenes Gespräch noch immer in Flashbacks erlebt, und zwar exakt in der Heftigkeit und in der Todesangst, die sie auch damals empfunden hat.

»Ihre Schwester ist sehr schwer traumatisiert«, erklärt er mir, »und das lässt sich leider nicht so einfach und schon gar nicht schnell wieder ausräumen. Mein Rat: Lassen Sie alle sie so wenig wie möglich alleine.«

Ich hake nach. »Was wollen Sie genau sagen?«

Er spricht es aus. »Ich stufe sie als suizidgefährdet ein.«

Wir sind tief erschrocken. Franziska hat nie, kein einziges

Mal, Selbstmordgedanken geäußert. Offenbar ist die Gefahr jedoch für Mediziner erkennbar, denn auch in ihrer Krankenakte finden wir später Notizen mehrerer sie behandelnder Ärzte, die auf dieses Problem hinweisen. *Suizid möglich* hat einer geschrieben, die Worte zweifach unterstrichen und drei Ausrufezeichen dahintergesetzt.

Vielleicht, denke ich, sind das die Menschen, die wirklich gefährdet sind. Die nie davon sprechen. Die nie damit drohen. Die es nur irgendwann tun.

Im tiefsten Innern glaube ich dennoch, dass sich alle irren. Ich kenne meine Schwester. Ich weiß, wie stark sie ist. Und eines halte ich für kaum denkbar: dass sie ihren Kindern einen Selbstmord antun wird.

Trotzdem, wir verstärken unsere Aufmerksamkeit. Finden uns Tag für Tag in Mainz ein, halten einander aus und einander aufrecht.

Und versuchen, das Gute in allem dennoch zu sehen – auch Franziska versucht es zwischen den verschiedenen Tälern ihrer Depression immer wieder: das geräumige Einzelzimmer, die Privatstation, die Behandlung durch den renommierten Chefarzt. Mehr als einmal erzählt sie mir, dass sie schon oft daran gedacht hat, ihre private Zusatzversicherung zu kündigen, weil die Beitragszahlungen ihr finanzielles Budget erheblich belasteten. Nun dankt sie Gott, dem Schicksal, ihrer eigenen Weitsicht, dass sie es nicht getan hat. Der Privilegien, die sie dadurch innerhalb ihrer prekären Situation genießt, ist sie sich durchaus bewusst.

Sie freut sich auch an den Fotos vom neuen Haus, die ihr Mann mir regelmäßig zumailt und die ich ihr dann ausdrucke und mitbringe. Ihr Mann, der, das sei an dieser Stelle gesagt, auch ziemlich auf der letzten Rille läuft; er renoviert das alte Haus, streicht die Wände des neuen, managt den Umzug alleine, versorgt zwei Kinder und jede Menge Tiere und muss zudem jeden Tag seiner beruflichen Tätigkeit nachgehen. Er sagt jedoch selbst, dass ihm die Arbeit und all die täglichen Anforderungen im Grunde guttun: »Da komme ich wenigstens nicht so viel zum Nachdenken.«

Manchmal schauen wir sogar alle zusammen ein WM-Fußballspiel an, denn, wie erwähnt, das *Sommermärchen* ist in vollem Gange. Der Fernseher ist direkt unter der Decke befestigt; bequem für den Patienten, der im Bett liegt. Wir anderen jedoch müssen den Kopf so weit in den Nacken legen, dass wir hinterher für gute zwei Tage kaum den Hals bewegen können. Und auf eines achten wir sorgfältig: eine halbe Stunde vor Spielende nach Hause aufzubrechen. Besonders wenn Deutschland spielt, aber nicht nur dann. Die Rheinbrücke zwischen Mainz und Wiesbaden verwandelt sich dann nämlich regelmäßig in einen einzigen Autokorso, in dem keine Bewegung mehr möglich ist und in dem es keinerlei Entkommen vor jubelnden, hupenden, schreienden, grölenden Menschen gibt.

Und danach ist uns nun überhaupt nicht zumute.

August/September 2006

1

Im August reist Franziska nach einem kurzen Aufenthalt daheim, den sie unendlich genießt, nach Coswig bei Dresden. Um sich die »Ms« operieren zu lassen – so bezeichnen wir inzwischen die dunklen Schatten auf ihrer Lunge. Das Wort Metastasen hassen wir alle mittlerweile so sehr, dass wir es nicht mehr aussprechen mögen.

Die Operation des ersten Lungenflügels ist für diesen August vorgesehen, die des zweiten für Januar des darauffolgenden Jahres. Die Zeit dazwischen wird die Patientin brauchen, um sich zu stabilisieren.

Unser Vater holt Franziska am Ammersee ab und fährt mit ihr nach Dresden. Er berichtet später, wie sehr sie ihm auf dieser Reise imponiert, weil sie es schafft, kein einziges Mal über das ihr Bevorstehende zu klagen, sondern sich sogar an der schönen, sommerlichen Landschaft freut und ihn auch immer wieder beim Fahren ablöst. Obwohl ihre Bauchnarbe dann schmerzt, weil sie aufrechter sitzen muss und sich nicht wie als Beifahrer weit zurücklehnen kann. Es ist ihr ungeheuer wichtig, ihre Selbständigkeit zurückzuerlangen. Fast mehr noch als die Bedrohung durch den Tod hasst sie an ihrer Krankheit den Umstand, dass sie hilflos und abhängig geworden ist.

Ich weiß, dass sie Angst vor der OP hat. Unser Vater

weiß es auch, und einmal spricht er sie auf dieser Fahrt darauf an.

»Ich finde dich unglaublich tapfer«, sagt er. »Ich bewundere, wie du dich dem allen stellst.«

Sie zuckt mit den Schultern. »Es ist nicht besonders tapfer. Ich habe ja nur einfach keine Wahl.«

Mehr sagen sie nicht dazu.

Franziska versucht, sich abzulenken. Sie ist vollkommen begeistert von Dresden, möchte an diesem letzten Tag, bevor sie wieder in eine Klinik ziehen muss, so viel wie möglich anschauen und erleben. Die beiden besichtigen also Teile der Stadt, schauen auch in das eine oder andere Museum. Als sie in einem Café einkehren, möchte mein Vater den Kuchen für beide an der Theke holen, aber Franziska drückt ihn auf seinen Stuhl zurück. »Das mache ich!«

Die Nacht verbringen sie in einer kleinen Pension in Coswig. Beide haben sich schon in ihr jeweiliges Zimmer zurückgezogen, da klopft Franziska noch einmal bei unserem Vater an die Tür. Sie hat Probleme mit ihrem Bett. Die Sprungfedern schauen raus, erklärt sie, und bohren sich in ihren Rücken. Sie weiß gar nicht, wie sie liegen soll. Ob das bei ihm auch der Fall ist?

Das Bett unseres Vaters ist in Ordnung. Er geht aber mit hinüber in ihr Zimmer um sich die Sachlage anzuschauen. Auch dort: alles okay. Keine Sprungfedern, die sich in ihren Rücken bohren könnten.

Letztlich stellt sich heraus, dass nicht das Bett das Problem ist. Sondern der Rücken meiner Schwester. Er ist derart abgemagert, dass alle Knochen weit herausstehen und ihr beim Liegen Schmerzen bereiten.

Unser Vater macht sich in dieser Nacht große Sorgen. Professor Rolle hatte für die bevorstehende Operation um eine Gewichtszunahme gebeten, und wie es aussieht, hat es Franziska in dieser Hinsicht nicht besonders weit gebracht, obwohl sie tapfer ihr Provide mit Johannisbeergeschmack getrunken hat. Seit der Chemotherapie sind weder ihr Appetit noch ihre Geschmacksnerven zurückgekehrt. Essen ist nach wie vor ein großes Problem.

Sie ist tatsächlich ziemlich untergewichtig, wie sich am nächsten Tag in der Klinik zeigt. Für einen Moment scheint sogar die Operation fraglich. Aber die Ms sind gewachsen; sie müssen raus. Ein größerer Aufschub ist nicht mehr drin. Professor Rolle entschließt sich daher, alles für den mehrstündigen Eingriff vorbereiten zu lassen. Für den nächsten Termin im Januar jedoch bittet er eindringlich um wenigstens 5 Kilo mehr, wünschenswert wären 10.

Eine weitere Operation kann er sonst nicht riskieren.

An dem Tag, an dem meine Schwester in Coswig operiert wird, fliege ich nach Südfrankreich. Seit einigen Jahren besitzen wir ein kleines Haus an der Côte de Provence, in dem wir alle Ferien verbringen. Klaus und unsere Tochter sind mit unseren drei Hunden schon im Auto vorweggefahren, ich bin wegen eines Termins länger in Deutschland geblieben. Nun reise ich ihnen nach – unglücklich und schuldbewusst. Franziska liegt wieder einmal unter dem Messer, anschließend steht ihr erneut ein langer Klinikaufenthalt bevor, und ich mache Ferien am Mittelmeer. Das kommt mir absurd und unpassend vor, und ich habe überhaupt keine Lust darauf. In Gedanken bin ich sowieso ständig in Coswig.

Natürlich hat meine Familie auf mich eingeredet. Für Franziska sei es ganz gleich, ob ich in Wiesbaden bin oder in Südfrankreich. Sie wäre die Letzte, die diesen Verzicht gefordert hätte. Ich solle es mir jetzt einfach schön machen.

Einfach! Als ob das einfach wäre.

Das Gefühl, das in jener Zeit in mir entsteht, wird die ganzen sechs Jahre andauern und wachsen. Ein völlig irrationales Gefühl, aber ich bin nicht in der Lage, es zu beherrschen. Gesund zu sein oder sogar das Leben zu genießen – das ist etwas, das ich mir kaum noch erlauben mag.

Noch schlimmer wird es *nach* den sechs Jahren werden. Da ist es dann ein Problem für mich, dass ich überhaupt am Leben bin.

»Kennen Sie den Begriff *Überlebensschuld*?«, wird mich ein Psychotherapeut fragen, im Februar 2013, als bei mir gar nichts mehr geht und ich mich in ärztliche Behandlung begeben muss.

Vorläufig empfinde ich einfach die Ungerechtigkeit der Schicksalswaage, die mich begünstigt, während sie gleichzeitig den Menschen, der mir am nächsten steht, durch die Hölle jagt. Wir haben immer sehr aufeinander geachtet, Franziska und ich. Jeder von uns war es wichtig, dass es der anderen gut geht. Wir sind eben nicht nur Schwestern. Wir sind auch engste Freundinnen und wechselseitig vertraut mit unseren tiefsten Seelenregungen. Was sie jetzt durchmacht, spüre ich so hautnah mit, dass ich mich keine Sekunde lang davon befreien kann.

Dass ich sie nicht schützen kann vor dieser Krankheit – das lässt mich beinahe selbst krank werden.

Dabei bin ich innerhalb der Familie die gefeierte Heldin. Weil ich es war, die Professor Rolle entdeckt und damit einen Weg aus der vertrackten Metastasensituation gefunden hat.

»Du hast ihr unendlich geholfen«, sagt meine Mutter, die inzwischen ebenfalls nach Coswig aufgebrochen ist, um gleich nach der Operation bei Franziska zu sein. »Du darfst dich jetzt wirklich zurücklehnen und die Ferien genießen.«

Ausschlaggebend für meine Reise ist dann schließlich die Tatsache, dass wir für diese Ferien schon lange im Vorfeld mit Freunden aus Hamburg verabredet waren. Sie haben einen Sohn im Alter meiner Tochter, und beide Kinder fiebern einander seit Monaten entgegen. Unsere Freunde haben Urlaub genommen, Flüge gebucht … Ich würde also etlichen Menschen die Vorfreude und die Planung durchkreuzen, wenn ich nun alles absagte.

Dennoch fühle ich mich erschöpft und deprimiert bei der Vorstellung, drei Wochen lang einigermaßen heiter und fröhlich auftreten zu müssen, um den anderen die Laune nicht zu verhageln. Lieber hätte ich mich ganz alleine in eine dunkle Höhle zurückgezogen.

Kaum bin ich in Marseille aus dem Flugzeug gestiegen, rufe ich meinen Vater an. Zwölf Uhr mittags, vielleicht …

Er hat schon Nachricht aus Coswig. »Alles gut verlaufen. OP geglückt. Der erste Lungenflügel ist frei von Metastasen.«

Ich fange mitten auf dem Flughafen an zu heulen. Meine Nerven sind inzwischen ziemlich instabil.

Die Ferien werden dann wesentlich besser als gedacht. Es tut mir gut, mit anderen Menschen zusammen zu sein, es gelingt mir sogar, mich stundenweise etwas abzulenken. Dazwischen unterhalte ich eine Art telefonische Standleitung nach Coswig. Die Rechnung, die ich dabei produziere, müsste eigentlich der *France Telekom* für Jahre fette schwarze Zahlen garantiert haben. Klaus veranlasst sie jedenfalls, nun auch für diesen Anschluss einen Vertrag über eine Flatrate abzuschließen – wegen unserer doch insgesamt seltenen Aufenthalte am Mittelmeer schien das bislang nicht lohnenswert.

»Vielleicht muss deine Schwester noch öfter ins Krankenhaus, während wir hier sind«, sagt er, »und dann sind wir am Ende finanziell ruiniert. So viele Bücher kannst du gar nicht schreiben!«

Wenn ich nicht telefoniere oder mit den anderen zum Schwimmen gehe, lese ich in diesen Ferien Bücher über alternative Krebstherapien. Kurz vor meinem Abflug habe ich sie mir gekauft. Zwar gehen wir im Fall meiner Schwester mit konventionellen Methoden – Chemo, Strahlen, Operation – gegen die Krankheit vor, aber auch die eingefleischtesten Schulmediziner sehen unterstützende Behandlungen wie Misteltherapie oder Tiefenhyperthermie als durchaus sinnvoll an. Wir haben uns überlegt, dass es gut wäre, Franziska würde so etwas nach ihrem Aufenthalt in Coswig angehen. Immerhin hat sie die anempfohlene zweite Chemotherapie ausgeschlagen – auf eigene Verantwortung, letztlich aber doch mit der Akzeptanz durch ihre Mainzer Ärzte, die wegen ihres Untergewichts in dieser Frage selbst zwiespältig waren. Um auf Nummer sicher zu gehen – soweit man das in unserem Fall überhaupt kann –, wollen wir nun für eine Art Ersatzlösung sorgen. In einem der Bücher stoße ich auf ein Kapitel über einen Arzt, der genau das anbietet, was wir suchen. Der Autor des Buches wirbt für die spezielle Technik des Kollegen, verschiedene Alternativmethoden miteinander zu kombinieren, und führt etliche Fälle von krebskranken Patienten auf, die von der Schulmedizin bereits aufgegeben waren, durch diesen Arzt dann jedoch gerettet wurden. Obwohl jetzt schon seit einem halben Jahr ständig mit der Krebsthematik befasst, bin ich doch noch naiv genug, um unbesehen zu glauben, was ich lese, und mir nicht klarzumachen, dass es für jeden Scharlatan einfach ist, seine Erfolge schwarz auf weiß darzulegen, wobei er natürlich – Arztgeheimnis! – die Namen der Geretteten nicht preisgibt. Das Ganze kann stimmen oder auch nicht, es ist absolut nicht überprüfbar. Ich gehe einfach davon aus, dass das, was ich hier vorgesetzt bekomme, der Wahrheit entspricht, und dass wir einen guten Weg gefunden haben. Die Krankenkasse bezahlt diese Methode nicht, aber daran darf es nicht scheitern, ich werde die Kosten übernehmen.

Schließlich geht es um Franziskas Leben. Nicht um Geld.

Ich habe noch nicht gelernt, dass es manchmal um nichts anderes geht als genau darum: um Geld. Dass krebskranke Menschen in ihrer Todesangst bereit sind, Unsummen für ihre mögliche Rettung auszugeben. Und dass es eine Menge Leute gibt, die diesen Umstand skrupellos ausnutzen.

2

Es ist gleichgültig, wie Dr. B. mit richtigem Namen heißt und in welcher Stadt er praktiziert. Es gibt viele wie ihn. Mit einem guten Riecher für lukrative Geschäfte. Umgekehrt proportional zu ihrer Liebe zum Geld verhält sich ihre Fürsorge gegenüber den sich ihnen anvertrauenden Patienten. Die tendiert gegen null.

Leider ist unsere ganze Familie in dieser Hinsicht noch ziemlich unerfahren.

Meine Mutter spricht telefonisch mit Dr. B. und bittet um einen Termin, damit sie Franziskas Fall vortragen kann – Franziska selbst ist zu diesem Zeitpunkt, kurz nach der OP, noch etwas atemlos und telefoniert ungern. Hinterher ruft sie bei mir an und ist ganz begeistert. Dr. B. sei absolut reizend gewesen, sehr nett und zuvorkommend, und er habe ihr gesagt, sie solle sich nicht zu viele Sorgen machen. Er werde das schon alles in Ordnung bringen.

Etwas viel Optimismus für einen Mann, der bislang weder meine Schwester noch ihre Krankenakte kennt. Im Nachhinein klingt es seltsam, aber zu diesem Zeitpunkt lassen wir uns von ihm blenden. Wenn es einen Alarm gibt, der zur Vorsicht mahnt, so haben wir ihn wohl unbewusst auf ganz leise gestellt. Wahrscheinlich hängt es damit zusammen, dass wir seelisch bereits ausgelaugt, von den vielen schlechten Nachrichten und sich überstürzenden Schreckensereignissen der letzten Monate geschwächt sind. Wir sehnen uns dermaßen nach positiven Perspektiven, speziell solchen, die direkt von einem Arzt geäußert werden, dass wir einfach nicht misstrauisch sein wollen. Wenigstens für ein paar Stunden wird Dr. B. zu einem Fels inmitten der uns seit März täglich von Neuem verschlingenden Brandung.

Am nächsten Tag ruft meine Mutter zum vereinbarten Termin erneut bei Dr. B. an, um sich genauer über seine Behandlungsmethode zu informieren und den Zeitablauf mit ihm abzusprechen.

Zunächst, als sie die Terminfrage klären, gibt sich Dr. B. nach wie vor sehr einnehmend. Letzteres auch durchaus im wörtlichen Sinn: Mehrfach erkundigt er sich, nur schwach verbrämt, nach der finanziellen Situation der Familie. Seine Therapie sei sehr, sehr teuer, das müsse sie auch sein, denn sie sei ja hinterher auch ungemein erfolgreich. Leider weigerten sich die gesetzlichen Krankenkassen nach wie vor, sie zu bezahlen.

Meine Mutter findet, dass er das Geldthema etwas zu sehr in den Vordergrund schiebt, tatsächlich wissen wir aber, dass es die Alternativmedizin allgemein schwer hat, da die Kosten speziell von den gesetzlichen Krankenkassen selten übernommen werden. Dr. B. stellt da keine Ausnahme dar und bietet insofern keinen Anlass zum Misstrauen. Franziska hat zwar eine private Zusatzversicherung für stationäre Aufenthalte, die aber in diesem Fall nicht greift, da die Therapie ambulant durchgeführt wird.

Unangenehm wird dann der zweite Teil des Gesprächs, als sich meine Mutter konkret über die eigentliche Therapie informieren möchte und auch genau wissen will, was ihm in Franziskas Fall vorschwebt.

Jetzt wird Dr. B. grantig.

»Haben Sie denn nicht gelesen, was ich mache?«, fragt er. Es klingt aggressiv.

»Doch«, sagt meine Mutter, »aber in dem Buch stellt Ihr Kollege Ihre Therapien ja nur in einem einzigen Kapitel und zudem sehr allgemein vor. Ich möchte wissen, was Sie bei meiner Tochter genau machen werden.«

»Entweder Sie vertrauen mir, oder Sie vertrauen mir nicht«, schnappt Dr. B. »Und wenn Sie mir nicht vertrauen, dann macht das alles keinen Sinn. Ich meine, was nützt es denn, wenn ich Ihnen jetzt Dinge erläutere, die Sie ohnehin nicht verstehen?«

Meine Mutter, vor den Kopf gestoßen und verärgert über seinen Umgangston, beendet das Gespräch kühl. Nachmittags beratschlagen wir, ob wir uns Dr. B. überhaupt noch anvertrauen möchten. Am frühen Abend ruft er von sich aus noch einmal an. Jetzt wieder um 180 Grad gedreht – nett und höflich. Er entschuldigt sich für seine ruppige Art und erklärt sie damit, dass er immer wieder mit den Zweifeln und der Nichtanerkennung anderer Menschen zu tun habe und dass er daher inzwischen allergisch reagiere, wenn er seine Therapien erläutern solle.

»Ich habe eine wirklich hohe Erfolgsrate«, sagt er. »Menschen, die von der Schulmedizin schon völlig aufgegeben worden waren, leben heute, weil sie zusätzlich andere Wege gegangen sind. Ich habe gesehen, wie die Patienten an den Chemotherapien fast krepierten – und hinterher dennoch dem Krebs erlagen. Ich habe angefangen, über andere Möglichkeiten nachzudenken. Ich würde Ihrer Tochter sehr gerne helfen. Sie ist viel zu jung zum Sterben.«

Dann erklärt er meiner Mutter ausführlich, was er vorhat und worin er die Wirksamkeit der Behandlung sieht, die ihm vorschwebt. Letzten Endes läuft es auf hochdosierte Mistelspritzen hinaus, auf Ganzkörperhyperthermie sowie auf eine regionale Tiefenhyperthermie, mit deren Hilfe den auf dem zweiten Lungenflügel noch vorhandenen Metastasen zu Leibe gerückt werden soll.

»Vielleicht erspart das Ihrer Tochter die zweite Lungenoperation«, fügt er hinzu.

Da die unterstützende positive Wirkung beider Therapien bekannt und erwiesen ist, und da Dr. B. auf einmal wieder so nett und jovial auftritt, stimmen wir zu. Franziska meldet sich für September zu einer vierwöchigen Therapie an. Unsere Mutter will sie begleiten, damit sie in der völlig fremden Stadt, irgendwo in Deutschland, nicht Tag und Nacht allein ist. Die beiden mieten sich innerhalb eines Hotels ein kleines Appartement, in dem sie sich auch selbst versorgen können. Da Franziskas Ernährung noch immer ein Problem darstellt, ist es wichtig, von Restaurants unabhängig zu sein. Am ehesten kann sie noch essen, wenn sie sehr oft am Tag ganz kleine Mahlzeiten zu sich nimmt. Das wäre mit einer Hotelküche nicht zu machen, daher will sie autark bleiben. Praktischerweise befindet sich die Unterkunft ganz in der Nähe der Praxis, Franziska kann problemlos zu Fuß in knapp 10 Minuten hinübergehen.

Ich bringe die beiden mit dem Auto Anfang September in die Stadt und schaue mir alles genau an. Das Appartement scheint in Ordnung zu sein. Man ist von dort aus auch sofort in der Fußgängerzone, es gibt Kaufhäuser ganz in der Nähe, aber auch Lebensmittelgeschäfte und Apotheken.

Eigentlich kann nichts schiefgehen. Ich fahre beruhigt nach Wiesbaden zurück.

Franziska ruft mich am Abend des darauffolgenden Tages an. Sie ist zum ersten Mal in Dr. B.s Praxis gewesen und klingt alles andere als überzeugt.

»Dieser Mann«, sagt sie, »hat eine geradezu panische Angst, sein Geld nicht zu bekommen. Wir haben mehr über seine Bezahlung gesprochen als über meine Krankheit.«

Sie berichtet von dem eigenartigen »Erstgespräch«, das sie geführt hat, von dem sie glaubte, es werde in erster Linie um ihren Krebs gehen, um den bisherigen Verlauf der Krankheit, um die Chemotherapie, um ihre Reaktion darauf. Möglicherweise auch um Vorerkrankungen aus ihrem Leben, den Hodgkin natürlich, aber vielleicht auch um Kinderkrankheiten. So, wie man das von eher alternativ agierenden Ärzten, auch von Homöopathen kennt, die an der Ganzheitlichkeit eines Patienten und seiner Krankheiten interessiert sind. Eine sehr gründliche Anamnese hat Franziska erwartet, hat sich deshalb auch gut vorbereitet, sich wichtige Fakten aus ihrer Gesamtkrankengeschichte ins Gedächtnis gerufen und notiert.

Aufzeichnungen, an denen Dr. B. nicht das geringste Interesse hat.

Franziska wird in sein Sprechzimmer gebeten, eine Sprechstundenhilfe muss ebenfalls zugegen sein, »als Zeugin«, wie Dr. B. sagt. Entgegen seinen vollmundigen Versprechungen aus den Telefonaten (»Ich werde das alles in Ordnung bringen.«) klärt er meine Schwester nun darüber auf, dass sie sehr krank ist, sehr, sehr schwer krank. Dass sie einer der schwersten Fälle ist, die er jemals hier in seiner Praxis hatte, und dass er absolut keine Garantie dafür übernehmen könne, dass sie wieder gesund wird. Er schiebt ihr ein Formular über den Tisch. Sie soll bitte unterschreiben, über die Tatsache, dass es keine Heilungsgarantie von Seiten des Dr. B. gebe, ausreichend informiert worden zu sein. Außerdem soll sie unterschreiben, dass im Falle keiner erkennbaren Verbesserung ihres gesundheitlichen Zustandes ihm, dem Arzt, trotzdem das Honorar in voller Höhe zustehe und dass Franziska und ihre Familie verpflichtet seien, dieses dann auch umgehend zu überweisen.

»Findest du das nicht alles etwas merkwürdig?«, fragt Franziska.

In der Tat. Ich finde dieses Procedere seltsam. Ich kann jedoch verstehen, dass er sich absichern muss.

»Vielleicht ist er schon mal verklagt worden«, gebe ich zu bedenken, »von Leuten, die nicht gesund wurden, die aber dachten, sie müssten gesund werden, weil sie ja dafür bezahlt hatten. Es gibt vielleicht Menschen, die tatsächlich meinen, für ihr Geld Gesundheit geliefert bekommen zu müssen – wie eine bestellte Spülmaschine oder ein Auto.«

»Ich gehe jedenfalls sowieso davon aus, ihn zu bezahlen, egal, was rauskommt«, sagt Franziska. »Zumal sich Ergebnisse ja vermutlich ohnehin erst in der Zukunft zeigen.«

Sie berichtet, dass Dr. B. ihr sodann eine Aufstellung sämtlicher Angebote seiner Praxis vorgelegt habe. Dahinter seien jeweils die Kosten notiert gewesen. Ziemlich hohe Kosten, übrigens.

»Er fragte mich, was ich davon machen möchte. Ich kam mir vor wie in einem Schönheitssalon, in dem ich auswählen soll, ob ich eine Pediküre, ein Peeling oder eine Massage haben will. Oder eine Gesichtsreinigung? Der Mann ist Arzt! Ich bin seine Patientin. Ich habe erwartet, dass *er* mir sagt, was er für sinnvoll hält!«

Diese Frage stellt sie ihm dann auch. Was er ihr denn empfehlen würde? Angesichts ihres Krankheitsbildes.

Anstelle einer konkreten Antwort kommt Dr. B. auf sein Lieblingsthema. »Nun, das hängt von Ihren … äh, Finanzen ab.«

Nicht von ihrer Krankheit?

Er fragt dann ganz direkt: »Wie sieht es denn finanziell bei Ihnen aus?«

Geld ist der Schlüssel zu diesem Mann – und vermutlich hängt die Art und Weise, wie man in seiner Praxis sowohl medizinisch als auch im persönlichen Umgang behandelt wird, in erster Linie davon ab, ob man ihm als ausreichend zahlungsfähig erscheint. Franziska sagt ihm daher einfach, was er am liebsten hören möchte: »Geld ist kein Problem.«

»Und?«, frage ich. »Wie hat er reagiert?«

»Als ob ich einen Schalter umgelegt hätte. Es war widerlich, wie er sich plötzlich bei mir einschleimen wollte. Er werde mir persönlich einen Therapieplan zusammenstellen, hat er versprochen. Ich frage mich, wer die Therapiepläne der Patienten zusammenstellt, bei denen Geld durchaus ein Problem ist. Außer ihm ist ja kein Arzt in der Praxis anwesend!«

Jedenfalls, sie wird nun eine Vorzugsbehandlung durch den Chef persönlich bekommen. Das volle Programm.

»Ich fahre alles auf!«, verkündet er. »Alles! Ihr Krebs kann sich warm anziehen. Er kriegt jetzt riesige Schwierigkeiten!«

»Soll ich das machen?«, fragt mich meine Schwester. »Oder soll ich gleich wieder abreisen?«

Es ist heute für mich schwer nachvollziehbar, weshalb ich

ihr zuriet, es zunächst mit Dr. B. zu versuchen. Ich glaube, dass es in erster Linie mit meiner Erschöpfung zusammenhing, mit unser aller Erschöpfung. Es lässt sich schwer vermitteln, wie k.o. wir nach diesem ersten halben Jahr im beständigen Abwehrkampf bereits waren. Wir hatten in Dr. B. jemanden gefunden, der uns zunächst vertrauenswürdig erschienen war, wir hatten alles in die Wege geleitet, und wir fanden nun nicht die Energie, nach einer anderen Möglichkeit zu suchen und von vorne zu beginnen.

»Versuch es«, sage ich, »wenigstens jetzt erst einmal für eine Woche. Dann siehst du schon klarer.«

»Okay«, stimmt Franziska zu. Sie klingt zögernd. Aber sie will nicht versäumen, alles zu tun, was ihr vielleicht helfen kann, gesund zu werden.

Wir setzen uns beide in diesem Moment über eine warnende innere Stimme hinweg.

3

Um es vorwegzusagen: Die Behandlung bei Dr. B. wird am Ende viele tausend Euro kosten. Franziska wird sie früher als geplant abbrechen. Weil es ihr immer schlechter geht – und weil sie Stil und Umgangston der Praxis nicht mehr erträgt.

Dr. B. behandelt seine Patienten abwechselnd aggressiv und herablassend, bringt ihnen – laut Franziska – unverhohlene Verachtung entgegen und wird wütend, wann immer jemand sein Behandlungskonzept in Frage stellt. Wobei er sich bereits dann angegriffen fühlt, wenn ein Patient über anhaltendes Unwohlsein klagt und ihn bittet, sämtliche Dosierungen der Behandlung vielleicht ein wenig zu reduzieren.

»Wollen Sie sterben?«, lautet dann seine bissige Gegenfrage. Die das Gegenüber natürlich verneint.

»Na also. Dann machen wir das so, wie ich es sage.«

Mit Franziska geht er einigermaßen höflich um, da er bei ihr Geld wittert und daher interessiert ist, sie als Patientin zu behalten. Den meisten anderen gegenüber scheint es ihm jedoch egal zu sein, ob sie gehen oder bleiben. Sein Zustrom an neuen Hilfesuchenden ist ungebrochen, er hat es nicht nötig, sich um die Menschen zu bemühen oder sich ihnen gegenüber auch nur ansatzweise umgänglich zu verhalten. Er lebt natürlich in erster Linie von der Häufigkeit, mit der die Krankheit Krebs in unseren westlichen Gesellschaften auftritt. Er lebt aber auch von Kollegen, wie wir sie bereits kennengelernt haben: die den Patienten so wenig Mut machen, ihnen so sehr die Hoffnung rauben, dass sie anfällig werden für jeden, der ihnen auch nur ein winziges bisschen Vertrauen in eine mögliche Rettung zurückgibt. Er lebt von der Anonymität und von den Massenabfertigungen, wie sie in etlichen Unikliniken herrschen, in denen sich die Kranken völlig verloren fühlen und nicht den Eindruck haben, dass sich irgendjemand dafür interessiert, ob sie leben oder sterben.

Im Prinzip interessiert sich allerdings auch Dr. B. nicht dafür. Es dauert nur einen Moment länger, bis man das erkennt.

Gleich am ersten Tag wird Franziska auf eine Art Glasbett gelegt. Ihr gesamter Körper wird auf 40 Grad Körpertemperatur erwärmt – es wird also gewissermaßen künstlich ein ziemlich hohes Fieber erzeugt. Mit dieser Methode sollen, laut Dr. B., die Abläufe im Immunsystem gesteigert und die körpereigenen Radikalenfänger unterstützt werden. Leider verträgt Franziska die Prozedur nur sehr schlecht. Ihr ist schwindelig und übel, als sie das Glasbett wieder verlassen darf. Trotzdem gibt es gleich hinterher eine Mistelinjektion. Danach ist ihr so schlecht, dass sie für den Rest des Tages nichts mehr essen kann und sich immer wieder hinlegen muss, weil ihr die Beine wegzuknicken drohen.

Das Ganze erscheint ihr ziemlich willkürlich gehandhabt, was sie misstrauisch macht und verunsichert. Dr. B.s These scheint die zu sein, dass man den Krebs am besten dann besiegt, wenn man den Patienten mit allen Möglichkeiten beschießt, die zur Verfügung stehen, und zwar in den jeweils höchstmöglichen Dosierungen. Auf den individuellen Zustand eines Patienten achtet er dabei nicht. Franziska hat zwischen März und August fast nonstop, von unbedeutenden Pausen abgesehen, Chemotherapie, Strahlentherapie, Darmoperation, Lungenoperation hinter sich gebracht. Sie hat, obwohl vorher schon sehr schlank, inzwischen 15 Kilogramm Gewicht verloren. Sie ist sehr geschwächt; um das zu merken, muss man nicht einmal ihre Akte studieren, man sieht es auf den ersten Blick. Im kommenden Januar wartet die nächste Lungen-OP, und der gesamte Eingriff steht auf dem Spiel, wenn die Patientin weiterhin so untergewichtig bleibt. Es ist September. Allzu viel Zeit bleibt nicht, um sie aufzupäppeln. Franziska hat den Eindruck, dass Dr. B. seine Therapie bei ihr viel niedriger ansetzen, dann möglicherweise langsam steigern müsste. Sie versucht ihn darauf anzusprechen, wird aber sofort abgeblockt.

»*Ich* bin der Arzt. Wenn Sie mir nicht vertrauen, dann müssen Sie sich jemand anderen suchen.«

Bizarr wird es am zweiten Tag. Da es erwiesen ist, dass Tumorzellen bei einer Erwärmung auf mehr als 40 Grad sterben, soll Franziska neben Ganzkörpererwärmung und

Mistelinjektion die gezielte regionale Hyperthermie auf die Lungenmetastasen bekommen. Das hierfür verwendete Gerät erinnert an einen Teller, der genau auf den betreffenden Stellen platziert wird, um von dort die Wärme direkt auf den Tumor oder die Metastase abzugeben. Franziska hofft, dass ihr diese Methode besser bekommen wird als die Ganzkörpererwärmung, die ihren Kreislauf eindeutig überanstrengt. Die Arzthelferin, die die Aktion durchführen soll, steht jedoch ziemlich ratlos vor meiner Schwester.

»Hm ... wo soll ich ... Hier ist nichts eingezeichnet«, sagt sie.

»Eingezeichnet?«, fragt Franziska. Sie liegt mit nacktem Oberkörper auf einer Liege.

»Ja, normalerweise zeichnet der Herr Doktor die Stellen ein. Er markiert sie auf der Haut der Patienten. Ich muss ja wissen, wo sich die Metastasen befinden.«

An Franziska ist niemand mit dem Ansinnen herangetreten, etwas einzuzeichnen.

»Vielleicht kann er das nachholen«, schlägt sie vor.

Es ist der Helferin sichtlich unangenehm, den Arzt belästigen zu müssen. Franziska ist schon aufgefallen, dass er ohnehin selten in Aktion tritt. Meist sitzt er in seinem Zimmer und telefoniert. Seine Angestellten erledigen die ganze Arbeit. Hin und wieder rauscht er durch die Praxis und blafft jeden an, der die Gelegenheit nutzt und schnell eine Frage oder – ganz großes Sakrileg! – eine Beschwerde loszuwerden versucht. Seine Helferinnen haben eindeutig Angst vor ihm.

Dennoch, dieser Helferin bleibt nun nichts anderes übrig. Sie muss sich in die Höhle des Löwen begeben. Mit einem aufgebrachten Dr. B. im Schlepptau kehrt sie zurück.

»Wo ist das Problem?«, schnauzt er.

»Die Lage der Metastasen ist nicht eingezeichnet«, erwidert die Helferin mit schüchterner Stimme.

»Ich habe kein Röntgenbild bekommen«, erklärt Dr. B., »also kann ich ja wohl kaum wissen, wo die Dinger sitzen.«

»Ich habe doch eine CD aus Coswig mitgebracht«, sagt Franziska. »Darauf befindet sich die aktuelle Aufnahme. Von Ende August.«

»Eine CD! Eine CD!« Dr. B. wird jetzt richtig ärgerlich. »Ich bin keine Lungenfachklinik, verstehen Sie? Ich kann mich nicht auf jeden einzelnen Fall, der hier an mich herangetragen wird, spezialisieren. Haben Sie eine Ahnung, was solche Geräte kosten?«

»Welche Geräte?«, fragt Franziska.

»Um so eine CD lesen zu können. Dafür muss man eingerichtet sein. Ich habe ein solches Gerät nicht!«

»Aber warum haben Sie das nicht gesagt?«, will Franziska wissen. »Meine Mutter hat doch ein Vorgespräch mit Ihnen geführt. Warum haben Sie da nicht gesagt, dass Sie eine herkömmliche Röntgenaufnahme brauchen? Es wäre bestimmt kein Problem gewesen.«

Dr. B. lässt sich nicht gerne bei Fehlern ertappen.

»Es ist zudem nicht wichtig«, erklärt er nun. »Es kommt auf die Lage der Metastasen nicht an!«

Seine Helferin blickt überrascht drein. Dr. B. nimmt ihr kurzerhand das Wärmegerät weg und platziert es schwungvoll auf Franziskas Brust. »So. So funktioniert das.«

Franziska fragt sich, ob er überhaupt den richtigen Lungenflügel getroffen hat, den, der noch nicht operiert wurde. Und ob an dieser Stelle dann auch eine Metastase sitzt …?

»Sie haben derart viele Metastasen«, behauptet Dr. B., »dass wir so in jedem Fall etliche davon erwischen.« Dann wendet er sich an seine Helferin. »Nun fangen Sie schon an!«

»So viele Metastasen habe ich gar nicht«, wagt Franziska einzuwenden. »Insgesamt waren es acht. Fünf sind bereits operiert. Bleiben noch drei.«

Doch er hört ihr schon nicht mehr zu. Er verlässt den Raum, knallt die Tür seines Arbeitszimmers hinter sich zu.

Ab dem vierten Tag muss meine Mutter Franziska täglich begleiten, weil sie inzwischen so geschwächt ist, dass selbst der zehnminütige Fußweg zu einem Problem wird. Ob es an den Misteln oder an der Ganzkörpererhitzung liegt – ihr ist jedenfalls ständig so schlecht und schwindelig, dass man sie nicht mehr alleine auf die Straße lassen kann. Das Risiko, dass sie einfach umfällt oder vor ein Auto schwankt, ist zu groß.

In einer Klinik hat sie ihre Lunge noch einmal röntgen lassen und das Ergebnis an Dr. B. übermittelt. Seitdem hat Franziska eine Zeichnung auf der Brust. Ob diese nun irgendeinen Nutzen hat, weiß sie nicht.

Am Telefon beschwöre ich sie mittlerweile täglich, die Behandlung abzubrechen. Sie hat jedoch zu große Angst vor den Konsequenzen. Der Schock über das Ergebnis der Chemotherapie, die der Tumor seinerzeit so lässig überstanden hat, sitzt ihr in den Knochen. Sie ist überzeugt, dass es in ihrem Blut von Krebszellen wimmelt und dass sie nur über die Wärmetherapie und die Misteln noch eine Chance hat. Sie weint jetzt oft, ist mutlos und deprimiert. »Ich bin doch sonst bald tot. Chemo hilft doch nichts bei mir!«

Auch meine Mutter ist in den Telefonaten mit mir den Tränen nahe. »Sie isst nichts. Ihr ist dauernd übel. Sie sieht noch schlechter aus als in München, und ich dachte eigentlich nicht, dass das noch möglich ist.«

Meiner Mutter ist Dr. B. inzwischen so suspekt, dass sie

Franziska schließlich nicht mehr nur bringt und abholt, sondern sich auch während der Behandlungen nicht aus der Praxis fortbewegt. Was bedeutet, dass sie die ganze Zeit über stehen muss. Es gibt sehr wenige Stühle im Wartezimmer, jedoch jede Menge wartender Patienten. Alle haben sie einen weit fortgeschrittenen Krebs, befinden sich entweder mitten in einer Chemotherapie oder haben sie gerade abgeschlossen. Elendsgestalten, wie meine Mutter mir erzählt, manche von ihnen völlig ausgemergelt, andere vom Cortison aufgeschwemmt, alle wackelig auf den Beinen. Die Schwächsten dürfen sitzen, die anderen lehnen sich gegen die Wand. Meine Mutter, mit ihren einundsiebzig Jahren die Älteste in der Runde, ist die einzig Gesunde und nimmt daher grundsätzlich keinen Sitzplatz in Anspruch. Obwohl auch ihr das Stehen schwerfällt: Der September ist noch einmal sehr warm geworden, die Luft ist draußen sehr drückend, in der engen, überfüllten Praxis geradezu unerträglich.

»Mir wird manchmal schon ganz schön komisch«, berichtet sie. »Aber die anderen sehen wirklich so aus, als würden sie jeden Moment umfallen.«

Meist ist Franziska gegen Mittag mit ihrer Behandlung fertig und schleppt sich am Arm unserer Mutter zum Hotel zurück. Das Mittagessen fällt aus, weil ihr speiübel ist. Einmal versucht sie, mit Dr. B. über das Problem ihrer Ernährung zu sprechen.

»Darum kann ich mich wirklich nicht auch noch kümmern«, erwidert er gestresst.

An den besseren Tagen erholt sie sich bis zum späten Nachmittag so weit, dass sie in der Innenstadt ein wenig bummeln gehen kann. Unsere Mutter überredet sie nicht ohne Hintergedanken zu diesen Ausflügen: Manchmal gelingt es ihr, sie in ein Café zu lotsen und ihr ein Stück Kuchen zu bestellen. In der warmen Herbstsonne zwischen all den vielen Menschen sitzend, kehren dann tatsächlich ein paar der völlig verschütteten Lebensgeister zurück, Franziska trinkt einen Kaffee und isst ihren Kuchen wenigstens zur Hälfte auf. Das sind inzwischen Erfolgserlebnisse von solcher Tragweite, dass sie mir abends umgehend telefonisch berichtet werden. So weit hat sich unsere Lebenswirklichkeit bereits verändert, dass wir über ein halbes Stück verzehrten Kuchen in echte Euphorie geraten.

An einem dieser Nachmittage treffen sie in der Fußgängerzone eine Mitpatientin aus Dr. B.s Praxis. Eine Frau im selben Alter wie meine Schwester, die mehr tot als lebendig zu sein scheint. Sie trägt einen Schal um ihren kahlen Kopf, die Kleidung schlackert um den mageren Körper. Sie kann sich sichtlich kaum noch auf den Beinen halten, sodass meine Mutter – der Franziska und ich schon vor Jahren ein Helfersyndrom attestiert haben – sie sogleich in das nächste Straßencafé nötigt, sie auf einen Stuhl drückt und ihr etwas zu essen und zu trinken bestellt. Kaum sitzt sie, fängt die Frau an zu weinen.

Brustkrebs, der bereits besiegt schien. Der wiederkam und nun in die Knochen metastasiert. Sie war bei vielen Ärzten, keiner hat ihr Hoffnung gemacht, dass sie länger als noch höchstens ein weiteres Jahr leben wird.

Nur Dr. B.

Die Frau durchschaut die Situation natürlich. Sie weiß, dass dieser Arzt ihr vermutlich nur deshalb Mut zuspricht, weil er an ihrer Todesangst eine Menge Geld verdienen kann. Trotzdem hält sie sich an dem Funken Hoffnung, den er in ihr erzeugt, fest, weil sie absolut nichts hat, woran sie sich sonst festhalten könnte. Sie macht sich damit aller

Wahrscheinlichkeit nach etwas vor, aber manchmal lässt sich das Schicksal anders eben nicht ertragen.

Sie hat zwei Kinder, die tragischerweise auch den Vater schon verloren haben. Der Gedanke, dass sie auch die Mutter verlieren könnten, macht diese Frau fast wahnsinnig.

Sie und Franziska unterhalten sich über die Frage, ob die Tatsache, dass sie minderjährige Kinder haben, ihnen in ihrer Situation Kraft gibt oder sie eher zermürbt. Es lässt sich nicht klar abgrenzen, es ist wohl beides.

Viele Bekannte haben mir während der letzten Monate gesagt: »Wie gut, dass deine Schwester Kinder hat. Das setzt bestimmt Energien in ihr frei, an die sie sonst nicht herankäme.«

Ja und nein. Der Gedanke an die Kinder lässt sie oft die Zähne zusammenbeißen, wenn sie sich eigentlich verkriechen und nur eine Decke über den Kopf ziehen möchte. Häufig verstärkt das Vorhandensein der Kinder aber auch ihre Verzweiflung. Wegen der Kinder, das spürt sie, wird sie dann, wenn gar nichts mehr geht, noch schwerer loslassen, das Sterben wahrscheinlich bis zur letzten Sekunde nicht akzeptieren können. Nicht nur aus Angst, was aus den beiden wird, wenn sie nicht mehr da ist. Sondern auch, weil sie die Vorstellung kaum ertragen kann, das weitere Leben der beiden dann nicht mehr zu kennen. Sie hat sich über beide Schwangerschaften rasend gefreut. Auch auf die Vielfalt gefreut, die ihr geschenkt wurde: dass die Kinder Freunde ins Haus bringen werden, dann vielleicht Lebenspartner. Dass sie Enkel haben wird. Sie findet es spannend, mitzuverfolgen, welche Persönlichkeiten da heranwachsen, Seiten an ihnen zu entdecken, in denen sie sich spiegelt, und solche, die sie zum Staunen bringen. Franziska steht dem Leben und all seinen Varianten immer neugierig und erwartungsvoll gegenüber. Ihre Kinder sind alles Mögliche für sie, geliebte Wesen, aber auch Abenteuer und pure Spannung.

»Das kann nicht sein«, sagt sie oft, »dass man mir das einfach wegnimmt.«

Sie und die andere Frau verstehen sich gut an jenem Nachmittag im Café. Sie tauschen sich auch über Dr. B. aus. Beiden geht es deutlich schlechter, seitdem sie sich seinen Therapien unterziehen, beide haben sie das Gefühl, dass er viel zu massiv dosiert, nicht abwägt, was ein geschwächter Körper verträgt und was nicht. Außerdem leiden sie unter dem Ton, der in der Praxis herrscht.

»So behandelt man mich jetzt oft«, sagt die Frau. »Weil ich krank bin.«

Auch meine Schwester hat Ähnliches schon festgestellt. Sie empfindet das als einen der besonders schlimmen Aspekte ihres Zustandes: dass viele Menschen es nicht mehr für nötig halten, höflich mit ihr umzugehen. Vor allem von ärztlicher Seite, aber es passiert auch bei anderen Gelegenheiten im Alltag. Franziska ist bislang, wie die meisten von uns, immer auch von potenziellem Nutzen für andere gewesen, und man muss sich nichts vormachen: Von dieser Tatsache hängt es oft ab, ob man uns gut behandelt oder nicht. Wir sind potenzielle Kunden. Potenzielle Käufer. Potenzielle Wähler. Man geht zuvorkommend mit uns um, weil man sich etwas von uns verspricht.

Verspricht man sich noch etwas von einer Frau mit einer Krebserkrankung im vierten Stadium?

Fakt ist, man lernt viel über andere Menschen, wenn man sehr krank ist. Man macht Erfahrungen, die man lieber nie gemacht hätte. Man lernt Leute wie Dr. B. kennen und lässt sich von ihnen anschnauzen, man zieht den Kopf ein, man leidet, man harrt aus.

Franziska kann später auch nicht genau erklären, warum sie gerade an jenem Nachmittag im Gespräch mit dieser völlig verzweifelten Frau zu einer Erkenntnis gelangt: Wenn sie länger hierbleibt, verliert sie vielleicht nicht ihr Leben. Aber sie verliert ihre Selbstachtung.

Am nächsten Tag verabschiedet sie sich von Dr. B. Er ist so beleidigt, dass er ihr nicht einmal alles Gute für den weiteren Weg wünscht.

Er weist sie nur noch einmal vorsorglich darauf hin, dass sie aber trotz allem die vollen vier Wochen bezahlen muss.

4

In der an Tiefpunkten reichen Krankheitsgeschichte meiner Schwester stellt Dr. B. einen der allertiefsten Tiefpunkte dar. Das wird mir sofort klar, als ich Franziska und unsere Mutter wieder abhole. Und so, wie Franziska aussieht, kann ich mich ihrer Meinung, sie müsse die Therapie abbrechen, um vor allem ihre Selbstachtung zu retten, nicht ganz anschließen.

Meiner Ansicht nach rettet sie auch ihr Leben.

Sie hätte nicht mehr lange durchgehalten.

Bevor wir abfahren, lädt unsere Mutter uns beide in ein tolles Restaurant zum Mittagessen ein. Trotz des wunderschönen Ambientes und des großartigen Essens ist unsere Stimmung niedergeschlagen und sehr gedrückt. Franziska ist fast durchsichtig im Gesicht. Man sieht ihr an, wie schlecht sie sich fühlt, dass sie sich kaum aufrecht halten kann. Ich bin wütend auf mich, weil ich schließlich Dr. B. ausfindig gemacht habe. Aber hätte man ahnen können, dass dieser Mann, der immerhin zugelassener Arzt ist, so verantwortungslos agieren würde?

Vielleicht sollte man eine Frau, die keine vier Wochen vorher noch eine mehrstündige Lungen-OP hinter sich gebracht hat, nicht täglich in ein künstliches Fieber bis zu 41 Grad versetzen. Es war zu viel für sie, es hat ihr die letzten Kräfte geraubt. Vielleicht hätte man es erst einmal nur mit den Misteln versuchen sollen. Vielleicht hätte ein moralisch integrer Arzt sie aber auch gleich wieder weggeschickt, ihr angeraten, sich erst einmal zu erholen. Später wiederzukommen.

Vielleicht, vielleicht, vielleicht. Es lässt sich nicht ungeschehen machen. Bleibt nur zu hoffen, dass Franziska die Reißleine rechtzeitig gezogen hat.

Sie sitzt mir gegenüber. Stumm. Schiebt das Essen auf dem Teller hin und her. Alle Schaltjahre auch einmal etwas in den Mund.

Sie ist vollkommen am Ende.

Mir wird klar, dass wir aufpassen müssen, uns nicht in blindem Aktionismus zu verheddern. In der Angst, einen wichtigen Schritt zu versäumen, bleiben wir praktisch keinen Moment mehr stehen. Wir leben in dem Gefühl, das bisschen Kontrolle, das wir so mühsam über den Krebs gewonnen haben, sofort wieder zu verlieren, wenn wir innehalten und durchatmen. Dabei ist ersichtlich, dass Franziska vor allem eines jetzt dringend braucht: Ruhe. Frieden. Die Möglichkeit, wieder zu sich selbst zu kommen.

Ich betrachte sie während des Essens, verstohlen, immer wieder. Sie merkt es nicht, ist völlig in eigene Gedanken versunken.

Ich frage mich, ob ich die Schwester wiederfinden werde,

die ich einmal hatte. Selbst wenn sie das alles überlebt – wird sie noch die sein, die sie einmal war?

Andere Bilder schieben sich vor das Bild der geisterhaft bleichen Frau. Bilder von früher, aus Jahren, die noch gar nicht so lange zurückliegen, aber bereits aus einer anderen Welt, einer anderen Zeit zu stammen scheinen. Ungeordnete Bilder, die durch die Dekaden unseres Lebens springen. Franziska und ich als Kinder, elf, zwölf Jahre alt. Wie wir unglaublich aufgetakelt vor dem Spiegel im Bad stehen und ABBA-Lieder brüllen. Sie als die blonde Agnetha, ich als die dunkelhaarige Anni-Frid. Franziska, wie sie mit ihrer besten Freundin zusammen am Abend in die Disco aufbricht, in einem uralten, klapprigen VW Käfer, der unter ihnen auseinanderzufallen scheint. »Marmor, Stein und Eisen bricht«, schreit Drafi Deutscher aus dem Kassettenrekorder, die beiden singen mit und schwören einander ewige Freundschaft. Franziska auf einem Pferd, sie galoppiert über eine Wiese, die Haare wehen im Wind, und unsere Mutter regt sich auf, weil sie keinen Helm trägt. Franziska auf dem Sofa, sie ist siebzehn, sie hat ihre schwarz-weiße Katze Laura auf dem Bauch und liest *Der Tod des Märchenprinzen*. Franziska mit Gitarre. *Blowin' in the wind*. Sie hat eine so wunderschöne Singstimme. Sie liebt Joan Baez. Und Deep Purple. *Child in Time*. Sie hört es so oft, dass ich fast durchdrehe.

Franziska mit mir auf Sylt. Wir laufen an der Brandung entlang, Stunde um Stunde. Sie überredet mich, am späten Abend noch einmal in die Dünen zu gehen, eine Flasche Rotwein mitzunehmen. Wir haben damals kein Geld, der Wein ist so billig, dass wir furchtbare Kopfschmerzen bekommen werden, aber egal, das Meer rauscht und die Gräser in den Dünen rascheln.

Franziska, die in einer Münchner Diskothek auf dem

Tisch tanzt, einen Cowboyhut auf dem Kopf. Franziska, die sich eine Rose auf den Oberarm tätowieren lässt und unseren konservativen Vater damit völlig verschreckt. Franziska in schwarzes Leder gekleidet auf dem schweren Motorrad, das ihr Mann ihr zum dreißigsten Geburtstag schenkt. Franziska mit einer halbtoten Katze im Arm, die sie am Straßenrand gefunden hat und zum Arzt bringt, wo sie dann Ströme von Tränen vergießt, als sie eingeschläfert werden muss. Franziska, die als junges Mädchen über zwei Monate lang Abend für Abend einem schwer krebskranken Kettenhund, dessen Besitzer sich weigern, das Tier entweder behandeln oder einschläfern zu lassen, Schmerzmittel in Frikadellen eingepackt über den Zaun wirft.

Franziska, mit der ich unsere ganze Kindheit hindurch spiele. Die mir vorliest, wenn ich krank bin. Mit der ich Rollschuh laufe, Fahrrad fahre, auf der Schaukel herumturne, male, Geschichten erzähle, *Die Waltons* sehe und über ungerechte Lehrer und blöde Mitschüler herziehe.

Der ich auf langen Fahrten in die Ferien eine Plastiktüte vor das Gesicht halte, weil ihr im Auto immer schlecht wird.

Franziska mit Zigarette, und ich sage: »Du rauchst zu viel!« Franziska mit ihrer Leidenschaft, Weihnachtsbäume zu schmücken und aufwändig verzierte Torten zu backen, mit ihrer Begeisterung für Malerei und Musik, mit ihrer Schwäche für kostbares Porzellan und edlen Schmuck. Franziska, die ihrem kleinen Sohn jeden Mittwoch Waffeln bis zum Abwinken backt, weil er mittwochs Sport bei einem äußerst schroff auftretenden Lehrer hat und Trost braucht. Franziska zwischen den Ponys, die sie vom Schlachttransport nach Italien freigekauft hat. Franziska, die so viel Güte und Liebe und Mitgefühl in sich trägt. Die unter der Welt und ihrem Elend leidet, dabei doch verliebt ist in das Leben und so strahlend lachen kann. Die alles, was sie tut, so viel intensiver tut als ich.

Vielleicht gab es immer diese Ahnung in ihr: dass sie nicht so viel Zeit haben würde.

Vielleicht gibt es immer diese Ahnung in mir: dass sie die Anteile lebt, die ich nicht leben kann. Dass ich sie deshalb so dringend brauche.

Als es im Herbst 2011 immer schlimmer wird mit ihrer Atmung, will ich ihr einen Lungenflügel von mir spenden. Es gibt einen Arzt in Wien, der Lebendtransplantationen von Lungen durchführt, ich habe mich bereits ausführlich über alles informiert. Sie will das auf keinen Fall annehmen.

Ich sage ihr: »Ich gebe dir doch nur zurück, was du mir schon immer gegeben hast: Leben.«

Auf der Rückfahrt im Auto kollabiert sie uns dann fast. Sie wird von Minute zu Minute blasser, es ist einfach nur erschreckend, und irgendwann murmelt sie mit ganz kleiner Stimme: »Ich bin gleich weg.«

»Eine Reaktion auf die letzte Ganzkörpererhitzung«, meint meine Mutter vom Rücksitz aus.

»Unterzuckerung«, behaupte ich. Das Mittagessen hat sie so gut wie unberührt zurückgehen lassen. Gefrühstückt hat sie nach Aussage meiner Mutter auch nichts. So geht das jetzt seit zwei Wochen. Ein Mensch kann nicht überleben, wenn er nie etwas isst.

Ich sehe das wohlbekannte gelbe »M« am Rand der Autobahn und fahre sofort rechts raus. Ich erinnere mich, wie eine Mitschülerin einmal während eines Klassenausfluges umkippte und wie unsere Lehrerin daraufhin entschied: »Salz und Fett. Sie braucht eine Portion Pommes frites.«

Meine Schwester wird jetzt Pommes essen, und wenn ich

selbst ihr jedes Stäbchen einzeln in den Mund schiebe. Ich fahre durch den Drive-in, kaufe die Large-Version an Pommes frites, steuere in eine Parklücke und halte an.

»Ich fahre nicht weiter«, sage ich, »bis du das hier gegessen hast.«

»Mir ist so schlecht«, flüstert Franziska. Sie hat den Kopf zurückgelehnt, die Augen geschlossen. Ich habe nicht gewusst, dass ein Mensch im Gesicht so weiß sein kann.

»Vielleicht sollten wir doch einen Notarzt rufen«, meint meine Mutter besorgt.

Bei dem Wort »Notarzt« flattern Franziskas Lider.

»Keinen Arzt«, haucht sie, »bitte, keinen Arzt!«

»Dann iss jetzt die Pommes frites«, verlange ich. »Du hast nur diese Wahl: Pommes oder Arzt.«

Sie lässt sich von mir füttern. Sie kommt mir vor wie ein kleiner Vogel, und ich bin die Vogelmutter mit den Regenwürmern. Ich bin davon überzeugt, dass ihr tatsächlich übel ist und dass sie meint, nicht den geringsten Hunger zu haben, aber ich glaube auch, dass das alles inzwischen ein Teufelskreis mit einer Eigendynamik ist, die wir unbedingt durchbrechen müssen. Während der Chemotherapie hat sie sich das Essen vollständig abgewöhnt, und aus irgendeinem Grund hat sie danach nicht in die Normalität zurückgefunden. Ihre jetzige Dauerübelkeit hat vermutlich nichts mehr mit der Chemo zu tun, sondern ist schon das Resultat ihres permanenten Hungerns. Unterstützt allerdings von Dr. B.s Hammertherapien.

Wir haben Glück, unsere Erste-Hilfe-Aktion am Rand der Autobahn funktioniert. Franziskas Wangen nehmen einen Hauch Farbe an, sie öffnet die Augen. Setzt sich schließlich sogar aufrecht hin.

»Mir geht es besser«, stellt sie erstaunt fest.

»Sieh an«, sage ich, »es hilft tatsächlich, wenn man wenigstens einmal pro Woche eine Mahlzeit zu sich nimmt!«

Sie erwidert nichts, spürt natürlich den Vorwurf in meiner bissigen Bemerkung.

Es wird ein Dauerthema bleiben während der folgenden sechs Jahre. Mit wenigen Unterbrechungen. Es wird zu einem ständigen Streitthema zwischen uns werden. Wir werden – und das stimmt mich heute immer noch so traurig – über diese leidige Essensfrage häufiger in Auseinandersetzungen geraten, als wir in den ganzen einundvierzig Jahren zuvor wegen irgendetwas gestritten haben.

Dezember 2006/Januar 2007

1

Das Ende des Jahres 2006 sieht viel besser aus, als wir das bei Entdeckung der Krankheit Anfang März hätten ahnen können. Den Tumor im Darm gibt es nicht mehr, bislang ist auch kein Rezidiv aufgetreten. Einer der beiden Lungenflügel ist metastasenfrei, auch dort hat sich nichts Neues gezeigt. Die Metastasen auf dem anderen Lungenflügel, die im Januar operiert werden sollen, sind zum Erstaunen der Ärzte kein bisschen gewachsen – was sie nach aller Erwartung und Wahrscheinlichkeit eigentlich hätten tun müssen. Stillstand an der Krebs-Front.

Vielleicht liegt das an dem Frankfurter Arzt, von dem sich Franziska jetzt begleiten lässt. Seit Jahren geht unsere Familie zu ihm, nun haben wir auch Franziska überredet, die zunächst Sorge hatte, dass die geographische Entfernung zwischen ihnen problematisch sein würde. Er hat ganz klassisch Medizin studiert, sich dann aber zusätzlich in Homöopathie ausbilden lassen. Das Besondere an ihm ist, dass er die Homöopathie zwar zu seiner Hauptrichtung gemacht hat, die Schulmedizin jedoch nicht ablehnt und sich in ihr gut auskennt. Er ist immer bereit, beide Elemente zu kombinieren, wenn es ihm sinnvoll erscheint, vertritt nicht dogmatisch die eine oder die andere Richtung. Er lässt sich von Franziska regelmäßig über deren Befinden telefonisch oder per E-Mail unterrichten und stellt dann seine Medikation darauf ab. Es geht ihr eindeutig so gut wie seit langem nicht mehr.

Das lässt uns alle keineswegs in überschwängliches Glück ausbrechen, dafür ist die Situation noch viel zu unsicher, aber dennoch: Nach der Aussage jener ersten Onkologin müsste Franziska jetzt schon tot sein oder zumindest in den letzten Zügen liegen. Nach Aussage der Münchner Ärzte müsste sie mitten in den Chemotherapien stecken, um die Lungenmetastasen in Schach zu halten – ohne Aussicht auf dauerhaften Erfolg.

Stattdessen ist sie daheim bei ihrer Familie. Sie schmückt das neue Haus weihnachtlich, sie kauft Geschenke. Backt Plätzchen zusammen mit ihrer Tochter. Clara ist überglücklich, ihre Mutter wieder bei sich zu haben – eine Mutter, die, anders als nach der Chemotherapie im Frühjahr, auch wieder mit ihr spielt und lacht und zu Unternehmungen bereit ist. Sie zieht Clara auf einem Schlitten hinter sich her, wenn sie mit den Hunden durch die Schneelandschaft läuft, und sie nimmt sie mit zu den Pferden, lässt sie auf den Ponys reiten. Mit Erleichterung und einem ersten tiefen Durchatmen reagiert die ganze Familie auf diese Rückkehr in den Alltag.

Wir wissen, dass Ende Januar noch einmal eine große und anstrengende Operation anstehen wird, trotzdem feiern wir alle dieses Weihnachtsfest entspannter, als wir es uns noch wenige Monate zuvor hätten träumen lassen.

Franziska und ich schenken einander Ohrringe. Wir schenken uns immer Ohrringe, zu Weihnachten und zum Geburtstag. Weil wir beide verrückt nach Ohrringen sind und finden, dass man nicht genug davon haben kann. Und weil wir geschmacklich einander vollkommen vertrauen. Es ist stets irgendetwas Besonderes, was die eine für die andere aussucht. Und auch das, diese Ohrringe, gibt uns etwas Normalität zurück. Eigentlich ist es ein Weihnachten fast wie immer.

Kurz vor Silvester fahre ich deshalb auch mit meiner Familie wieder nach Südfrankreich, mit einem bedeutend leichteren Herzen und weniger Schuldgefühlen als im Sommer. Ich versuche, etwas Energie zurückzugewinnen, unternehme lange Spaziergänge am Strand und sitze nachmittags auf der Terrasse, bis die Sonne gegen fünf Uhr als orangefarbene Leuchtkugel ins Meer fällt. Dann wird es auch dort im Süden schlagartig sehr kühl; Zeit, hineinzugehen, ein Feuer im Kamin zu entfachen und heißen Tee zu trinken. Die Zitronen dazu pflücken wir von dem Baum, der gleich vor unserem Haus steht.

Ich fange an, ein neues Buch zu entwickeln und mir erste Notizen zu machen. Meine Kreativität kehrt zurück. Den Neujahrstag verbringen wir bei unseren Nachbarn Chantal und Jean-Jaques. Sie kochen ein fünfgängiges Menü und stoßen mit uns auf meine Schwester an. Dass alles gut werden möge.

Täglich telefoniere ich mit Franziska und versuche, sie zu überreden, doch zu uns kommen; ich bin überzeugt, dass ihr die Seeluft und die Wärme guttun würden. Aber ihr Mann kann keinen Urlaub nehmen, und sie will ihn nach all der Zeit im vergangenen Jahr nicht schon wieder alleine lassen.

Die zweite Ferienwoche, Dienstag, 9. Januar 2007. Ich komme gegen halb fünf von einem Spaziergang am Meer zurück. Klaus erwartet mich schon am Gartentor. Christian hat angerufen. Franziska ist im Krankenhaus.

Ich habe sofort eine körperliche Panikreaktion: weiche

Knie, ein Zittern in Armen und Beinen. Beschleunigter Herzschlag.

»Oh Gott«, sage ich, »oh Gott!«

»Verdacht auf Darmverschluss«, informiert mich Klaus. »Sie ist jetzt in der Notaufnahme. In einem Krankenhaus in München.«

Ich rufe gleich meinen Schwager an. Er ist wieder daheim, weil er so schnell niemanden finden konnte, der auf die Kleine aufpasst. Er berichtet, dass Franziska am späten Vormittag sehr heftige Bauchschmerzen bekommen habe, die sich in ihrer Heftigkeit jede Minute steigerten, schließlich vollkommen unerträglich wurden. Er habe dann den Frankfurter Arzt angerufen; dieser sei zwar im Urlaub, habe Franziska aber seine Handynummer gegeben und die Erlaubnis, ihn jederzeit zu kontaktieren. Er tippe auf Darmverschluss und habe gesagt, dass sie sofort in ein Krankenhaus gehen müsse.

Das kommt nicht ganz überraschend. Man hat Franziska in Mainz vorbereitet, dass so etwas passieren kann, wahrscheinlich auch passieren wird. Ihr Darm ist nach der großen OP im Juni stellenweise stark vernarbt. Narben können wuchern. Darmverschlüsse sind zu erwarten.

Trotzdem …

»Und wenn es ein neuer Tumor ist?«, frage ich voller Angst.

Klaus hält das für unwahrscheinlich. »Sie war Ende November bei der Nachsorge. Da war nichts. Wo sollte der so schnell herkommen und gleich so groß werden, dass er einen Verschluss auslöst?«

Ich versuche, meine Schwester auf ihrem Handy zu erreichen, aber sie hat es ausgeschaltet. In der Notaufnahme ist das Telefonieren per Handy verboten. Ich rufe meine Mutter an, aber die weiß auch nicht mehr als ich.

Wir warten. Es ist alles wieder da, der ganze Schrecken. Das Eis, auf dem wir uns bewegen, ist nach wie vor brüchig. Gerade glaubte man, ein wenig Normalität wiedergefunden zu haben, schon sitzt man erneut wie angewurzelt neben dem Telefon, starrt den Apparat an und wartet angstvoll, dass er klingelt.

Am frühen Abend meldet sich Franziska. Heimlich, sie darf das Handy ja nicht einschalten. Sie hat keine Schmerzen mehr, und eigentlich würde sie jetzt gerne nach Hause gehen. Es war ein leichter Darmverschluss, der sich dadurch beheben ließ, dass man ihr reichlich Kontrastmittel zu trinken gab. Eine eigenartige Methode, wir werden sie aber später noch einmal erleben, und offenbar hilft sie recht gut. Gott sei Dank. Ich hatte schon Angst, man werde sie wieder aufschneiden müssen.

Franziska soll noch warten, denn man hat eine Röntgenaufnahme gemacht, und ein Arzt will später deswegen mit ihr sprechen.

»Ich schätze, dann wird es zu spät heute Abend«, sagt sie. »Die behalten mich bestimmt bis morgen früh hier. Ich melde mich von zu Hause wieder.«

»Alles klar«, sage ich. Erleichtert. Die Sache hat sich glimpflich erledigt. Ich muss aufhören, jedes Mal derart in Panik zu geraten, nehme ich mir vor.

Franziska ruft nicht am nächsten Tag von zu Hause aus an. Sie ruft noch am selben Abend an, aus der Klinik, sehr spät.

Und nichts, gar nichts ist glimpflich ausgegangen.

Wir sind mitten in der nächsten Katastrophe.

2

»Peritonealkarzinose«, sagt der Arzt, der vor Franziskas Bett steht. Er hat einen Ordner in der Hand, sie weiß nicht, ob sich darin ihre Röntgenbilder befinden oder ein Bericht über sie oder ob der Ordner gar nichts mit ihr zu tun hat. Der Arzt eilt wie ein Gehetzter durch die völlig überfüllte Notaufnahme. Offenbar kommt es gerade zum Jahresanfang überall zu dramatischen Situationen: Unfälle, Gewaltausbrüche, schwere Erkrankungen. Als ob der ganze lange Festtagsstau noch immer nicht aufgearbeitet ist und sich mit großer Kraft Bahn bricht.

Franziska ist in ein Zimmer geschoben worden, in dem sie nun schon seit Stunden liegt. Neben ihr eine Frau, die auch gerade als Notfall eingeliefert wurde. Sie hat Speiseröhrenkrebs, ihr Magen ist operativ ganz nach oben gezogen und zum Teil zu einer Ersatzspeiseröhre umfunktioniert worden. Seit zwei Tagen kann sie plötzlich nicht mehr schlucken. Sie zittert vor Angst und weint die ganze Zeit über.

»Peritonealkarzinose?«, fragt Franziska.

»Eindeutig. Flächenartiger Befall des Bauchfells. Enorme Wasseransammlung. Da gibt es keine andere Erklärung.«

Franziska ist wie wir alle inzwischen recht umfassend über das Thema Krebs informiert. Sie weiß, dass Bauchfellkrebs mit zu dem Schlimmsten gehört, was passieren kann. Er ist nicht zu operieren, und Chemotherapien greifen extrem schlecht, da das Bauchfell wenig durchblutet ist und die Medikamente daher nur in unzureichender Form an die Krebsherde herantransportiert werden können.

Peritonealkarzinose, Bauchfellkrebs, ist im Grunde ein Todesurteil.

Trotzdem fragt sie: »Was kann ich jetzt machen?«

Der Arzt gehört leider nicht zu den Vertretern seiner Zunft, die mit Einfühlungsvermögen gesegnet sind. Er weiß, *muss* wissen, welche Nachricht er dieser noch vergleichsweise jungen Frau gerade überbracht hat. Trotzdem kann er sich nur eine schroffe, beinahe zynische Antwort abringen.

»Nichts«, sagt er. »Da können Sie gar nichts mehr machen. Gerade noch Ihr Testament.«

Während Franziska das Gefühl hat, als habe ihr jemand einen Hammer vor die Stirn geschlagen und als versinke die Welt um sie in nebelverschleierter Unwirklichkeit, wendet sich der Arzt der anderen Patientin zu. Diese hat mit angehaltenem Atem zugehört, wie neben ihr das Todesurteil gefällt wurde.

Leider ergeht es ihr nun nicht besser. Der Arzt teilt ihr mit, dass ihr Krebs zurück ist, dass sie durch diese künstlich gebaute Speiseröhre nie wieder etwas wird schlucken können und dass sie sich auf eine Magensonde einstellen soll. Insgesamt werde das alles aber nicht mehr lange gehen.

Dann ist er schon wieder draußen. Es warten noch viele andere Patienten auf ihn.

Die beiden Frauen in dem kleinen Zimmer sagen minutenlang gar nichts. Franziska kämpft sich immer noch durch einen Nebel. Dann fängt die andere plötzlich an zu lachen. Nicht fröhlich oder entspannt, wie sollte sie auch, sondern schrill. Kreischend. Hysterisch.

»Seien Sie doch still!«, sagt Franziska.

Die andere hört nicht auf. Es ist ein völlig krankes Gelächter, ständig an der Grenze zum Weinen. Es wird immer lauter, immer heftiger. Die Frau ist eindeutig kurz vor einem Nervenzusammenbruch. Franziska klingelt schließlich nach einer Schwester. Es dauert, bis diese kommt, und sie ist genervt.

»Was ist denn?«

Eigentlich ist diese Frage überflüssig, denn auch der Schwester schlägt schon an der Tür das irre Gelächter entgegen.

»Ihr geht es nicht gut«, erklärt Franziska und weist auf das Nachbarbett. »Sie braucht ein Beruhigungsmittel.«

»Hier ist heute der Teufel los«, erwidert die Schwester. Sie ist fix und fertig, überfordert. Ein Nervenzusammenbruch einer Patientin inmitten des Trubels in der Notaufnahme ist genau das, was ihr noch gefehlt hat.

Franziska ist jedoch auch am Ende ihrer seelischen Kräfte. Sie ahnt, dass sie auch bald schreien wird, wenn nicht irgendjemand diese andere Frau zum Schweigen bringt.

»Können Sie bitte einen Arzt holen?«

Die Schwester nickt, verschwindet. Die Frau lacht weiter.

Es kommt kein Arzt.

Immerhin erscheint eine Stunde später eine andere Schwester. Sie schiebt die immer noch hysterisch lachende Patientin aus dem Zimmer. Wohin, das weiß Franziska nicht, auch nicht, was weiterhin mit der Frau geschieht. Aber sie hat ohnehin genug mit sich selber zu tun.

Sie schaltet ihr Handy ein und ruft ihren Mann an, dann ihre Mutter. Dann mich. Sie sagt uns, dass sie sterben wird.

Niemand schläft in dieser Nacht. Wir telefonieren alle miteinander, reden, weinen. Wir versuchen, uns gegenseitig zu trösten, und finden doch nichts, was Trost versprechen könnte. Wir haben alle so sehr gekämpft. Mit guten Erfolgen. Nur um nun vor der Megakatastrophe, vor dem Super-GAU zu stehen.

Sehr spät spreche ich noch einmal mit Franziska. Sie ist wieder in diesem Zustand unnatürlicher Ruhe – wie damals bei den Herzmetastasen. Sie würde gerne mit einem Arzt reden, aber es ist niemand für sie da. Ich bitte sie, sich von einer Schwester ein Schlafmittel bringen zu lassen, zusätzlich zu dem Tavor, das sie schon genommen hat, das aber in dieser Nacht seinen Dienst versagt. Sie lässt sich etwas geben, schläft allerdings trotzdem nicht ein. Als wir gegen ein Uhr nachts noch einmal telefonieren, wirkt sie jedoch benommen, ihre Sprache schleppend.

Ich verbringe die Nacht vor dem Fernseher. In eine Decke eingehüllt, trotzdem am ganzen Körper frierend. Ich zappe mich durch alle Programme. Ich nehme nichts von dem auf, was ich sehe.

Am nächsten Morgen ruft meine Mutter an. Sie hat versucht, Professor Junginger zu sprechen, aber der steht schon im OP. Mittags wird er zurückrufen. Ob er helfen kann, ist fraglich.

Mein Vater befindet sich bereits auf der Autobahn Richtung München. Er will zu seiner Tochter. Er will da sein, wenn der nächste Arzt mit der nächsten Hiobsbotschaft kommt.

Ich halte es im Haus nicht aus. Ich fahre ans Meer hinunter. Jetzt, Anfang Januar, ist es dort wunderbar leer und einsam. Es gibt einen Klippenpfad, der die ganze Küste entlang verläuft, bis nach Nizza hinüber. Er ist steil und felsig, führt bergauf und bergab, wird von Pinien, die in bedrohlich anmutender Schräglage an den Felsen wachsen, überschattet. Unten glänzt blau das Meer, manchmal tost es auch ziemlich heftig gegen die Küste. Ich stelle mein Auto in La Madrague ab und laufe los. Ich mag das Anfangsstück besonders, das bis zur ersten wirklich steilen Erhebung hinaufführt. Dreißig Minuten braucht man etwa dafür, und es stellt eine echte sportliche Herausforderung dar, vor allem, wenn man auf Tempo läuft. Der Weg ist oft gefährlich schmal, linker Hand droht Steinschlag, wie etliche Schilder vermelden, rechts gähnt ein Abgrund, ganz unten sieht man das Meer. Und es geht steil, immer steiler nach oben.

Ich renne los.

Ich renne vor dem Grauen, dem Entsetzen, der Angst davon. Vor meinen sich überschlagenden Gedanken, die immer nur eines murmeln: Es ist aus, es ist aus, es ist aus.

Ich will weder stehen bleiben noch Luft holen. Ich will mich nur noch betäuben.

Unterwegs komme ich an einem Trupp Arbeiter vorbei, die ein herausgebrochenes Wegstück wieder in Ordnung bringen. Die Brandung hat einen ganzen Felsbrocken weggerissen, hier liegt nur ein provisorisches Brett, das man überqueren muss. Ich renne an ihnen vorbei, renne mit zunehmend schmerzender Lunge, stechenden Seiten den Steilhang hinauf.

Oben angekommen: nur nicht stehen bleiben. Es geht jetzt ein ganzes Stück sehr flach und ebenmäßig weiter, für mich zu langweilig und zu gefährlich: Wenn ich aufhöre, um jeden Luftzug zu ringen, fange ich womöglich wieder an zu denken. Also renne ich die ganze Strecke zurück, drehe in Madrague um und renne wieder hinauf. Allmählich habe ich das Gefühl, dass meine Lunge mir gleich um die Ohren fliegen wird, aber das ist egal. Das Blut dröhnt in meinem Kopf, die Luft flimmert vor meinen Augen.

Wieder umdrehen, wieder zurück.

Als ich zum vierten Mal bei den Arbeitern vorbeikomme, werfen die einander ungläubige Blicke zu.

»Madame …?«, spricht mich einer besorgt an.

Ich reagiere nicht, laufe weiter. Umdrehen, wieder hoch. Umdrehen, wieder runter.

Ich breche buchstäblich auf dem Autositz zusammen, mir ist schwarz vor Augen geworden. Ich kämpfe um Atem, mir tut alles weh, mein ganzer Körper. Ich laufe viel, aber für eine solche Nummer fehlt mir ganz klar das Training. Ich bin restlos erledigt, und wahrscheinlich ist es auch nicht ganz ungefährlich, was ich da gerade veranstaltet habe, aber es war die einzige Möglichkeit, diesen Vormittag zu überleben.

Ich fahre nach Hause. Vielleicht hat sich Professor Junginger inzwischen gemeldet.

Das hat er tatsächlich, aber er kann nicht viel sagen, ohne die neuste Aufnahme zu sehen. Er braucht die Bilder, dann wird er uns mitteilen, wie er die Lage einschätzt.

Für mich lässt es sich heute nicht mehr rekonstruieren, weshalb ihm damals die Aufnahmen von München nicht sofort übermittelt werden konnten. Aber ich erinnere mich, dass vom Verschicken per Post die Rede ist und dass wir daraufhin vereinbaren, dass mein Vater gleich am nächsten Tag von München zurückfährt und die Bilder selber in Mainz abliefert. Es ist die schnellste Möglichkeit.

3

Als mein Vater im Krankenhaus in München eintrifft, ist ein Arzt bei Franziska, ein anderer als am Vorabend. Er bestätigt noch einmal die Diagnose. Peritonealkarzinose, »ganz eindeutig«. Er drückt es nicht ganz so brutal aus wie sein Kollege, er sagt nicht, dass sie gar nichts machen kann. Er sagt: »Da können Sie wenig machen.«

Im Grunde heißt das das Gleiche.

Franziska wird entlassen, bekommt ihre Röntgenbilder ausgehändigt. Unser Vater fährt sie zu ihrem Haus zurück. Unterwegs versucht er mit ihr zu sprechen, aber sie antwortet kaum. Sie starrt vor sich hin, ihre Pupillen sind unnatürlich vergrößert.

Vermutlich steht sie unter Schock.

Ihr Mann ist daheim bei Clara, auch geschockt, auch völlig durcheinander. Ihrem Sohn Johannes haben sie nichts Genaues gesagt, spielen die Sache bei ihm zu einer »kleinen Komplikation« herunter. Er wird mir später erzählen, dass er sofort wusste, dass etwas Schreckliches passiert sein musste, nicht nur, weil sein Großvater so plötzlich angereist kam. Auch, weil er seine Mutter so noch nie erlebt hat.

»Sie war überhaupt nicht sie selbst. Wenn man sie angesprochen hat, hat es ganz lange gedauert, bis die Antwort kam. Sie hat sich gespenstisch langsam bewegt. Sie war irgendwie nicht wirklich da.«

Die meiste Zeit über starrt sie nur schweigend aus dem Fenster. Einmal nimmt sie ihre kleine Tochter auf den Arm, drückt sie fest an sich.

Mein Vater hat den Eindruck, dass sie anfängt, Abschied zu nehmen.

In Südfrankreich unterdessen zeigt auch mein Körper erste Anzeichen dafür, dass meine Seele mit alldem nicht mehr fertigwird. Am frühen Nachmittag fängt plötzlich meine ganze Gesichtshaut an zu brennen. Später die Augen. Die Lider schwellen zu, die Lippen an. Bis zum Abend sehe ich aus wie eine Mischung aus einer missglückten Botox-Behandlung und einer ungünstig verlaufenen Kneipenschlägerei.

Eine fürchterliche allergische Reaktion, die sich während der Nacht auch noch auf die Atmung legt. Ich werde nie wirklich hinter die Ursache kommen. Ich habe nichts anderes gegessen als sonst, ich habe eigentlich gar nichts gegessen an diesem Tag. Liegt es an meinem Gewalttripp den Küstenpfad hinauf und hinunter? An der totalen körperlichen Überanstrengung? Oder an dem Schock auf die erbarmungslos endgültige Diagnose aus München hin? Mein Frankfurter Arzt, dem ich später von diesem seltsamen Anfall erzähle, meint, dass so etwas nicht ungewöhnlich sei bei extremem seelischem Stress.

Am nächsten Morgen sehe ich so schlimm aus und bekomme so wenig Luft, dass ich unbedingt zu einem Arzt muss. Ich setze meine Sonnenbrille auf, kann aber mein stellenweise violett verfärbtes, geschwollenes Gesicht damit nur unzulänglich tarnen. Das Warten im voll besetzten Wartezimmer des Arztes wird zur Tortur, auch für Klaus, der mitkommen muss, weil er – anders als ich – fließend Französisch spricht. Während ich mitleidig angestarrt werde, zieht er jede Menge misstrauische Blicke auf sich.

»Die denken alle, ich war das«, flüstert er mir zu. »Du siehst aus wie ein Opfer häuslicher Gewalt!«

Ich kann nicht richtig sprechen, weil meine Lippen und – zumindest dem Gefühl nach – auch meine Zunge etwa doppelt so dick sind wie sonst. »Da schdescht du drüber«, nuschle ich undeutlich.

Der Arzt tippt auf eine Lebensmittelunverträglichkeit, was ich für unwahrscheinlich halte. Aber letztlich ist es mir egal, er soll nur sehen, dass er das wegbekommt. Er spritzt mir Cortison und gibt mir zusätzlich Cortisontabletten mit, die ich für den Rest der Woche nehmen soll. Außerdem erklärt er mir, dass es gefährlich war, die ganze Nacht verstreichen zu lassen, ich hätte sofort in ein Krankenhaus gehört.

»Sie können ganz rasch ersticken, wenn plötzlich auch die Atemwege zuschwellen«, erklärt er.

Zum Glück wirken seine Medikamente gut und vor allem schnell. Bis zum Nachmittag sehe ich wieder normaler aus, am nächsten Tag wird man außer einer leichten bläulichen Verfärbung schon nichts mehr merken.

Unterdessen ist mein Vater wieder unterwegs. Mit den Röntgenbildern in einem Umschlag auf dem Beifahrersitz rast er über die Autobahnen in Richtung Mainz.

Wir warten.

Wie wartet Franziska an diesem 11. Januar? Professor Junginger will sofort Bescheid geben, wenn er die Bilder gesehen hat.

In der Zwischenzeit räumt meine Schwester ihr Konto leer, fährt nach München und kauft eine Armbanduhr für ihren Mann. Es ist eine unglaublich tolle, unglaublich teure Uhr. Irgendwann einmal hat er in sehnsuchtsvollem Ton von ihr gesprochen. Franziska hatte vor, sie ihm zum fünfzigsten Geburtstag zu schenken. Der wird jedoch erst im Juli 2008 stattfinden.

»Wie es aussieht, schaffe ich es bis dahin nicht«, sagt sie, als sie ihm die Schatulle überreicht. »Deshalb bekommst du sie jetzt. Zur Erinnerung an mich.«

Er bricht in Tränen aus. Sie auch.

Clara ist bei einer Nachbarin, Johannes bei einem Freund. Die Eltern setzen sich ins Auto, fahren in der Gegend herum. Sie halten es daheim nicht aus. Sie fahren zu Orten, die sie kennen und mögen, an die sie besondere Erinnerungen haben. Kreuz und quer, zu allen möglichen Stellen und Plätzen zwischen Ammersee, Starnberger See und München. Dort hat sich der größte Teil ihrer gemeinsamen Geschichte abgespielt. Sie reden und weinen abwechselnd. Franziska hält ihr Handy fest umklammert.

Professor Junginger hat zwar die Handynummer, versucht es aber nur über das Festnetz zu Hause. Als er dort niemanden erreicht, ruft er unsere Mutter an.

Diese verständigt als Erstes Franziska. Dann mich.

Als das Telefon in Südfrankreich klingelt, weiß ich sofort, dass das jetzt die Nachricht ist, auf die wir alle warten.

»Entwarnung«, sagt meine Mutter, nachdem ich mich gemeldet habe.

»Entwarnung?«, frage ich zurück.

»Ganz eindeutig«, bekräftigt sie. »Das Wasser ist ein Rückstand von der Operation, so habe ich den Professor jedenfalls verstanden. Kein Hinweis auf eine Peritonealkarzinose.«

»Er schließt das wirklich aus?«, vergewissere ich mich ungläubig.

»Er schließt es komplett aus.«

Sie berichtet dann von dem Anruf bei meiner Schwester im Auto. »Die beiden haben nur noch geschrien. Ich habe gesagt, sie sollen sofort rechts ranfahren und anhalten und warten, bis sie wieder bei Sinnen sind. Die stehen da jetzt irgendwo am Straßenrand und kreischen wie die Verrückten.«

Am Abend feiern wir alle. Klaus und ich machen eine Flasche Champagner auf, obwohl ich wegen meiner Medikamente keinen Alkohol trinken soll. Wir sind befreit und glücklich, erlöst von einem Alptraum. Mein Schwager darf die Uhr behalten, die er nun eineinhalb Jahre vor seinem runden Geburtstag bekommen hat. Er wird sie dann allerdings nicht oft tragen, immer ein ambivalentes Verhältnis zu ihr haben.

»Sie erinnert mich an einen der schlimmsten Tage meines Lebens«, sagt er. »Ich kann sie nicht anschauen, ohne daran zu denken.«

Die Ärzte in jener Münchner Klinik hören nichts mehr von meiner Schwester, erfahren nie von ihrem Irrtum. Der wahrscheinlich typische Verlauf in solchen Geschichten: Man geht ja nicht hin und beschwert sich, weil sie nicht recht hatten. Sollte man hingehen und sie wissen lassen, durch welche Hölle sie eine ganze Familie gejagt haben? Man tut es nicht, weil man weiß, was sie entgegnen werden: »Wir haben Ihnen das gesagt, was nach unserer Erkenntnis richtig war.«

Und das stimmt sicherlich auch.

Es ist noch kein Jahr verstrichen, seit die Krebserkrankung meiner Schwester festgestellt wurde, und wir haben bereits drei vernichtende Diagnosen gehört, die sich als falsch herausgestellt haben. Die der Onkologin ganz zu Anfang (»Sie leben Ende des Jahres nicht mehr.«), die des Chefarztes jener onkologischen Klinik (»Herzmetastasen«) und nun hier (»Peritonealkarzinose. Nichts mehr zu machen.«). Ich halte dies insgesamt für eine bedenklich hohe Fehlerquote, und wir sind mit Sicherheit nicht die einzige Familie, die solche Dinge erlebt.

Das Problem sind jedoch nicht nur die Irrtümer selbst. In meinen Augen liegt es in der Art und Weise, wie diese Botschaften jeweils überbracht wurden. Es geht um Krebs. Es geht nicht darum, einem Patienten zu sagen, dass er eine schwere Halsentzündung hat, und hinterher stellt sich heraus, es ist bloß ein Schnupfen. Krebs ist immer eine Frage von Leben und Tod. Es gibt Menschen, die bringen sich aufgrund solcher Diagnosen, wie meine Schwester sie erhalten hat, um. Es ist ein Gebiet, auf dem vorsichtig agiert, ein

Irrtum immer einkalkuliert werden muss. Ein Bauchfellkrebs sollte einem Patienten zudem niemals von einem Arzt im Vorbeirennen mitgeteilt werden, es sollte ihm niemals mit einem einzigen Satz bereits die völlige Aussichtslosigkeit seiner Lage bedeutet werden, zumal dann, wenn der Arzt, wie unsere Fälle beweisen, eben *nicht sicher sein kann.* Geholfen wäre den Patienten wahrscheinlich schon, wenn ein Arzt immer und grundsätzlich die Möglichkeit im Auge behielte, dass er irren könnte.

Sich der eigenen Fehlbarkeit bewusst zu sein lässt Menschen behutsamer handeln. In diesen ersten zehn Monaten eines Alptraums, in den unser aller Leben unvermittelt gestürzt war, wären wir in zumindest drei Fällen äußerst dankbar gewesen, wenn die betreffenden Ärzte etwas weniger selbstüberzeugt und dafür etwas menschlicher aufgetreten wären.

Der Januar des Jahres 2007 geht dann aber auch in anderer Hinsicht gut aus. Franziskas zweiter Lungenflügel wird von Professor Rolle erfolgreich operiert. Kurz vor ihrem zweiundvierzigsten Geburtstag im Februar erhält sie nach einer großen Rundum-Nachsorgeuntersuchung das Ergebnis als ihr schönstes Geschenk: ohne Befund.

Rückblick: Morbus Hodgkin

1

Der Morbus Hodgkin, das ist nun schon lange klar, ist der Auslöser des ganzen Dramas, und er wird in der Folgezeit leider noch mehr an Bedeutung gewinnen. Diese Krankheit, deren Ausbruch achtzehn Jahre zurückliegt, ist verantwortlich für Franziskas weiteren Schicksalsweg.

Was ist Morbus Hodgkin? Benannt ist die Erkrankung nach dem englischen Arzt Thomas Hodgkin, der sie erstmals beschrieben hat. Der Pschyrembel, das wohl bekannteste medizinische Nachschlagewerk, nennt sie eine »bösartige Erkrankung des retikulären und lymphatischen Systems mit granulomatösen Wucherungen«. Als erste Krankheitsanzeichen werden dort Mattigkeit, Kopfschmerzen und Nachtschweiß genannt. Ebenso wie die »langsam auftretenden Lymphknotenschwellungen am Hals«.

Eine bestimmte Form der Krankheit tritt gehäuft bei Kindern und Jugendlichen oder sehr jungen Erwachsenen auf, eine andere Form bei Menschen rund um das fünfundsechzigste Lebensjahr. Bis heute ist nicht eindeutig geklärt, welche Ursachen dem Morbus Hodgkin zugrunde liegen.

Über eine kombinierte Radio-Chemotherapie ist der Morbus Hodgkin, der unbehandelt mit absoluter Sicherheit zum Tod führt, gut therapierbar. 80 Prozent der Krankheitsfälle erreichen eine dauerhafte Remission.

Genau diese spezielle Radio-Chemotherapie jedoch »begünstigt das Entstehen neuer Tumore. Das Risiko nimmt mit dem zeitlichen Abstand zur Morbus-Hodgkin-Behandlung zu«, wie es in den Ausführungen der Deutschen Krebsgesellschaft (DKG) heißt.

In vielen Fällen löst die Bestrahlung zudem eine Lungenfibrose aus, das heißt eine zunehmende Vernarbung und Versteifung der Lunge, den Verlust gesunden Lungengewebes und schließlich den Verlust der Atemfähigkeit. Das erfahre ich jedoch erst viele Jahre später von einem Lungenarzt. Als ich im März 2006 im Zusammenhang mit Franziskas Krebserkrankung über den Morbus Hodgkin recherchiere, kommt mir der Begriff »Lungenfibrose als Spätfolge« nicht unter, dabei gibt es – laut jenem Arzt jedenfalls – tatsächlich eine nicht unerhebliche Häufung solcher Fälle. Auch bei uns wird am Ende von dort die ultimative Katastrophe kommen, aber das begreifen wir erst, als es so weit ist. Den Gang der Dinge hätten wir jedoch auch dann nicht verhindern können, wenn wir diese Möglichkeit früher als Gefahr erkannt hätten.

Als Franziska im Jahr 1988 an Morbus Hodgkin erkrankt, leben wir beide zusammen in einer kleinen Drei-Zimmer-Wohnung in München, und keine von uns hat jemals von einer solchen Krankheit gehört. Ich arbeite als freie Schriftstellerin, Franziska ist bei einer Zeitschrift angestellt. Im Februar, um ihren dreiundzwanzigsten Geburtstag herum, fällt ihr erstmals eine kleine Schwellung links unterhalb ihres Halses auf, der sie zunächst kaum Beachtung schenkt. Als die Schwellung nach zwei Wochen nicht verschwunden ist, sucht sie einen Arzt auf. Der beruhigt sie. »Eine verschleppte Erkältung, die sich auf einen Lymphknoten geschlagen hat, nicht unüblich am Ende des Winters.«

Er verschreibt ihr Vitamine zur Stärkung des Immunsystems.

Die Schwellung wird dicker. Sie schmerzt allerdings nicht, ist überhaupt nicht spürbar. Sie fängt nur an, Franziska optisch zu stören, jetzt, da der Frühling kommt und man tiefere Ausschnitte und keine Schals mehr trägt.

Sie geht erneut zu dem Arzt. Der reagiert leicht genervt. Sie mache sich da wirklich ganz umsonst Sorgen. Das werde von selbst weggehen. Sie soll sich viel an der frischen Luft bewegen. Ihr Immunsystem sei offenbar nicht auf der Höhe.

Franziska bewegt sich sowieso immer viel an der frischen Luft. Sie hat jedoch selbst das Gefühl, dass sie irgendetwas mit sich herumschleppt. Sie ist ständig müde, egal, wie lange sie schläft, hat Probleme, durch den Tag zu kommen und ihre Arbeit konzentriert zu erledigen. Nachts wacht sie manchmal auf und ist schweißgebadet.

Sie geht zu einem anderen Arzt. Die Schwellung am Hals hat etwas zugelegt.

Auch dieser Arzt sieht keinen Anlass zur Beunruhigung. Als sie ihm von den nächtlichen Schweißausbrüchen erzählt (ein klassisches Symptom des Morbus Hodgkin) vermutet er eine hormonelle Störung. Er gibt ihr dafür ein entsprechendes Medikament. Mit der Schwellung, meint er, könne sie abwarten. Die werde bald verschwinden.

Die Schwellung verschwindet nicht, die Schweißausbrüche werden häufiger, aber Franziska hat allmählich das Gefühl, ein Hypochonder zu sein und wagt sich zunächst nicht noch einmal zum Arzt. Wie wir später erfahren werden, nutzt Hodgkin unterdessen den komfortablen Zeitvorsprung, der ihm eingeräumt wird, verlässt das erste Stadium und wandert in das zweite.

Im Juli reist Franziska zusammen mit einer Freundin

nach Ungarn. Die beiden wollen an einer Reiterfreizeit in der Puszta teilnehmen. Franziska hatte schon immer eine Vorliebe für Abenteuerferien. Nun werden sie in kleinen Strohhütten mitten in der Steppe leben, auf halbwilden Pferden reiten und abends um ein Lagerfeuer sitzen. Franziska fühlt sich sehr angeschlagen, will der Freundin die lange geplante Reise aber nicht absagen. Sie bringt dann von dort viele Fotos mit, die ich noch immer in einem Schuhkarton gesammelt bei mir daheim im Regal habe. Heute, nach allem, was geschehen ist, kann ich sie nicht anschauen, ohne ein Gefühl tiefster Beklemmung zu empfinden. Franziska sieht eigentlich nicht krank aus, sie wird schnell braun, hat daher eine gesunde Hautfarbe. Sie scheint glücklich unter den vielen jungen Leuten und den Pferden. Zwischen den Hütten sieht man Leinen gespannt, auf denen die Wäsche trocknet, die die Bewohner des Camps in Wassertonnen waschen. Meist scheint die Sonne, alle wirken entspannt und heiter. Auch Franziska.

Aber auf fast jedem Bild kann man die Schwellung am Hals erkennen. Diese Lebenskatastrophe, die sich anbahnt. Dieses allererste Anzeichen eines Dramas, das später zwei Kindern die Mutter, einem Mann die Ehefrau, Eltern ihre Tochter nehmen wird.

Und mir die Schwester.

Vorläufig kehrt Franziska erfüllt und gut gelaunt zurück. Ende August sucht sie dann trotzdem Arzt Nummer zwei zum zweiten Mal auf. Die Schwellung ist über den Sommer noch einmal etwas gewachsen. Und die Hormonstörungen, berichtet sie dem Arzt, würden einfach nicht besser. Inzwischen wache sie fast jede Nacht von ihren Schweißausbrüchen auf.

Der Arzt drückt auf der Schwellung herum und meint,

dass dies Fettgewebe sein könnte, harmlos, aber nicht schön anzusehen. Man könnte dies in einem leichten Eingriff entfernen. Franziska sei jedoch gesund. Vielleicht kreise sie zu sehr um ihren Körper, um Symptome, die sie zu spüren glaube? Er will wissen, ob sie einen Freund hat. Franziska antwortet, dass sie sich im Vorjahr von ihrem Freund getrennt habe und nun solo sei.

»Sie haben die Trennung noch nicht verarbeitet«, meint der Arzt. »Sie schleppen eine Menge psychischen Ballast mit sich herum.«

Franziska geht nach Hause und beschließt, über Schwellungen am Hals und nächtliche Schweißausbrüche nicht mehr nachzudenken. Vielleicht, so meint sie, verschwindet dann alles so schnell, wie es gekommen ist. Sie ist noch autoritätsgläubig genug, um sich nach den Diagnosen der beiden Ärzte nun für leicht neurotisch, ansonsten jedoch gesund zu halten.

Ende Oktober aber kommen die Schmerzen. Franziska kann später den Moment genau benennen, an dem es losgeht. Es passiert nicht schleichend, sondern von einer Sekunde zur anderen. Sie sitzt auf dem Sofa in ihrem Zimmer und sieht fern, steht auf und will auf ein anderes Programm umschalten. Eine Fernbedienung gibt es bei dem Uraltgerät nicht. Sie beugt sich nach vorn, und in diesem Augenblick durchschießt ein scharfer Schmerz ihre linke Schulter.

Der Schmerz hört von da an nicht mehr auf. Der Tumor, der sich unter der Schwellung verbirgt, hat offenbar zu diesem Zeitpunkt eine Größe erreicht, die ausreicht, um ihn auf einen Nerv drücken zu lassen. Da es jedoch eine ruckartige Bewegung ist, die den Schmerz auslöst, glaubt Franziska, sich die Schulter verzerrt zu haben.

»Beim Umschalten des Fernsehprogrammes!«, lästert sie über sich selber. »Eine echte sportliche Höchstleistung also!«

Mit der Eigendiagnose »Zerrung« im Gepäck sucht sie Arzt Nummer eins auf, der sich an der noch immer vorhandenen Schwellung nicht stört und sich Franziskas Vermutung anschließt. Er verschreibt ihr eine Salbe. Diese trägt sie nun zweimal täglich auf. Die Schmerzen werden nicht besser, da sich der Tumor um eine Salbe gegen Muskelzerrungen nicht groß schert.

Im November ist sie zermürbt von den Schmerzen und begibt sich – nicht etwa auf ärztlichen Rat, sondern auf einen Vorschlag unserer Mutter hin – in ein Krankenhaus mit der Bitte, durchleuchtet und untersucht zu werden.

An den Gesichtern der Radiologen sieht sie hinterher bereits, dass etwas ganz und gar nicht stimmt. Dann hört sie die Diagnose: »Morbus Hodgkin, zweites Stadium.«

»Morbus *was*?«, fragt sie.

»Sie haben Krebs«, sagt der Arzt.

2

Noch vor Weihnachten bekommt Franziska die erste Chemotherapie. Es muss jetzt schnell gehen. Der Tumor, der die Schwellung am Hals verursachte, ist nur die Spitze des Eisbergs gewesen; um den ganzen Hals herum sitzen Tumore tiefer unter der Haut verteilt, außerdem etliche auf der Lunge. Das zweite Stadium ist ungünstiger als das erste; angesichts des Umstandes aber, dass die Erkrankung vier Stadien kennt, befindet sich Franziska noch immer innerhalb der besseren Hälfte. Und dann beginnt jenes Elend, das sie auch achtzehn

Jahre später erleben wird: Gift und Strahlen, permanente Übelkeit, stundenlanges Übergeben. Völlige Appetitlosigkeit, Schluckbeschwerden, Bauchschmerzen, das ständige Gefühl, als ob Arme und Beine absterben würden. Wahrscheinlich weil sie jünger und robuster ist und eine bessere Prognose hat, verläuft das alles nicht ganz so dramatisch wie später bei der zweiten Erkrankung; da sie aber nicht in die Zukunft sehen und ihre Situation zu diesem Zeitpunkt nicht relativieren kann, sieht sie sich in der denkbar furchtbarsten Lage: Sie ist dreiundzwanzig Jahre alt, steht am Beginn ihres Lebens und findet sich plötzlich auf einer Krebsstation wieder.

Sie kauft sich vorsorglich eine Perücke, weil man ihr sagt, dass sie alle Haare verlieren wird, was überraschenderweise dann jedoch nicht geschieht. Ihre Haare werden etwas dünner, aber man muss schon sehr genau hinschauen, um es zu bemerken. Schlimmer wiegt, was die Ärzte ihr noch vor Beginn der Chemotherapie mitteilen: Sie wird mit allerhöchster Wahrscheinlichkeit niemals Kinder bekommen können. Die Milz als größtes lymphatisches Organ des Körpers muss massiv bestrahlt werden, diese Strahlung wird den ganzen Unterleib derart in Mitleidenschaft ziehen, dass am Ende Unfruchtbarkeit steht. Franziska muss sogar mit ihrer Unterschrift bestätigen, auf diesen Sachverhalt ausdrücklich hingewiesen worden zu sein. Sie empfindet dies als den schlimmsten Schicksalsschlag in der ganzen Geschichte. Sie hat immer von einer eigenen Familie mit Kindern geträumt, und innerhalb weniger Minuten, in einem Arztzimmer im Krankenhaus, muss sie sich von diesem Lebenstraum verabschieden. Sie hat jedoch keine Wahl. Chemotherapie und Bestrahlung sind in ihrem Fall der absolut alternativlose Weg.

Die Eindrücke aus den folgenden acht Monaten: Es ist

alles nicht schön, aber schon ziemlich bald sehen zumindest die ärztlichen Prognosen gut aus. Franziska reagiert lehrbuchgerecht auf die Therapien, die Tumore schmelzen wie Butter unter der Sonne.

Unsere Mutter kommt nach München, zusammen mit dem riesigen Hund unserer Eltern, um den sich mein Vater, der zu diesem Zeitpunkt noch nicht pensioniert ist, nicht kümmern kann. Wir wohnen zu dritt mit Hund und zwei Katzen in der winzigen Wohnung, was anstrengend, aber oft auch lustig ist.

Wenn Franziska ihre Chemo bekommt, sitzt unsere Mutter die halbe Nacht lang an ihrem Bett in der Klinik und hält ihr eine Schale vor das Gesicht; Franziska übergibt sich Stunde um Stunde, bis zur völligen Erschöpfung. Ein Bett weiter liegt Tina, eine Zwanzigjährige mit Leukämie, die viel weint, weil ihre Prognose sehr ungünstig ist. Die beiden jungen Frauen bekommen ihre Chemotherapien immer gleichzeitig, sodass dann auch Tinas Mutter Dienst mit der Spuckschale hat. Ein beklemmendes, angsterregendes Szenario, weit weg von der Welt, wie Franziska und auch wir anderen sie bislang kannten.

Auch ich bin oft im Krankenhaus, vor allem, um meiner Schwester bergeweise Briefe, Trostkarten und kleine Geschenke ihrer Redaktionskollegen und Freunde zu bringen. Franziska ist überall sehr beliebt; jeder, der sie kennt, nimmt voller Bestürzung Anteil an ihrer Geschichte. Darüber hinaus erinnere ich mich an endloses Sitzen und Warten auf langen Krankenhausfluren. Vermutlich begleite ich meine Schwester zu Röntgenaufnahmen, Blutabnahmen und Ähnlichem. Auf einem dieser Flure sehe ich jedes Mal einen Mann, der dort sehr langsam auf und ab geht; er ist um die vierzig Jahre alt, stützt sich auf einen Rollator. Darauf ist sein Atemgerät befestigt, das ihn mit Sauerstoff versorgt. Der Mann röchelt entsetzlich laut, während er seine Bahnen zieht, und er sieht aus wie ein lebendes Skelett. Einmal frage ich eine Krankenschwester, was er denn habe.

»Lungenkrebs«, lautet die Antwort, »Endstadium.« Und dann fügt sie, etwas schnippisch, hinzu: »Na ja, hat halt immer zu viel geraucht.«

Dieser Mann hat insoweit nachhaltigen Einfluss auf mein Leben, als es sein Anblick ist, der dafür sorgt, dass ich sofort aufhöre auch nur gelegentlich eine Zigarette zu rauchen und zehn Jahre lang auch konsequent dabei bleibe. Als ich später nach Wiesbaden ziehe und dort mit einer Clique unterwegs bin, in der viel geraucht wird, fange ich für einige Monate auch wieder damit an. Eines Abends fällt mir urplötzlich der Mann aus dem Krankenhaus wieder ein, und ich erinnere mich an sein schreckliches Röcheln. Ich drücke die nur halb gerauchte Zigarette aus, und dann ist endgültig Schluss.

Er gehört zu den mir ewig präsenten Bildern aus jener Zeit. Ebenso wie die völlig kahlköpfige Tina, die schreiend von ihrer Mutter wissen will, weshalb die sie auf die Welt gebracht und damit einer solchen Qual ausgesetzt hat. Ich erinnere mich daran, wie ich Franziska im Arm halte, direkt nachdem sie ihre Diagnose bekommen hat; sie weint, und ich streiche ihr hilflos immer wieder über die Haare. Ich erinnere mich an eine Frau, mit der ich im Krankenhaus ins Gespräch komme; sie hat Knochenkrebs und weiß, dass sie definitiv innerhalb der nächsten drei Monate sterben wird. Sie erzählt mir, dass sie viel mit Franziska darüber spricht. Über ihre Angst vor dem Tod.

»Ihre Schwester kann unglaublich trösten«, sagt sie mir. »Ein so junger Mensch, selber so schwer krank, und trotzdem hört sie mir genau zu, sagt immer das Richtige, ist feinfühlig und voller Verständnis. Ich bete, dass sie gesund wird. Ein Mensch wie sie muss leben, sie gehört zu denen, die die Welt zu einem besseren Ort machen.«

Franziska geht tapfer und entschlossen ihren Weg, aber manchmal fühlt sie sich so elend, dass sie jeden Mut verliert. Einmal besteht sie darauf, sich eine Grabstätte auszusuchen. Sie möchte auf dem Holzhausener Friedhof am Starnberger See liegen. Unsere Großeltern haben ganz in der Nähe gewohnt, wir kennen die Gegend aus den herrlichen Sommerferien, die wir bei ihnen verbrachten. Im Starnberger See haben wir beide das Schwimmen gelernt.

»Und ein schmiedeeisernes Kreuz will ich haben«, sagt sie.

Dreiundzwanzig Jahre später werden wir ihr den Wunsch nach diesem Friedhof nicht erfüllen können.

Aber das schmiedeeiserne Kreuz wird sie bekommen.

Franziska übersteht den Morbus Hodgkin. Im Sommer 1989 sind alle Therapien beendet. Ihre Zimmergenossin Tina wird gleichzeitig mit ihr entlassen. Tina sucht danach noch einige Male den Kontakt, aber Franziska entzieht sich ihrem Wunsch nach einer andauernden Freundschaft. Tina möchte ständig über die gemeinsam durchlittene Zeit sprechen, Franziska hingegen will das alles am liebsten nie wieder erwähnen. Sie will jetzt leben, den Alptraum hinter sich lassen, ihn zu einem Intermezzo in ihrem Leben machen, das von nun an keine Bedeutung mehr hat. Am Tag ihrer Entlassung spricht sie noch einmal mit einem Arzt. Sie will wissen, wie schlecht ihre Chancen tatsächlich stehen, irgendwann Kinder zu bekommen.

»Wollen Sie eine ganz ehrliche Antwort?«, fragt der Arzt.

»Ja«, erwidert meine Schwester.

»Vergessen Sie es. Vergessen Sie Kinder. Sie sind derart hart bestrahlt worden – wenn Sie mich fragen, sind Kinder absolut ausgeschlossen.«

Entsprechend der fatalen Zufälligkeit, mit der sich Geschehnisse manchmal verketten, trifft genau an diesem Tag ein Brief von einer ihrer ältesten Freundinnen aus Grundschulzeiten ein. Diese teilt darin die Geburt ihres ersten Kindes mit. Franziska versucht, gelassen damit umzugehen. Aber ich kann sehen, wie sehr sie leidet.

Hinzufügend sei noch angemerkt, dass man inzwischen, ein Vierteljahrhundert später, Morbus-Hodgkin-Patienten vor Beginn der Therapie die Möglichkeit anbietet, Eizellen, beziehungsweise Spermien, entnehmen und einfrieren zu lassen, um sich zu einem späteren Zeitpunkt möglicherweise auf diesem Weg doch noch fortpflanzen zu können. Die Wahrscheinlichkeit, nach der Therapie auf natürlichem Weg Kinder bekommen zu können, wird also tatsächlich als außerordentlich gering eingestuft.

Franziska kehrt schnell an ihren Arbeitsplatz zurück, schneller, als sie müsste. Sie ist eigentlich noch krankgeschrieben, aber sie will der Grübelspirale entfliehen, in die sie unweigerlich fällt, wenn sie daheim herumsitzt. Zwei Anläufe zu einem Reha-Aufenthalt hat sie abgebrochen.

»Dort wird zu viel über Krebs gesprochen«, sagt sie. »Das ist nicht mein Weg.«

Also wieder Beruf, wieder Normalität. Danach hat sie sich während des Klinikaufenthaltes gesehnt. Sie hasst die Tage, an denen sie zur Nachsorge gehen muss, weil dann alles wieder lebendig wird. Zum Glück kehrt sie jedes Mal mit der guten Nachricht zurück, dass nichts zu finden ist, was auf einen Rückfall schließen lässt.

Von möglichen Spätfolgen spricht niemand. Ganz langsam beginnen wir alle zu hoffen, dass wir das Thema Krebs abhaken können. Natürlich hat uns der Schock verändert, besonders Franziska selbst, aber auch mich als ihre Schwester. Bei den Großeltern rechnet man mit schweren, auch tödlichen Erkrankungen, von irgendeinem Zeitpunkt an auch bei den eigenen Eltern. Niemals aber war ich innerlich gewappnet gegen eine plötzliche Todesbedrohung bei meiner dreiundzwanzigjährigen Schwester. Der Morbus Hodgkin ist aus dem Nichts gekommen, keiner von uns hat zuvor überhaupt gewusst, dass es ihn gibt. Wir stehen nun da, als sei eine große, schwarze Flutwelle über uns hinweggebrochen, eine, mit der wir überhaupt nicht gerechnet haben.

Wir erholen uns nur langsam von dem Schock.

Und wir sind hellhörig geworden. Ängstlicher. Noch jahrelang werden wir auf jede Bemerkung Franziskas, mit der sie irgendeine Auffälligkeit in oder an ihrem Körper beschreibt, mit Anspannung reagieren. Jeder Nachsorgetermin lässt uns zittern. Einmal, fast ein Jahr nach der letzten Therapie, hat sie einen nächtlichen Schweißausbruch. Einmal meint sie, eine Drüse hinter ihrem Ohr sei verdickt. Sofort macht sich verhaltene Panik breit. Während der ersten fünf Jahre kann der Hodgkin zurückkommen. Danach auch, aber die Wahrscheinlichkeit wird immer geringer.

Es dauert, bis ich ihr wieder gegenübersitzen kann, ohne unauffällig nach ersten Anzeichen von Schwellungen an ihrem Hals zu forschen. Sie und ich, wir beide, haben einen großen Teil der Leichtigkeit und Unbekümmertheit, die man in unserem Alter noch in sich spürt, eingebüßt.

Das Leben nach dem Hodgkin ist nicht mehr wie das Leben davor.

3

Zwei Ärzte haben unabhängig voneinander über viele Monate hinweg eine Tumorerkrankung nicht erkannt, haben von einer verschleppten Erkältung über psychische Probleme bis hin zu einer Muskelzerrung alles Mögliche diagnostiziert, ohne in die Nähe der tatsächlichen Ursache ihrer Beschwerden zu kommen. Franziskas erstes dramatisches Erlebnis mit ärztlicher Fehlbarkeit.

Es wird, wie sich schon bald herausstellt, nicht das letzte bleiben.

Im Mai 1990 lernt meine Schwester den Mann kennen, den sie später heiraten wird.

Sie begegnet ihm, als sie am frühen Morgen ihren Yorkshireterrier spazieren führt, der seit einiger Zeit mit uns zusammenlebt. Er ist das verwaiste Überbleibsel einer verstorbenen Nachbarin, hätte auf seine alten Tage ins Tierheim gemusst, wäre Franziska nicht eingesprungen. Ihre Chefin erlaubt ihr, das Tier mit in die Redaktion zu bringen. Er ist so alt, dass er ohnehin die meiste Zeit über schläft.

An einem Maimorgen auf einer Wiese wird er urplötzlich von einem großen, schwarzen Riesenschnauzer angegriffen. *Angriff* lautet jedenfalls Franziskas Beschreibung der Situation. Der Besitzer des Riesenschnauzers sieht das anders: »Er wollte nur spielen!« Der Klassiker. Tatsächlich ist aber nichts passiert. Außer, dass sich Franziska und der Besitzer des Riesenschnauzers fürchterlich in die Haare geraten.

»Ein unglaublich arroganter, eingebildeter Typ«, erzählt sie mir aufgebracht.

Er wird später berichten, dass er nach Hause ging und bei sich dachte: *Was für eine hysterische Ziege!*

Nicht direkt ein vielversprechender Anfang. Oder gerade doch: Denn irgendetwas reizt die beiden aneinander. Sie beginnen, die Lebens- und Alltagsgewohnheiten des jeweils anderen zu erkunden und das eigene Timing darauf abzustellen, was dazu führt, dass sie sich bei ihren Hundespaziergängen nun ständig begegnen. Riesenschnauzer und Yorkshireterrier schließen Freundschaft.

Herrchen und Frauchen auch bald.

Beide stecken in einer schwierigen Lebenssituation, sind angeschlagen. Franziska durch ihre überstandene Erkrankung. Und Christian durchlebt gerade die Scheidung von seiner Frau und die Trennung von zwei noch sehr kleinen Söhnen. Er ist plötzlich allein und fühlt die Niedergeschlagenheit, die dem Ende einer Beziehung folgt.

Gemeinsam holen sie sich die Lebensfreude zurück, die für beide nicht mehr so richtig präsent war. Sie fahren in die Berge zum Wandern, sie sitzen abends in den Biergärten, sie gehen tanzen, reden stundenlang miteinander. Zukunftspläne schmieden sie nicht. Sie leben vollkommen aus jedem einzelnen Augenblick heraus.

Im Sommer erfüllt sich Franziska einen langgehegten Wunsch: Ganz alleine fährt sie in ihrem klapprigen VW-Polo von München bis nach Stockholm hinauf und nimmt an einem Segelkurs in den schwedischen Schären teil. Mit anderen jungen Leuten, die aus den verschiedensten Ländern stammen, und einem Segellehrer, der eigenartigerweise aus dem Sudan kommt. Die ganze Veranstaltung ist spottbillig, dafür sind die sanitären Verhältnisse auf dem Schiff ziemlich gewöhnungsbedürftig, genauer gesagt: Es gibt gar keine sanitären Verhältnisse.

»Und was habt ihr gemacht, wenn ihr auf die Toilette musstet?«, frage ich meine Schwester nach ihrer Rückkehr.

Sie grinst. »Uns über die Reling gehängt. Anders ging es nicht.«

Noch ein Jahr zuvor kotzte sie sich durch ihre Chemotherapie. Jetzt steht sie wieder mitten im Leben. Ich bewundere sie. Für die innere Stärke, die sie ausstrahlt. Für die Entschlossenheit, mit der sie sich die Freude am Leben zurückerobert hat. Ich weiß, dass sie oft Angst hat. Aber sie lässt es nicht zu, dass die Angst sie beherrscht. Sie spricht fast nie von ihrer Krankheit, räumt ihr keinen Platz in ihrem Alltag ein.

»Das ist vorbei«, sagt sie manchmal. »Ich lebe!«

Die Beziehung zu Christian wird ernster.

»Wenigstens muss ich mir über Verhütung nie wieder Gedanken machen«, sagt Franziska. »Selbst ein Lymphdrüsenkrebs hat sein Gutes!« Sie flüchtet sich oft in Ironie, wenn sie eigentlich traurig ist.

Im November gibt es bei ihr Anzeichen, die bei jeder anderen Frau auf eine Schwangerschaft hindeuten würden. Franziska jedoch hält diese Anzeichen für alles Mögliche, nur nicht dafür. Ich bin es, die irgendwann einen Test besorgt und sie bittet, ihn »einfach mal zur Sicherheit« zu machen. Wir sind beide sprachlos, als wir auf das positive Ergebnis starren.

»Das kann nicht sein«, sagt Franziska schließlich. Trotz allem haben ärztliche Aussagen noch immer viel Gewicht bei ihr. *Vergessen Sie es,* hat der Arzt auf ihre Frage nach Kindern geantwortet. »Das ist völlig unmöglich!«

Sie macht einen zweiten Test, der ebenfalls positiv ausfällt. Sie geht zum Arzt, der die Schwangerschaft bestätigt. Sie glaubt es aber erst wirklich, als sie das erste Ultraschallbild sieht.

Der Zeitpunkt ist nicht unbedingt günstig: Franziska hat nach ihrem langen krankheitsbedingten Ausfall gerade wieder richtig Fuß im Beruf gefasst, hat neue Ressorts übertragen bekommen, die sie häufig ins Ausland führen. Und der Vater des Kindes ist immer noch nicht geschieden. Trotzdem ist meine Schwester von Freude völlig überwältigt. Sie empfindet das Baby in ihrem Bauch als ein Wunder, als das größte Geschenk.

Als ihren endgültigen Sieg über die Krankheit.

Im August 1991 bringt sie einen gesunden Jungen zur Welt, genau zwei Jahre nach ihren letzten Bestrahlungen.

Zwölf Jahre später, im November 2003, wird er eine Schwester bekommen.

Das Bild der vierköpfigen Familie, die in einem schönen Haus auf dem Land mit vielen Tieren lebt, wäre das perfekte Happyend in jedem Roman. *Wie ich den Krebs besiegte,* hieße die Geschichte, und sie würde von Hoffnung und Glück handeln.

Das Leben ist anders.

2007/2008

Atempause

Die Jahre 2007 und 2008 lassen uns ein wenig zur Ruhe kommen. Relativ gesehen jedenfalls: Es passiert nichts Schlimmes, kein neuer Krebsherd taucht auf, nirgends im Körper erscheinen weitere Metastasen. Aber in all der Zeit gibt es keine Begegnung mit einem Arzt, bei der Franziska nicht darauf hingewiesen wird, dass es sich bei ihrer überraschend guten Befindlichkeit um die Ruhe vor dem Sturm handelt.

»Ein Krebs im vierten Stadium ist nicht besiegbar«, heißt es immer wieder. »Die Frage lautet nicht, *ob* er zurückkommt. Die Frage lautet, *wann* er das tut.«

Unter dieser wenig optimistischen Überschrift kommt Franziska alle drei Monate zu mir nach Wiesbaden, und ich begleite sie zur Nachsorge nach Mainz. Die Termine sind so eng im 12-Wochen-Rhythmus gestaffelt, weil man von ärztlicher Seite jeden Moment mit einem Rezidiv rechnet. Wenn das passiert, wird schnelles Reagieren von entscheidender Bedeutung sein.

Wir beide sind in den jeweils letzten Tagen vor der anstehenden Nachsorge fix und fertig, am Morgen des Tages selbst fahren wir angespannt und ganz elend vor Angst nach Mainz hinüber. Franziska bietet mir jedes Mal an, sie allein zu lassen, mir das Warten in trüber Atmosphäre nicht anzutun, aber ich weiß, dass es ihr hilft, wenn jemand bei ihr ist, der mit ihr redet und sie ein wenig ablenkt. Die meisten Menschen, die in dem großen Wartebereich der Station *Tumornachsorge* in der Uniklinik sitzen, sind übrigens in Begleitung. Es ist schwer, diese Nervenbelastung ohne Unterstützung durchzustehen.

Dank der uns nach wie vor fürsorglich betreuenden Frau Niebling, der Sekretärin des Professors, haben wir immer einen genauen Ablaufplan in der Tasche, sind überall angemeldet und kommen vergleichsweise schnell durch. Wir wissen beide, dass es viele Patienten deutlich schwerer haben, weil sie sich auf eigene Faust durch den häufig undurchschaubaren Dschungel des Kliniksystems kämpfen müssen. Wir sind privilegiert und wissen das dankbar zu schätzen. Einzig an der Angst vor dem Ergebnis ändert das nichts.

Die Angst teilen wir mit allen, die dort sitzen und warten.

Es sind viele verhärmte Gesichter, die man bei der Tumornachsorge sieht, und es herrscht eine Atmosphäre, in der Anspannung und Furcht fast mit Händen zu greifen sind. Jeder, der als Patient hier ist, ist durch die Tortur von Chemotherapien und Operationen gegangen, hat eine schockierende Diagnose und die mit ihr einhergehende Todesbedrohung verkraften müssen. Jeder hat seine persönliche Überlebensstatistik im Kopf. Jeder weiß, dass ein Rückfall diese Statistik verändert – negativ verändert.

»Den ersten Angriff des Krebses überstehen die meisten«, heißt es überall in dem Infomaterial über den Krebs, das inzwischen bei mir daheim stapelweise herumliegt. »Kritisch wird es, wenn die Krankheit den zweiten Anlauf nimmt.«

Franziska muss von der Blutabnahme zum Leberultraschall, dann in den Kernspintomographen, dann ins CT. Sie bekommt Tumormarker gesetzt, die Lunge wird akribisch gescannt. Die Leber ist ein Organ, in das Darmtumore neben der Lunge häufig streuen, deshalb gilt auch ihr erhöhte Aufmerksamkeit. Außerdem ist der Bauchraum von entscheidender Bedeutung: Ein Rezidiv an genau der Stelle des Ursprungstumors wäre der Anfang vom Ende, so verstehen wir jedenfalls die Ärzte.

Meist fangen wir morgens um acht Uhr an, sind am frühen Nachmittag fertig. Ergebnisse liegen jedoch erst am Abend vor. Die Zeit dazwischen wird lang – viel länger, als man sich einen Nachmittag eigentlich vorstellen kann. Manchmal setzen wir uns in ein Café. Manchmal fahren wir ziellos in der Gegend herum. Bei schönem Wetter suchen wir den Patientengarten auf. Franziska ist die ganze Zeit über blass und sehr still. Ich bin hibbelig und rede pausenlos. Dann, irgendwann, das Abschlussgespräch. Und all die Monate dieser beiden Jahre hindurch lautet das Ergebnis: kein Befund.

Was bedeutet: kein Krebs.

Wenn wir dann nach Wiesbaden zurückfahren, sind wir veränderte Menschen. Wir fahren durch dunkle Winterabende, durch blühende Frühlingsabende, durch taghelle Sommerabende und durch bunte, windige Herbstabende. Wir kennen die Tumornachsorge zu jeder Jahreszeit und bei jedem Wetter. Spätestens wenn wir den Rhein überqueren, fängt Franziska an zu reden. Zu lachen. Zu erzählen. Sie hängt am Handy und berichtet Gott und der Welt, zuerst natürlich ihrer Familie, vom glücklichen Ausgang des Geschehens. Sie dreht auf, gerät fast in Ekstase, schwärmt von der Landschaft, der Farbe des Himmels, der Farbe des Flusses. Sie findet sogar die Fabrikanlagen rechts und links noch schön. Sie ist gerettet. Wieder einmal. Die Angst wird ansteigen, je näher der nächste Termin rückt, aber für den heutigen Abend hat sie es schwarz auf weiß: *kein Befund.*

Ich hingegen, die ich den ganzen Tag über gegen meine Nervosität angeredet habe, falle in totales, erschöpftes Schweigen.

Wir haben es geschafft, das ist alles, was ich denken kann. Wieder einmal.

Später feiern wir dann. Wir gehen essen oder kochen uns zu Hause etwas Tolles. Wir trinken Champagner. Zünden Kerzen an. In den Sommermonaten sitzen wir die halbe Nacht über draußen, egal, wie früh wir rausmüssen am nächsten Morgen. Franziska ist wieder so, wie ich sie von früher kenne: lebhaft, lachend, begeisterungsfähig. Wir lachen viel an diesen Abenden. Wir holen das fehlende Lachen der letzten Wochen nach, und wir lachen auf Vorrat.

Weil die Angst, das wissen wir, wieder in uns hineinkriechen und uns lähmen wird.

Wie lebt ein Mensch, der sich im Drei-Monats-Takt von einer Rettung zur nächsten hangelt? Über dem Tag und Nacht das Damoklesschwert des als sicher prophezeiten Rückfalls schwebt?

Meine Schwester reagiert auf den alltäglich gewordenen Ausnahmezustand damit, dass sie sich mit Leben umgibt. Es fällt auf, wie intensiv sie nach Lebendigem greift, selbst wenn sie sich damit kräftemäßig ständig überfordert. Und dass sie, mehr noch als früher, versucht, Leben zu retten, wo sie kann.

Sie kauft Hasen, die in überfüllten Käfigen in den Schaufenstern von Zoohandlungen vor sich hin vegetieren und gibt ihnen ein artgerechtes Leben in ihrem Garten zurück. Sie besucht ein nahegelegenes Kloster; die dort lebenden und arbeitenden Mönche sind sich für tierquälerische Massentierhaltung nicht zu schade, geben aber ausrangierte

Hühner, das heißt solche, die keine volle Legeleistung mehr erbringen, an Menschen ab, die noch irgendetwas damit anzufangen wissen. Menschen wie Franziska.

Ob er nicht glaube, dass der liebe Gott Probleme mit seiner Art habe, Tiere zu behandeln, will sie von dem Mönch wissen, der ihr sechs halbtote, zerrupfte Hühner aushändigt.

Der starrt sie entgeistert an. Trotz täglichen Betens und Meditierens scheint er bislang nicht einmal in die Nähe solcher Überlegungen vorgedrungen zu sein.

In Franziskas Garten erholen sich die Hühner, scharren gackernd in den Beeten – und fangen wieder an, Eier zu legen.

Sie kauft Schafe, die – lebend! – in Containern nach Beirut verschifft werden sollen. Sie nimmt die jungen Katzen eines Bauern bei sich auf, ehe sie erschlagen werden können. Die durch Gewalt und Missbrauch traumatisierten Pflegekinder einer befreundeten Familie führt sie regelmäßig auf ihren Ponys spazieren, weil sie sieht, wie sehr die Kinder im Umgang mit den Tieren aufblühen. Unermüdlich rennt sie gegen das Leid der Welt an.

»Pass auch ein bisschen auf deine Kräfte auf«, warne ich sie.

»Ich weiß, wie es sich anfühlt, wenn man sterbenselend und ohne Hoffnung ist«, erwidert sie. »Ich kann dem noch weniger zuschauen als früher.«

Im Internet stößt sie auf einen Verein. *Casa Animale.* Der Verein setzt sich dafür ein, durch Sterilisationsprogramme das Problem der Überpopulation von Straßenhunden in osteuropäischen Ländern, Schwerpunkt in Ungarn, in den Griff zu bekommen. Darüber hinaus werden bereits vorhandene Tiere aus den Tötungsstationen gerettet. Sie liest darüber, wie diese Hunde sterben, in ihren engen Käfigen im Sommer unter gnadenloser Sonne verdurstend, im Winter in eisiger Kälte ohne Hütten, ohne auch nur etwas Stroh, qualvoll erfrierend. Wer dann noch lebt, den erledigt die Todesspritze. Das ist kein Einschläfern, wie wir es von unseren Tierärzten hier kennen. Es handelt sich um eine Giftspritze, die den Tieren einen bis zu 90 Minuten dauernden Todeskampf bringt, und je größer das Tier ist, umso länger und grausamer zieht sich das Sterben hin. Die Lungenfunktion wird dabei langsam gelähmt, ein furchtbares, langwieriges Ersticken ist die Folge. Wer einmal dabei zugesehen hat, kann nicht anders, als die Rettung dieser Tiere zu befürworten – aller Kritik am Auslandstierschutz zum Trotz. *Casa Animale* holt todgeweihte Hunde aus den Stationen und versucht, sie nach einem vierzehntägigen Quarantäneaufenthalt, bei dem sie auch alle notwendigen Impfungen erhalten, in Deutschland zu vermitteln. Dazu bedarf es Spenden: 250,– Euro kostet die Rettung eines Hundes, kosten die tierärztlichen Maßnahmen und der Aufenthalt in der Quarantäne. Franziska ist von der Effizienz und von der Integrität des Vereins so angetan und überzeugt, dass sie dort Mitglied wird. Schon bald gehört sie zu den wichtigsten Mitarbeitern. Sie organisiert Geld, und sie findet Aufnahmeplätze für die Hunde. Besonders bei Letzterem ist sie nicht zu übertreffen. Wenn ein Hund als Langzeitinsasse von der Tötung akut bedroht ist, hilft oft nichts anderes, als ihn auf die Schnelle in einem deutschen Tierheim unterzubringen, auch wenn das nicht die beste Lösung ist – aber für beste Lösungen fehlt eben manchmal die Zeit. Franziska redet ihren Kontaktpersonen in den Tierheimen Löcher in den Bauch, damit sie *Ja* sagen. Ja zu alten und daher schwer vermittelbaren Tieren.

»Sie sind die penetranteste Frau, die mir je begegnet ist«,

stöhnt der Leiter eines Tierheims, ehe er nachgibt, damit sie ihn endlich in Ruhe lässt.

In diesem Fall empfindet Franziska die Aussage als Kompliment. Für sich und den Verein stellt sie das Credo auf: *Keiner darf zurückbleiben.* Sie strengt sich an, und sie strengt andere an – auch ihre Mitstreiter. Wer sie beobachtet, hat den Eindruck, dass hier eine Frau mit all ihren Kräften gegen die Zeit anläuft. Obwohl sie noch immer hofft, der Krankheit entkommen zu sein, trägt sie eine Ahnung in sich: dass ihre Tage auf der Welt gezählt sind. Sie will sie mit Gutem füllen, so viel sie nur kann. Sie wird weitermachen bis zum Schluss. Sie rettet noch Leben, da lebt sie selbst schon fast nicht mehr.

Jedes Mal, wenn sie zur Nachsorge nach Mainz kommt, suchen wir auch den Frankfurter Arzt auf, der Franziska nun regelmäßig betreut. Sie hat größtes Vertrauen zu ihm, zudem tut ihr seine ruhige, freundliche, optimistische Art gut. Er verspricht keine Wunder, aber er malt die Dinge auch nicht schwarz. Er will alles tun, um ihr Immunsystem zu stabilisieren, es dann möglichst auch andauernd stabil zu halten. Er behandelt viele Krebspatienten, gerade auch solche, die laut erster Prognosen längst tot sein müssten. Er nimmt sich Zeit – nicht selten sitzen wir eine bis eineinhalb Stunden in seinem Sprechzimmer. Franziska möchte mich dabeihaben, weil so viel gesprochen wird und sie sicher sein will, dass sie alles behält, was, wie sie meint, bei zwei Köpfen eher gewährleistet ist als bei einem. Der Arzt hat ihr gesagt, dass der Krebs in ihr ist, dass er aber versuchen wird zu verhindern, dass er erneut ausbricht.

»Ich möchte«, sagt er, »dass Sie irgendwann, in sehr ferner Zukunft, zwar *mit* dem Krebs sterben. Aber nicht *an* ihm.«

Nach diesen Terminen geht es ihr immer besser. Manchmal so gut, dass sie noch in die Innenstadt fahren, auf der Zeil bummeln und sich irgendetwas Schönes kaufen möchte. Ein Paar Schuhe, eine Handtasche, einen Seidenschal. Dinge, an denen sie das Interesse bereits völlig verloren hatte. Ich genieße diese Momente, weil es dann so ist wie früher: Wir schlendern durch Geschäfte, sitzen in einem Café, trinken einen Kaffee und essen ein Croissant, während wir andere Menschen beobachten. Es tut gut, über die Schaufensterauslagen zu reden statt über den Krebs. Es macht Spaß, Franziska in die Geschäfte zu begleiten und ihr beim Anprobieren von Kleidungsstücken zuzuschauen. Sie ist noch immer überschlank und sieht toll aus, egal, was sie anzieht. Niemand kann ihr in dieser Zeit ansehen, was sie mitgemacht hat, sie wirkt sehr attraktiv und sehr jung, etwas zu dünn, aber das tun viele, die sich jedes Gramm Fett am Körper eisern weghungern. Die Narben bleiben für jeden Beobachter unsichtbar – sowohl die vielen OP-Narben an Bauch und Brust als auch die Narben auf der Seele. Franziska gibt ein schönes Bild ab. Ich bete in diesen Jahren immer darum, dass sie innerlich nach und nach genauso gesund wird, wie sie es von außen zu sein scheint.

Neben ihrer Tierschutzarbeit tut sie alles, ihr Immunsystem intakt zu halten. Nordseeluft hat ihr Professor Rolle für ihre Lungen dringend geraten. Zweimal fährt sie für jeweils zehn Tage nach Sylt hinauf, einmal mit ihrem Mann, einmal mit ihrem Sohn. Sie absolviert dort ein anstrengendes Trainingsprogramm mit vielen ausgiebigen Spaziergängen entlang der Meeresbrandung. Eine der beiden Reisen ist ein Geschenk unserer Eltern zu ihrem Geburtstag und findet daher im Februar statt. Diesmal übernimmt sie sich in der rauen, eiskalten Luft. Als sie auf der Rückreise Zwischenstopp in Wiesbaden einlegt und zwei Tage bei mir bleibt, geht es ihr schon sehr schlecht, sie hustet, bekommt dann Fieber. Sie schafft es gerade noch an den Ammersee, dann fällt sie mit einer schweren Lungenentzündung ins Bett. Wochenlang kämpft sie gegen die Krankheit, weigert sich hartnäckig, in ein Krankenhaus zu gehen. Irgendwie wird sie wieder gesund, hat aber erkannt, dass sie vorsichtiger und geduldiger mit ihrem Körper umgehen muss. Sie erwartet immer viel zu schnell viel zu viel von sich.

Wir alle haben wieder zu einer gewissen Normalität gefunden, aber es ist eine andere Normalität als früher. Wir leben in der Gewissheit, dass uns jeden Tag der nächste Schlag treffen kann. Ich versuche, mich zu wappnen, indem ich mir so viele Informationen wie möglich beschaffe. Häufig nehme ich als Zuhörer an Vorträgen und Seminaren teil: an solchen, die von der Deutschen Krebsgesellschaft oder der Deutschen Krebshilfe veranstaltet werden, oder von denen ich zumindest über die Homepages dieser beiden Vereinigungen erfahre. Ich sitze dort mit Block und Stift bewaffnet und schreibe alles mit, was für uns irgendwann von Interesse und Bedeutung sein könnte – wobei ich nur hoffen kann, dass ich diesbezüglich im Vorfeld die richtige Auswahl treffe. Was mir auffällt: Meist sind diese Veranstaltungen extrem gut besucht, oft müssen noch Stühle herangeschleppt oder zuvor verschlossene Nebenräume geöffnet werden, um des Andrangs Herr zu werden. Die meisten Teilnehmer sind Patienten, das ergibt sich in den anschließend stattfindenden Fragerunden. Ich höre von so vielen schweren Schicksalen, dass ich mich manchmal ganz betäubt fühle. Nicht, dass ich vorher geglaubt hätte, Franziska und wir, ihre Familie, seien die Einzigen, deren Leben urplötzlich im Bann eines solchen Dramas stehen. Aber seltsamerweise fühlt man sich in den Fragen von Leben und Tod immer alleine. Ausgegrenzt aus der riesengroß erscheinenden Gruppe der Gesunden und Starken, in deren Alltag es um all die Sorgen geht, die plötzlich sekundär erscheinen: Beruf, Beziehung, Geld, Kinder, Schule. Man kommt sich einsam vor, weil man um ein Thema kreist, das für die meisten – wenn sie nicht sehr alt sind – noch in weiter Ferne liegt: den Tod.

Nun jedoch erlebe ich, wie weitverbreitet diese Krankheit tatsächlich ist, dass sie von echter gesellschaftlicher Relevanz ist. Ich lerne viele Menschen kennen, denen man nichts von ihrem Schicksal ansehen würde, dabei haben sie Schweres hinter sich und leben, wie auch wir, in dem Bewusstsein, dass der Krebs noch immer auf der Lauer liegen und entschlossen sein könnte, sich die Beute, die gerade noch entwischt ist, wiederzuholen. Hätte ich dieselben Menschen auf einer Party kennengelernt, hätte ich nichts davon geahnt und vermutlich auch nichts erfahren. Selten teilt man einander beim Cocktailempfang über das Sektglas hinweg mit, dass man zwei Jahre zuvor durch die Hölle einer schweren Krebserkrankung gegangen ist und dass das Leben seitdem ein paar wirklich schreckliche Alpträume mehr bereithält. Hier aber fragt man ganz direkt: »Und welchen Krebs haben Sie?« Ich antworte dann immer, dass ich als Angehörige da bin, die auf der Suche nach so vielen Informationen wie möglich ist.

»Dann passen Sie bloß auf sich auf«, sagt eine junge Frau zu mir. »Ich war ganz gesund, dann habe ich meine Mutter mit Brustkrebs betreut und zu Ende gepflegt. Kein halbes Jahr später hatte ich denselben Krebs. Als Angehöriger kann man kaputtgehen bei alldem!«

Ich bin entschlossen, nicht kaputtzugehen. Aber auch um keinen Preis der Welt meine Schwester kaputtgehen zu lassen. Unermüdlich halte ich die Namen von Ärzten, Behandlungszentren, Therapiemethoden schriftlich fest. Wenn der Krebs zurückkommt, will ich sofort einen Plan und gute Kontakte haben, um ihm alles entgegenzusetzen, was wir aufbieten können. Über eine gute Freundin, die ehemalige NDR-Talkshow-Moderatorin Alida Gundlach, bekomme ich die Namen zweier hochkarätiger Kapazitäten in Norddeutschland. Mit ihnen hat sie unseren Fall besprochen. Auch an sie können wir uns sofort direkt wenden, wenn wir weitere Meinungen einholen wollen.

Am Tag X. Wenn das Rezidiv im Darm da ist.

Denn davon gehen alle aus, die Mainzer Ärzte wie auch jeder andere Arzt, mit dem ich spreche. Dass von dort die nächste Herausforderung kommen wird.

»Der Bauchraum ist das Problem«, sagt eine Ärztin zu mir. »Ihn müssen wir im Auge behalten.«

Als das Jahr 2008 dem Ende zugeht, bin ich bis an die Zähne bewaffnet, was einen Rückfall im Darm angeht. Ich weiß genau, was wir in diesem Fall sofort tun werden. Dem Krebs kann alles Mögliche gelingen, ein Überraschungsangriff jedoch nicht.

Unsere Abwehr steht.

Denke ich. So wie ich immer denke, dass man sich auf alles akribisch vorbereiten kann und dann auch Erfolg haben wird. Dass man nur die richtigen Strategien braucht, um dem Schicksal ins Handwerk pfuschen und die Kontrolle behalten zu können.

Ich irre mich gründlich.

Es kommt alles ganz anders.

Und trifft uns vollkommen unvorbereitet.

Februar bis Juni 2009

1

Eigentlich hätte das Jahr 2009 kaum besser beginnen können. Im Februar kommt meine Schwester zur üblichen Drei-Monats-Nachsorge und erfährt, dass alles in Ordnung ist. Und nicht nur das: Man eröffnet ihr zudem, dass man es von nun an riskieren kann, die Nachsorgetermine etwas weiter zu staffeln. Künftig sollen sie nur noch alle sechs Monate stattfinden.

Das erfüllt uns vor allem deshalb mit Begeisterung, weil zum ersten Mal von ärztlicher Seite aus ein gewisser Optimismus durchzublitzen scheint. Bislang haben sie uns den Eindruck vermittelt, praktisch zu jeder Sekunde mit dem Rückfall zu rechnen. Jetzt scheinen sie die Wahrscheinlichkeit nicht mehr ganz so hoch anzusiedeln.

»Vielleicht schaffe ich es doch«, sagt Franziska. »Vielleicht erlebe ich es noch, wie meine Tochter erwachsen wird.«

Sie ist überglücklich. Wir sind es auch. In dem allgemeinen Glück gerät es dann auch zur Nebensächlichkeit, dass Franziska gelegentlich von einer seltsamen Müdigkeit und Schwäche spricht. Und davon, dass sie beim Fahrradfahren und Reiten und bei ihren Spaziergängen mit den Hunden öfter stehen bleiben und innehalten muss. Weil sie so kurzatmig ist. Als ob ihre Kondition, die sie sich seit der Chemotherapie drei Jahre zuvor wieder so gut aufgebaut hat, plötzlich etwas nachlässt.

Aber da sie gerade durchgecheckt wurde, wittern wir keine Gefahr. Sie hat im Januar eine heftige Bronchitis gehabt. Davon, so nehmen wir an, hat sie sich noch nicht wieder richtig erholt.

Im April reisen Klaus und ich für zwölf Tage nach Wales. Klaus besucht dort einen Freund, dem eine Bootswerft in der Cardigan Bay gehört. Ich nutze den Aufenthalt, um für ein neues Buch zu recherchieren. Obwohl es sehr viel regnet, wird es zu einer unserer schönsten Reisen. Ich erinnere mich bis heute an die Leichtigkeit dieser Zeit, an das zauberhafte Hotel in Newport, in dem wir wohnen, und an meine langen, einsamen Wanderungen entlang der Küste, bei denen ich immer hoffe, Wale im Meer zu sehen – was mir leider nicht gelingt. Es gibt zahllose Fotos aus Wales, da stehen Klaus und ich in Regenjacken gehüllt und mit tief ins Gesicht gezogenen Kapuzen im strömenden Regen und strahlen von einem Ohr zum anderen. Wir sind beide so hoffnungslose Großbritannien-Fans, dass wir überall dort, auch bei dem schaurigsten Wetter, sofort aufblühen. Meine Mutter betreut daheim unsere Tochter und unsere Tiere, wir haben also wirklich einmal Zeit ganz für uns. Schon das ist selten in unserem Leben. Hinzu kommt diesmal, dass ich zum ersten Mal seit langem nicht mehr den permanenten Druck von Angst und Sorge spüre, stattdessen von Hoffnung und Zuversicht erfüllt bin. Im Rückblick sehe ich diese zwölf Tage als die erste schöne und unbeschwerte Zeit nach Jahren der Furcht und der Bedrückung an.

Leider wird es zugleich die letzte sein.

Das Jahr 2009 holt zu dem Schlag aus, der Franziska am Ende besiegen wird.

Die Glückssträhne, in der wir uns zu befinden glauben, bricht im Mai ab. Am 20. Mai stirbt meine schwarze Schäferhündin Bianca, die ich zwei Jahre zuvor aus Berlin geholt habe. Bianca, die mit zehn Jahren an Diabetes erkrankte und darüber vollständig erblindete, wurde von ihren Besitzern ins Tierheim entsorgt und drohte dort an Kummer und Verwirrung zu sterben. Eine Freundin von mir, die ehrenamtlich Notfälle in dem riesigen Tierheim betreut, hatte mich aufmerksam gemacht, daraufhin nahm ich dieses absolut bezaubernde und sehr besondere Tier zu mir. Lernte sogar, ihr zwei Mal täglich Insulin zu spritzen und baute unseren Garten blindengerecht um – was bedeutete, alle gefährlichen Stellen mit Zäunen und Absperrungen zu versehen, damit sie nicht abstürzte oder sich verletzte.

Bianca folgt mir auf Schritt und Tritt und liegt neben meinem Schreibtisch, während ich arbeite. Sie ist alt und krank, aber sie wirkt stabil. Am Abend des 19. Mai entwickelt sie urplötzlich hohes Fieber, ich schaffe es gerade noch in die Tierarztpraxis mit ihr, ehe man dort schließt. Der Arzt stellt durch Abhören eine Bronchitis fest und versorgt sie mit Antibiotika. Am nächsten Morgen bekommt sie kaum noch Luft und reagiert nicht mehr. Wieder in die Praxis, diesmal wird ein Röntgenbild gemacht. Ich stehe mit dem Arzt davor und kann es selber sehen: Die ganze Lunge ist voller Tumore. Wie ich dieses Bild kenne! Schon wieder Krebs, schon wieder die Lunge. Als sei das plötzlich ein roter Faden in meinem Leben.

Bianca wird sofort eingeschläfert, da ihre Atemnot nicht mehr zu lindern ist und einer der Tumore zu platzen droht, was zu einem qualvollen Ersticken führen würde. Sie stirbt in meinen Armen.

Ich bin völlig benommen. So abrupt, so ohne jede seelische Vorbereitung habe ich noch nie einen Hund verloren. Zu allem Überfluss steht am nächsten Tag eine Reise nach Hamburg an, zusammen mit meiner Tochter will ich unsere Freunde dort über dieses lange Himmelfahrtswochenende besuchen. Nur um wieder einmal nicht alle zu enttäuschen, ringe ich mich dazu durch. Ich fühle mich elend und traurig und leide darunter, meine Trauer in mir vergraben zu müssen. Ich bin ein Mensch, der in solchen Situationen das Alleinsein sucht. Ich will an Bianca denken, Fotos von ihr anschauen, möchte weinen. Ganz für mich.

Das geht nun alles nicht. Wieder einmal stelle ich aber fest, dass ich mich zwar bei Kummer am liebsten verkrieche, dass es aber von Vorteil sein kann, sich genau entgegengesetzt zu verhalten: nach draußen zu gehen und sich abzulenken. Die ganze Reise wird besser als erwartet. Den Samstag verbringen wir in Travemünde, mieten uns Strandkörbe, die Kinder baden in der Ostsee. Es ist wunderbares, sommerliches Wetter. Andere Freunde stoßen noch dazu, abends grillen wir im Garten.

Zwischendurch husche ich in mein Zimmer und rufe meine Schwester an. Es ist gegen halb zehn Uhr abends, um diese Zeit melde ich mich immer noch einmal bei ihr. Ich erwarte, nichts Besonderes zu hören. Ich bekomme jedoch nur Christian an den Apparat, der mich nicht mit ihr verbinden kann: Es gehe ihr gar nicht gut, berichtet er. Sie habe krampfartige Bauchschmerzen, und er fürchte beinahe, dass sich erneut ein Darmverschluss ankündige.

Ich stöhne auf. Nicht, weil ich wegen des Darmverschlusses extreme Sorgen hätte, ich gehe davon aus, dass man ihn relativ leicht wieder wird beheben können. Aber jeder Kontakt meiner Schwester mit Ärzten birgt Risiken.

»Sag ihr, sie soll sich nicht verrückt machen, wenn wieder

jemand Metastasen irgendwo entdeckt«, beschwöre ich meinen Schwager. »Wir hatten das jetzt schon so oft. Sie soll am besten gar nicht hinhören.«

Nach dem Gespräch fühle ich mich bedrückt. Auch deshalb, weil natürlich das quälende Grübeln sofort wieder einsetzt: Und wenn es kein Darmverschluss ist? Wenn es etwas Schlimmeres ist?

Am nächsten Tag, einem Sonntag, versuche ich während der ganzen Rückfahrt im Zug meine Schwester zu erreichen. Es meldet sich überhaupt niemand. Zwischendurch rufe ich meine Mutter an, aber auch die hat nichts gehört. Erst als ich wieder in Wiesbaden bin, erreiche ich endlich meinen Schwager. Franziska sei im Krankenhaus, berichtet er, ihre Schmerzen seien unerträglich geworden.

»Was hat sie denn?«, frage ich sofort.

»Die sind unsicher. Vielleicht Darmverschluss, vielleicht etwas anderes. Sie untersuchen sie jetzt.« Er berichtet noch, dass er sie diesmal in eine andere Klinik gebracht habe als beim letzten Mal.

»Damit wir nicht noch mal bei einer Peritonealkarzinose landen«, fügt er hinzu.

Wieder einmal können wir nur warten. Es sind Situationen wie diese, die mir im Verlauf der gesamten sechs Jahre jede Menge grauer Haare (buchstäblich!) und auch danach ein höchst anfälliges und labiles Nervensystem bescheren. Das ständige Bewusstsein einer drohenden Gefahr zermürbt uns alle. Und das Warten. Dieses Warten vor dem Telefon. Hoffend, dass es endlich klingeln möge. Gleichzeitig voller Furcht vor genau diesem Moment.

Am Abend ruft Franziska endlich an. Gott sei Dank, sie klingt gar nicht so schlecht. Sie habe Medikamente bekommen und keine Schmerzen mehr, berichtet sie. Aber ihr Fall sei den Ärzten in diesem Krankenhaus zu heikel. Per Krankentransport soll sie noch in der Nacht nach Mainz gebracht werden, dorthin also, wo sie operiert wurde und wo man sie daher gewissermaßen in- und auswendig kennt.

Ich bin nicht sicher, was ich davon halten soll. Einerseits habe ich zu den Mainzer Ärzten großes Vertrauen, und es ist nicht von der Hand zu weisen, dass man dort über Franziska und ihre Geschichte am besten Bescheid weiß.

Andererseits – klingt das alles noch nach einem einfachen Darmverschluss, durch Narbengewebe hervorgerufen? Damit müssten sie eigentlich überall umzugehen wissen. Warum dieses hastige Verlegen in eine 400 Kilometer entfernte andere Klinik? Haben die irgendetwas Verdächtiges entdeckt?

Ich behalte meine Sorgen für mich.

»Ich komme dann gleich morgen früh nach Mainz rüber«, verspreche ich meiner Schwester.

Franziska beschreibt den nächtlichen Transport später als ein ziemlich unglückliches Erlebnis. Die beiden Fahrer werden von einem Grillfest im Grünen weggerufen; sie haben an diesem Abend Bereitschaft, gehen aber davon aus, dass sie nach spätestens einer Stunde wieder zurück sein werden. Einer von ihnen lässt sogar seine angebissene Bratwurst liegen, um später weiterzuessen. Sie sind entsetzt, als sie erfahren, dass sie nach Mainz und dann wieder zurückfahren sollen. Die ganze Hinfahrt über, also vier Stunden lang, jammern und schimpfen sie über diese Ungerechtigkeit und darüber, dass es ausgerechnet sie an diesem Abend, in dieser Nacht mit einem solchen Auftrag hat erwischen müssen. Es kümmert sie nicht, dass Franziska ihr Fluchen und Lamentieren mit anhören muss – und sich, als der Auslöser der ganzen Prozedur, natürlich zunehmend unwohl fühlt.

Sie lässt die beiden wissen, dass es ihr sehr leidtut, solche Probleme zu verursachen, und dass sie keinesfalls darauf gedrängt hat, verlegt zu werden.

»Aber die waren völlig unversöhnlich«, erzählt sie später. »Zum Schluss habe ich mich schon fast dafür entschuldigt, dass es mich überhaupt gibt. Aber auch das hat sie nicht gnädig gestimmt. Der eine jammerte derart über seine zurückgelassene Bratwurst, dass man hätte meinen können, sein Leben sei mit diesem Verlust jetzt zu Ende.«

In Mainz angekommen, konstatiert der diensthabende Arzt einen Darmverschluss. Franziska bekommt ein Kontrastmittel zu trinken. Bis zum nächsten Morgen ist alles in Ordnung.

»Das hätte ja nun wirklich alles nicht sein müssen«, stellen wir beide fest, als ich sie besuche.

Die Ärzte behalten Franziska bis zum nächsten Tag im Krankenhaus, um sie zu beobachten. Sie raten ihr dann, nicht sofort nach Bayern zurückzukehren, sondern sich für den Rest der Woche in der Nähe von Mainz aufzuhalten. Es sei nicht auszuschließen, dass es erneut zu einem Verschluss komme; in diesem Fall müsse man dann genauere Untersuchungen anstellen, um einen Weg zu finden, dies in Zukunft zu verhindern.

Diese Sorge erweist sich allerdings als unbegründet: Es ist tatsächlich das letzte Vorkommnis dieser Art und wiederholt sich nicht noch einmal.

Am Dienstag hole ich Franziska ab. Sie soll bei mir in Wiesbaden bleiben, am Wochenende mit dem Zug nach Hause fahren. Als wir in Richtung Parkgarage gehen, fällt mir auf, dass sie sich viel langsamer bewegt als sonst und immer wieder stehen bleibt, um tief durchzuatmen.

»Was ist los?«, frage ich.

Sie wirkt selbst verwirrt. »Ich weiß nicht … Ich kriege so schlecht Luft. Als ich im Bett lag, habe ich das nicht so gemerkt, aber jetzt beim Laufen ist es ziemlich schlimm.«

Ich erinnere mich, dass sie in den letzten Monaten öfter über Atemnot gesprochen hat. »War das die letzten Male auch immer so?«

»Es war noch nie so heftig wie heute«, sagt Franziska.

Wir fahren erst einmal nach Hause. Am Nachmittag möchte Franziska einen Spaziergang machen. Ich begleite sie, aber wir kommen nicht sehr weit. Nach ein paar hundert Metern kehren wir um und schleichen zurück. Franziska atmet sehr schwer.

»Vielleicht ist es morgen besser«, tröste ich.

Es ist am nächsten Tag nicht besser, am übernächsten auch nicht. Im Gegenteil, es wird schlimmer. Unsere Spaziergänge werden immer kürzer. Am Freitagvormittag schaffen wir es nicht einmal bis zum Ende der Straße.

Franziska gerät allmählich in Panik. Ich auch, aber ich darf es nicht zeigen.

»Ich habe wieder Metastasen auf der Lunge«, sagt sie. »Ich bin ganz sicher. Es ist alles wieder da.«

»Wo sollten die denn herkommen?«, frage ich, aber ich fühle mich nicht so, wie ich klinge. Ich habe furchtbare Angst. Ich versuche, mich an der Tatsache festzuhalten, dass im Februar alles in Ordnung war. Jetzt haben wir Ende Mai. Können sich Metastasen so schnell entwickeln?

Eine innere Stimme sagt mir, dass sie das können. Und es möglicherweise getan haben. Denn es ist nicht normal, was gerade mit meiner Schwester passiert. Und auf die Bronchitis im Januar lässt sich das alles inzwischen auch nicht mehr schieben.

Am Nachmittag dieses Freitags gelingt es meiner Schwester nicht mehr, die fünf Stufen, die vom Gästezimmer unten hinauf zum Erdgeschoss des Hauses führen, zu bewältigen, ohne auf jeder einzelnen Stufe stehen zu bleiben und um Luft zu ringen. In ihren Augen stehen Angst und Entsetzen.

Atemnot ist schlimmer als jeder Schmerz. Atemnot ist schiere Panik.

Sie telefoniert mit unserem Frankfurter Arzt. Der zeigt sich sehr besorgt und rät ihr dringend, ins Krankenhaus zu gehen. Sie sträubt sich zwei Stunden lang. Dann, am Abend, geht es ihr so schlecht, dass sie mich bittet, sie nach Mainz hinüberzufahren.

Ich hole meine Handtasche und meinen Autoschlüssel, und dann kann ich plötzlich nicht mehr. Von einer Sekunde zur nächsten verlassen mich meine Kräfte. Seit Tagen schwebe ich in tausend Ängsten, spiele nach außen aber Gelassenheit und Optimismus vor, was mich offenbar mehr Energie gekostet hat, als ich gemerkt habe. Mit weichen Knien sinke ich auf einen Sessel. In meinen Ohren rauscht es, der Boden unter meinen Füßen scheint auf einmal Wellen zu schlagen.

»Ich kann nicht«, flüstere ich immer wieder. »Ich kann nicht. Ich kann nicht.«

Irgendwie bekomme ich mit, dass Klaus plötzlich neben mir steht, mir den Autoschlüssel aus der Hand nimmt. Er schiebt, zieht, trägt meine Schwester mehr zum Auto, als dass sie läuft. Die beiden fahren los. Ich sitze immer noch in dem Sessel, unfähig, mich zu bewegen. Ich habe Schweißausbrüche am ganzen Körper, meine Zähne schlagen plötzlich aufeinander. In meinen Ohren dröhnt es. Ich weiß nicht, was passiert, vielleicht ist es einfach eine Kreislaufschwäche. Vielleicht ein beginnender Nervenzusammenbruch.

Ich stehe vorsichtig auf, als das Telefon klingelt. Meine

Mutter. Sie will den neusten Stand wissen. Ich sage ihr, dass Klaus gerade mit Franziska ins Krankenhaus gefahren ist. Ich weine. Meine Mutter tröstet mich. Ich kann mit dem Weinen nicht mehr aufhören.

»Das ist irgendetwas Schlimmes«, wiederhole ich immer wieder. »Das ist irgendetwas ganz Schlimmes.«

Kaum haben wir das Gespräch beendet, klingelt das Telefon erneut. Diesmal ist es Christian. Ich berichte, was geschehen ist.

»Ich komme«, sagt er. »Ich fahre sofort los.«

2

Klaus kehrt am späten Abend zurück. Ohne Franziska. Die haben sie dabehalten.

Die Ärztin in der Notaufnahme sei sehr nett gewesen, erzählt er. Man habe Franziska als Erstes auf einen Herzinfarkt hin untersucht.

Herzinfarkt! Darauf wäre ich nun gar nicht gekommen. Es ist aber auch keiner. Nun tippt man auf eine Lungenentzündung.

Ich sitze immer noch verheult und zittrig im Sessel, aber langsam regen sich meine Lebensgeister wieder. In unserer Lage ist *Lungenentzündung* eine Diagnose, die schon fast Euphorie auslöst.

Tief in der Nacht trifft Christian ein. Er hat die fünfjährige Clara dabei. Johannes ist daheimgeblieben und versorgt die Tiere.

Am nächsten Morgen telefoniere ich in aller Frühe mit Franziska. Davon, dass ihr Mann und ihre Tochter da sind, sage ich noch nichts, das soll später eine Überraschung werden. Meine Schwester klingt eigentlich recht munter. Im Bett liegend, bekommt sie ausreichend Luft, und inzwischen scheint sich der Verdacht auf eine Lungenentzündung zu erhärten. Verglichen mit allem, was es sonst an Möglichkeiten hätte geben können, ist dies wirklich vergleichsweise harmlos. Die Blutuntersuchung hat einen alarmierend hohen Entzündungswert im Körper angezeigt, was in Franziskas Augen die Wahrscheinlichkeit einer Lungenentzündung erhöht. Am Dienstag, direkt nach Pfingsten, soll ein CT von der Lunge gemacht werden.

Am späteren Vormittag fahren wir nach Mainz. Dort erfahren wir, dass Franziska die Notaufnahme inzwischen verlassen hat und auf der Hämatologiestation liegt – Leukämie bedeutet das, und daher lässt diese Auskunft Christian und mich sekundenlang erstarren. Zum Glück stellt sich schnell heraus, dass dies nur deshalb der Fall ist, weil dort gerade ein Zimmer frei war, während auf der direkt daneben befindlichen Lungenstation alles besetzt ist; Franziska wird also trotzdem von den Lungenärzten betreut.

Wir schicken zuerst Clara ins Zimmer und freuen uns, als wir Franziskas Glücksschrei hören. Dann folgt ihr Mann, zuletzt ich. Franziska ist total überrascht. »Wo kommt ihr denn her?«

»Ich habe es nicht mehr ausgehalten«, sagt Christian. Den Schrecken und die Fahrt durch die Nacht sieht man ihm noch immer an. Er wirkt müde und abgekämpft. »Es klang alles so bedrohlich. Wir mussten einfach zu dir!«

»Und nun scheint alles halb so schlimm zu sein«, meint Franziska. Sie sieht gut aus. Sehr entspannt. Ich wundere mich: Bei der letzten schweren Lungenentzündung lag meine Schwester mit hohem Fieber und Schüttelfrost im Bett, hatte alle Symptome eines Grippekranken – in verschärfter Form. Jetzt wirkt sie eigentlich überhaupt nicht krank. Sie bekommt nur schlecht Luft. Vielleicht gibt es verschiedene Formen von Lungenentzündung, denke ich mir.

Ich verabschiede mich, damit die Familie unter sich sein kann und damit sich nicht zu viele Leute in dem kleinen Zimmer drängeln. Draußen auf dem Gang sehe ich andere Besucher, die gerade eintreffen. Sie müssen sich mit weißen Schürzen, Handschuhen und Mundschutz verhüllen, ehe sie die Zimmer ihrer Angehörigen betreten dürfen, deren Immunsystem durch die Chemotherapie so schwach ist, dass jeder Keim, jede Bakterie leichtes Spiel bei ihnen hätte. An einigen Türen hängen Schilder, die das Betreten strikt untersagen. *Umkehrisolierung!* steht darauf geschrieben. Ich muss an Tina in München denken, Tina mit der Leukämie, zwanzig Jahre zuvor. Ich erinnere mich, dass auch sie immer wieder in die »Umkehr« musste, direkt nach einem Zyklus Chemotherapie. Die Abwehrkräfte des Körpers befinden sich dann an einem solchen Tiefpunkt, dass jeder Kontakt zur Außenwelt vollständig unterbunden wird. Erst mit einer langsamen Verbesserung der Blutwerte kann die strenge Abschottung nach und nach gelockert werden.

Die bedrückende Atmosphäre greift nach mir. Zu lange schon und zu oft bin ich, sind wir, Teil davon gewesen. Diesmal gehört Franziska nicht zu den schweren Fällen, sie ist ja nur durch einen Zufall auf der Leukämiestation. Trotzdem bin ich beklommen und traurig, als ich das Krankenhaus verlasse. Es ist ein herrlicher, sonniger Maitag draußen; der Übergang von all dem Leid hier hinaus zu Blütenduft und blauem Himmel ist fast zu heftig. Ich kann die Sonne, die Blumen, die warme Luft innerlich nicht annehmen. Wir finden die Welt ja auch deshalb oft so schön, weil wir ausblenden und verdrängen, wie viel Elend und Leid sich beständig auf ihr abspielen. Das gelingt mir gerade überhaupt nicht. Die ganze Zeit über sehe ich die angespannten, teilweise völlig übernächtigten Gesichter der Leute vor mir, die sich von Kopf bis Fuß verhüllen müssen, um ihre schwer kranken Familienangehörigen besuchen zu dürfen.

Obwohl für uns, wie es scheint, alles gerade noch einmal gut ausgeht, fahre ich in niedergeschlagener Stimmung nach Hause.

Abends sitzen wir bei uns im Wohnzimmer zusammen, Christian, Klaus und ich. Clara und meine Tochter bespritzen einander draußen im Garten mit dem Wasserschlauch. Christian hat vor, den nächsten Tag noch einmal in Mainz zu verbringen und am Pfingstmontag den Heimweg anzutreten. Franziska wird er leider nicht mitnehmen können. Er ist nervös wegen der geplanten Lungen-CT am Dienstag.

Er erzählt, dass er am Nachmittag mit Franziska in den Patientengarten hinauswollte, wegen des schönen Wetters, dass sie es aber nicht einmal bis zum Fahrstuhl geschafft habe. Dann habe sie derart nach Luft gerungen, dass sie sich ausruhen und schließlich zurück ins Zimmer gehen mussten.

»Hoffentlich ist das wirklich nur eine Lungenentzündung«, meint er besorgt. »Es ist alles so ganz anders als beim letzten Mal.«

Das sind genau die Gedanken, die auch mir am Morgen durch den Kopf gingen.

»Wahrscheinlich gibt es verschiedene Arten von Lungenentzündung«, sage ich auch jetzt wieder.

Niemand wirkt so richtig überzeugt. Es ist eigenartig, wie sich die Umstände geändert haben: Bisher bekamen wir fast jedes Mal, wenn Franziska ins Krankenhaus musste, eine Horror-Diagnose hingeknallt, an der wir fast verzweifelten und von der wir inständig hofften, sie möge sich als falsch herausstellen. Diesmal klingt alles gar nicht so schlecht, aber jetzt fürchten wir, dass die Ärzte erneut falschliegen und dass alles viel schlimmer ist, als sie sagen. Vielleicht wird man bei einer solchen seelischen Achterbahn, wie wir sie seit nunmehr über drei Jahren fahren, langsam neurotisch. Und paranoid.

Ich hoffe an diesem Abend zumindest, dass unser aller ungutes Gefühl nur mit unseren zerrütteten Nerven zusammenhängt und sich als völlig falsch herausstellen wird.

Am Dienstag wird ein CT-Bild angefertigt. Danach heißt es, dass sich die Ärzte über die Interpretation dessen, was sie darauf sehen, nicht ganz einig sind. Franziska muss in der Klinik bleiben. Ihr Entzündungswert liegt bei 110 Milligramm/Liter – also ganz extrem hoch. Die Angelegenheit beginnt sich in die Länge zu ziehen. Meine Mutter reist an den Ammersee, weil Christian keinen Urlaub nehmen kann und Kinder und Tiere wieder einmal unversorgt sind. Mein Vater und ich halten solange in Mainz die Stellung, sind täglich bei Franziska.

Ich habe inzwischen Angstzustände entwickelt, die mich nachts kaum noch schlafen lassen.

Stereotyp heißt es: »Lungenentzündung.« Aber irgendetwas stimmt nicht. Wieso studieren die täglich die Aufnahme und wissen immer noch nicht so richtig, wie sie sie einordnen sollen? Einmal gelingt es mir, mit einem Arzt zu sprechen. Er erklärt mir, dass sie die Aufnahme dem Professor vorlegen wollen, der aber erst in der nächsten Woche aus dem Urlaub zurück sein wird.

»Aber wo liegt denn das Problem?«, will ich wissen.

»Es ist kein richtiges Problem«, wiegelt er ab. »Aber Sie wissen ja, die Lunge Ihrer Schwester ist sehr stark vernarbt. Von der Bestrahlung des Hodgkin damals und von den beiden Lungen-OPs vor zwei Jahren. Es ist nicht leicht, klare Schlüsse zu ziehen.«

Ich bleibe hartnäckig. »Weist irgendetwas auf neue Metastasen hin?«

»Nein. Eigentlich nicht.«

»Eigentlich?«

»Keine neue Metastasen«, konkretisiert er. »Jedenfalls nach meinem jetzigen Erkenntnisstand.«

»Wieso bleibt der Entzündungswert ständig so hoch?«, will ich wissen.

Der Arzt räumt ein, dass ihn das auch verwundert. »Bei den hohen Dosen Antibiotika, die sie bekommt.... Es ist sehr eigenartig.«

»Worauf könnte das denn hindeuten?«

»Lassen Sie uns doch auf den Professor warten«, erwidert er, nun leicht genervt. Ich frage zu intensiv, und entweder weiß er keine Antworten, oder er will sie mir nicht geben. Beide Möglichkeiten empfinde ich nicht gerade als beruhigend.

Man weicht uns aus, das empfinden wir beide so, Franziska und ich.

Irgendetwas braut sich zusammen. Unsere anfängliche Erleichterung wegen der Lungenentzündung hat sich längst verflüchtigt.

Wir haben Angst. Wir warten.

3

Der Juni bleibt warm und sommerlich. Abwechselnd mit meinem Vater sitze ich nun jeden zweiten Nachmittag bis zum Abend bei meiner Schwester im Krankenhaus. Oft bringe ich mir Arbeit mit. Die Druckfahnen zu meinem Roman *Das andere Kind*, der im Herbst erscheinen soll, treffen ein, ich lese sie in der Klinik Korrektur. Dort schreibe ich auch Klappen- und Rückseitentext, übertrage alles abends in den Computer und maile es nach München. Der überwiegende Teil meines täglichen Lebens hat sich nach Mainz auf die Leukämiestation der Uniklinik verlagert. Zum Glück unterstützt mich Klaus nach Kräften, holt unsere Tochter von der Schule ab und nimmt sie zu sich ins Büro. Früher als sonst geht er dann nach Hause, lässt die Hunde raus und füttert sie. Übernimmt Tierarztbesuche, kauft Lebensmittel ein und mäht den Rasen. Das Wichtigste: Abends nimmt er mich in die Arme, wenn ich aus Mainz komme und mich von Tag zu Tag in einer immer desolateren Seelenlage befinde. Er hört mir zu, tröstet und beruhigt mich. Halbwegs stabilisiert rufe ich anschließend meine Mutter an, die noch immer am Ammersee die Stellung hält, berichte ihr vom Tag. Sie macht sich größte Sorgen, wünscht sich nichts so sehr, wie in unserer Nähe zu sein, und kann doch aus Franziskas Haus nicht weg.

»Du hilfst ihr am meisten, wenn du dafür sorgst, dass bei ihr daheim alles gut läuft«, sage ich. »Dann muss sie sich nicht auch noch um ihre Familie ständig Gedanken machen.«

In der Rückschau verschieben sich die Zeitabläufe. Ich weiß heute nicht mehr genau, die wievielte Woche es ist, die Franziska in Mainz verbringt. Ich meine mich nur zu erinnern, dass es an einem Dienstag passiert. Ich habe die Druckfahnen an diesem Tag fertig gelesen und korrigiert und in meiner Tasche verstaut. Franziska und ich sind unsere übliche Runde über den Gang gelaufen, zweimal bis zum Ende und zurück. Sie bekommt sehr schlecht Luft. Nun liegt sie wieder im Bett, ihr Gesicht nimmt ganz langsam wieder etwas Farbe an. Ich sitze auf einem Stuhl ihr direkt gegenüber. Draußen herrscht zum ersten Mal seit längerer Zeit kein strahlendes Sommerwetter mehr. Wolken sind aufgezogen. Im Radio haben sie starke Gewitter angekündigt.

Es klopft an der Tür. Ein Arzt kommt herein.

Und ich weiß sofort, dass er schlechte Nachrichten bringt.

Er ist ungefähr Mitte vierzig, sehr sympathisch, und er blickt gequält drein. Er gehört offenkundig zu den Ärzten, die unter dem Leid der Patienten leiden, und es ist ihm noch nicht gelungen, sich hinter kühler Geschäftsmäßigkeit, Härte oder Zynismus zu verschanzen. Vielleicht – hoffentlich – wird ihm das nie gelingen. Ich weiß, dass sich viele Ärzte mit den Röntgenaufnahmen von Franziskas Lunge beschäftigt haben, und kurz stelle ich mir vor, dass sie ausgelost haben, wer zu Franziska gehen und ihr das Ergebnis der Analysen überbringen muss. Diesen hier hat es getroffen.

Wahrscheinlich ist das Unsinn. Wahrscheinlich hat sein Chef einfach gesagt: »Sie machen das jetzt!«

»Ist es in Ordnung, wenn ich bleibe?«, frage ich.

»Ja. Ja, unbedingt«, sagt er sofort. Ich habe den Eindruck, dass er mich festhalten würde, sollte ich versuchen, nach draußen zu gehen. Er ist heilfroh, dass ich da bin. Meine Anwesenheit gewährleistet, dass jemand da ist, der sich um die Patientin kümmert, wenn er gesagt hat, was er sagen muss.

Franziska sitzt aufrecht in ihrem Bett. Das bisschen Farbe ist aus ihren Wangen schon wieder verschwunden. Sie ist schneeweiß. Ihre Augen sind riesig.

»Ja?«, fragt sie.

Er räuspert sich. »Es geht um Ihre Lungen-CT«, sagt er.

Wir blicken ihn erwartungsvoll an.

»Es ist … nun, Sie waren ja im Februar zu Ihrer letzten Nachsorge hier.«

»Und da war alles in Ordnung«, sagt Franziska beschwörend.

»Ja. Da war alles in Ordnung.« Er schweigt kurz. »Es haben sich Veränderungen ergeben«, sagt er dann.

»Veränderungen?«

»Es ist so, dass die Narbenbildung zugenommen hat. Nachdem sich jahrelang in dieser Hinsicht offenbar nichts getan hat. Seit Februar ist eine deutliche Bewegung im Gange.«

»Die Narben von den Operationen meiner Metastasen?«, fragt Franziska.

Er schüttelt den Kopf. »Was da jetzt passiert – das hat mit diesem jüngeren Krebs nichts zu tun. Das kommt von Ihrem Morbus Hodgkin.«

Die Lunge, auf der etliche Tumore saßen, ist damals intensiv bestrahlt worden, das wissen wir. Nach den beiden OPs im Sommer 2006 und im Januar 2007 hat Professor Rolle Franziska darauf hingewiesen, dass extrem viel Narbengewebe als Rückstand aus den Verbrennungsschäden von 1989 auf beiden Lungenflügeln zu sehen sei. Das hörte sich zwar nicht gut an, hatte Franziska aber bislang nicht beeinträchtigt. Uns ist nicht klar gewesen, dass es an dieser Stelle zu negativen Entwicklungen kommen könnte.

»Die Narben wuchern«, führt der Arzt aus. »Und sie tun das auf Kosten gesunden Lungengewebes. Das ist leider kein unüblicher Vorgang zwanzig Jahre nach einem therapierten Hodgkin.«

Draußen hat es inzwischen zu regnen begonnen. Es ist sehr dunkel im Zimmer geworden. Und sehr still. Als ob keiner von uns mehr atmen würde.

»Aber das ist unmöglich«, sage ich nach einer Weile. »Sie muss ja noch Luft bekommen.« Als ob das alles eine Sache der Vernunft wäre, von der man auch eine aus der Reihe tanzende Lunge irgendwie müsste überzeugen können.

Der Arzt erwidert nichts. Der Regen rauscht stärker, er kommt jetzt als eine Art schwarze Wand vom Himmel. In einem Roman hätte ich mich nicht getraut, diese Szene so zu beschreiben, diesen absolut vernichtenden Moment mit einem Wolkenbruch draußen zu unterlegen – die entsprechenden sarkastischen Bemerkungen der Kritiker hätte ich mir lebhaft ausmalen können.

Die Wirklichkeit jedoch schert sich nicht um Kritiker. Sie geschieht einfach.

Nach einer Weile sagt Franziska mit leiser Stimme: »Dann ist das also das Ende.«

Der Arzt macht eine hilflose Handbewegung. Er wünscht sich weit weg, das ist deutlich zu erkennen. »Nein, nein«, sagt er, »das Ende ist das noch nicht. Aber … ich kann nicht verhehlen, dass Sie … sehr schwer krank sind.«

»Kann man etwas tun, um die Narben am Wuchern zu hindern?«, frage ich.

»Man kann das alles möglicherweise … verlangsamen«, meint er zögernd.

»Macht es Sinn, dass ich noch länger hier im Krankenhaus bleibe?« Franziska spricht sehr gefasst.

»Wir könnten noch eine Lungenbiopsie machen ….«

»Wozu?«

Das kann er auch nicht genau erklären. »Verlieren Sie nicht den Mut«, sagt er noch, ehe er das Zimmer verlässt.

Wir bleiben in einem seltsamen Zustand zurück. Dieser Arzt hat uns gerade etwas Furchtbares gesagt, und es war zudem deutlich herauszuhören, dass er keinen Weg sieht, die Tragödie langfristig aufzuhalten.

Die Tragödie heißt: immer mehr Narben, immer weniger gesundes Lungengewebe.

Die Tragödie heißt: ersticken.

Trotzdem drehen wir nicht durch, weder Franziska noch ich. Wahrscheinlich sind wir völlig schockiert. Das alles dringt noch nicht endgültig in unser Bewusstsein. Wir sitzen einfach da und fühlen uns wie die Protagonisten in einer bösen, verworrenen Traumhandlung. Von der uns zugleich klar ist, dass es kein Erwachen gibt.

»Du musst mit Dr. K. sprechen«, sagt Franziska. Dr. K. ist unser Frankfurter Arzt. »Könntest Du das für mich machen? Schildere ihm genau die Situation und bitte ihn um seine Einschätzung.«

»Das mache ich noch heute Abend«, verspreche ich.

Wir wissen beide, dass nichts dagegenspräche, ihn sofort anzurufen. Aber ohne uns miteinander verbal zu verständigen, bauen wir gerade eine Strategie auf, die uns helfen soll, die nächsten Stunden zu überstehen. Franziska ruft Dr. K. nicht selbst an, weil sie fürchtet, ihn ebenfalls ratlos zu erleben und darüber dann den seelischen Zusammenbruch zu erleiden, von dem sie spürt, dass er unmittelbar vor ihr lauert. Sie will mich als Filter dazwischenschieben. Ich rufe nicht aus dem Krankenzimmer aus bei ihm an, weil ich meinen eigenen Zusammenbruch fürchte und die Chance brauche, mich in diesem Fall selbst erst wieder zu sammeln, bevor ich Franziska das Ergebnis des Gesprächs mitteile.

Früher als sonst verabschieden wir uns voneinander und wissen beide, warum: Ich soll möglichst schnell das Telefonat führen.

Bevor ich gehe, trete ich noch einmal an das Fenster, vorgeblich, um nachzuschauen, ob es noch regnet. In Wahrheit prüfe ich unauffällig, wie weit es sich öffnen lässt. Ich kenne es nur gekippt und stelle nun fest, dass auch nichts anderes geht. Wir sind hier sehr weit oben, unter uns befindet sich ein gepflasterter Hof. Ich will sicherstellen, dass meine Schwester nichts Unüberlegtes tun kann, wenn die Panik sie irgendwann in der Nacht aus dem Hinterhalt überfällt.

Ich rase nach Hause. Rufe sofort bei Dr. K. an. Er hat gerade einen Patienten, verspricht aber, so schnell wie möglich zurückzurufen. Er meldet sich eine halbe Stunde später. Ich erzähle ihm alles. Aber ich berichte nicht nur, was passiert ist: In mindestens jedem zweiten Satz flehe ich ihn an, uns zu helfen.

»Wir können sie nicht einfach ersticken lassen!«, beschwöre ich ihn.

Bis heute weiß ich nicht, wie wir all die Jahre ohne Dr. K. hätten überstehen sollen. Ohne seine Geduld. Seine Ruhe. Seine Freundlichkeit. Seine wunderbare, einfühlsame Art, Trost zu spenden, ohne uns je leere Versprechungen zu machen.

»Bleiben Sie ganz ruhig«, sagt er zu mir, »da ist noch vieles möglich.«

Er möchte, dass Franziska die Klinik rasch verlässt, weil das viele Liegen, die fehlende Bewegung ihrer Lunge keinesfalls guttun. Er selbst will am nächsten Tag in Mainz anrufen und mit einem der behandelnden Ärzte sprechen, sich genau über die Situation unterrichten und sich auch die Röntgenbilder schicken lassen. Für den kommenden Freitag gibt er uns einen Termin bei sich in Frankfurt.

»Als Erstes werde ich versuchen, diesen hohen Entzündungswert hinunterzubekommen«, sagt er, »und dann schauen wir weiter.«

Nach dem Gespräch sehe ich zumindest einen schmalen Lichtstreifen am Horizont. Ich rufe meine Schwester an. »Dr. K. sagt, er bringt das in Ordnung«, behaupte ich. Das ist zwar nicht exakt das, was er gesagt hat – aber es wird ihr etwas Hoffnung geben. Und sie vielleicht in der Nacht schlafen lassen.

Ich selber tue kein Auge zu. Nicht nur, weil ich tief aufgewühlt bin. Sondern auch, weil meine Augen plötzlich so seltsam zu brennen beginnen. Erschöpfung, hoffe ich. Ausgerechnet am nächsten Tag nämlich habe ich einen Pressetermin. Mit Fotograf. Es wäre von Vorteil, wenn ich dabei aus den Augen schauen könnte.

4

Das *Buchjournal* will anlässlich des Erscheinens von *Das andere Kind* ein mehrseitiges Interview mit mir bringen; darüber hinaus soll ein Bild von mir auf den Titel. Die Pressechefin meines Verlages hat alles organisiert. Die Journalistin, der Fotograf und ich werden uns in einem am Rande Wiesbadens gelegenen Landgasthof treffen, dort das Gespräch führen und die Aufnahmen machen. Da das Magazin an alle

Buchhändler des Landes geht, ist der Termin von großer Bedeutung, wie mir im Vorfeld bereits gesagt wurde.

Und niemand konnte ahnen, dass sich das Timing letztlich als ausgesprochen ungünstig erweisen würde.

Als ich am Morgen nach der Mainzer Schreckensdiagnose in den Spiegel blicke, wird mir klar, dass ich an diesem Tag alles Mögliche tun könnte – dass aber ein Fototermin nicht unbedingt dazugehören sollte. Ich sehe genauso aus, wie ich mich fühle, nämlich hundsmiserabel. Ich weiß, dass der Fotograf eine Visagistin mitbringen will, und kann nur hoffen, dass diese Frau eine Menge von ihrem Handwerk versteht. Ich werde heute eine echte Herausforderung für sie darstellen.

Immerhin klingt Franziska am Telefon besser als erwartet. Sie freut sich, dass ein Ende ihres Klinikaufenthaltes in Sicht ist und dass Dr. K. sich um alles Weitere kümmern wird. Von ihrer Lunge sprechen wir nicht. Später denke ich, dass das, was wir am Vortag gehört haben, unser Fassungsvermögen tatsächlich zunächst übersteigt. Die Prognose, an einer langsam mit Narbengewebe zuwuchernden Lunge allmählich zu ersticken, ist zu schrecklich, um wahr zu sein. Es gelingt uns halbwegs, die Bedrohung zu verdrängen. Sie ist zu absurd. Sie kann sich am Ende nicht als wahr erweisen.

Wie sich herausstellt, schlägt sich der Akt der Verdrängung, den ich vollziehe, dann aber mit geballter Kraft auf meinen Körper. Als ich bei dem Landgasthof ankomme, sind alle schon da. Die Journalistin vom *Buchjournal*, der Fotograf, ein Assistent des Fotografen, die Visagistin, eine Assistentin der Visagistin. Wir besprechen, dass wir zunächst das Interview führen werden. Dann wird mich die Visagistin in Form bringen – sie blickt etwas bedenklich drein –, und in der Zwischenzeit werden die Fotografen auf Motivsuche gehen.

Meine Augen brennen noch immer, besonders das linke wird allmählich richtig unangenehm. Eigentlich will ich andauernd daran reiben, beherrsche mich aber. Ein leuchtend rotes Auge ist nicht gerade das, was sich auf dem Cover des *Buchjournal* besonders gut machen wird.

Das Gespräch verläuft angenehm. Die Journalistin ist sehr gut vorbereitet, stellt interessante Fragen, die sich jenseits des Üblichen bewegen. Ich könnte richtig entspannt sein, würde mich mein Auge nicht langsam in den Wahnsinn treiben. Zudem spüre ich ein immer stärker werdendes Kribbeln am Mund. Ich kenne das Gefühl aus Südfrankreich – damals, die Bauchfellkarzinose. Meine Lippen sind eindeutig im Begriff anzuschwellen, und das mitten in einem Pressetermin. Offensichtlich wird dies für die Zukunft meine ganz individuelle Art sein, auf Schreckensnachrichten zu reagieren.

Irgendwann halte ich es nicht mehr aus, bitte darum, kurz unterbrechen zu dürfen. Im Vorraum der Toilette untersuche ich mein Gesicht. Meine Augen tränen jetzt heftig. Meine Lippen sind dicker als normal, sehen aber noch nicht aufgespritzt aus. Noch könnte man mich für einen Vamp mittleren Alters mit natürlichem Schmollmund halten. Mir ist nur klar, dass jetzt alles sehr schnell gehen muss. Noch ein, zwei Stunden, und mein Verlag wird mich garantiert nicht mehr auf dem Titel des *Buchjournal* haben wollen.

Zurück am Tisch weise ich die Journalistin auf ein »allergisches Problem meiner Augen« hin. Sie sieht es nun auch.

»Heuschnupfen wahrscheinlich«, sage ich. »Wir sollten jetzt sehr schnell machen mit den Fotos!«

Während wir das Interview zu Ende führen, beginnt die Visagistin daher schon damit, mich zu schminken. Ihr Tun erweist sich jedoch als reine Sisyphusarbeit: Sie kann meine

Augen überhaupt nicht so schnell bepinseln, wie die Tränen die Farbe wieder wegspülen. Selbst wasserfestes Material hat keine Chance, so rasch zu trocknen, dass es nicht noch verschmieren würde. Schließlich gibt die Frau entnervt auf.

»Bei so stark tränenden Augen kann ich nichts machen«, sagt sie, dann tritt sie einen Schritt zurück und mustert mich tief irritiert. »Kann es sein, dass Ihr Mund größer ist als vorhin?«

Die beiden Fotografen werden zur Krisensitzung hereingerufen. Ich sitze in der Mitte, und um mich herum stehen fünf Leute, die mich ebenso ungläubig wie fasziniert anstarren.

»So können wir die Bilder nicht machen«, sagt der Cheffotograf schließlich. »Das ist völlig sinnlos.«

»Ich würde dann gerne nach Hause gehen«, bitte ich.

Alle können das gut verstehen.

»Wenigstens haben wir das Interview im Kasten«, meint die Dame vom *Buchjournal.* Wir vereinbaren, dass ich versuchen werde, mich einige Tage später noch einmal mit dem Fotografen zu verabreden. Das wird jedoch am Ende nicht funktionieren, weil mir meine Augen über eine lange Zeit Schwierigkeiten machen. Am Schluss werden es alte Bilder sein, die verwendet werden.

Ich gehe mit dem Problem zunächst auf die für mich typische Art um, nämlich so, dass ich einen Arztbesuch zu vermeiden versuche. In meiner Handtasche finde ich noch Cortisontabletten aus Frankreich. Ich hatte sie nicht alle aufgebraucht; sie sind zweieinhalb Jahre alt, und ich hoffe einfach, dass sie noch wirken. Ich schlucke sie, und es gelingt mir tatsächlich bis zum Abend, die Schwellungen im Gesicht zu stoppen und schließlich den Urzustand einigermaßen wiederherzustellen. Die Augen jedoch fangen in der Nacht an zu eitern, ich kann plötzlich nichts mehr sehen und gerate in Panik. Mit dem Notarztwagen lasse ich mich in eine Wiesbadener Augenklinik bringen. Gegen ein Uhr morgens komme ich dort an. Es ist erstaunlich, wie viele Leute sich nachts in Augenkliniken einliefern lassen, stelle ich dabei fest, ich hatte gedacht, die Einzige zu sein. Ein Patient ist gerade in Behandlung, eine junge Frau wartet, ebenfalls an die Reihe zu kommen. Ich setze mich neben sie. Sie hält einen Waschlappen gegen ihr Auge gepresst und erzählt mir, dass heute ihr erster Hochzeitstag sei. Um Mitternacht habe ihr Mann eine Flasche Champagner geöffnet, als Überraschung, und dabei sei ihr der Korken ins Auge geflogen.

»Mein Auge sieht ganz schön schlimm aus«, sagt sie und nimmt kurz den Waschlappen weg.

Ziemlich übel, aber ich toppe das locker.

Ich nehme meine Sonnenbrille ab. Die Frau schnappt nach Luft. »Großer Gott! Glauben Sie, dass Sie blind werden?«

»Ich hoffe nicht«, sage ich.

Ich werde auch nicht blind. Aber ich schlage mich noch wochenlang mit meinen Augen herum. Eines wird immer deutlicher: Meine Schwester ist schwer krank, aber wir anderen um sie herum beginnen auch allmählich in die Knie zu gehen.

Pressetermine sind bis auf Weiteres gecancelt.

In den darauffolgenden zwei Wochen fahren Franziska und ich beinahe täglich zu Dr. K. nach Frankfurt. Seine Praxis befindet sich nahe der Alten Oper, im Opernparkhaus ergattert man immer einen Platz. Von dort zur Praxis sind es ein paar hundert Meter – eine im Grunde nicht einmal erwähnenswerte Distanz. Für uns wird sie in den ersten Tagen jedoch zu einem echten Problem, weil Franziskas Atmung schon auf dieser kurzen Strecke schlappmacht. Wir kalkulieren eine Extraportion Zeit ein und kriechen im Schneckentempo über den Opernplatz. Bleiben immer wieder stehen – tief durchatmen – ausruhen – zwei Schritte weiter. Dann wieder stehen bleiben. Schließlich erreichen wir ein kleines Café, und wir machen es uns zur Gewohnheit, uns dort hinzusetzen. Daher müssen wir auch etwas bestellen, immer dasselbe, eine Cola für Franziska, ein Laugencroissant für mich. Sie isst immer noch nicht gerne, während ich mich langsam in Richtung Frustfresser entwickle. Die Bedienung bringt uns beides schließlich schon unaufgefordert, wenn sie uns sieht. Nach dieser längeren Unterbrechung nehmen wir die zweite Hälfte der Strecke in Angriff. Franziska hängt völlig in den Seilen, wenn wir endlich vor der Eingangstür stehen. Dann geht es jedoch noch eine Treppe hinauf, ohne Aufzug. Auf jeder einzelnen Stufe hält Franziska inne und schnappt nach Luft. Insgesamt brauchen wir für das Stück zwischen Oper und Praxis fast so lange wie für die Fahrt von Wiesbaden nach Frankfurt.

Ich weiß, dass die Homöopathie eine höchst umstrittene Wissenschaft darstellt – sofern sie überhaupt als Wissenschaft anerkannt wird –, und ich verstehe zu wenig davon, um in die eine oder andere Richtung argumentieren zu können. Ich kann nur berichten, was ich erlebe: Dr. K. gelingt es mit seinen homöopathischen Medikamenten, den hohen Entzündungswert im Körper meiner Schwester, an dem sich die Antibiotika (und, soweit ich mich erinnere, auch Cortison) seit Wochen die Zähne ausbeißen, zunächst um die Hälfte zu senken und dann so weit nach unten zu drücken, dass er zwar leicht erhöht bleibt, damit jedoch in einem vertretbaren Rahmen ist. Zudem wird die Atmung leichter. Es dauert ungefähr eine Woche, aber dann ist die Verbesserung offensichtlich. Franziska kann die Treppen in unserem Haus wieder bewältigen, ohne sich mit letzter Kraft am Geländer entlangzuziehen, wir schaffen wieder Spaziergänge bis zum Ende unserer Straße und schließlich darüber hinaus. Irgendwann erreichen wir die Praxis sogar ohne Unterbrechung im Café – oder würden es zumindest. Weil es aber inzwischen zu einer netten Gewohnheit geworden ist, suchen wir das Café dann trotzdem noch auf.

Es ist nicht so, dass Franziska zu ihrer alten Form zurückfindet. Die Atmung bleibt ein Problem, an manchen Tagen mehr, an manchen weniger. Sie hat ständig das Gefühl, weniger Sauerstoff zu bekommen, als sie eigentlich haben möchte und braucht. Aber die akute Krise scheint vorerst gebannt. Franziska kehrt nach Hause zurück, viele Wochen, nachdem sie wegen eines Darmverschlusses an einem Sonntagnachmittag von dort aufbrach. Sie bringt eine Lungenfibrose mit – etwas, womit keiner von uns gerechnet hätte. Sie ist angeschlagen, Treppen, Steigungen, längere Wege bleiben für sie schwierig. Aber sie ist lebensfähig. Vorerst. Wir sind weit davon entfernt, dieses Thema innerlich abzuhaken, aber wir haben das Gefühl, eine – buchstäbliche – Atempause geschenkt zu bekommen.

Die Gesamtsituation hat sich jedoch verschärft: Von nun an lauert nicht nur der Krebs auf seine zweite Chance, auch die Narben auf der Lunge können jederzeit explosionsartig wuchern.

»Mal sehen, wer das Rennen macht«, sagt Franziska in ihren sarkastischen Momenten, von denen ich weiß, dass es Momente tiefer Angst sind, »ob mich der Krebs oder die Fibrose zuerst erledigt!«

In Wahrheit hat sie eine Ahnung. Sie sagt mir nichts davon, aber als sie eines Abends, nachdem ich schon ins Bett gegangen bin, noch mit Klaus alleine zusammensitzt, erzählt sie ihm von einer Gewissheit, die sie erfüllt: Der Darmkrebs wird nicht zurückkommen. Aber die Narben auf der Lunge – die sind ihr Todesurteil.

Sie ist vollkommen davon überzeugt.

»Es geht jetzt nur noch darum, Zeit zu gewinnen. Ich will, dass meine Tochter eine klare Erinnerung an mich hat, wenn ich nicht mehr da bin. Jedes Jahr, das ich länger lebe, jeder Monat, wird ein Stück in ihrer Erinnerung sein. Sie ist jetzt fünf. Ich möchte, dass sie ein Bild von mir in sich trägt. Und immer weiß, wie sich meine Stimme angehört hat.«

Sie ist so sicher, dass sie sogar die Termine ihrer Krebsnachsorge nicht mehr so akribisch einhält wie zuvor. Bis zu acht Monaten können verstreichen, ohne dass sie nervös wird. Und sie behält recht: Bis zum Ende lässt sich der Krebs nicht mehr blicken. Weder im Darm noch auf der Lunge noch sonst irgendwo. Der Krebs, der sie nach ersten Prognosen innerhalb eines Dreivierteljahres hätte umbringen müssen, der ihr nach späteren Prognosen höchstens zwei Jahre eingeräumt hätte, der ihr laut Statistik kaum eine Chance auf das Erreichen der Fünf-Jahres-Marke zugebilligt hat – dieser Krebs wird sich sechs Jahre lang nicht rühren.

Ob er es später getan hätte, wissen wir nicht.

Es wird ein weiteres Krebs-Intermezzo geben, aber das wird mit dem Tumor im Darm nichts zu tun haben.

Ohne die Bedeutung zu erkennen, registriere ich das erste Anzeichen jenes Intermezzos übrigens an Franziskas Abreisetag zurück nach Bayern. Eine ganz kleine offene, nässende Stelle in ihrem Gesicht, gleich neben der Nase. Stecknadelkopfgroß, höchstens.

»Du hast dich da gekratzt«, sage ich.

Franziska hat die winzige Verletzung auch schon bemerkt. »Nicht dass ich wüsste«, sagt sie. »Keine Ahnung, was das ist.«

Dann ist das bereits kein Thema mehr.

Wir haben andere Sorgen, als uns über Kratzer im Gesicht aufzuregen.

Herbst 2009

Im Zusammenhang mit dem Erscheinen des neuen Buches nehme ich in diesem Herbst etliche Pressetermine wahr. Normalerweise bin ich da eher zurückhaltend – gelinde ausgedrückt. Aber inzwischen ist mir absolut alles willkommen, was mich vom Grübeln abhält, ich versuche, jede Gelegenheit zu nutzen, um wenigstens einige Stunden an etwas anderes zu denken als an Krebs und Lungenfibrose. Den Journalisten fällt das auf – ebenso wie meine Produktivität insgesamt, die sehr angezogen hat. *Die letzte Spur* ist im Frühjahr 2008 erschienen und hat sich in rasantem Tempo über eineinhalb Millionen Mal verkauft. Nun erscheint *Das andere Kind* und schickt sich an, der nächste große Erfolg zu werden; tatsächlich werden es auch da am Ende weit über eine Millionen verkaufte Exemplare sein. Es ist ein Paradoxon, dass ich zwar einerseits durch eine sich beständig verschärfende, Jahre andauernde Krise gehe und vor seelischer Erschöpfung manchmal am frühen Morgen kaum weiß, woher ich die Kraft für den nächsten Tag nehmen soll, dass ich aber andererseits beruflich produktiv und erfolgreich bin wie nie zuvor. Mich freut der Erfolg, aber er freut mich nicht so, wie das der Fall wäre, wenn ich nicht in der beständigen Angst vor dem nächsten Unheil leben würde. Es ist eher eine Erleichterung, die mich erfüllt: Wenigstens in diesem Bereich meines Lebens muss ich mir keine Sorgen machen.

»Sie schreiben mehr als früher«, stellt eine Journalistin

auf der Buchmesse fest, und ich antworte irgendetwas in der Art, dass mir mein Beruf eben sehr großen Spaß mache.

Die Wahrheit wäre: Ich schreibe wie eine Besessene, um mich abzulenken. Seit langem schon besteht mein Alltag im Wesentlichen aus Tumoren, Metastasen und wuchernden Narben, ich habe mehr Zeit auf Krebsstationen verbracht als irgendwo sonst, und ich würde durchdrehen, wenn ich nicht immer wieder in ganz andere Welten abtauchen könnte. Das Schreiben erfordert höchste Konzentration und stellt somit meine einzige Möglichkeit dar, der Realität zwischendurch vollständig zu entfliehen.

Die Realität im September sieht so aus, dass Franziska relativ schlecht Luft bekommt und dass sie sich inzwischen Sorgen wegen der Verletzung in ihrem Gesicht macht: Diese heilt nämlich nicht. In einem medizinischen Fachbuch hat sie eine Abbildung gefunden, die fatal an ihre kleine Wunde erinnert und als ein hochaggressiver Hautkrebs beschrieben wird. Sie begibt sich zu einem Hautarzt, der sofort eine Gewebeprobe entnimmt und zum Labor schickt. An dem Tag, an dem das Ergebnis eintreffen soll, bin ich gerade in München; zusammen mit einer Filmproduzentin und mehreren Redakteuren eines Fernsehsenders sitze ich im Hotel *Bayerischer Hof*. Es geht um die Verfilmung von *Die letzte Spur*. Ich bin hochgradig nervös, habe Franziska beschworen, mir sofort Bescheid zu geben. Vorsorglich habe ich Cortisontabletten in meiner Tasche. Seit der Erfahrung mit dem *Buchjournal* gehe ich zu keinem wichtigen Termin mehr, ohne mich gegen einen jederzeit möglichen allergischen Anfall zu wappnen.

Die Gespräche rauschen weitgehend an mir vorüber, ich kann mich nur mit äußerster Mühe konzentrieren. Mitten hinein piept plötzlich mein Handy. Eine SMS. Ich entschuldige mich. »Tut mir leid, ich muss das jetzt sofort lesen, Moment bitte.«

Die Nachricht ist von meiner Schwester: »Gutartig! Vermutlich eine Warze ☺«

Eigentlich müsste das Hotel beben, so viele Steine fallen mir vom Herzen. Augenblicklich bin ich ganz da, voller Aufmerksamkeit und Engagement für das geplante Projekt.

Noch einmal gut gegangen, denke ich.

Um die Messe herum, im Oktober, häufen sich die Termine. Ich fahre zu *Fröhlich lesen* nach Erfurt und fliege zu *Thadeusz* nach Berlin. Auf dem Flughafen Tegel, nach der Aufzeichnung des Gesprächs mit Jörg Thadeusz, bekomme ich wieder eine SMS von Franziska. »War heute bei anderem Hautarzt, weil das Ding nicht heilt. Er meint, es ist Krebs. Noch mal Biopsie, wir müssen abwarten.«

Ich erschrecke tief, simse aber Beruhigung zurück: »Letzte Biopsie hat nichts ergeben, diese wird es auch nicht tun. Bleib ganz ruhig. *Da ist nichts!*«

Wenn ich nur in Wahrheit so gelassen wäre, wie ich mich gebe. Wieso entnehmen die noch einmal eine Gewebeprobe? Wieso heilt diese blöde, kleine Stelle nicht endlich?

Am nächsten Tag hat Franziska wieder einen Termin beim Hautarzt, er wird das Ergebnis möglicherweise schon haben. Ich habe zeitgleich ein Radiointerview live beim Hessischen Rundfunk. Zu diesem Zweck fahre ich in den Sender nach Frankfurt. Mir ist dieser Tag deshalb in so deutlicher Erinnerung, weil es das erste Mal ist, dass ich kurz davor bin, während einer Live-Sendung das Studio zu verlassen – aus lauter Wut.

Der Anlass ist eigentlich nichtig. Aber das ist eine sehr seltsame Erfahrung, die ich während der sechs Jahre und auch in der Zeit danach mache: Während mein Kopf denkt, mich würde jetzt nichts mehr wirklich aufregen oder verärgern, einfach deshalb, weil in Relation zu dem, was sich innerhalb meiner Familie abspielt, nichts anderes mehr von echter Bedeutung ist und mich wirklich treffen kann, verhält sich ein anderer Teil von mir – meine Nerven, meine Seele – genau entgegengesetzt: Ich werde immer dünnhäutiger. Über absolute Lappalien breche ich in Tränen aus, jeder schiefe Blick, jede dumme Bemerkung, jede kleinste Anzüglichkeit regen mich so auf, dass ich einen Krieg darüber entfesseln könnte.

Im Fall des Hessischen Rundfunks ist es eine Frage der Redakteurin.

»Leben Sie in einem Elfenbeinturm?«, will sie plötzlich wissen.

Heute, Jahre später, denke ich, dass die Frage in erster Linie einfach nur ungeschickt war. Wahrscheinlich als Provokation gemeint, um ein wenig Schärfe in das Gespräch zu bringen. Sie ist nicht einmal böswillig – ich bin durchaus schon wesentlich heftiger von Journalisten angegriffen worden. Von *Angriff* kann man in diesem Fall nicht einmal sprechen.

Trotzdem, in meiner akuten Situation berührt mich die Frage auf eine Art, dass ich mich wie angeschossen fühle. Elfenbeinturm? Kann sich diese Frau, die mir da gegenüber an ihrem Mikrofon sitzt, auch nur *im Entferntesten* meinen *Elfenbeinturm* vorstellen? Die pausenlose Angst seit nunmehr fast vier Jahren? Das ununterbrochene Warten auf Ergebnisse, auf Diagnosen? Die immer neue Konfrontation mit schrecklichen Krankheiten. Weiß sie, wie es ist, einem Menschen, den man zutiefst liebt, seit Jahren immer nur beim *Leiden* zuschauen zu müssen? Ahnt sie etwas von der Hilflosigkeit, die man empfindet, von der Aussichtslosigkeit, die alle Hoffnung zu erdrücken scheint?

Vermutlich tue ich ihr unrecht. Vielleicht weiß sie es gut, vielleicht hat sie Vergleichbares schon erlebt. Ich weiß schließlich von ihrem Leben genauso wenig wie sie von meinem.

Nur: Ich frage solche Dinge nicht. Würde sie auch als Journalistin nicht fragen. Weil ich genau das fürchten würde, das unbedarfte Hineintrampeln in einen riesigen Fettnapf. Die Tatsache, wenig über einen Menschen zu wissen, würde mich immer sehr, sehr vorsichtig agieren lassen. Vermutlich wäre ich deshalb eine miserable Journalistin.

Ich weiß, es wäre vollkommen unangemessen, aber ich möchte am liebsten aufstehen und gehen. Ohne Erklärung. Einfach so.

Zum Glück funktioniert mein Verstand, irgendwo jenseits meines Zorns.

»Wie kommen Sie denn darauf?«, frage ich.

Sie erläutert ihren Verdacht. »Weil Sie so selten in Talkshows auftreten.«

Das wiederum macht mich nun sekundenlang sprachlos. Meint sie das wirklich ernst? Wer nicht in Talkshows geht, muss wohl in einem Elfenbeinturm leben? Ich finde diese Schlussfolgerung reichlich gewagt. Aber darauf läuft ihre Frage, nimmt man sie ernst, hinaus.

»Dazwischen«, sage ich schließlich, »liegt doch ganz viel. Zwischen Talkshows und einem Elfenbeinturm. Dazwischen liegt doch einfach das Leben.«

Sie nickt. Sie stimmt mir zu.

»Und genau wie jedes andere Leben«, führe ich weiter aus, »besteht auch meines zu einem großen Teil aus Phasen, die alles andere als idyllisch sind.«

»Können Sie da konkreter werden?«

»Nein«, sage ich. So ist es mit Franziska besprochen: Ihre Krankheit wird nicht nach außen getragen.

Wir verabschieden uns schließlich ziemlich unterkühlt voneinander. Kaum sitze ich auf dem Parkplatz in meinem Auto, versuche ich, mit meiner Schwester zu telefonieren. Ich erreiche sie nicht, weder auf ihrem Handy noch daheim. Schließlich rufe ich bei meinen Eltern an und bekomme meinen Vater an den Apparat. Schon an der Art, wie er sich meldet, merke ich, dass etwas passiert ist. Er berichtet, dass Franziska das Ergebnis ihrer Biopsie bekommen habe: ein hochgefährlicher Hautkrebs. Sie muss sofort operiert werden. Ob und wie weit schon eine Streuung vorliegt, kann im Moment niemand sagen.

Ich sitze mindestens eine halbe Stunde lang im Auto auf dem riesigen Parkplatz vor dem Hessischen Rundfunk, starre in die Bäume und versuche, mich seelisch so weit zu beruhigen, dass ich die Heimfahrt antreten kann. Mir fällt etwas ein, das Franziska einige Zeit zuvor zu mir gesagt hat: »Ich soll nicht leben. Es ist anders geplant.«

Ich hatte damals vehement widersprochen: »Solche Planungen gibt es nicht. Natürlich sollt du leben. Aus Gründen, die ich nicht verstehen kann, werden dir unüberwindlich scheinende Steine in den Weg geworfen, aber eines musst du auch sehen: Du überwindest sie trotzdem. Du hast einen Krebs besiegt, von dem dir jeder gesagt hat, er sei unmöglich zu besiegen. Du musst entsetzlich kämpfen, aber du gewinnst!«

Jetzt, an diesem Tag, kriecht die Mutlosigkeit wie ein lähmendes Gift in meinen Körper. Plötzlich denke ich, dass Franziska recht hat: Sie soll nicht leben. Kaum ist der Krebs unter Kontrolle, kommt eine Lungenfibrose. Kaum haben wir die halbwegs im Griff, finden sie einen Hautkrebs. Was folgt als Nächstes?

Meine Schwester kommt mir inzwischen vor wie ein Tier,

das langsam zu Tode gehetzt wird. Sie rennt und rennt, aber kaum hat sie ein wenig Strecke gewonnen, bricht der nächste Jäger aus dem Unterholz und legt auf sie an. Sie wird in die Enge getrieben. Seit nunmehr vier Jahren befindet sie sich inmitten einer nahezu ununterbrochen tobenden Abwehrschlacht. Ihre Feinde werden zahlreicher, entschlossener und skrupelloser. Ihre Kräfte erlahmen.

Unser aller Kräfte lassen nach. Auch deshalb kann ich zutiefst nachempfinden, wie verzweifelt und erschöpft sie sich fühlen muss: Weil ich ihre Verzweiflung und Erschöpfung teile. Weil ich selber langsam daran verzweifle, immer wieder von neuem blitzschnell auf die nächste Bedrohung reagieren zu müssen. Franziska und wir alle bräuchten dringend eine Verschnaufpause.

Ich ahne bereits, dass das Schicksal uns diese nicht gewähren wird.

Wir funktionieren wie gehabt. Franziska begibt sich schon zwei Tage nach der Diagnose ins Krankenhaus. Meine Mutter fährt an den Ammersee, um Kinder und Tiere zu betreuen. Mein Vater, der seit 1996 pensioniert ist, aber mit seinen achtundsiebzig Jahren noch immer in der Redaktion einer juristischen Fachzeitschrift arbeitet, legt seine Tätigkeit nieder, um für alles, was nun kommt, voll und ganz zur Verfügung zu stehen. Wir spüren, dass die Schlinge jetzt immer enger wird und dass sich das Tempo, in dem sie sich zusammenzieht, steigern wird. Wir bündeln unsere Kräfte.

Franziska übersteht den Eingriff gut. Der Krebs, jedenfalls soweit er sichtbar geworden ist, ist weg. Er hat übrigens, wie alle Untersuchungen bestätigen, nichts mit dem Karzinom im Darm zu tun, sondern hat sich völlig selbstständig entwickelt. Franziska muss ihren Körper nun ständig auf mögliche neue Herde kontrollieren lassen. Einmal wird im Sommer 2010 etwas Verdächtiges auftauchen, was sich dann jedoch als gutartig herausstellt. Aber das gehört ohnehin zu den ständigen Begleiterscheinungen eines Krebses: Andauernd tauchen suspekte Dinge auf – solche, die man als gesunder Mensch nie registrieren und zu einem großen Teil schon auch deshalb nicht bemerken würde, weil man normalerweise ja nicht ständig durch Röntgengeräte geschoben und millimeterweise gescannt wird. Immer wieder einmal erscheinen auf Franziskas MRT-Bildern dieser Jahre Schatten, Verdichtungen, Auffälligkeiten, die sich dann, nach Stunden oder Tagen des Luftanhaltens, als harmlos erweisen. Es gehört mit zu den grausamsten Begleiterscheinungen dieser Krankheit, dass man schleichend das Vertrauen in den eigenen Körper verliert, dass jedes Kribbeln an der falschen Stelle, jeder zu lange anhaltende Kopfschmerz, jede Veränderung an der Hautoberfläche sofort sämtliche Alarmlichter aufleuchten lässt. Darauf gedrillt, einen möglichen neuen Herd um Gottes willen sofort und ohne Verzögerung zu entdecken, fängt man an, sich viel zu sehr mit dem Körper zu beschäftigen, ihn argwöhnisch zu belauern, ihn rund um die Uhr zu beobachten und dadurch Unregelmäßigkeiten wahrzunehmen, die man normalerweise kaum eine Sekunde lang beachten würde.

Viele Krebspatienten sprechen davon, dass sie darunter leiden, wie sehr die Krankheit ihr Leben bestimmt.

In unserem Fall wird es jedoch trotz allem in den folgenden beiden Jahren nicht so sehr der Krebs sein, um den wir gedanklich kreisen.

Denn 2010 beginnen die Narben auf der Lunge erneut zuzulegen.

Irgendwann beschäftigen wir uns daher schon deshalb

immer weniger mit dem Krebs, weil wir von Franziskas Lungenproblemen ganz und gar besetzt sind. Wir haben einfach keine Kapazitäten mehr frei. Manchmal frage ich mich, ob er gerade deshalb verhungert, der Krebs, und sich nicht mehr rührt: Weil er kaum noch Aufmerksamkeit bekommt.

2010

1

2010 bin ich zu einem Menschen geworden, der die Dinge, die sein tägliches Leben ausmachen, vollständig in sich verschließt. Niemand aus meinem gesamten Freundes- und Bekanntenkreis erfährt von der Lungenfibrose, und, soweit ich mich erinnere, erfährt auch niemand etwas von dem Hautkrebs.

Wir gehen jetzt in das fünfte Jahr der Erkrankung, und eines habe ich gelernt: Es gibt in geselliger Runde keinen besseren Stimmungskiller als das Thema Krebs. Gleichzusetzen nur noch mit dem Thema Strahlenfibrose als Folge einer Krebsbehandlung. Wer in meinem Umfeld will von all dem schon ständig noch etwas hören? Und was soll ich sagen, wenn ich bei Verlagsveranstaltungen in größerer Runde mit lauter Menschen zusammensitze, die ich zum Teil seit Jahrzehnten kenne, mit denen ich eng zusammenarbeite und denen ich vollständig vertraue – und von denen ich doch weiß, sie können mir nicht helfen, auch ihnen wird der Trost irgendwann ausgehen, sie könnten höchstens mit betroffenem Schweigen auf alles reagieren, was ich zu sagen habe.

Sie nehmen Anteil. Alle, die mich kennen. Keine Gelegenheit, bei der ich nicht gefragt werde: »Wie geht es deiner Schwester?«

Es ist kein höfliches Nachfragen. Sie interessieren sich wirklich.

Aber wie würde meine Antwort lauten? »Meiner Schwester geht es mit jedem Tag schlechter. Sie bekommt immer weniger Luft, und absolut niemand scheint etwas dagegen tun zu können. Die Kapazität der Lunge wird immer geringer. Meine Schwester kann von hundert Dingen am Tag, die sie gerne tun würde oder die sie für ihre Familie, ihre Tiere, ihren Haushalt tun *müsste*, neunundneunzig aufgrund ihrer Atemnot nicht mehr bewältigen. Wir sind ratlos und verzweifelt. Wir schauen ihr zu, wie sie schleichend erstickt, und wir finden von keiner Seite mehr Hilfe. Ach ja, und mit einem Rezidiv des Darmkrebses rechnen die Ärzte auch ständig. Und mit neuen Metastasen. Und dass sich der Hautkrebs ausbreitet.«

Was sollte mir jemand darauf antworten?

Und wie sollte es jemand anschließend im Laufe des Abends noch wagen, zu lachen, sich zu amüsieren, fröhlich zu sein?

Also gewöhne ich mir eine Standardantwort an. Sie ist komplett gelogen. »Danke, alles so weit einigermaßen okay.«

Ehrlicherweise verschließe ich die Wahrheit aber nicht nur deshalb in mir, um die anderen zu schonen und ihnen nicht die Stimmung zu verderben. Ich spreche auch deshalb nicht über die neusten Entwicklungen, weil ich das Erschrecken, die Hilflosigkeit, das Entsetzen der anderen Menschen fürchte. Meine eigene Qual über das, was ich erlebe, sitzt wie einbetoniert in einem Pfeiler, von mir zu jeder Sekunde kontrolliert, weil ich den Eindruck habe, dass ich den Verstand verliere, wenn ich meinen wahren Gefühlen erlaube, hervorzubrechen und mich in Besitz zu nehmen. Im Entsetzen anderer mein eigenes Entsetzen gespiegelt zu sehen würde wahrscheinlich den gefürchteten Dammbruch hervorrufen, daher gehe ich dem aus dem Weg. Als wir es mit dem Krebs allein zu tun hatten – und schon da habe ich geschummelt und das aussichtslose vierte Stadium sogar gegenüber engsten Freunden unterschlagen –, konnte ich immer noch auf Zuspruch rechnen. Jeder kannte jemanden, der einen Krebs besiegt hat, für immer, und bei guter Gesundheit uralt wurde. Ich holte mir damals Kraft aus positiven Berichten und verdrängte einigermaßen erfolgreich den Umstand, dass mein jeweiliges Gegenüber, was unseren Fall anging, nur mit der Hälfte an relevanten Informationen versorgt war.

Jetzt gibt es keine halben Informationen mehr. Lungenfibrose ist Lungenfibrose. Man muss sie nur googeln. Dann fällt einem nicht der geringste Trost mehr ein.

2

Trotzdem, manches geht noch 2010. Unsere Mutter wird im Juni fünfundsiebzig Jahre alt, Franziska kommt mit ihrer ganzen Familie nach Wiesbaden gereist, um mit uns zu feiern. Sie ist ganz die Alte, bringt Berge von Geschenken mit, feiert mit uns – scheinbar unbeschwert. Ich bewundere ihre Tapferkeit. Sie trägt diese laut tickende Zeitbombe in sich und reißt sich so weit zusammen, dass sie zu keinem Moment als Spielverderber auftritt. Spaziergänge versucht sie gar nicht erst zu unternehmen. Beim Gehen, so sagt sie mir, wird es besonders schlimm. Bei völliger Bewegungslosigkeit geht es ihr relativ gut, da bekommt sie fast normal Luft. Aber welche Frau von fünfundvierzig Jahren möchte ihr Leben schon sitzend oder liegend verbringen?

Eine Episode von jenem Besuch ist mir besonders in Erinnerung. Eines Abends sind wir ganz alleine, und ich frage sie um Rat wegen irgendeines bevorstehenden beruflichen Events, weil ich absolut nicht weiß, was ich dazu anziehen soll. Früher ist sie in dieser Beziehung immer meine Ratgeberin gewesen; seit einiger Zeit wage ich mich nicht mehr an dieses Thema, weil ich denke, dass es ihr in ihrer Lage nur profan und unwichtig vorkommen muss. Und weil ich ihr nicht demonstrieren möchte, dass Dinge, die für sie unmöglich geworden sind, in meinem Leben noch immer stattfinden: Veranstaltungen, Feiern. Das normale Leben der Gesunden. Ich weiß, dass sie unter der Ausgrenzung leidet, die ihre Krankheit mit sich bringt, und ich möchte dieses Gefühl nicht verschärfen.

Diesmal frage ich also doch, und sie reagiert sofort positiv darauf. Ich ziehe verschiedene Kombinationen an und führe sie ihr vor, aber schon vor meinen eigenen Augen hat nichts davon Bestand. Vielleicht bin ich einfach nicht in der richtigen Stimmung, das eine finde ich zu eng, das andere zu weit, hier gefällt mir die Farbe nicht, dort der Schnitt, ich habe keine passenden Schuhe, keine passende Handtasche und auch keinen Nerv, noch schnell auf die Jagd danach zu gehen. Ich meckere und jammere und steigere mich in meine schlechte Laune hinein.

»Dann gehe ich da eben gar nicht hin! Ich habe einfach nie etwas anzuziehen«, sage ich wütend.

Franziska sitzt im Sessel, lächelt mich an. Sie wirkt weder moralisierend noch tadelnd noch von oben herab. Sie trifft nur einfach eine Feststellung.

»Reg dich doch nicht so auf«, sagt sie sanft. »Freu dich doch einfach, dass du atmen kannst.«

Ich halte sofort inne. Der Satz gräbt sich in dieser Sekunde für immer tief in meine Seele. Er bleibt mir – weit über den Tod meiner Schwester hinaus. Er wird mein inneres Mantra in Momenten, da ich mich über Nichtigkeiten aufrege. *Freu dich doch einfach, dass du atmen kannst.*

Es ist eine – scheinbar banale – Erkenntnis aus dem Überlebenskampf meiner Schwester: dass nichts selbstverständlich ist, nicht einmal das Atmen. Im Prinzip weiß das jeder, so auch ich. *Fühlen,* im tiefsten Herzen, kann ich es erst, seit ich an der Seite von Franziska durch den Abgrund gegangen bin.

Manches geht gar nicht mehr im Jahr 2010. Erstmals, seit sie auf der Welt ist, muss sich Franziska von einigen ihrer Tiere trennen. Weder die Hasen- noch die Hühnerställe kann sie noch sauber machen, der Staub legt sich sofort auf ihre Lunge und verursacht regelrechte Erstickungsanfälle. Die Hasen können wir bei Freunden von mir, die im Odenwald einen Gnadenhof für Tiere betreiben, unterbringen. Die Hühner übernimmt eine Freundin von Franziska, bei garantierter Lebensdauer bis zum natürlichen Tod. Sogar einen ihrer Hunde muss sie hergeben: eine junge Hündin, die sie einige Jahre zuvor schwer verletzt aus Rom mitgebracht hat. Vollständig gesundet ist dieses Tier nun extrem lauf- und bewegungsfreudig, und Franziska kann dem nicht einmal ansatzweise mehr Rechnung tragen. Das rastlose Betteln um Gassigänge kann sie schließlich kaum noch ertragen, und so entscheiden wir, dass die Hündin zu mir kommt. Sie kennt mich gut und bleibt auf diese Weise auch innerhalb der Familie. Klaus holt sie ab. Es ist ein harter Moment für Franziska. Weil sie etwas hergeben muss, das sie liebt. Und weil sie das Gefühl hat, immer mehr an Leben zu verlieren, sowohl eigenes Leben als auch Leben, das sich um sie herum abspielt.

Wer früher zu meiner Schwester kam, wurde von quirliger Lebendigkeit geradezu überschwemmt, und manchmal war es fast erschöpfend. Ihre Kinder und die Freunde ihrer Kinder bevölkerten das Haus, schon am Gartentor traf man auf Hühner, ein Stück weiter sah man die Hasen herumhoppeln. Dazwischen lagerten Hunde und Katzen. Es war nicht immer leicht, ein längeres Gespräch mit ihr zu führen, denn ständig geschah irgendetwas: Ein Kind fiel hin und schlug sich das Knie auf, zwei Hühner gerieten in Streit miteinander, ein Hund entwischte durch das Tor. Und immer war es Franziska, bei der die Fäden zusammenliefen, die sich um alles kümmerte und alles in Ordnung brachte. Die blutige Knie verarztete, hackende Hühner trennte, Hunde wieder einfing. Es war das Leben, wie sie es liebte. Wie sie es haben wollte.

Jetzt wird es zunehmend still. Um vieles kann sie sich nicht mehr kümmern, nicht einmal mehr um ihre Pferde, da der Wiesenweg, der zur Koppel führt, eine leichte Steigung hat, die für Franziska nicht mehr zu bewältigen ist. Sie organisiert Reitbeteiligungen, Mädchen, die auf den Pferden umsonst reiten dürfen, sich dafür aber um die Versorgung, das Striegeln und Auskratzen der Hufe kümmern.

Sie verabschiedet sich damit von einer ihrer größten Leidenschaften, dem Reiten und dem Zusammensein mit Pferden.

»Mein Radius wird immer kleiner«, sagt sie zu mir. »Es wird mit jedem Tag weniger, was ich tun kann.«

Nach wie vor versucht sie, ihren Kindern so wenige Einschränkungen wie möglich aufzuerlegen. Johannes hat seit einigen Monaten eine feste Freundin; Franziska erlaubt, dass diese über Wochen bei ihnen im Haus wohnt, obwohl es sie zusätzlich Kraft kostet, ihren manchmal erbärmlich elenden Zustand gegenüber einer Fremden herunterzuspielen. Aber Johannes, der – seinem Alter entsprechend – nur noch Augen und Ohren für seine große Liebe hat, findet so die Möglichkeit, mit der oft bedrückenden Atmosphäre auszukommen. Auch Clara darf alle ihre Freunde immer mitbringen. Es gelingt Franziska tatsächlich, soweit ich das beurteilen kann, für ihre Kinder ein hohes Maß an alltäglicher Normalität zu bewahren – und ihnen die Lebensfreude zu erhalten.

Was sie außerdem mit vermehrtem Einsatz vorantreibt, ist die Rettung von Hunden aus Tötungsstationen. Alles, was sie vom Schreibtisch aus machen kann, funktioniert noch einigermaßen, obwohl auch gerade Telefonate immer anstrengender werden – wenn die Gespräche zu lange dauern, wird ihre Luft knapp. Es gibt Tage, da organisiert sie in der Zeit zwischen Frühstück und Abendessen bis zu fünfundzwanzig Aufnahmeplätze für Hunde und ermöglicht somit die Ausreise des gesamten für die Tötung an einem Wochenende vorgesehenen Bestandes. Sie weiß, dass das Vermitteln nach Deutschland auf Dauer nicht die einzige Lösung sein kann, aber es geht um Akutsituationen, in denen es für die betroffenen Tiere nur diese Alternative gibt: Deutschland – oder grausam sterben. Daneben bemüht sie sich, Spendengelder aufzutreiben, um die Hilfe vor Ort zu ermöglichen, was in diesem Fall bedeutet: so viele Straßenhunde wie bezahlbar sterilisieren zu lassen. Sie arbeitet wie besessen – für die Tiere. Aber, wie sie sagt, auch für sich selbst. Um so wenig wie möglich zum Nachdenken zu kommen.

»Über das, was in meinem Körper geschieht, darf ich nicht nachdenken. Ich drehe sonst durch. Also mache ich lieber etwas Sinnvolles.«

Jeder Wäschekorb, den sie aus dem Keller nach oben

tragen will, stellt inzwischen ein fast unüberwindliches Problem dar.

Ihrer Tochter neue Schuhe oder einen Wintermantel zu kaufen wird zum Drama, wenn sich die entsprechenden Geschäfte zu weit entfernt von der nächsten Parkmöglichkeit oder gar mitten in einer Fußgängerzone befinden.

Irgendwann berichtet mir ihr Mann, dass er abends, wenn er nach Hause kommt, oft noch das Frühstücksgeschirr auf dem Tisch vorfindet, in der Mitte die Schale mit der inzwischen völlig aufgeweichten Butter.

»Ich habe das einfach nicht geschafft«, sagt Franziska dann. Manchmal ringt sie derart um Atem, dass sie das Tragen eines Tabletts von einem Zimmer ins andere so lange vor sich herschiebt, bis es von anderen Anforderungen des Tages überholt und schließlich vergessen wird. Es ist eine Frage der Zeit, wie lange sie Haus, Kinder, Tiere noch wird versorgen können. Unsere Mutter reist in immer kürzeren Abständen zu ihr, steht ihr über Wochen zur Seite. Aber jedes Mal kommt dann irgendwann der Zeitpunkt, da Franziska sie wegschickt, es alleine schaffen will, das Gefühl von Abhängigkeit und Schwäche einfach nicht mehr erträgt. Ich rede mit Engelszungen auf sie ein, ihr für solche Phasen eine tägliche Hilfskraft zu bezahlen, aber auch dadurch würde sie natürlich in dem Gefühl bestärkt, nicht mehr eigenständig zu sein – was sie ja tatsächlich kaum noch ist. Hinzu kommt, dass sie niemanden dahaben möchte, der dann zwangsläufig Zeuge ihres Elends wird. Sie lebt in einem Dorf, sie weiß, wie schnell sich Tratsch und Klatsch verbreiten. Nichts hasst sie so sehr wie mitleidige Blicke. Im Herbst 2010 ist sie in einer Situation angelangt, in der sie mindestens die Hälfte ihrer wenigen verbliebenen Energie darauf verwendet, gegenüber anderen Menschen zu verbergen, wie schlecht es ihr geht –

mit mäßigem Erfolg. Zudem möchte sie den Moment der endgültigen Kapitulation herauszögern. Es ist wie bei einer langen, steilen, beschwerlichen Wanderung, bei der man die Schuhe ausziehen und eine Weile ausruhen möchte, zugleich aber weiß, dass man die Schuhe dann nicht mehr anziehen und weitergehen wird. Franziska hat die deutliche Ahnung, dass sie, sobald sie aufhört, sich durch jeden einzelnen Tag zu kämpfen, sobald sie die Dinge, die erledigt werden müssen, an eine andere Person abgibt, den Fußbreit Boden, den sie jetzt noch hat, nie mehr zurückerobern wird. Sie führt schon längst ein Rückzugsgefecht, aber sie legt noch immer die Betonung auf *Gefecht* und nicht auf *Rückzug*. Sie will um jeden Preis autonom bleiben. Auf eine zurückhaltende Art ist sie immer eine Kämpfernatur gewesen, und das macht es ihr jetzt so schwer, auch nur in kleinsten Bereichen Hilfe anzunehmen und Eigenständigkeit aufzugeben.

Wir, ihre Familie, stehen ihrer Krankheit, aber inzwischen auch ein Stück weit ihr selbst, zunehmend hilflos gegenüber.

3

Es ist eben jenes Frühstücksgeschirr, von dem Christian berichtet, dass es abends noch auf dem Tisch steht, was mich irgendwann zu der Frage bringt, wie es bei Franziska mit dem Essen in der Zeit dazwischen aussieht – zwischen dem Frühstück morgens um halb sieben und einer Mahlzeit nicht vor sieben oder acht Uhr abends, wenn ihr Mann von der Arbeit zurück ist. Ihr Sohn hat auf ein Ganztagsgymnasium gewechselt und isst dort zu Mittag, die Tochter, inzwischen eingeschult, geht bis um 16 Uhr in eine Nachmittagsbetreuung – ein Konzept, zu dem sich Franziska schweren Herzens entschlossen hat, aber die äußerst lebhafte, aktive Clara findet dort mehr Möglichkeiten zur Beschäftigung als zu Hause bei einer Mutter, die überhaupt nichts mehr mit ihr unternehmen kann. Zu der Betreuung gehört auch ein Mittagessen.

Franziska ist also den größten Teil des Tages alleine und nur für sich verantwortlich.

Meine Frage lautet, weshalb sie, wenn sie für sich zwischendurch etwas kocht oder zumindest ein Brot schmiert, nicht in dem Zusammenhang wenigstens die Butter in den Kühlschrank räumen kann.

Ich hege nämlich den Verdacht, dass einigermaßen regelmäßige Mahlzeiten in ihrem Tagesablauf nicht mehr vorkommen, dass sie sowohl Küche als auch Esszimmer kaum noch betritt und daher auch das Abräumen des Geschirrs völlig vergisst. Sie hat dafür schließlich absolut freie Bahn.

Mein Verdacht verstärkt sich, als sie im November nach Wiesbaden kommt, um einen Lungenfacharzt aufzusuchen, der uns in einem anderen Zusammenhang empfohlen wurde. Beiläufig – aber wirklich nur beiläufig, weil wir das inzwischen schon so oft erlebt haben – sei erwähnt, dass dieser Arzt eine Metastase auf dem rechten Lungenflügel entdeckt und damit höchste Alarmstufe auslöst, dass sich diese vermeintliche Metastase aber hinterher als besonders verdicktes Narbengewebe herausstellt. Nicht, dass das die wesentlich bessere Variante ist, aber eine Metastase wäre zu diesem Zeitpunkt der i-Punkt auf dem Desaster gewesen, und wieder einmal hätten wir uns einen Arzt gewünscht, der sorgfältiger mit Diagnosen umgeht.

Schwerer und anhaltender bestürzt mich, dass ich beim ersten Blick auf Franziska feststelle, dass sie dramatisch abgenommen hat, und da sie zuvor schon sehr dünn war, gibt diese Entwicklung Anlass zu größter Sorge.

Darauf angesprochen, streitet sie die Fakten zunächst einfach ab. Sie habe nicht abgenommen. Es sei alles wie immer. Und überhaupt sei sie eher zu dick.

Ich habe meine Schwester immer als einen ausgesprochen vernünftigen, realistischen Menschen gekannt. Das war einer der Gründe dafür, dass ich mit ihr so gute und produktive Gespräche führen konnte. Sie hat einen klaren Blick für Fakten und beschönigt auch unangenehme Wahrheiten nie.

Jetzt steht sie vor mir, so abgemagert, dass man durch sie hindurch Zeitung lesen könnte, und behauptet allen Ernstes, zu dick zu sein?

Ich komme nicht dahinter, ob das wirklich ihre Meinung ist, oder ob sie mich damit einfach nur zum Schweigen bringen oder irgendwie abwimmeln will. Ich beobachte in den Tagen ihres Wiesbadener Aufenthaltes genau, was sie isst, und komme auf absurd geringe Mengen: Ein halbe Scheibe Toastbrot am Morgen, zwei bis drei Gabeln Spaghetti am Mittag, ein kleines Stück Tomate am Abend. Ständig erklärt sie, jetzt gerade zwar satt zu sein, ihren Teller aber später garantiert leer zu essen – was dann jedoch nie passiert. Angebissene Brotscheiben, unberührt scheinende Nudelteller und Tomatenreste gammeln irgendwo vor sich hin, bis sich jemand – meist ich – erbarmt und sie in den Abfall entsorgt, falls nicht irgendjemand anderes die abgestandenen Überbleibsel aufessen möchte. Ich unternehme immer wieder Anläufe, dieses seltsame Verhalten mit ihr zu besprechen, aber sie wiegelt sofort ab. Sie ernähre sich völlig normal, erklärt sie. Schließlich fängt sie an, aggressiv zu reagieren, sowie ich das Wort *Essen* in ihrer Gegenwart ausspreche. Ich solle aufhören, sie unter Druck zu setzen, und überhaupt veranstalte ich ein Drama um etwas, das an den Haaren herbeigezogen sei. Irgendwann weiß ich, dass wir in eine heftige Auseinandersetzung geraten werden, wenn ich nicht den Mund halte.

Ist das Franziska, die früher so leidenschaftlich gerne essen ging? Die man mit Besuchen in schönen Restaurants so glücklich stimmen konnte?

Zum ersten Mal in den mehr als fünfundvierzig Jahren, die wir einander kennen, ist sie mir fremd. Sie kann nicht ernsthaft glauben, dass es gut ist, was sie da tut. Aber sie ist nicht ansprechbar. Ich dringe nicht mehr zu ihr durch. Stereotyp erklärt sie, dass es kein Problem gebe.

Gleichzeitig bringt ihre Kleidung sie in die Bredouille – sie passt nämlich nicht mehr. Ihre Jeans rutschen einfach an ihr hinunter, sie kann sie nur noch mit Gürteln, in die sie ständig neue Löcher stanzen muss, auf den knochigen Hüften halten. Sie erwägt, neue Jeans zu kaufen, traut sich dann aber nicht in den Laden, aus Angst, eine Verkäuferin könnte plötzlich den Vorhang der Umkleidekabine zur Seite ziehen. Das ist einmal passiert, und offenbar hat sich die arme Frau beim Anblick des verhungerten Körpers furchtbar erschrocken.

»Die behaupten dann immer, ich sei zu dünn«, sagt Franziska kopfschüttelnd.

Auf meinen vorsichtigen Hinweis, dass da vielleicht etwas dran sei, wenn doch offenbar mehrere Leute das so sehen, reagiert sie patzig: Dann spinnen eben alle. Und im Übrigen solle ich endlich mit diesem Thema aufhören.

Man kennt die Geschichte von dem Autofahrer, der im Radio die Gefahrenmeldung wegen eines Geisterfahrers hört und daraufhin erstaunt feststellt: »Einer? Hunderte!«

So kommt mir Franziska vor. Ein Geisterfahrer, der die anderen für Geisterfahrer hält. Der lieber den Rest der Welt für verrückt erklärt, als sich der Tatsache zu stellen, dass bei ihm selbst etwas nicht stimmt.

Das ist nicht meine Schwester. Das ist so untypisch, dass ich fast verzweifle.

Familienintern kommen wir zu der Einsicht, dass sie an einer Magersucht leidet, aber wir können uns den Grund nicht erklären. Meine Eltern und ich führen gefühlte hunderttausend Telefonate, in denen wir die Frage diskutieren, was da eigentlich gerade passiert und warum. In gewisser Weise hat das alles mit der Chemotherapie im Frühjahr 2006 begonnen, seit damals ist sie zu einer schlechten Esserin und nie wieder die Alte geworden, aber sie hatte sich inzwischen immerhin auf einem tolerierbaren Level etabliert.

Und die Übelkeit von damals kann es nicht mehr sein.

Aber was ist es dann? Aus dem Alter, in dem man unbedingt Germany's Next Topmodel werden will und sich deshalb um den Verstand hungert, ist Franziska längst raus. Eitelkeit scheint nicht dahinterzustecken, diesen Eindruck vermittelt sie nicht.

Ich spreche mit einem Psychologen, der zwei Theorien für plausibel hält: Zum einen die, dass meine Schwester gerade dabei ist, Selbstmord zu begehen, um ihrem Erstickungstod zuvorzukommen, und dass sie dabei einen Weg gewählt hat, der ihre Angehörigen schonen soll, weil er, anders als Erhängen, Vergiften, Erschießen, schleichend passiert und nie ganz als echter Suizid zu identifizieren sein wird.

Seine zweite Theorie lautet dahingehend, dass Franziska möglicherweise sogar unbewusst versucht, ihr Körpergewicht ihrem schwindenden Lungenvolumen anzupassen, um mehr Luft zu bekommen und länger am Leben zu bleiben. Dass sie also, im Gegensatz zu Theorie eins, gerade nicht ihren Tod, sondern ihr Leben im Sinn hat.

Zur ersten Theorie würde eine Beobachtung passen, die ich ebenfalls in den Monaten des seinem Ende zugehenden Jahres 2010 mache: Meine Schwester hat ständig ein bestimmtes Buch bei sich, sowohl wenn sie mich besucht, als auch wenn sie daheim ist, da liegt es dann auf ihrem Nachttisch. Es handelt sich um eine Biografie über Hannelore Kohl, die Ehefrau des früheren Bundeskanzlers, geschrieben von einem ihrer Söhne. Franziska liest darin wie andere in der Bibel, und es ist nicht schwierig, den Grund zu erkennen. Sie identifiziert sich mit dieser Frau, die, genau wie sie, am Ende ihres Lebens wegen einer schweren und offenbar irgendwann hoffnungslosen Erkrankung mehr und mehr ans Haus gefesselt lebte und alles verlor, was ein Leben lebenswert macht. Es ist bekannt, welch einzigen Ausweg Hannelore Kohl schließlich sah. Mir ist außerordentlich beklommen zumute, wenn ich verfolgen muss, wie sehr sich Franziska in ihre Geschichte hineinsteigert.

Will Franziska sterben, und ist ihre Weigerung, den Ernst ihrer Lage zu erkennen, einfach nur der Hinweis an uns, ihr nicht in die Quere zu kommen?

Für die zweite Theorie, den Versuch, das Körpergewicht proportional zur Abnahme des Lungenvolumens zu verringern, spricht die tiefe Liebe, mit der sich meine Schwester an ihre Kinder klammert. Natürlich kann ich vollkommen danebenliegen, aber ich meine, noch nie einen Menschen gesehen zu haben, der so unbedingt leben möchte wie sie. Allem zum Trotz, vermutlich auch entgegen ihrer eigenen inneren Stimme, hofft Franziska auf das Wunder, das sie retten wird.

Im Dezember bekommt sie von meiner Tochter deren »Freundebuch« zum Eintragen geschickt. In meiner Jugend reichte man noch Poesiealben herum, heute sind es also

Freundebücher. Es gibt keine aufbauenden Lebensweisheiten und Sprüche mehr, garniert mit Bildern von pausbäckigen Engeln auf glitzernden Wolken, sondern es werden Fragen zur eigenen Person beantwortet: Name, Geburtsdatum, Sternzeichen, Augenfarbe, Lieblingsessen, Lieblingsklamotten, Lieblingsmusik. Franziska füllt das alles für ihre Nichte aus. Bei *Lieblingsessen* gibt sie die unvermeidlichen *Spaghetti Vongole* an, die sie in Wahrheit nie mehr anrühren würde. Bei *Lieblingsbuch* nennt sie *Der Vorleser* von Bernhard Schlink, den sie tatsächlich fünf- oder sechsmal gelesen hat (Sie geht zudem dreimal in den Film, so begeistert ist sie.) *Was hasst du am meisten? Gewalt gegen Wehrlose.*

Die letzte Frage auf der Doppelseite lautet: *Dein Wunsch für die Zukunft?*

Gesundheit wird in anderen Einträgen oft genannt oder auch: gute Noten, Erfolg in der Schule, Glück.

Meine Schwester antwortet mit einem einzigen Wort: *Leben.*

Es ist ihr größter, ihr einziger, ihr brennender Wunsch, davon bin ich überzeugt. Dass ihre Verzweiflung sie manchmal auch andere Gedankengänge gehen lässt, kann ich nur zu gut nachvollziehen. Meine persönliche Theorie ist am Ende daher die, dass das langsame Verhungern meiner Schwester ein Zusammenspiel aus vielem ist. Aus dem Versuch, der Luftnot durch Gewichtsreduktion zu begegnen, aus dem Wunsch, dem drohenden Tod durch Ersticken irgendwie zu entkommen, aus der irrationalen Hoffnung, dass sich der Alptraum auflöst, wenn sie sich selber auflöst. Vielleicht ist ein Mensch in einer vollkommen verzweifelten Situation auch einfach gar nicht mehr bestimmten Theorien zuzuordnen, vielleicht entziehen sich die psychologischen Abläufe in seinem Inneren herkömmlichen Erklärungsversuchen. Wenn Franziskas Psyche Achterbahn führe – wen würde es eigentlich wundern?

Das Jahr 2011 bricht an, und neben dem lauernden Krebs und der immer kleiner werdenden Lunge haben wir es nun also mit einem weiteren heimtückischen Feind zu tun: dem drohenden Tod durch Verhungern.

Januar bis Mai 2011

1

Wir werden zu einer Familie, bei der sich alles um die Nahrungsaufnahme dreht. Die Frage: Was hat Franziska heute gegessen? wird zum alles überlagernden Thema. Wir kämpfen, wie wir die ganze Zeit über gekämpft haben, aber die Vorzeichen haben sich verändert: Bislang zogen wir an einem Strang, Franziska und die ganze Familie. Wir kämpften mit ihr.

Jetzt kämpfen wir gegen sie.

Wir lassen ihr keine Ruhe. Einer von uns ist immer an ihr dran. Entweder über das Telefon oder auch direkt: Meine Mutter reist wieder einmal nach Bayern, wo sie dann über Wochen buchstäblich den ganzen Tag lang mit irgendeiner kleinen Mahlzeit hinter Franziska herläuft – und meist abgewiesen wird. Ich rufe meine Schwester dreimal, viermal, fünfmal am Tag an. *Was hast du gegessen? Hast du überhaupt gegessen?* Sie wird wütend. Ich lasse mich nicht abschütteln.

Ihr Gewicht rutscht unterdessen immer tiefer. Ich gebe ihre aktuellen Daten in einen BMI-Rechner im Internet ein, woraufhin augenblicklich rote, hektisch blinkende Leuchtschrift meinen ganzen Bildschirm ausfüllt: *Sie haben lebensbedrohliches Untergewicht! Gehen Sie sofort zum Arzt!*

Franziska geht nicht zum Arzt. Sie nennt jeden Tag neue

Gründe, weshalb sie nicht essen kann, leugnet aber weiterhin, dass dieser Umstand ein Problem darstellt.

Die Gründe, die sie aufzählt lauten:

Sie kann nicht essen, weil sie nicht schlucken kann. Ihre Speiseröhre ist verengt.

Sie kann nicht essen, weil dann ihr Magen auf ihre Lunge drückt und sie noch weniger Luft bekommt.

Sie kann nicht essen, weil sich das Essen im Magen staut und zum Teil im unteren Bereich der Speiseröhre verharrt.

»Das Problem bewältigen Sie als Familie nicht«, sagt uns ein Arzt. »Die Patientin muss sofort in eine Klinik. Sie muss von Fachleuten behandelt werden.«

Sie geht aber nicht in eine Klinik. Sie geht auch nicht ambulant zu einem Arzt oder Psychotherapeuten.

Ich bin wütend auf sie. Wir streiten immer öfter und immer heftiger. Ich weine am Ende. Sie auch.

»Ich weiß nicht, weshalb du so einen Aufstand wegen des Essens machst«, sagt sie einmal zu mir. »Es ist egal, ob ich esse oder nicht. Ich ersticke, das ist das große Problem. Um die Frage des Essens wird es irgendwann gar nicht mehr gehen!«

Sie spricht immer wieder davon, das quälende Gefühl zu haben, ein Band aus Stahl um die Brust gebunden zu tragen. So schwer fällt ihr jeder einzelne Atemzug: als müsste sie dabei gegen Stahl ankämpfen, der ihre Lunge zusammendrückt.

»Ihre Lunge hat noch ungefähr die Kapazität einer Säuglingslunge«, erklärt ihr ein Arzt, als sie Hilfe in einer Lungenfachklinik sucht. Ihre Lunge muss also Höchstleistungen erbringen, um den Körper einer erwachsenen Frau mit Sauerstoff zu versorgen – einer Frau, die 1,73 Meter groß ist. Die sich allerdings unaufhaltsam auf die 40-Kilogramm-

Marke zubewegt. Allzu viel Masse, an die Sauerstoff herangeführt werden muss, ist an ihr nicht mehr dran. Sie besteht aus Haut und Knochen. Was der Arzt nicht ausführt und was wir später von einem seiner Kollegen erfahren: Der Lungenmuskel arbeitet wie rasend, um seine Aufgabe, das Gesamtsystem am Leben zu erhalten, zu erfüllen. Er ist vollkommen überanstrengt und dadurch zu einem gigantischen Kalorienfresser geworden. Er pumpt rund um die Uhr in einer Unermüdlichkeit und mit einer Kraft, als ob Franziska 24 Stunden am Tag rennen würde, ohne ein einziges Mal anzuhalten. Sie müsste daher pro Tag etwa viermal so viel Nahrung zu sich nehmen wie ein normaler Mensch, der natürlich nicht die ganze Zeit über läuft. Selbst dann würde sie nicht zunehmen, aber zumindest einigermaßen stabil ihr Gewicht halten.

Diese Information allerdings bekommen wir erst zum Jahresende. Bis dahin glauben wir noch, es würde reichen, wenn wir Franziska dazu bringen könnten, wenigstens auf 1000 Kalorien am Tag zu kommen – und das entspricht schon der Hungerration, die sich Fotomodelle auferlegen. Franziska dürfte noch deutlich darunterliegen.

Wenn ich an das letzte Jahr mit meiner Schwester zurückdenke, habe ich daher vor allem ein Bild immer vor Augen: Ich sitze ihr gegenüber an einem Tisch. Und ich bettle und flehe das Essen in sie hinein, Bissen um Bissen. Und sie versucht zu tun, worum ich sie fast auf Knien bitte. Und alles endet in Tränen und in dem Satz: »Ich kann nicht. Ich bekomme keine Luft.«

Dieses letzte Jahr wird für immer meine persönliche Definition der Hölle sein.

Es ist vor allem ihre Hölle. Sie hat Angst vor dem Sterben, aber wenn sie sich je eine Steigerung dieser Angst hätte ausdenken sollen, dann wäre es diese gewesen: Tod durch Ersticken. Was am Ende ein Dahinvegetieren an einer eisernen Lunge bedeuten würde. Davor fürchtet sie sich so sehr, dass sie unsere Mutter in einem langen Gespräch um Hilfe für den Ernstfall bittet.

»Du musst mir, wenn es noch schlimmer wird, helfen, das alles zu beenden.«

Meine Mutter verspricht es ihr. Ohne die geringste Ahnung zu haben, was sie tatsächlich tun wird, wenn Franziska die Einlösung des Versprechens fordert.

Darüber hinaus kämpfen wir weiter. Im Mai bekommt meine Mutter über eine Bekannte den Kontakt zu einer Ärztin, die in einem Frankfurter Krankenhaus arbeitet. Sie soll beeindruckende Erfolge bei Patienten mit Problemen in der Speiseröhre haben. Da wir uns gerade in der Phase befinden, in der Franziska ihre Unfähigkeit, Nahrung zu sich zu nehmen, mit einer Verengung der Speiseröhre erklärt, drängt meine Mutter sie so lange, bis sie einwilligt, sich von mir nach Frankfurt holen und in das Krankenhaus bringen zu lassen.

Das Ganze wird zu einer höchst bizarren Veranstaltung.

Die Ärztin, Frau Dr. M., möchte, dass im Vorfeld bereits mittels einer Magenspiegelung Zustand und Durchlässigkeit der Speiseröhre geprüft werden, und Franziska begibt sich zu diesem Zweck ambulant in eine Praxis. Wir sind alle sehr unruhig, denn wenn sich nun herausstellt, dass eine Verengung vorliegt, ergibt sich zwangsläufig als nächste Frage, was genau diese Verengung herbeiführt. Obwohl wir seit einigen Monaten fast nur noch um die Themen Lungenfibrose und Mindestkalorienzahl kreisen, haben wir den Krebs, mit dem fünf Jahre zuvor das ganze Drama begann, durchaus noch als dumpf bohrende Bedrohung im Hinterkopf. Bei der letzten Kontrolle ist alles in Ordnung gewesen, aber diese liegt fast ein halbes Jahr zurück. Was, wenn sich unterdessen Metastasen in der Speiseröhre angesiedelt haben?

Unerwarteterweise bekommen wir aber ausgerechnet in dieser ansonsten nur düsteren, unheilvollen Zeit einen durchweg positiven Bericht des Arztes. Die Speiseröhre ist ganz normal, an keiner Stelle verengt. Der Zugang zum Magen ist vollkommen durchlässig. Und auch der Magen selbst ist in Ordnung. Es gibt keinen ersichtlichen physischen Grund, weshalb Franziska meint, nicht essen zu können.

Und, so führt der Arzt aus: Der Magen drücke auch nicht auf die Lunge.

Franziska ist nach dieser Diagnose sehr nachdenklich. Sie schwört uns unter Tränen, dass sie wirklich nicht essen kann, aber sie räumt nun ein, dass es vielleicht tatsächlich ausschließlich psychische Gründe sind, die sie in diese Lage gebracht haben. Sie telefoniert mit Frau Dr. M. in Frankfurt, eigentlich deshalb, um den Termin abzusagen, aber Frau Dr. M. beharrt darauf, sie trotzdem zu sehen.

Sie habe noch viel bessere Möglichkeiten, Untersuchungen anzustellen, erklärt sie.

Um keine Chance auf Besserung zu versäumen, hole ich Franziska also ab und fahre mit ihr nach Frankfurt. Mir ist schleierhaft, was diese Ärztin jetzt noch feststellen will, aber auch ich wage es nicht, die Verantwortung auf mich zu nehmen und den ganzen Plan umzustoßen. Ich habe den Eindruck, dass dies alles nur jede Menge Stress für meine Schwester bedeutet und am Ende überhaupt nichts bringen wird. Ich frage mich, welche Rolle die private Zusatzversicherung spielt, da Frau Dr. M. auf einem mehrtägigen stationären Aufenthalt bestanden hat. Kann das ein Grund sein, weshalb man sich derart um uns reißt? Da sich meine Überlegungen jedoch im rein spekulativen Bereich bewegen, spiele ich mit. Man spielt immer mit, wenn es um gefährliche Krankheiten geht.

Um es kurz zu machen: Meine Schwester liegt letzten Endes eine Woche lang im Krankenhaus, ohne dass irgendetwas geschieht. Die Planung in der Klinik gestaltet sich derart konfus, dass Franziska zwar täglich für eine Magenspiegelung vorgesehen wird, dass diese dann aber nicht stattfindet, weil entweder der dafür zuständige Arzt nicht da ist oder andere Patienten aus unerfindlichen Gründen für denselben Zeitpunkt eingetragen auf der Liste stehen. Normalerweise wäre das alles nur eine ärgerliche Zeitverschwendung, in unserem Fall wird jedoch sehr schnell die Tatsache prekär, dass Franziska in Erwartung der Spiegelung nun auch jeden Tag nüchtern bleiben muss – und zwar bis abends, da bis 18 Uhr die theoretische Möglichkeit besteht, doch noch an die Reihe zu kommen. Dies wäre schon für einen gut genährten Patienten schwer auszuhalten, für eine Frau aber, der längst von ärztlicher Seite ein alarmierendes Untergewicht attestiert wurde, wird die gesamte Angelegenheit zur lebensgefährlichen Bedrohung. Wenn dann wieder ein Tag vergangen ist, ohne dass die Untersuchung stattgefunden hat, bekommt sie irgendwann ein Abendessen ins Zimmer geschoben, das aber aus Vollkornprodukten besteht, die ihr Magen zu diesem Zeitpunkt überhaupt nicht verträgt. Darauf haben wir im Krankenhaus hingewiesen, ich weise auch jeden Tag von Neuem darauf hin. Meine Eltern schalten sich ein, versuchen über Frau Dr. M. in der Essensfrage zu intervenieren – vergeblich. Es ist offenbar unmöglich, das Ernährungsproblem irgendwie bis zur Küche vordringen zu lassen. Schließlich bringe ich selbst Franziska jeden Abend etwas zu essen mit, aber sie ist inzwischen derart vom Essen entwöhnt, dass ihr Magen nur noch dichtmacht. Sie bringt kaum einen Bissen hinunter, worüber sie selbst am unglücklichsten ist.

»Ich weiß, ich müsste schlucken können«, sagt sie, »aber ich kann es einfach nicht!«

Anstatt endlich durchzuführen, weshalb man sie unbedingt dahaben wollte, schickt man ihr eine Ernährungsberaterin vorbei. Sicher keine schlechte Idee; im akuten Fall, in dem sie täglich zwölf Stunden lang auf die erste Mahlzeit des Tages warten muss, hilft eine Beraterin allerdings auch nicht viel. Ich bin gerade da, als die Dame uns besucht. Sie ist nicht das beste Aushängeschild für ihren Beruf, da sie ganz offenkundig selbst ein Ernährungsproblem hat – allerdings ein anderes als Franziska: Sie ist extrem übergewichtig. Sie und meine auf die Knochen abgemagerte Schwester wirken nebeneinander wie Wesen, die von jeweils einem anderen Planeten stammen.

Die Ernährungsberaterin hat außerdem ein Problem mit ihrer Mutter. Warum gerade wir beide, Franziska und ich, so einladend auf sie wirken, dass sie alles, was sie bedrückt, vor uns ausbreitet, weiß ich nicht, aber im Verlauf der nächsten Stunde erfahren wir detailliert, wie sehr sie in ihrer Kindheit unter ihrer Mutter zu leiden hatte, dass sie ihre Mutter jetzt trotzdem zu sich genommen habe, um für sie zu sorgen, dass ihr Therapeut das für einen Fehler halte, dass sie aber – ihrer Vermutung nach – unbewusst nach jemandem suche, der sie tyrannisiert und bevormundet, weil das dem ihr bekannten Lebensmuster entspräche. Einen Mann gebe es nicht in ihrem Leben, weil sie Männern nicht traue. Ihr Vater habe die Familie verlassen, als sie vier war, und ihr Therapeut meine, dass sie sich selbst daran auch zu allem Unglück noch unbewusst die Schuld gebe.

Sie redet ohne Punkt und Komma und, wie es scheint, auch ohne Luft zu holen. Als sie irgendwann dann doch für einen Moment still ist, hake ich schnell ein und schildere unser Problem. Sie schaut mich völlig verwirrt an, so, als habe ich sie viel zu plötzlich aus einer ganz anderen Welt in die Realität zurückgerissen.

»Ja, also«, sagt sie konsterniert, »da empfehle ich Joghurt. Mit Honig und Haferflocken. Das müsste rutschen, und dann hat man etwas im Magen.«

Mit diesen Worten verschwindet sie.

»Was war das denn?«, fragt Franziska, noch ganz geplättet.

Immerhin empfinden wir diesen Auftritt dann doch als so komisch, dass wir lachen müssen. In einer an Heiterkeit und Glück so armen Zeit bleibt dieser Moment deutlich in meiner Erinnerung. Obwohl der Besuch der Frau ziemlich anstrengend war und der Tipp mit dem Joghurt später nicht funktioniert, ist es das wert gewesen: Franziska lachen zu sehen.

Heute immerhin wäre ich bereit, Jahre meines Lebens zu geben, würde mir das strahlende Lachen meiner Schwester dafür nur noch ein einziges Mal geschenkt.

2

Man kann offensichtlich in einem Krankenhaus liegen und verhungern, ohne dass sich irgendein Mensch daran stört. Das stelle ich in dieser Woche ziemlich verwundert fest. Meine Mutter hat Ähnliches in München beobachtet, als Franziska ihre Chemotherapie bekam, aber sie hielt das damals für eine Auswirkung des Ärztestreiks, der sämtliche Abläufe in der Klinik schwer beeinträchtigte. Diesmal gibt es keine Begründung, die man heranziehen könnte. Franziska bekommt den ganzen Tag über nichts zu essen, und die von ihr unberührte Vollkornnahrung wird abends kommentarlos wieder abgetragen. Davon, dass ich etwas mitbringe, kriegt niemand etwas mit. Wovon also, glauben die Schwestern, ernährt sich diese klapperdürre Patientin? Oder ist ihnen das so vollständig egal, dass sie über diese Frage sowieso keinen Moment lang nachdenken?

Was machen eigentlich Menschen ohne Angehörige in derartigen Situationen? Die niemanden haben, der sie von außen unterstützt? Wie überleben die solche Krankenhausaufenthalte?

Bis zum Donnerstag jener Woche ist immer noch keine Magenspiegelung durchgeführt worden. Am Freitag ist Franziska für 15 Uhr vorgesehen, aber weder sie noch ich glauben daran, dass es diesmal klappt. Wieder muss sie nüchtern bleiben. Sie hat inzwischen noch einmal fast 3 Kilo abgenommen – wie wir später daheim feststellen. Im Krankenhaus kommt niemand auf die Idee, sie zu wiegen.

Sie hat ein Untergewicht erreicht, das unseren Frankfurter Arzt wenige Tage später dazu veranlassen wird, sie um ihre Zustimmung zur künstlichen Ernährung förmlich anzuflehen. An den Ärzten und Schwestern der Klinik geht ihr Zustand nach wie vor völlig unbemerkt vorüber.

Meine und ihre Bitten um Schonkost statt der Vollkornprodukte verhallen ungehört – wie gehabt.

Ich sitze am Freitag zu Hause und arbeite. Gegen elf Uhr klingelt das Telefon. Ich verstehe erst gar nicht, wer da anruft, so schwach klingt die Stimme am anderen Ende. Nach einer Weile erkenne ich, dass es Franziska ist.

»Bitte, hol mich ab«, sagt sie. Sie ist kaum hörbar. »Ich sterbe sonst.«

Näheres Nachfragen ergibt, dass sie – natürlich – wieder einmal nüchtern ist, dass ihr inzwischen jedoch ständig schwarz vor den Augen wird und sie das Gefühl hat, jeden Moment in eine Bewusstlosigkeit zu fallen, die dann vermutlich niemand auf der Station bemerken wird. Sie hat eine Schwester zu Hilfe gerufen, die jedoch ohne Anweisung eines Arztes nichts machen möchte. Auf diese Anweisung, genauer: überhaupt auf das Erscheinen eines Arztes, wartet man nun bereits seit eineinhalb Stunden. Franziska hat schließlich um Entlassung gebeten, aber selbst die wird ihr verwehrt. Auch dazu bedarf es eines Arztes. Es scheint jedoch unmöglich, in dem ganzen Krankenhaus auch nur einen einzigen Vertreter dieser Zunft aufzutreiben.

Ich merke in diesem Moment, dass mir selbst schon ganz schwindelig wird – vor Wut. Was die dort seit einer Woche aufführen, ist einfach nur unverantwortlich, und allmählich kann ich es mir wirklich nur noch damit erklären, dass es eben Geld bringt, eine privat versicherte Patientin fünf Tage lang unbehandelt in einem Einzelzimmer herumliegen zu lassen – und dabei praktischerweise auch noch ihre Nahrung einzusparen. Das alles wegen einer Magenspiegelung, die längst ambulant durchgeführt worden ist, und ohne zu sehen, an wie vielen anderen Ecken es tatsächlich bei ihr brennt.

»Ich bin sofort da«, verspreche ich ihr.

Ich nehme auch Klaus mit. Falls man dort weiterhin Probleme wegen der Entlassung macht, kann er sich jedenfalls auf der Station gleich als Rechtsanwalt vorstellen.

Wir übernehmen Franziska in einem unfassbar schlechten Zustand. Sie war weiß Gott nicht gut beieinander, als sie zu Beginn der Woche in der Klinik einrückte, aber verglichen mit dem Häufchen Elend, das wir jetzt zu unserem Auto eher tragen als führen, war sie geradezu ein Kraftprotz.

Ich habe ihr Schokolade mitgebracht, dazu ein dünn mit Butter bestrichenes Stück Weißbrot. Auf der Rückfahrt isst sie beides – unendlich langsam, weil ihr Magen, warum auch immer, wieder einmal zumacht. Selbst mit dieser geringen Kalorienmenge im Körper geht es ihr sofort besser, und sie bewältigt den Weg von unserer Garage bis ins Haus hinein schon deutlich leichter als den vom Krankenzimmer hinunter ins Parkhaus.

Ich hadere mit mir: Wir hätten wissen müssen, dass wir uns auf eine vollkommen überflüssige Geschichte einlassen. Spätestens ab Mittwoch, als ihr anvisierter Termin zum dritten Mal nicht stattfand, hätten wir die Reißleine ziehen und das alles abbrechen müssen. Es ist eine fatale Entwicklung, die mit schweren Krankheiten einhergeht: Man fühlt sich immer unterlegen. Hilflos. Man ist getrieben von der Angst, etwas Entscheidendes zu unterlassen, alles schlimmer zu machen, weil man plötzlich an der falschen Stelle aufbegehrt, sich mit den falschen Leuten anlegt. Hätten wir vehementer auf eine andere Ernährung bestehen müssen? Hätten wir Krawall schlagen müssen, als Franziskas Termin wieder und wieder verschoben wurde, ohne dass man uns dafür eine auch nur halbwegs überzeugende Erklärung geben konnte?

Aus heutiger Sicht lautet meine Antwort ganz klar: Ja.

Damals war ich, waren wir alle von der Furcht gesteuert, dass es Franziska in ihrem geschwächten Zustand hätte ausbaden müssen, wenn wir uns auf die Hinterbeine gestellt hätten. Man lässt sich eine Menge gefallen und lächelt immer freundlich, in der Hoffnung, Wohlwollen und eine einigermaßen menschliche Behandlung für den Angehörigen damit zu erringen. Man wird zum Duckmäuser, weil man angreifbarer geworden ist, als man es sich je im Leben hätte vorstellen können: Ein Mensch, den man liebt, ringt mit dem Tod. Wackeliger kann sich der Boden, auf dem man steht, kaum anfühlen.

Eineinhalb Jahre später unterhalte ich mich mit einer Journalistin auf der Frankfurter Buchmesse über dieses Thema. Sie hat Ähnliches erlebt wie wir, bestätigt die Entwicklung zum dauerlächelnden, devoten Schleimbeutel, die man als Angehöriger schwerstkranker Patienten vollzieht. Sie hat aber auch mit Menschen gesprochen, die diesen Weg irgendwann nicht mehr gegangen sind, denen es nicht länger gelang, Wut und Zorn im Zaum zu halten.

Und siehe da: Die Erkenntnis bei jedem einzelnen von ihnen war die, dass sofort alles besser wird. Der Patient wird nicht schlechter behandelt, sondern besser. Er klettert in Ansehen und Wertschätzung sofort etliche Stufen nach oben. Man geht sorgsamer mit ihm um – weil hinter ihm eine Familie steht, die sich nichts mehr gefallen lässt.

Für mich, für Franziska, für unsere ganze Familie kommt diese Erkenntnis zu spät. Ich will sie hier trotzdem weitergeben: Vielleicht können andere wenigstens davon profitieren.

August bis Dezember 2011

1

2011 ist das Jahr, in dem ganz vieles, was ich mit meiner Schwester erlebe, unter der Überschrift: »Das letzte Mal« steht.

Und irgendwo, ganz tief in meinem Inneren, weiß ich das auch.

Obwohl ich wider alle Einsicht ständig dagegen kämpfe. Die Gewissheit immer wieder, und manchmal sogar erfolgreich, verdränge. Weil der mögliche Tod meiner Schwester noch immer die für mich größte vorstellbare Katastrophe in meinem Leben darstellt.

Im August kommt sie mit ihrer ganzen Familie noch einmal nach Südfrankreich. Gemeinsame Ferien im Sommer sind für uns immer schwierig gewesen, weil wir beide von den Schulferien abhängig sind und diese sich in Hessen und Bayern selten überschneiden. Auch in diesem Jahr ergibt sich gerade einmal eine Woche – unsere letzte Ferienwoche verläuft zeitgleich mit der ersten Woche in Bayern.

Die Fahrt von München ist zu weit und der August dort unten am Mittelmeer eigentlich zu heiß, trotzdem will Franziska kommen. Ich habe Angst, dass sie sich übernimmt, aber ich rede ihr dennoch zu, gegen alle Vernunft. Ich will sie bei mir haben. Ich weiß genau, dass wir das später nicht noch einmal erleben werden.

Es sind sonnige, wolkenlose Tage, und das Meer liegt leuchtend blau zu unseren Füßen. Unsere Kinder planschen von morgens bis abends im Pool und verlassen das Wasser nur zu den Mahlzeiten. Die Männer gehen gemeinsam segeln. Ich spaziere mit meiner Schwester durch den Garten, sehr langsam, weil das Grundstück an einem Hang liegt und viele Steigungen enthält und weil Franziskas Lunge dem natürlich nicht gewachsen ist. Wir umrunden das Haus, zweimal am Tag. Normalerweise braucht man 3 Minuten für die Strecke.

Wir brauchen jeweils eine halbe Stunde, weil Franziska ständig stehen bleiben und um Atem kämpfen muss. Wir nehmen Wasserflaschen mit, weil wir so lange unterwegs sind, bei immerhin 35 Grad im Schatten. Wir sprechen über alles Mögliche, aber nicht über die Narben auf der Lunge und nicht über den Tod.

Dass er uns bereits begleitet – das spüren wir beide.

Franziska kommt mir vor wie ein Mensch, der schon gar nicht mehr ganz und vollkommen da und bei mir ist. Sie ist von sanfter, lächelnder Freundlichkeit, aber es ist, als schwebe die ganze Zeit über ein Schleier zwischen uns, der die Nähe verhindert, die es früher zwischen uns gab. Oft ist sie in sich versunken, richtet den Blick in die Ferne und zugleich in ihr Inneres.

In meinem Roman *Sturmzeit* habe ich dreiundzwanzig Jahre zuvor über eine Frau, die schwer krank ist und deren Sterben bevorsteht, folgende Sätze geschrieben: »Etwas änderte sich (…) im Ausdruck ihres Gesichtes. Sie schien in sich zu versinken, nach innen zu lauschen; in ihrem Blick lag das Wissen, das Menschen erlangen, denen die Nähe des Todes bereits zeitweise Einsicht in andere Dimensionen erlaubt.«

An diese Passage muss ich im Sommer 2011 ständig denken, wenn ich Franziska ansehe. Genauso nämlich empfinde ich sie: als ob sie mir schon weit voraus wäre. Bereits auf einer Schwelle stehend, die ich noch nicht kenne. Dinge wahrnehmend, die sich mir entziehen. Ausgestattet bereits mit einem Blick auf die Welt und alles, was in ihr geschieht, der mit meinem und unser aller begrenztem Blick schon nicht mehr viel zu tun hat.

Ich war immer die Ältere. Immer die, die jeden Weg zuerst ging.

Nicht an Jahren, aber an Erfahrung und Tiefe ist sie nun die Ältere geworden. Und den Weg, der jetzt kommt, wird sie vor mir gehen.

»Es war das letzte Mal, dass ich hier war«, sagt sie zu ihrem Mann, als sie abreisen.

Sie weiß das, und sie behält recht.

Ein letztes Mal auch, dass sie mir zu meinem Geburtstag im Oktober gratuliert. Ich habe mir in diesem Jahr ausnahmsweise keine Ohrringe von ihr gewünscht, sondern eine lange Silberkette mit einem Anhänger daran. Modeschmuck, irgendetwas Glitzerndes, um eintönige T-Shirts oder Pullover aufzupeppen. Ich habe sie beschworen, das Geschenk zu bestellen, sich bloß nicht durch die Stadt zu quälen, aber genau das tut sie dann doch: Sie schleppt sich von einem Geschäft zum nächsten. Sie will etwas Schönes für mich aussuchen, will es vor sich sehen, es anfassen – es nicht nur auf dem Computerbildschirm betrachten und dann per Mausklick kaufen. Franziska hat immer gerne geschenkt, jedem in ihrer Umgebung, ihrem Mann, ihren Kindern, mir, ihren Eltern, ihren Freunden. Sie ist berühmt in der Familie für die Sorgfalt und Liebe, mit der sie Dinge aussucht, die dem

Beschenkten besondere Freude machen könnten. Sie ist zugleich berüchtigt dafür, dass sie bei diesen Gelegenheiten immer zu viel Geld ausgibt, mehr als sie hat. Ihr Konto ist chronisch überzogen. Sie gibt, was sie hat, und sie gibt es mit vollen Händen.

Ich bekomme also eine silberne Kette mit einem roten Anhänger daran. Sogar zur Post ist sie gefahren, hat sich in die Warteschlange gestellt. Man muss das erwähnen, weil ein solcher Aufwand für sie nicht einfach nur lästig und langwierig ist – mit ihrer begrenzten Atemfähigkeit stellt er einen Akt dar, für den sie alle Kraft zusammennehmen und äußerste Disziplin aufbringen muss.

Ich freue mich, nicht wissend, dass es das letzte Geschenk ist, das ich in diesem Leben von ihr bekomme. Als mir das einige Monate später klar wird, bekommt die Kette einen Wert, der sie über alles hinaushebt, was ich sonst an irdischen Gütern besitze. Ich trage sie, so oft ich kann. Passt sie nicht zu meiner Kleidung, habe ich sie in meiner Handtasche bei mir. Es ist mein einziges Besitzstück, von dem ich auf eine fast krankhafte Art fürchte, es könnte auf irgendeine Weise abhandenkommen.

Am Nachmittag trifft auch noch ein großer Strauß Rosen von ihr ein, pastellfarben, bunt. Wir telefonieren lange miteinander. Sie wünscht mir ein glückliches, erfolgreiches neues Lebensjahr. Gesund solle ich bleiben, sagt sie. Es klingt inbrünstig. Sie wünscht anderen Gesundheit schon lange nicht mehr als Floskel, sondern immer aus tiefstem Herzen. Sie weiß, dass Gesundheit die Grundlage für alles andere ist, dass das Leben nur dann wirklich funktionieren kann, wenn eine stabile Gesundheit die Basis bildet. Dass umgekehrt irgendwann nichts mehr geht, wenn die Gesundheit nicht mitspielt.

»Nächstes Jahr«, sage ich, »kommst du an meinem Geburtstag hierher, und wir feiern richtig zusammen.«

Sie erwidert nichts darauf.

Ein letztes Mal Frankfurt, ein gemeinsamer Besuch bei Dr. K. Ende November. Ein letztes Mal das kleine Café unweit der Alten Oper. Die Bedienung bringt eine Cola und ein Laugencroissant. Es geht Franziska an diesem Tag etwas besser als sonst. Sie erzählt mir von der Geburtstagsparty, die sie gerade für ihre Tochter veranstaltet hat. Acht Jahre alt ist Clara geworden, zehn Kinder sind gekommen. Eine Freundin hat Franziska unterstützt, ist mit den Kindern zu einem Spielplatz gegangen und hat sie dort beaufsichtigt. Das Novemberwetter war mild und sonnig, zum Glück.

»Gott sei Dank«, sagt Franziska. »Alle Kinder bei uns im Haus und ich ohne Luft – ich hätte es kaum überstanden.«

Es ist der letzte Geburtstag, den sie mit ihrer Tochter feiert.

An dem Tag, an dem wir in Frankfurt sind, ist es winterlich kalt. Franziska trägt einen dicken Mantel, der ihre trostlose Magerkeit einigermaßen kaschiert. Wie immer baut Dr. K. sie auf, sie ist in einer guten psychischen Verfassung, als wir die Praxis verlassen. Sie möchte noch nicht nach Hause, möchte sich noch ein paar Schaufenster ansehen. Wir fahren in die Innenstadt, parken an der Konstabler Wache.

Wir bummeln – wie üblich äußerst langsam – die Zeil entlang. Ich registriere, wie viele Männer meiner Schwester hinterherschauen, den Blickkontakt mit ihr suchen. Es ist ein Phänomen, sie ist todkrank, aber noch immer umwerfend attraktiv. Ihre langen, blonden Haare wehen im Wind. In ihrem Mantel sieht sie nicht mager aus, sondern schlank wie ein junges Mädchen. Niemand würde ihr abkaufen, dass sie sechsundvierzig Jahre alt ist. Sie wirkt mädchenhaft, zerbrechlich. Das Leid der letzten Jahre hat ihre Gesichtszüge noch feiner werden lassen. Es ist die Klarheit in ihrem Ausdruck, die sie so jung erscheinen lässt. Sie lacht. Ich bin so stolz auf sie. Einfach stolz darauf, neben einer so schönen Frau die Straße entlangzugehen, stolz darauf, dass die schöne Frau meine Schwester ist, meine todgeweihte, starke, tapfere Schwester.

Sie kauft schließlich ein Halstuch. Wir wissen es nicht, aber auch das ist ein letztes Mal: dass sie in einen Laden geht und etwas für sich kauft. Das Halstuch werde ich später von meinem Schwager erbitten. Es riecht noch schwach nach ihrem Parfüm. Acqua di Giò von Armani. Ich trage es eine Ewigkeit. Ich wasche es erst, als es sich absolut nicht mehr vermeiden lässt.

Die letzte E-Mail, die ich von ihr bekomme. Montag, 5. Dezember. Zwei Tage zuvor, am 3. Dezember, ist mein Buch *Der Beobachter* erschienen. An diesem Montag nun steht fest, dass es aus dem Stand auf Platz 1 der Bestsellerliste gesprungen ist. Ab dem frühen Nachmittag nehme ich die Glückwünsche meines Verlags entgegen. Am Abend erreicht mich die Mail des verlegerischen Geschäftsführers von Random House, eines langjährigen Freundes von mir: »Platz 1 – ich gratuliere Dir!«

Ich leite diese Mail an Franziska weiter, füge ein kokettes: »Wie findest du mich?« hinzu.

Meine Schwester antwortet umgehend. In riesiger, fett gedruckter, pinkfarbener Schrift erscheint ihre Nachricht auf meinem Bildschirm: »Du bist gigantisch!« Sie setzt ungefähr zwanzig Ausrufezeichen dahinter.

Auch etwas, das ich erst später wissen werde: dass ich gerade zum letzten Mal ihren Namen als Absender in meinem Posteingang vorgefunden habe.

2

Mittwoch, 7. Dezember. Ich muss an diesem Tag nach Berlin, die Produktionsfirma, die meinen Roman *Das andere Kind* verfilmt hat, plant eine Vorabvorführung für mich, für meine Verlegerin und für die Leiterin der Random-House-Lizenzabteilung. Ich bin an diesem Morgen in höchster Sorge und stehe in ständiger telefonischer Verbindung mit meiner Mutter: Seit zehn Tagen schlägt sich Franziska mit einer schweren Bronchitis herum, ein einziges Fiasko für ihre schwer beschädigten Lungen. Sie schafft es nicht, den Schleim, der in ihren kranken Bronchien entsteht, ausreichend abzuhusten – ihr Lungenmuskel ist dazu bereits zu schwach, wie uns ein Arzt später erklärt. Sie ringt schlimmer denn je um Atem. Zudem ist sie gerade mit ihrem Gewicht unter 40 Kilogramm gerutscht, wiegt jetzt 39,7 Kilo. Unser Frankfurter Arzt schickt ihr eine eindringliche E-Mail, in der er sie beschwört, endlich der künstlichen Ernährung zuzustimmen. Wir alle reden auf sie ein, sich wieder in ein Krankenhaus zu begeben, sosehr wir verstehen, dass sie das nicht möchte. Den berühmten Krankenhauskoller bekommt sie inzwischen schon, wenn sie das K-Wort nur hört. Als ich an diesem Mittwoch mit ihr telefoniere, ist sie allerdings so am Ende ihrer Kräfte, dass sie ernsthaft erwägt, in eine Klinik zu gehen.

»Es bleibt mir ja wahrscheinlich nichts anderes übrig«, seufzt sie. Sie klingt traurig und resigniert. Sie leidet so sehr unter den Trennungen von ihrer Familie, und ich kann das absolut nachvollziehen. Trotzdem bitte ich sie, nicht länger zu zögern.

»Vielleicht können die dir ganz schnell helfen, und du bist bald wieder zu Hause«, meine ich.

»Vielleicht«, sagt Franziska, und es hat nicht den Anschein, dass sie daran glaubt.

Tatsächlich wird sie ihr Zuhause nie wiedersehen, aber Gott sei Dank wissen wir beide das in diesem Moment nicht.

Berlin wird zu einem Ereignis, das mich immerhin ein wenig ablenkt. Der Film, viele Menschen, Gespräche mit den Produzenten, mit dem Regisseur – ich komme nicht zum Grübeln.

Und immer noch schaffe ich es nicht, anderen wahrheitsgemäß von dem ganzen Ausmaß des Dramas, das sich gerade in meinem Leben abspielt, zu berichten. Ich sitze vor der Filmvorführung lange ganz alleine mit meiner Verlegerin beim Mittagessen, und wir sprechen hauptsächlich über Franziska. Ich berichte von ihren Essstörungen und von der schweren Bronchitis. Meine Verlegerin hat den Eindruck, dass zwar speziell wegen des Untergewichts von Franziska eine durchaus kritische Situation vorliegt, aber sie empfindet das alles nicht als hoffnungslos und spricht mir aus echter Überzeugung Mut zu. Ich komme mir schon fast wie ein Mensch mit einer gespaltenen Persönlichkeit vor, weil ich mich einerseits an ihrem Trost festklammere und mich wirklich seelisch darüber stabilisiere, auf einer anderen Ebene meines Bewusstseins aber zugleich ganz genau weiß, dass ich die eigentliche Information unterschlage. *Die Lunge meiner Schwester vernarbt und verhärtet in immer schnellerem Tempo, niemand kann das aufhalten, wir müssen hilflos zuschauen, wie sie immer weniger Luft bekommt.* Ich bringe diesen Satz nicht über die Lippen. Auch deshalb nicht, weil ich weiß, ich muss die kommenden Stunden irgendwie durchstehen. Ich bin nicht sicher, dass ich das schaffe, wenn ich die Wahrheit erst einmal ausgesprochen habe.

Abends gehen wir alle in großer Runde in ein feuchtfröhliches Lokal zum Essen. Einmal gelingt es mir dabei, mich abzuseilen und im Vorraum der Toilette, in der sich gerade niemand aufhält, bei Christian anzurufen. Ich erfahre, dass sich Franziska in ein Krankenhaus hat bringen lassen. Endlich.

Etwas entspannter fliege ich am nächsten Tag von Berlin nach Frankfurt zurück.

Das Krankenhaus befindet sich in Bayern und verfügt über eine Lungenfachstation. Am ersten Tag ihres dortigen Aufenthaltes geht es meiner Schwester so viel besser, dass wir schon erleichtert aufatmen. Sie bekommt starke Medikamente, die die Beschwerden der Bronchitis sofort lindern. Dadurch nimmt ihre Atemfähigkeit zu. Sie kann wieder schlafen, was ihr in den letzten Wochen wegen des andauernden Hustens nicht mehr möglich war.

Allerdings: Künstlich ernährt wird sie nicht. Nach einem Blick auf die Bilder, die bei der Magenspiegelung entstanden sind, entscheidet der Arzt, dass es keinen Grund gibt, weshalb Franziska nicht essen kann.

»Was das betrifft, gehören Sie in die Psychiatrie«, erklärt er ihr.

Da sie dort aber nicht hinkann, weil der Zustand ihrer Lunge sie auf die Lungenstation zwingt, beschließt man in der Klinik offenbar, ihr einfach ganz normales Essen hinzustellen und das Beste zu hoffen. Auch und gerade gegenüber einer Patientin, von der man annimmt, dass ihre

Nahrungsverweigerung psychisch und nicht physisch bedingt ist, stellt dies eine unglaubliche Fahrlässigkeit dar, das weiß man schon als Laie, und ein Arzt müsste es erst recht wissen. Es hilft nichts, einem Magersüchtigen einfach jede Menge Nahrung vor die Nase zu stellen; er ist im Normalfall ja nicht deshalb in die Situation des Verhungerns gekommen, weil er daheim nichts zu essen hätte, sondern weil es in ihm irgendeine Blockade gibt, die es verhindert, dass er dieses Essen aufnimmt. Offensichtlich will man sich auf der Lungenstation ausschließlich um die Lunge kümmern und empfindet sich nicht als verantwortlich für den Rest des Körpers. Es ist noch einmal eine neue Erfahrung, die wir machen – und sie wird mir später in etlichen Gesprächen mit anderen Betroffenen bestätigt: Besonders in großen Krankenhäusern ist es für einen Patienten ausgesprochen fatal, mit mehr als einem gesundheitlichen Problem eingeliefert zu werden. Schon wenn er in nur zwei verschiedene Zuständigkeitsbereiche fällt, klappt es in den meisten Fällen mit der Koordination nicht mehr.

Meine Mutter telefoniert mehrfach am Tag mit Franziskas Arzt, um sich zu vergewissern, dass er die Lage im Griff hat. Er fängt an, genervt auf sie zu reagieren und versichert jedes Mal, alles sei vollkommen in Ordnung. Man werde jetzt zunächst die Bronchitis auskurieren, das sei es, was am dringendsten anstehe.

»Ja, aber was ist mit dem Essen?«, fragt meine Mutter.

»Ihre Tochter kann essen«, lautet die Antwort. »Das wird schon!«

Die Berichte meines Schwagers, der Franziska täglich besucht, klingen anders.

»Sie sieht immer schlechter aus. Meiner Ansicht nach isst sie überhaupt nichts.« Er bringt ihr Joghurt und Pudding in kleinen Bechern mit. Manchmal nimmt sie davon ein wenig zu sich. Nach wie vor behauptet sie, schlechter atmen zu können, sowie sie etwas isst.

Am Ende der Woche fahre ich nach Bayern. Die Situation der Familie meiner Schwester ist erneut kompliziert geworden: Christian kann kurz vor Weihnachten nicht noch öfter der Firma fernbleiben, als er das schon getan hat, und es gibt niemanden, der sich um Clara kümmert. Claras großer Bruder hat im Sommer sein Abitur gemacht und hält sich in New York auf, um sein Englisch auf Vordermann zu bringen. Seine Kurse enden Mitte Dezember. Franziska will nicht, dass er abbricht und früher zurückkehrt, also muss die Zeit bis dahin irgendwie überbrückt werden.

Zum ersten Mal in den ganzen sechs Jahren fällt unsere Mutter aus. Das verstärkt bei uns allen die Unsicherheit, denn bislang war sie diejenige, die alles am Laufen hielt. Sie geht inzwischen auf die achtzig zu, und nun wird deutlich, dass sie sich mit dem gesamten Krisenmanagement, den vielen Reisen nach Bayern, den monatelangen Aufenthalten mit Franziska in diversen Kliniken völlig übernommen hat. Ihr Körper sendet alarmierende Signale: Ihr ist schwindelig bis hin zu ständig drohender Ohnmacht, dazu schießt ihr Blutdruck unkontrollierbar in Höhen, die nicht mehr zu verantworten sind. Sämtliche Arztbesuche bringen keinen Fortschritt, weil ihr alle Ärzte dasselbe sagen: »Sie brauchen Ruhe. Unbedingt Ruhe.«

Aber wie soll man Ruhe finden, wenn das eigene Kind mit dem Tod kämpft?

Damit wir nicht in das nächste Drama – Mutter mit Schlaganfall – rutschen, fahre nun also ich an den Ammersee. Es geht nur um eine Woche: Dann wird Johannes aus New York zurückkehren.

Als ich meine Schwester gleich am Tag meiner Ankunft in der Klinik besuche, sehe ich sofort, dass eine dramatische Wende zum Schlechteren eingetreten ist. Innerhalb der knapp drei Wochen, die vergangen sind, seit wir gemeinsam in Frankfurt beim Arzt waren, hat sie sich in eine Frau verwandelt, der man jetzt ansieht, dass sie kaum noch eine Chance hat, am Leben zu bleiben. Bis auf die Tatsache, dass sie seit langem zu dünn ist, hat man bisher noch nicht unbedingt gemerkt, wie schwer krank sie ist. Wenn sie sich auch nur ein bisschen schminkte, ein wenig Farbe auf ihre Wangen gab, sah sie – wenngleich auf eine sehr ätherische Weise – noch immer so schön und auch lebendig aus, dass, wie zuletzt in Frankfurt, etliche Männer auf offener Straße mit ihr zu flirten versuchten.

Das ist anders geworden.

Vor mir liegt eine Sterbende.

So schreibe ich es jetzt. Damals, an jenem Sonntag im Dezember, wäre mir dieser Satz weder über die Lippen gekommen, noch hätte ich es zugelassen, dass mein Gehirn ihn auch nur andeutungsweise denkt. Ich weiß aber inzwischen, dass mich die Erkenntnis beim Eintritt in das Zimmer wie ein Schlag trifft, auch wenn ich sie von der nächsten Sekunde an vor mir selbst verleugne. Sie ist in mir, von diesem Moment an. Sie ist dafür verantwortlich, dass ich spät am Abend auf der Heimfahrt vom Krankenhaus zu Christian, der das Auto steuert, plötzlich in einer mich seelisch fast vernichtenden Angst sage: »Warum können wir nicht einfach gegen den nächsten Brückenpfeiler rasen? Ich kann nicht ertragen, was jetzt auf uns zukommt. Ich kann nicht!«

Natürlich ist das nicht ernst gemeint, nicht im wörtlichen Sinn. Auf einer anderen Ebene aber habe ich wirklich aus tiefstem Herzen den Wunsch, irgendwie endlich diesem ganzen Alptraum entkommen zu können.

3

Ich übernehme die Abläufe im Haus meiner Schwester. Morgens bringe ich Clara in die Schule. Unbefangen und fröhlich zählt sie mir im Auto auf, was sie alles so vorhat, berichtet, auf welche Lehrer sie sich freut und welche Freundin vom Vortag von nun an nie wieder ihre Freundin sein wird – was sich zumeist bis zum Nachmittag dann schon wieder geändert hat. Clara ist ein kleines Phänomen für mich, weil sie ein so strahlendes Kind mit einem sonnigen Gemüt ist. Seit ihrem zweiten Lebensjahr erlebt sie, zunehmend bewusst, wie ihre Mutter gegen immer neue, schwere Krankheiten kämpft, und auch wenn der Begriff *Sterben* in ihrer Gegenwart nie verwendet wurde, wird sie die sich verdichtende Bedrohung gespürt haben. Trotzdem verströmt sie eine ungebrochene Lebensfreude. Franziska hat ihr, wann immer sie mit ihr zusammen sein konnte, ein Höchstmaß an Zuwendung, Liebe und Geborgenheit gegeben, und offenbar ist es ihr gelungen, den widrigen Umständen zum Trotz in dem kleinen Mädchen ein gesundes Urvertrauen zu verwurzeln. Obwohl ihre Mutter jetzt schon wieder in ein Krankenhaus gehen musste, obwohl meine und Christians niedergeschlagene Stimmung für Clara sicherlich fühlbar ist, wirkt sie auf mich weder angstvoll noch traurig. Sie ist ein ausgesprochen zuversichtlicher Mensch, das wird mir auch später immer wieder bei ihr auffallen. Sie verfügt über ein unerschütterliches Vertrauen in das Leben. Ihr dies vermittelt zu haben stellt vielleicht eine der größten Leistungen meiner Schwester dar.

Es ist die dunkelste Zeit des Jahres, und es bricht gerade zögernd die erste Dämmerung an, wenn wir auf dem Parkplatz vor der Schule anhalten. Clara bittet mich, auszusteigen und neben dem Auto zu warten, bis sie in ihrem Klassenzimmer ist. Die Fenster gehen zum Parkplatz hinaus, und von dort kann sie mir dann noch einmal zuwinken.

»So machen meine Mama und ich das auch immer«, erklärt sie.

Ich stehe also in Kälte und Dunkelheit, manchmal im Schneegestöber, vor der Schule und warte, bis meine Nichte, die zugleich auch mein Patenkind ist, durch einen langen Gang und eine Treppe hinaufgelaufen ist und schließlich hinter dem hell erleuchteten Fenster des Klassenzimmers auftaucht. Sie steht dort, ein dünnes, blondes achtjähriges Mädchen, und winkt mir wie wild zu. Wirft Kusshände und drückt ihre gespitzten Lippen gegen die Scheiben. Ich winke zurück, während mir, Morgen für Morgen, die Tränen in die Augen steigen, weil ich bereits weiß, was auf sie zukommt, während sie noch nicht begreift, wie kritisch die Situation geworden ist. Ich habe es noch nie aushalten können, Geschichten zu hören, in denen Kinder ihre Mütter verlieren, weil das für mich das schlimmste Schicksal darstellt, das über ein Kind hereinbrechen kann.

Jetzt stecke ich selber inmitten einer solchen Geschichte, und wie es aussieht, werde ich ihren Lauf nicht aufhalten können.

Wieder zu Hause, gehe ich mit den Hunden spazieren, füttere sie anschließend, räume die Küche auf, kümmere mich um die Wäsche. Franziska hat mir das Passwort zu ihrem E-Mail-Account gegeben, verbunden mit der Bitte, den

Maileingang zu kontrollieren. Was in Mengen ankommt, sind vor allem Mails, die im Zusammenhang mit ihrer Tierschutzarbeit stehen. Ich antworte den Absendern, dass Franziska für längere Zeit im Krankenhaus ist, und verweise sie dann an andere Mitglieder des Vereins. Mehr kann ich für den Moment nicht tun.

Persönliche Mails an meine Schwester, die von Freunden und Bekannten stammen, die wissen wollen, wie es ihr geht, drucke ich aus, um sie ihr mit ins Krankenhaus zu nehmen. Aus dem Inhalt schließe ich, dass Franziska niemandem etwas von der Lungenfibrose erzählt hat. Die Leute tappen ziemlich im Dunkeln, weshalb Franziska sich schon lange kaum noch meldet, niemanden mehr besucht oder zu sich einlädt und weshalb sie jetzt erneut im Krankenhaus ist – sofern sie von diesem Umstand überhaupt wissen. Bei manchen klingt die besorgte Frage durch, ob das alles in einem Zusammenhang mit der Krebserkrankung steht. Einigen, die ich selber gut kenne, schreibe ich kurz zurück, erkläre den Krankenhausaufenthalt mit einer Lungenentzündung. Das ist nicht radikal gelogen, wenngleich es natürlich auch nicht der Wahrheit entspricht.

Später fahre ich in die Klinik. Gleich am ersten Tag tauchen zeitgleich mit mir eine Ärztin und ein Arzt im Zimmer meiner Schwester auf. Der Arzt erklärt noch einmal, dass Franziskas Zustand mit der lange zurückliegenden Hodgkin-Bestrahlung zu tun hat und dass das derzeitige Hauptproblem in dem vollkommen überlasteten Lungenmuskel liegt. Dieser muss eine Leistung erbringen, die er so nicht mehr lange durchhalten kann. Der Arzt schlägt daher vor, dass Franziska während der Nachtstunden eine Atemmaske trägt, die den Lungenmuskel entlastet und dafür sorgt, dass er sich wieder ein wenig erholen kann. Dann wird sie auch wieder in der Lage sein, Schleim abzuhusten, was ihr jetzt kaum gelingt und ihr das Leben so schwer macht. Ich erfahre bei dieser Gelegenheit auch, dass das Abhusten von Schleim keineswegs etwas ist, das nur dann Bedeutung gewinnt, wenn jemand an einer Bronchitis erkrankt ist wie jetzt gerade Franziska. Auch bei völliger Gesundheit bildet sich Schleim in den Lungen, und wir entledigen uns mehrmals am Tag seiner, meist ohne das überhaupt zu registrieren: Oft reicht ein Räuspern, um wieder alles frei zu machen. Für einen gesunden Lungenmuskel ist das kein Problem, er erledigt das nebenher und ohne dass es uns auch nur die geringste Anstrengung abverlangt. Täte er das nicht mehr, würden wir ersticken.

Es ist also, das leuchtet uns ein, von entscheidender Bedeutung, Franziskas Lungenmuskel zu entlasten und damit wieder zu stärken. Wir stimmen daher dem Projekt Atemmaske zu – nicht ahnend, dass sich diese Geräte als ausgesprochen kompliziert und schwer aushaltbar erweisen werden und dass es fast unmöglich ist, mit ihnen zu schlafen. Schon deshalb, weil die Maske mit einer ziemlich hohen Lautstärke arbeitet und weil sie einen Atemrhythmus vorgibt, der nie ganz dem eigenen entspricht.

Um an das Gerät »angepasst« zu werden, soll Franziska möglichst bald auf eine andere Station verlegt werden. Ich habe ein dummes Gefühl bei dieser Wortwahl – wieso wird der Patient an das Gerät angepasst und nicht das Gerät an den Patienten? Dann aber sage ich mir, dass der Arzt über die genaue Bedeutung seiner Formulierung vielleicht gar nicht nachgedacht hat. Später wird sich herausstellen, dass seine Aussage exakt dem tatsächlichen Sachverhalt entspricht.

Der Arzt erklärt noch, dass er etliche ehemalige Hodgkin-Patienten auf seiner Station habe, einige würde er jetzt für eine Lungentransplantation vorsehen. Das Wort »Transplantation« fällt an diesem Tag erstmals und sagt natürlich etwas über die Vergeblichkeit der Bemühungen aus, die eigene Lunge wieder funktionstüchtig zu machen.

Wie kann man, denke ich, Menschen so bestrahlen, dass dieses Schicksal am Ende dabei herauskommt?

Die Ärztin, die bislang schweigend neben mir stand, scheint meine Gedanken zu ahnen.

»Die Heilung vom Hodgkin«, sagt sie, »ist eine sehr, sehr teuer erkaufte Heilung.«

»Der Weg damals war unvermeidlich«, entgegne ich.

Sie stimmt mir zu. Ohne die Bestrahlung würde Franziska seit zwanzig Jahren nicht mehr leben.

Zum Mittagessen werden Schweinebraten und Klöße in das Zimmer gereicht, und ich fange allmählich an, am deutschen Krankenhauswesen zu verzweifeln. Franziska hat leichte vegetarische Kost auf ihrer Liste angekreuzt – wenn es schon offenbar unmöglich ist, in diesem Krankenhaus eine künstliche Ernährung in Gang zu bringen. Für einen Menschen, der nicht essen kann, dessen Magen sich vollkommen zugeschnürt anfühlt, ist Schweinebraten das Allerletzte, was mir in den Sinn käme. Hinzu kommt, dass sie, wie auf der Station bekannt, Darmkrebspatientin ist. Den meisten Darmkrebserkrankten wird von ärztlicher Seite sofort dringend vom Fleischverzehr abgeraten, ganz besonders aber vom Verzehr von Schweinefleisch.

Knapp ein Jahr später werde ich bei einer Geburtstagsfeier am Tisch mit einem Professor sitzen, der vorwiegend Darmkrebsoperationen durchführt. Genau wie ich lässt er das Fleisch, das zum Hauptgang serviert wird, auf dem Teller liegen. Ich frage ihn, ob er ebenfalls aus ethischen Gründen vegetarisch lebt.

»Ehrlich gesagt, nein«, antwortet er mir. »Aber ich sehe zu viele Menschen am Fleisch sterben.«

Franziska rührt also das Fleisch nicht an. Ich versuche sie zu bewegen, etwas von den Klößen zu sich zu nehmen, aber schon nach ein paar Gabeln ist ihr so schlecht, dass sie den Kopf auf die Tischplatte sinken lässt und langsam wieder zu sich zu kommen versucht. Ich habe ihr vorsorglich das altbewährte *Provide* mitgebracht, aber nach der Anstrengung mit den Klößen ist sie selbst dazu nicht mehr in der Lage.

»Du weißt, dass du essen kannst!«, fahre ich sie an. »Es ist dir inzwischen mehrfach bestätigt worden. Verdammt noch mal, dann iss doch jetzt endlich!«

Mein Ausbruch tut mir in der nächsten Sekunde entsetzlich leid, er ist Ausdruck meiner eigenen vollkommen überreizten Nerven.

Sie schaut mich nur an, aus ihren schönen, inzwischen in tiefen Höhlen liegenden Augen.

»Ich kann nicht«, flüstert sie, »glaub mir bitte, ich kann nicht.«

Nachdem sie sich von dem völlig gescheiterten Versuch, Nahrung zu sich zu nehmen, halbwegs erholt hat, beschließen wir, eine Runde auf dem Gang zu laufen. Dazu hat ihr der Arzt dringend geraten, schon um einem allmählichen Muskelabbau vorzubeugen. Wir schleichen also über den wie ausgestorben daliegenden Flur, Franziska stützt sich schwer auf mich. Erstmals nehme ich eine weitere bedrohliche Entwicklung wahr: Franziska ringt jetzt hörbar um Atem. Bislang hat sie stets davon gesprochen, dass sie so schwer nur Luft bekommt, dass sie wie gegen ein Stahlband, das über ihrer Brust zu liegen scheint, ankämpfen muss. Hätte sie es jedoch nicht gesagt, sich nicht langsam und immer von Pausen unterbrochen bewegt, hätte man als Außenstehender nichts davon gemerkt. Jetzt aber hört man es. Man hört sie keuchen und kämpfen.

Als ich sie wieder in ihrem Bett habe, gehe ich ins Schwesternzimmer, um noch einmal wegen des Essens nachzufragen. Die Schwestern in diesem Krankenhaus sind durchweg unfreundlich und reagieren gereizt und genervt auf jedes Wort, das man an sie richtet. Ich weise darauf hin, dass Franziska um leichte vegetarische Kost gebeten hat – eine Möglichkeit, die von Seiten des Krankenhauses schließlich angeboten wird. Irgendwie also auch existieren muss.

»Ja, und?«, bellt mich die Schwester an.

»Sie hat aber heute Mittag Schweinebraten bekommen«, erkläre ich. »Also so ziemlich das Gegenteil von vegetarischer Kost.«

»Das kann nicht sein!«

»Ich war dabei. Schweinebraten und Klöße.«

Die Schwester seufzt. Ihr Gesichtsausdruck zeigt mir, dass sie mich für eine Querulantin hält, die gerade dabei ist, Unfrieden in ihren gemütlich dahinplätschernden Nachmittag zu bringen. Ich weiß, dass viele Krankenschwestern oft überlastet sind, aber hier und heute ist es ruhig. Soweit ich sehen kann, ist eigentlich gar nichts los.

»Was meint denn der Arzt?«, fragt sie.

Der Arzt hier meint unglücklicherweise überhaupt nichts zu diesem Thema, aber ich führe nun Ärzte ins Feld, die wir vorher in anderen Kliniken gesprochen haben.

»Meine Schwester soll von ärztlicher Seite aus kein Fleisch essen«, erkläre ich, »sondern sich ausschließlich vegetarisch ernähren.«

Das stimmt so nicht, sie soll künstlich ernährt werden. Das aber, so weit kann ich mein Gegenüber einschätzen, werde ich hier wohl nicht vermitteln können, also begnüge ich mich mit der zweitbesten Variante.

»Bitte«, sage ich, »ab morgen leicht verdauliches vegetarisches Essen. Das wird doch hier auf der Liste angeboten.«

Sie knurrt irgendetwas, macht sich eine Notiz. Aufatmend denke ich, dass das nun klappen wird.

Vorwegnehmend sei gesagt, dass es nicht klappt. Bis zum Ende der nächsten beiden Wochen nicht. Obwohl sowohl Christian als auch ich täglich intervenieren. Obwohl meine Eltern bei der Krankenhausleitung anrufen. Mehrfach. Jedes Mal heißt es, man werde sich darum kümmern. Jedes Mal passiert jedoch überhaupt nichts.

Es läuft nach dem alten Schema: *Ich* koche das Essen. Und schleppe es in Tupperboxen verpackt und mit Alufolie und Zeitungspapier gegen die Kälte abgedichtet ins Krankenhaus. Später, als mein Neffe aus New York zurück ist, macht er dasselbe. Ich wage zu behaupten, dass Franziska nur deshalb die Wochen in diesem Krankenhaus überlebt. Man hätte sie dort vermutlich sterben lassen, wären wir, ihre Familie, nicht eingesprungen.

Etwa ein Jahr später mache ich eine interessante Entdeckung im Internet: Patienten schreiben dort über ihre Erfahrungen mit genau diesem Krankenhaus. Mehrfach schildern Angehörige von Kranken, die aus den unterschiedlichsten Gründen Schwierigkeiten mit der Essensaufnahme hatten, wie vollkommen hoffnungslos es war, in der Klinik Hilfe zu erhalten.

»Meine Mutter (mein Vater, mein Bruder) wäre fast verhungert.« Diesen Satz lese ich drei Mal.

Drei Mal zu oft – und vermutlich ist das nur die Spitze des Eisbergs. Denn nicht jeder verewigt sich im Internet. Wahrscheinlich gibt es also noch wesentlich mehr Fälle.

4

Warum lassen wir Franziska so lange, drei Wochen insgesamt, in diesem Krankenhaus? Wir machen uns bittere Vorwürfe deshalb – bis heute. Vor allem meine Mutter kann es sich kaum verzeihen. Der Grund damals ist der, dass es meiner Schwester direkt nach ihrer Einlieferung so viel besser ging, was ihre Bronchitis betraf, und dass wir daher zu lange glaubten, man werde in diesem Krankenhaus vielleicht einen Weg finden, die gesamte Lungensituation in den Griff zu bekommen.

Tatsächlich wird aber auch wegen ihrer Lunge viel zu wenig unternommen, bloß erkennen wir auch das zu spät.

Am übernächsten Tag wird Franziska auf die Station verlegt, auf der sie an das Tragen der Atemmaske gewöhnt werden soll. Als ich in der Klinik eintreffe, beschreibt mir eine Schwester in genervtem Ton den Weg zu ihrem Zimmer, ich verirre mich trotzdem im Gewirr der Gänge, kehre zurück und frage ein zweites Mal. Die Schwester wird daraufhin derart unverschämt im Ton, dass ich, obwohl nach wie vor stets bemüht, Franziskas wegen um jeden Preis auf gute Stimmung zu machen, erstmals aufbegehre und patzig reagiere: Ich sei, erkläre ich, absolut bereit, die Tatsache einzuräumen, dass ich über ein äußerst unzulänglich entwickeltes Orientierungsvermögen verfüge; dies sei aber nach meiner Auffassung kein ausreichender Grund, mich wie eine Schwachsinnige zu behandeln.

Sie blickt mich verächtlich an, lässt sich aber dazu herab, mir erneut den Weg zu erklären.

Endlich finde ich Franziskas Zimmer. Meine Schwester

liegt im Bett, über dem Gesicht ein ziemlich großes Gerät, offenbar die neue Atemmaske. Ich hatte sie mir kleiner, unauffälliger, harmloser vorgestellt. Und leiser. Das Ding dröhnt und faucht. Ich sehe die weitaufgerissenen Augen meiner Schwester, sehe, wie sie sich abkämpft, ihren Atem dem Rhythmus der Maschine anzupassen. Da das Gesicht fast vollständig abgedeckt ist, können wir uns nur mit Zeichensprache verständigen. Ich verstehe, dass sie mich bittet, wieder nach Hause zu fahren, da sie jetzt etliche Stunden an dem Gerät üben muss und mein Besuch daher keinen Sinn macht. Sie hält die gespreizte Hand zwischen Ohr und Mund, und ich nicke: Wir werden dann später telefonieren.

Ich kann mich gerade noch rechtzeitig abwenden, sodass Franziska nicht sieht, wie mir die Tränen aus den Augen treten. Das Bild, das sich mir bietet, wühlt mich zutiefst auf, entsetzt und verängstigt mich. Durch meine Alpträume geistert seit langem schon die Vorstellung, dass meine Schwester einen Erstickungstod sterben wird, aber erstmals hat dieser ein Gesicht bekommen. Ihr sichtliches Kämpfen unter der dröhnenden Maske lichtet den diffusen Nebel, mit dem mein Gehirn bislang die krassen Bilder, die den Begriff *Tod durch Ersticken* begleiten, umhüllt und dadurch irgendwie erträglich gemacht hat. Auf einmal ist kein Nebel mehr da. Auf einmal sehe ich die grelle, schreiende, sich äußerst plakativ präsentierende Realität.

Als ich auf den Gang hinaustrete, stoße ich fast mit einem Mann zusammen, der gerade in Franziskas Zimmer hineinwill. Wie sich herausstellt, handelt es sich um den Techniker, der die Atemmasken einstellt und die Patienten im Umgang mit diesen Geräten schult. Natürlich ist auch er unfreundlich, aber inzwischen erwarte ich in diesem Krankenhaus auch nichts anderes mehr. Der Gerechtigkeit halber muss ich allerdings erwähnen, dass ich am nächsten Tag auf eine sehr nette türkische Putzfrau stoße, die mir persönlich den Weg zu Franziskas Zimmer zeigt – den ich peinlicherweise schon wieder nicht finde. Diese hilfsbereite Frau bleibt bis zum Schluss die schillernde Ausnahme.

Der Maskenmann fährt mich sofort an, dass mein Besuch gerade absolut ungünstig sei und er mit Franziska nicht arbeiten könne, wenn »die halbe Familie« daneben säße; er scheint ihre Familie als sehr klein einzuschätzen, wenn ich in seinen Augen bereits die Hälfte davon darstelle. Er lässt deutlich durchblicken, dass er gerade nicht die geringste Lust hat, sich mit mir zu unterhalten oder meine Fragen zu beantworten, aber ich lasse mich nicht abwimmeln. Ich sage ihm, dass ich das Gerät, das ich gerade im Zimmer gesehen habe, als extrem laut und unförmig empfinde, und frage, ob es nicht auch Masken gibt, die leiser arbeiten und weniger schwer auf dem Gesicht des Patienten lasten.

Er mustert mich abschätzend und sehr von oben herab. Er ist der Herr über die Atemmasken, und ich habe offenbar nicht die geringste Ahnung von der Komplexität dieses ganzen Gebietes.

»Es gibt bessere Masken«, sagt er, »ja. Aber diese, die Ihre Schwester hat, ist das Modell, das die Krankenkasse Ihrer Schwester bezahlt.«

Das Wort »Kassenmodell« schwebt im Raum, und es ist deutlich, dass er uns schon dafür verachtet – für die Art der Versicherung.

»Aha«, sage ich, »dann könnte man aber doch ein anderes, besseres Modell selber kaufen?«

Er zieht eine Augenbraue hoch und lächelt mitleidig.

»Ein solches Modell«, erwidert er, »können *Sie* nicht bezahlen!«

Während ich mich, ganz ehrlich gesagt, innerlich frage, wie es sein kann, dass sich an einem einzigen, vergleichsweise kleinen Flecken in Deutschland derart viele Arschlöcher versammeln, muss ich gleichzeitig an einen früheren Freund von mir denken, der mir immer vorgeworfen hat, bei der Auswahl meiner Kleidung zu wenig an das Vermitteln von Statussymbolen zu denken. Sein Credo war, dass Menschen einander immer auch danach beurteilen, wie viel materiellen Reichtum und damit Erfolg und Ansehen der Einzelne ausstrahlt, und dass es wichtig sei, dieser Einstellung Rechnung zu tragen. Ich hingegen tönte stets großartig, mir aus dieser Art der Beurteilung nicht das Geringste zu machen. Erstmals jetzt denke ich, dass ich vielleicht doch etwas mehr auf seine Reden hätte geben sollen. Seit meinem Hundespaziergang am Morgen habe ich nur die lehmverschmierten Gummistiefel gegen saubere Schuhe ausgetauscht, ansonsten bin ich ganz dem Motto gefolgt: Come as you are. Was allerdings auch daran liegt, dass mir zwischen dem Versorgen von Kind und Tieren, dem Beantworten meiner wie auch Franziskas wichtigster Mails, dem Kochen des Mittagessens für meine Schwester, dem sicheren Verpacken desselben und meinem Aufbruch hierher kaum Zeit blieb – zumal ich weiß, dass die Stunden mit Franziska befristet sind, weil ich rechtzeitig zurück sein muss, um Clara aus der Betreuung abzuholen. Ich wollte keine Minute ans Umziehen verschwenden und stehe nun in ziemlich verschlissenen Jeans da, darüber den alten Anorak, den mir meine Mutter fünfzehn Jahre zuvor geschenkt hat und den ich immer anziehe, wenn ich mit meinen Hunden Gassi gehe, weil er wunderbar warm ist und damit alle Ansprüche erfüllt, die ich im Winter an ein Kleidungsstück zum Zweck langer Märsche über die Felder richte.

Zu allem Überfluss trage ich noch immer das vorgekochte Essen mit mir herum, in einer Plastiktüte, deren Aufdruck verrät, dass sie von einem bekannten Discounter stammt.

Ich sehe genau, was der Typ vor mir denkt: Die kauft offenbar immer möglichst billig ein und kann sich noch nicht einmal einen anständigen Mantel leisten. Und dann meint sie ernsthaft, für sie käme die De-luxe-Atemmaske in Frage!

Ich versuche, ihn genauso von oben herab zu mustern wie er mich – was angesichts seiner 1,90 Meter nicht ganz einfach ist.

»Ich möchte«, sage ich betont deutlich, »dass meine Schwester die beste, leichteste, leiseste und perfekteste Maske bekommt, die es überhaupt gibt. Das beste Modell, das auf dem Markt zu finden ist. Ganz gleich, was es kostet.«

Er grinst unverblümt. »Das sind Tausende von Euros!«

Wenn er glaubt, ich bin jetzt schockiert, hat er sich geirrt. »Dann sind es eben Tausende von Euros. Das ist völlig egal. Ich will, dass sie das Beste bekommt!«

Ich sehe immer noch ihre riesigen Augen, sehe, wie sie sich abkämpft, um Luft zu bekommen. Ich stehe schon wieder dicht davor, in Tränen auszubrechen, bin restlos entnervt und weiß, dass ich bei diesem Menschen verloren habe, wenn ich losheule – für ihn bin ich die typische hysterische Angehörige, die noch dazu nur knapp oberhalb der Sozialhilfe rangiert und völlig irrationales Zeug redet. Außerdem gehe ich ihm rasend auf die Nerven. Es ist wie so häufig in Krankenhäusern: Die Verwandten dürfen als Seelsorger und Mutmacher agieren, sie dürfen auch das Essen kochen und heranschleppen, damit die Patienten nicht verhungern, sie dürfen sich aber keinesfalls in irgendwelche sonstigen Abläufe einschalten. Und sei es nur, indem sie Fragen stellen oder – so wie ich im vorliegenden Fall – unbedingt Geld für eine Atemmaske loswerden wollen.

Ich komme an diesem Tag in der Frage der Maske nicht weiter. Wir alle, die ganze Familie, kommen aber auch während der folgenden Wochen nicht weiter. Das Ganze ist ein kompliziertes Gebiet, bei dem wir am Ende ungefähr hundert völlig verschiedene Antworten auf immer dieselbe Frage bekommen haben. Letztlich kristallisiert es sich heraus – und ich kann bis heute für die Richtigkeit dieser Behauptung die Hände nicht ins Feuer legen –, dass man eine solche Maske gar nicht privat kaufen kann, sondern dass sie im Besitz der Krankenkassen verbleibt und an den Patienten verliehen wird, wobei man die Modelle der jeweiligen Kasse akzeptieren muss. Es spielt jedoch schließlich auch keine Rolle mehr, weil Franziska so oder so mit der Maske nicht zurechtkommt und regelrechte klaustrophobische Anfälle darunter entwickelt; sie, die nie zu etwas Ähnlichem wie Platzangst auch nur andeutungsweise neigte. Sie kämpft nicht mehr dagegen an, sie legt die Maske irgendwann zur Seite und benutzt sie nicht mehr.

Sie ist am Ende. Sie beginnt, sich aufzugeben.

Ich jedoch kralle mich noch an den wenigen verbleibenden Optionen fest, obwohl ich im Grunde um die Vergeblichkeit weiß. Der Begriff »Lungentransplantation« lässt mich nicht mehr los. Ich fange an zu recherchieren und stoße auf einen Professor, der in Wien erstmals auch Lebendtransplantationen von Lungen durchführt – etwas, das es vorher offenbar noch nicht gab. Normalerweise hätte sich Franziska auf eine Warteliste setzen lassen und auf einen frisch verstorbenen Spender warten müssen, aber es sieht mir nicht danach aus, als ob dafür die Zeit reicht.

Dieser Professor nun kann Teile der Lunge von lebenden Menschen entnehmen und den Patienten einsetzen. Für den Kranken stellt dies einen enormen Gewinn an Lebensqualität dar; der Spender verliert zwar an Lungenvolumen, kann dies aber durch ein entsprechendes Training fast vollständig wieder ausgleichen.

»Einen Marathon laufen Sie dann nicht mehr«, sagt mir ein Arzt, mit dem ich über diese Möglichkeit spreche.

Aber das hatte ich ohnehin nicht vor.

Weit gewichtiger ist das Problem der Abstoßung. In meiner medizinischen Naivität stelle ich mir vor, dass es dank unserer streckenweise sicher identischen genetischen Profile zu beinahe gar keiner Abstoßung kommen würde, aber ich erfahre, dass dem nicht so ist – auch wenn die Tatsache, dass wir Geschwister sind, natürlich von Vorteil ist.

Als ich wieder zu Hause bin, lasse ich mir einen Termin bei Dr. K. in Frankfurt geben, um das Thema Transplantation ausführlich mit ihm zu besprechen – vorab. Danach will ich nach Wien fliegen und mit dem Professor selbst reden. Zwar hat Franziska bereits signalisiert, dass sie das nicht möchte, weil sie das Risiko für mich als zu groß empfindet, aber ich bin entschlossen, diese Möglichkeit durchzusetzen, wenn es nur irgendeine Aussicht gibt, dass Franziska dann überlebt.

Leider holt mich Dr. K., so positiv und aufbauend er sonst immer ist, schnell auf den Boden der Realität zurück. Grundsätzlich sei das überlegenswert, sagt er, wenn wir es nur mit der Fibrose zu tun hätten. Aber …

Da ist noch der Krebs. Er gibt nach wie vor Ruhe, hat sich, allen Prognosen zum Trotz, über all die Jahre nicht zurückgemeldet. Das grenzt an ein Wunder, jeder betont das, und Dr. K. führt es darauf zurück, dass er die ganze Zeit daran arbeitet, Franziskas Immunsystem auf einem Leistungsniveau zu halten, das geeignet ist, einen erneuten Angriff sofort im Keim zu ersticken. Das gelingt ihm allem Anschein nach auch. Genau hier aber beginnt die Quadratur des Kreises, sollten wir uns an eine Transplantation heranwagen: Franziskas Immunsystem muss dann, wie mir Dr. K. erläutert, permanent extrem heruntergefahren werden, um der Abstoßung des fremden Organs entgegenzuwirken. Geschwister hin oder her, Franziskas Körper wird mit aller Kraft versuchen, meine Lunge loszuwerden, und dies wird nur über strikte immunrepressive Maßnahmen zu verhindern sein.

»Und dann kommt der Krebs zurück. Das würde ich mit fast hundertprozentiger Sicherheit voraussagen. Ihre Schwester lebt dann mit all den Schwierigkeiten, die ein Spenderorgan mit sich bringt, und soll gleichzeitig gegen einen erneuten Krebs kämpfen? Ich fürchte, dass wir die gesamte Krisensituation damit extrem verschärfen.«

Mir leuchtet ein, was er sagt. Die Aussichtslosigkeit unserer Lage wird mir in aller Deutlichkeit bewusst. Ich schleiche nach Hause, der einzigen Hoffnung beraubt, die ich noch gesehen hatte. Ich hatte es mir so wunderschön ausgemalt, wie Franziska mit meiner halben Lunge ausgestattet zu neuem Leben erwacht, wieder zu der starken, glücklichen, lebhaften Frau wird, die sie immer war, dass ich meine Kameradin, meine Freundin, meine Seelenhälfte zurückbekomme. Dass auch der Krebs verschwunden bleibt und dass wir irgendwann über diese Jahre wie über einen lang vergangenen Alptraum sprechen.

Habe ich das wirklich geglaubt? Tief innen sicher nicht. Ein klarer, wissender, unbestechlicher Kern in mir weiß schon lange, wie das alles ausgehen wird. Aber es gibt immer wieder Tage und Stunden, da klammere ich mich an andere Möglichkeiten, baue eine Hoffnung auf, die vielleicht keinem anderen Zweck dient als dem, mich über diese Zeit zu tragen. Vielleicht versuche ich einfach nur, ständig in irgendeiner Form aktiv zu bleiben, mir neue Wege auszudenken, weil mich Angst und Trauer sonst fluten würden wie Wellen ein im Untergang begriffenes Schiff. Ich will und darf jetzt aber nicht untergehen. Hinterher vielleicht. Für den Moment müssen wir alle, die ganze Familie, irgendwie die Köpfe über Wasser halten.

Vorsichtshalber nehme ich trotzdem eine Eintragung in meinem Organspendeausweis vor. Ich habe dort alle meine in Frage kommenden Organe zur Verfügung gestellt, jetzt notiere ich eine Ausnahme: *Im Falle meines Todes soll meine Lunge an meine Schwester gehen. Ausschließlich an sie!*

Ich schreibe Namen und Adresse meiner Schwester auf, hefte den Zettel an den Ausweis. Das Wort *ausschließlich* unterstreiche ich drei Mal.

Jetzt, zwei Jahre nach Franziskas Tod, während ich dies schreibe, fällt mir ein, dass sich diese Notiz noch immer genau so in meiner Brieftasche befindet.

Ich muss das wieder ändern.

Franziska braucht meine Lunge nicht mehr.

5

Weihnachten 2011 naht, und wenn ich könnte, würde ich es ausfallen lassen. Noch nie hat mich dieses Fest so bedrückt, noch nie habe ich mich so weit jenseits einer festlichen Stimmung gefühlt. Meinen Eltern geht es genauso, meine Mutter schaltet sowohl Fernseher als auch Radio sofort aus, wenn dort Weihnachtsmusik erklingt – was, je näher der 24. Dezember rückt, immer häufiger der Fall ist. Sie überzeugt mich aber, trotz allem einen Tannenbaum aufzustellen und den Heiligabend vorzubereiten.

»Du hast ein Kind«, sagt sie. »Ein zehnjähriges Kind. Du kannst einem Kind nicht Weihnachten wegnehmen.«

Also schmücke ich widerwillig das Haus. Schreibe Weihnachtspost. Nirgends erwähne ich, wie dramatisch sich unsere Lage zuspitzt. Wer meine Karten bekommt, muss glauben, dass bei uns alles in relativer Ordnung ist. Entsprechend geschockt werden wenige Wochen später Freunde und Bekannte reagieren, als sie die Trauernachricht erhalten. Ich bin vollkommen blockiert, über unsere Situation zu sprechen oder zu schreiben, ich könnte es nicht, selbst wenn ich es wollte. Manchen nahestehenden Menschen gegenüber bringe ich es fertig, zumindest über die Essstörungen meiner Schwester zu berichten. Sogleich flattern jede Menge guter Ratschläge ins Haus, an wen man sich im Falle einer bestehenden Magersucht wenden kann. Ich bedanke mich dafür, lasse das Thema *Lunge* nach wie vor unerwähnt. Es ist ein Selbstschutz, wie ich heute weiß. Ich stehe so dicht vor einem seelischen Zusammenbruch, dass ich die schlimmsten Dinge verschließen muss, um meine letzten psychischen Reserven zu bewahren.

Johannes ist aus New York zurück, kümmert sich um alles daheim und sitzt täglich viele Stunden bei seiner Mutter im Krankenhaus. Nach den etwas schwierigen Jahren, in denen er auf Abstand zu ihr gegangen war, finden die beiden zu der Nähe und Vertrautheit zurück, die sie früher immer miteinander verbunden hat. Mehrmals täglich telefonieren meine Mutter und ich mit ihm. Er ist entsetzt über den Umgangston, der in dieser Klinik herrscht. Eines Abends erzählt er mir, dass Franziska an diesem Nachmittag von starken Bauchschmerzen gequält wurde, dass aber trotz mehrfachen Klingelns über eine Stunde lang keine Schwester erschien. Johannes machte sich schließlich auf die Suche, um irgendjemanden aufzutreiben, der ihm eine Buscopantablette geben könnte. Auf einem der Gänge stößt er auf eine Ärztin, die dort keineswegs gestresst hin und her eilt, sondern an der Wand lehnt und sich mit einer Schwester im fröhlichen Plauderton unterhält. Johannes bittet um eine Tablette für seine Mutter, die so starke Schmerzen habe.

Einzige Antwort der Ärztin: »Ich bin nicht im Dienst.«

Johannes fragt, ob sie ihm nicht vielleicht trotzdem die Tablette aushändigen könnte. Seine Mutter bekäme täglich eine Buscopan, nur heute sei niemand erschienen, um es ihr zu geben. Und sie quäle sich wirklich gerade sehr.

Die Ärztin verdreht genervt die Augen, verschwindet im angrenzenden Schwesternzimmer, kommt mit einer Tablette heraus, knallt sie Johannes in die geöffnete Hand und rauscht wortlos davon. Das Letzte, was er von ihr hört, ist ein lautes Seufzen ob der unzumutbaren Arbeitsbelastung, in die sie gerade gestürzt wurde.

»Mama muss hier raus«, beschwört er mich.

Auch meine Eltern und ich sind endlich zu der Erkenntnis gelangt, dass sie dort wegmuss. Das Schlimme ist: Es geht ihr mittlerweile so schlecht, dass sie nicht nach Hause kann, auch nicht zu einem von uns. Sie muss in ein anderes Krankenhaus.

Und das am 22. Dezember.

Meine Eltern telefonieren an diesem Tag nahezu jede einzelne deutsche Klinik ab, die über eine Lungenfachstation verfügt. Im süddeutschen Raum, dann in Hessen, später bis

Berlin und Hamburg hinauf. Die notwendigen Informationen, das heißt die Telefonnummern und die Frage nach der Lungenstation, kläre ich über das Internet. Wir sind von morgens bis abends beschäftigt. Überall blitzen wir ab. Zwei Tage vor Heiligabend ist niemand bereit, diese Patientin zu übernehmen, überall beginnen schon die Feiertagsbesetzungen anzulaufen. Franziska hätte nur dann eine Chance, wenn sie ein Notfall wäre, aber das ist sie nicht, weil sie in einem Krankenhaus untergebracht und damit – zumindest offiziell – versorgt ist.

Während meine Mutter Ärzte, Sekretärinnen, Schwestern förmlich anfleht, Franziska aufzunehmen, geschieht in der Klinik dort in Bayern ein Wunder: Der Chefarzt der Abteilung, in der meine Schwester behandelt wird, ist aus dem Urlaub zurück und erkennt offenbar sofort, dass Gefahr im Verzug ist. Endlich kommt man dort in die Gänge. Franziskas Anschluss an eine künstliche Ernährung wird augenblicklich in Angriff genommen. Dabei macht man eine überraschende Entdeckung: Die Ärzte versuchen nämlich zuerst, seitlich unterhalb der Rippen zum Magen vorzustoßen, und stellen dabei fest, dass sich der Magen nicht dort befindet, wo er sich befinden müsste. Er hängt so weit oben, dass er von der Seite her nicht mehr erreichbar ist.

Die meisten Menschen würden ziemlich verstört auf eine solche Nachricht reagieren, in Franziska jedoch keimt die Hoffnung, dass man ihr nun endlich glauben wird, dass es wirklich Schwierigkeiten für sie bei der Nahrungsaufnahme gibt. Noch rangiert sie ja unter: *psychische Störung.* Wie sich herausstellt, ist die Lunge so winzig klein geworden, dass andere, weiter unten liegende Organe nach oben nachgerutscht sind. Man räumt von ärztlicher Seite jetzt ein, dass es sein *kann,* dass Franziska tatsächlich einen unerträglichen Druck auf der Lunge spürt, sowie sie Essen zu sich nimmt. Rätselhaft bleibt mir, weshalb man bei der im Mai vorgenommenen Magenspiegelung nicht bemerkt hat, dass sich der Magen nicht an dem für ihn vorgesehenen Platz befindet.

Mit einer fast schwindelauslösenden Wut erfüllt mich an diesem Tag das Wissen um die Tatsache, dass Franziska mittlerweile zwei Wochen lang in einem Krankenhaus gelegen hat, ohne dass überprüft worden wäre, was es genau mit ihrer Essstörung auf sich hat. Ohne dass man sie künstlich ernährt hätte, trotz unserer Interventionen. Ohne dass man ihr wenigstens die Nahrung angeboten hätte, die ein Mensch, der ganz offenkundig ein Problem mit dem Essen hat, überhaupt zu sich nehmen kann.

Den ganzen Abend jenes 22. Dezember über bespreche ich mit meinem Mann mögliche juristische Schritte gegen diese Klinik. Ich erwäge eine Anzeige wegen unterlassener Hilfeleistung oder, sollte Franziska sterben, wegen fahrlässiger Tötung.

Klaus spielt das zwar mit mir durch, rät aber letztlich ab. »Das haltet ihr jetzt nicht aus.«

Womit er wahrscheinlich recht hat. Auch meine Eltern ziehen nicht mit.

»Wir müssen jetzt erst ein Krankenhaus für sie finden«, sagt meine Mutter. »Dafür brauchen wir unsere gesamte Energie!«

Ihr gelingt es schließlich, für den 29. Dezember einen Platz im Bad Homburger Krankenhaus auf der dort ganz neu eingerichteten Lungenstation zu bekommen. Immerhin noch vor Silvester, was sonst nirgends möglich war. Eine Woche ist bis dahin noch zu überstehen.

Mein Vater lässt sich mit dem Chefarzt in Franziskas Klinik verbinden. Dieser hat unterdessen meinem Schwager mitgeteilt, dass Franziska nicht transportfähig und somit an eine Verlegung nicht zu denken sei. Mein Vater stellt sich dem Arzt nun gleich als Jurist vor. Ich bin bei dem Telefonat nicht dabei, aber ich sehe und höre es vor mir: Mein Vater ist jahrelang als Vorsitzender Richter am Oberlandesgericht Frankfurt tätig gewesen, und er verfügt über etwas, das Franziska und ich immer als sein *Richterauftreten* bezeichnet haben. Eine äußerst korrekte, höfliche, sehr distanzierte Art, mit seinem Gegenüber zu sprechen. Eine Art, in der mitschwingt, dass er es ist, der die Fäden in der Hand hält.

Dass es besser ist, ihn nicht zu verärgern.

Der Chefarzt knickt sofort ein. Selbstverständlich könne Franziska am 29. Dezember nach Bad Homburg reisen, er werde sich um alles dafür Notwendige kümmern.

Er entschuldigt sich sogar für die zweiwöchige Verspätung, mit der die Lösung des Ernährungsproblems angegangen worden sei. Er sei leider im Urlaub gewesen, bedauert er.

Mein Vater bedauert das auch und lässt durchblicken, dass die Verantwortlichkeit für die Abläufe auf einer Station nicht aufhöre, weil man im Urlaub sei.

Mein Vater bittet darum, dass der Umgangston gegenüber seiner Tochter geändert werde und dass sie in der verbleibenden Zeit Schmerzmittel zügig nach Aufforderung erhalte. Außerdem weist er darauf hin, dass seelische Grausamkeiten zu unterlassen seien: Am Morgen hatte eine Schwester Franziska nahegelegt, sich doch gleich auf die Palliativstation zu begeben. »Für Sie ist es doch sowieso gelaufen«, lauteten ihre Worte.

Der Chefarzt meint, das könne nicht sein, ein solches Benehmen traue er niemandem in dieser Klinik zu. Mein Vater erklärt, er habe keinen Grund an der Aussage seiner Tochter zu zweifeln.

Man verabschiedet sich höflich voneinander. Der Chefarzt kündigt noch an, dass man die künstliche Ernährung nun über einen Port, der unterhalb des Schlüsselbeins gelegt wird, einführen wird.

Am Morgen des 23. Dezember wird dieser Eingriff unter Narkose durchgeführt.

Danach geht es Franziska so schlecht, dass sie auf die Intensivstation verlegt werden muss.

Der 24. Dezember. Meine Tochter ist in heller Aufregung wegen des bevorstehenden Heiligabends. Mein Stiefsohn reist aus Berlin an und bringt auch gleich seine neue Freundin mit; sie stammt aus Moskau und möchte eine typische deutsche Weihnacht erleben, ein Vorhaben, für das wir in diesem Jahr eine denkbar ungünstige Anlaufstelle darstellen. Alle sind in erwartungsvoller Freude, nicht einmal mein Stiefsohn weiß, wie schlecht es um Franziska steht. Ich kann mit niemandem mehr, außer mit meinem Mann und meinen Eltern, über sie sprechen. Ich bin inzwischen vollkommen in mich selbst zurückgezogen, wie eingefroren in meinem Schmerz.

Meiner Schwester habe ich Ohrringe gekauft, hellrosafarbene Topase, wie sie es sich gewünscht hat. Auch dies ist ein letztes Mal gewesen: dass ich losgezogen bin, um Ohrringe für sie zu kaufen.

Sie wird sie nicht mehr tragen.

Ihr Mann ist bei ihr. Die Kinder nicht, weil für jeden Patienten nur ein einziger Besucher auf die Intensivstation darf. Ich habe ihr ein großes, weihnachtliches Blumengesteck, geschmückt mit Kugeln und Kerzen, schicken lassen und erfahre erstmals von einer menschlichen Geste in diesem Krankenhaus: Das Gesteck darf in die Intensivstation geliefert werden, obwohl damit eigentlich gegen die Vorschriften verstoßen wird. Auf die beiliegende Karte habe ich geschrieben: *Wir sind alle bei Dir.*

Tatsächlich ist es so. Keine Sekunde an diesem schlimmsten Weihnachtsabend meines Lebens, in der ich nicht an sie denke. Daneben funktioniere ich irgendwie, versuche vor allem für meine Tochter den schönen Schein aufrechtzuerhalten, wickle die Bescherung ab, serviere den Kartoffelsalat, den meine Mutter zubereitet und mitgebracht hat, mache Smalltalk. Das junge Paar begleitet meine Tochter, die wieder als Engel auftritt, zum Krippenspiel, was diese zum Glück viel cooler findet, als wenn die Eltern mitkämen. Ich kann den Familiengottesdienst der Gemeinde in diesem Jahr nicht ertragen, so sehr ich ihn sonst immer geliebt habe. All die alten Weihnachtslieder werden dort gesungen, von *Ihr Kinderlein kommet* über *Stille Nacht* hin zu *Oh, du fröhliche.* Sie erinnern mich an meine und Franziskas Kindheit, an eine Zeit, in der alles gut war. Inzwischen kommt es mir vor, als sei das ein anderes Leben gewesen. Restlos abgekoppelt von dem, das wir heute führen, diesem schier endlosen Alptraum.

Gedanken an unsere Kindheit und Jugend versuchen sich an diesem Abend immer wieder in mein Bewusstsein zu drängen. Ich muss an die unzählbaren Stunden denken, die wir spielend zusammen verbrachten. An die Ferien bei unseren Großeltern. An die Reisen nach Sylt. Daran, wie Franziska als Sechzehnjährige die ganzen Ferien hindurch in einem Krankenhaus jobbte und hinterher das verdiente Geld bis auf den letzten Pfennig mit mir teilte. An die tausend Gespräche, die wir miteinander führten, an all unser gemeinsames Lachen, aber auch an die Tränen, die wir zusammen vergossen haben. All diese Bilder fügen sich zusammen zu der einen Gewissheit, die über Jahrzehnte das vielleicht wichtigste Fundament meines Lebens bildete: dass *sie* immer da war, immer da ist, immer da sein wird. Anders als all die anderen mir nahestehenden Menschen: Meine Eltern, so habe ich immer angenommen, würden naturgemäß vor mir gehen. Auf die lebenslange Treue eines Ehemanns kann man hoffen, jedoch nicht dafür garantieren. Kinder sollen und müssen ihr eigenes Leben führen. Selbst mit den engsten Freunden kann man sich überwerfen, gründlich und für immer, in zwei Fällen ist das auch mir schon passiert.

Zwischen Franziska und mich jedoch hätte immer nur der Tod treten können, sonst nichts. Es wäre keine unglückliche Verkettung von Umständen, kein Zerwürfnis, absolut keine Schicksalskonstellation jemals denkbar gewesen, die uns in unserer tiefen, inneren Verbindung und in unserem täglichen Kontakt hätte trennen können.

Dass man uns brutal auseinanderreißen könnte, haben wir über viele Jahrzehnte nicht für möglich gehalten. Weil man, wenn man jung ist, den Tod nicht einkalkuliert.

»Wenn wir alt sind, dann ziehen wir wieder zusammen«, haben wir einander immer versprochen. Ich habe nie Angst vor einem einsamen Alter gehabt, weil ich mir der bis hin zum Ende an meiner Seite stehenden Lebensgefährtin gewiss war.

Eine trügerische Gewissheit, wie ich heute weiß.

Ein früher Tod, lange vor der Zeit, ist nie Teil einer Lebensvorstellung, dabei liegt er, genau betrachtet, keineswegs außerhalb aller möglichen Schicksalsvarianten. Trotzdem gehört er zu den Dingen, die immer den anderen zustoßen. Nie einem selbst oder den Mitgliedern der eigenen Familie.

Franziskas behandelnder Arzt hat ihrem Mann gesagt, dass er noch etwa zwei Jahre Lebenszeit für sie sieht –

genauer: Er sieht das als die äußerste Frist, die ihrer Lunge noch bleibt, und das nur mithilfe der Atemmaske und später der ständigen künstlichen Beatmung auf einer Intensivstation. Die etwaige Verschlechterung des Zustands aller übrigen Organe ebenso wie ein möglicherweise zurückkehrender Krebs oder ein völliger körperlicher Zusammenbruch aufgrund der Unterernährung sind in der Prognose nicht berücksichtigt.

Ich fühle etwas anderes, ich fühle, dass der Abschied sehr dicht bevorsteht. Ich spreche mit niemandem darüber, aber es ist eine sich beständig verdichtende Gewissheit. Und es ist neben der Gewissheit noch etwas anderes, es ist ein sich ganz langsam herauskristallisierender Wunsch nach Erlösung. Dies steht nur in scheinbarem Widerspruch dazu, dass ich sie zwei Wochen später anflehen werde, alles zu tun, um am Leben zu bleiben: Völlige innere Zerrissenheit ist vermutlich ein typischer Teil des Prozesses, den wir als Familie gerade durchlaufen. Wir wollen, dass sie lebt. Aber wir können ihr Leiden fast nicht mehr ertragen.

Sechs Jahre lang habe ich Abend für Abend gebetet, sie möge gesund werden und bei uns bleiben.

An diesem 24. Dezember des Jahres 2011 bete ich erstmals darum, dass sie sterben darf. Nicht erst in zwei Jahren.

Sondern schnell.

Dezember 2011 – Februar 2012

1

Das Krankenhaus im nahe Frankfurt gelegenen Bad Homburg, auf dessen Lungenstation Franziska am 29. Dezember 2011 eingeliefert wird, stellt die letzte Etappe ihrer jahrelangen Odyssee durch deutsche Kliniken dar, und es wird uns mit den zuletzt gemachten schrecklichen Erfahrungen versöhnen. Sehr nette Schwestern, ein freundlicher Umgangston, ein Pfleger, der sich immer wieder etwas Neues einfallen lässt, um Franziskas Dasein zu erleichtern. Der leitende Oberarzt, Dr. Althoff, der sich fürsorglich um sie kümmert. Als Angehöriger wird man höflich behandelt und in alle Abläufe mit einbezogen, man ist keine lästige Begleiterscheinung, sondern Teil des gesamten Prozesses. Die künstliche Ernährung klappt von der ersten Sekunde an. Auch hier soll Franziska mit ihrer Atemmaske üben, aber wenn sie Probleme hat, wird ihr nicht wie in dem anderen Krankenhaus nur kühl entgegnet, dass sie dann eben bald tot sein wird. Hier bedeutet man ihr, dass sie sich Zeit nehmen und alles in Ruhe angehen soll. Kein Terror und kein Druck mehr. Ich erkenne bald, worin der entscheidende Unterschied liegt: In der vorigen Klinik war Franziska ein Lungenmuskel, mehr nicht. Auf diesen Muskel fokussierten sich alle, darüber hinaus war alles uninteressant und wurde nicht wahrgenommen, sowohl was körperliche als auch seelische Bedürfnisse anging.

In der Hochtaunusklinik Bad Homburg ist Franziska ein Mensch.

Für unsere Eltern bedeutet die Verlegung in das Rhein-Main-Gebiet, dass sie sich nun Tag für Tag rund um die Uhr um meine Schwester kümmern können, eine Aufgabe, die mein Schwager unten in Süddeutschland wegen seiner beruflichen Belastung beim besten Willen nicht in diesem Maße leisten konnte. Auch ich bin in der Nähe. Wir vier, Franziskas Ursprungsfamilie, rücken noch einmal ganz nah zusammen. Wir bilden ein engmaschiges Netz, mit dem wir dafür sorgen, dass sie außer in den Nächten, in denen sie aber dank gut wirksamer Medikamente wie narkotisiert schläft, nie alleine ist. Gemessen an den schrecklichen Umständen ihrer Krankheit haben wir eine Situation geschaffen, die alles, was geschieht, ertragbar macht und die uns später, nach Franziskas Tod, eine Spur von Trost bringen wird.

Trotzdem, Idylle sieht anders aus.

Mir gegenüber äußert meine Schwester, wie tief enttäuscht sie von ihrem Leben ist – sie hatte nie erwartet, immer auf Rosen zu wandeln, sich aber die Grausamkeit, die sie jetzt erlebt, auch nicht ansatzweise vorstellen können. Am tiefsten leidet sie unter der Trennung von ihren Kindern, nicht an der, die durch den Krankenhausaufenthalt entsteht, sondern an der, die für immer sein wird. Wir merken das daran, dass sie kein Wort mehr über die Kinder sagt und uns sofort abblockt, wenn wir uns dem Thema auch nur nähern. Als ihr meine Mutter eines Tages ein besonders schönes Bild der beiden mitbringt, in Silber gerahmt, bricht sie in Tränen aus. Ihr Weinkrampf, dem natürlich dramatische Hustenanfälle und heftige Atemnot folgen, wird so schlimm, dass meine Mutter das Bild wieder einpackt und mit nach Hause nimmt – es ist allzu deutlich, dass Franziska diesen Schmerz nicht erträgt. Einer Psychologin vertraut sie an, dass sie bereit ist zu sterben, innerlich und auch im Herzen bereit, weil ihr Leben keine lebenswerten Aspekte mehr enthält. Nur die Kinder – an dieser Stelle bleibt sie unversöhnlich mit dem Schicksal, empfindet immer wieder von neuem eine Bitterkeit, die sie sonst niederzuringen versucht, weil sie ihr Gift als destruktiv empfindet. Dass vor allem ihr Mann, aber auch wir, unsere Eltern und ich, für ihre Kinder sorgen, sie beschützen, immer für sie da sein werden, weiß sie, darüber müssen wir nicht sprechen. Das Wissen mildert jedoch nicht die Grausamkeit des Abschieds.

Meine Schwester weint selten, klagt kaum in den letzten Wochen ihres Lebens. Ich bin heute der Überzeugung, dass sie genau wusste, wie nahe ihr Tod bereits ist. Sie nimmt ihn an, erwartet ihn und macht alle Ängste, die sie deswegen – vermutlich – empfindet, völlig alleine mit sich aus. Ich, die ich mein Leben lang immer genau wusste, was in ihr vorging, welche Sorgen, Ängste oder auch Freuden ihr Leben gerade bewegten, werde nicht mehr in ihre Gedanken eingeweiht. Wir verbringen viel Zeit miteinander, sind uns nah, und doch schon dabei, uns voneinander zu entfernen. Ich spüre wieder dasselbe wie im Sommer in Südfrankreich: dass der unmittelbar bevorstehende Tod die Dimensionen, in denen sie denkt, in denen sie sich mit Leben und Sterben beschäftigt, völlig verändert hat, und dass sie deshalb mit mir nicht mehr teilbar sind.

Dass Franziska darüber hinaus schon gar nicht mehr nur hier auf der Welt ist.

Es gibt eine merkwürdige Episode aus den letzten Tagen ihres Lebens, die dies unterstreicht: Ihre geliebte alte Berner Sennenhündin Heidi ist schwer krank, seit Wochen schon, aber die ganze Familie hat Franziska diese Tatsache verschwiegen, um sie nicht noch mehr zu belasten. Der Zustand des Tieres verschlimmert sich Anfang Februar so sehr, dass mein Schwager am Abend des 3. Februars den Tierarzt aufsucht und den Hund einschläfern lässt. Meine Mutter setzt er telefonisch davon in Kenntnis, die beiden bleiben aber bei der einmal getroffenen Vereinbarung: kein Wort davon zu Franziska. Als meine Mutter kurz nach dem Telefonat Franziska gegenübertritt, mit einer Miene, als sei nichts gewesen, und zu einem harmlosen Gespräch ansetzt, sagt Franziska, nicht etwa fragend, sondern im Ton einer Feststellung: »Heidi ist tot.«

Wie sie denn darauf komme, will meine Mutter erschrocken wissen.

Franziskas rätselhafte Antwort: »Sie hat mich gerade gegrüßt. Es geht ihr gut.«

Franziska befindet sich zu diesem Zeitpunkt im Haus meiner Eltern. Im Wohnzimmer, das sie ohne fremde Hilfe nicht verlassen kann, steht kein Telefon. Ihr Handy hat sie nicht bei sich; es ist in ihrer Handtasche, die wiederum draußen unter der Garderobe steht. Es gibt absolut keine Möglichkeit, dass irgendjemand – und sei es eines ihrer Kinder – sie von Heidis Tod unterrichtet haben kann.

Und: Franziska bleibt völlig gelassen. Wir haben einen Zusammenbruch befürchtet und ja genau deswegen absolutes Stillschweigen vereinbart. Franziska ist jedoch ruhig und sichtlich ohne Trauer – sie, die früher bei jedem ihrer Hunde, der starb, im Kummer förmlich unterging.

»Heidi ist glücklich«, sagt sie, »und befreit.«

Es scheint fast, als habe der Tod für meine Schwester schon einen Teil seines Schreckens verloren. Weil sie mit ihm bereits kommuniziert. Mehr als mit uns.

Dass Franziska die letzten Januarwochen und den Beginn des Februars im Haus unserer Eltern verbringen darf, ist einer Entscheidung von Dr. Althoff zu verdanken – und seinem besonderen Ansatz, mit dem er die Lungenstation von Anfang an aufgebaut hat: individuelle Therapiekonzepte, besonders für sehr schwer kranke Menschen, kein unabdingbares Einordnen in die festgelegten Abläufe eines oftmals starren Klinikalltags. Da er seine Patienten ganzheitlich betrachtet, das heißt, ihre psychische Verfassung ebenso mit bedenkt wie die physische, hat er in unserem Fall erkannt, dass Franziska jetzt vor allem die Nähe ihrer Familie braucht, möglichst rund um die Uhr. Hinzu kommt, so hat er ihr und uns erklärt, dass in der Klinik im Moment nicht allzu viel mit ihr gemacht werden kann. Unermüdlich fließt Nahrung in ihren Körper; damit das geschieht, muss sie jedoch nicht unbedingt ständig in einem Krankenhaus liegen. Unsere Eltern, beide noch sehr rüstig, können die Betreuung gewährleisten, ein ambulanter Pflegedienst kann die Beutel mit Kalorienflüssigkeit morgens und abends auswechseln, was – ein überaus positiver Nebeneffekt – die Krankenkasse einen Bruchteil des Geldes kostet, den ein Aufenthalt in der Klinik verschlingt. Darüber hinaus muss einmal in der Woche Schleim aus der Lunge abgesaugt werden, ein Eingriff, der unter Vollnarkose stattfindet und einen Tag sowie eine Übernachtung im Krankenhaus notwendig macht. Die Vereinbarung lautet nun dahingehend, dass Franziska zu Hause bleiben kann und nichts weiter tun muss, als darauf zu warten, dass sie an Gewicht zunimmt. Jeden Montag muss sie im Krankenhaus einrücken und sich den Schleim absaugen lassen, jeweils am Dienstag kann sie dann wieder nach Hause. Die Hoffnung des Arztes ist, dass sich bei zunehmendem Gewicht auch der Lungenmuskel kräftigt und damit das Absaugen schließlich überflüssig wird. Es gibt, gerade was diese Möglichkeit angeht, eine durchaus positive Entwicklung in diesen düsteren Wochen des beginnenden Jahres 2012: Kurz nach jenem 8. Januar, an dem Franziska wegen des sich permanent nach unten bewegenden Gewichtsverlaufes völlig verzweifelt war, haben sich die Vorzeichen plötzlich gewendet. Sie nimmt auf einmal zu. Überschreitet die 40-Kilo-Marke und klettert in kleinen, aber deutlichen Schritten nach oben. Ihr Körper nimmt die Nahrung endlich an.

Das hatten wir schon fast nicht mehr zu hoffen gewagt.

Meine Mutter wird ihr ganzes weiteres Leben lang Trost aus der Tatsache schöpfen, dass Franziska zuletzt Tag und Nacht bei ihr war und von ihr ständig umsorgt werden konnte.

Es gibt jetzt Momente, in denen sich so etwas wie eine trügerische Hoffnung in uns auszubreiten versucht – nicht die Hoffnung darauf, dass alles gut ausgehen wird, aber darauf, dass wir doch etwas mehr Zeit haben, als es um Weihnachten herum schien. Damals glaubten wir kaum, dass sie die Jahreswende erleben würde. Jetzt geht der Januar dahin, Franziska nimmt zu und ist, seitdem sie das Krankenhaus verlassen durfte, auch psychisch wesentlich stabiler als zuvor.

Am Arm unseres Vaters wandert sie jeden Tag eine Runde durch den tiefverschneiten Garten, die klare, kalte Taunusluft tut ihrer Lunge gut. Ihre Atmung jedoch verbessert sich nicht: Konnte sie wenige Wochen zuvor beim Laufen zumindest noch stockend und mit Pausen sprechen, kann sie jetzt kein Wort mehr hervorbringen. Sie verständigt sich mit Zeichensprache, wenn sie die Richtung wechseln möchte oder darauf hinweisen will, dass sie keine Kraft mehr hat und zurück ins Haus muss.

Rückblickend weiß ich, dass sich keine wirklich gute Entwicklung anbahnte, aber wahrscheinlich brauchten wir einfach irgendeinen Strohhalm, und so hielten wir uns an jeder noch so winzigen Kleinigkeit fest, die mit viel gutem Willen positiv zu interpretieren war.

Ich bin sogar so kühn, mit ihr bereits über ihren Geburtstag Ende Februar zu sprechen. Ein Montag in diesem Jahr; planmäßig muss sie also ins Krankenhaus, um den Schleim in ihrer Lunge absaugen zu lassen. Ich selbst bin von meinem Verlag gefragt worden, ob ich an der Vertreterkonferenz, die ebenfalls genau an diesem Tag in München stattfindet, teilnehmen kann, um den Vertretern, die die Neuerscheinungen in den Buchhandel einverkaufen, mein neues Buch, das im Herbst erscheinen wird, persönlich vorzustellen. Ich zögere, weil ich fürchte, dass der 27. Februar 2012 Franziskas letzter Geburtstag sein wird. Meine Schwester allerdings gibt mir grünes Licht.

»Wie es aussieht, veranstalte ich keine rauschende Party«, meint sie, »und ich werde sowieso im Krankenhaus sein. Also flieg du ruhig nach München.«

Ich sage meiner Verlegerin unter Vorbehalt zu. Wir vereinbaren, dass ich jederzeit auch kurzfristig absagen kann. Mit Franziska mache ich aus, dass wir am 26. und am 28. Februar feiern werden.

»Wir kreisen deinen Geburtstag ein«, sage ich. »Und solltest du aus irgendeinem Grund nicht ins Krankenhaus müssen, sage ich München ab.«

Franziska ist mit allem einverstanden. Ich habe dabei den Eindruck, dass ihr diese Dinge ohnehin nicht mehr besonders wichtig sind.

Sonntag, 29. Januar. Der Tag, an dem ich meine Schwester zum letzten Mal lebend *und* bei Bewusstsein sehe.

Zusammen mit meiner Tochter besuche ich sie bei meinen Eltern. Das Wohnzimmer sieht aus wie eine Krankenstation: Der Pflegedienst hat ein verstellbares Bett geliefert, das dort steht, wo sonst das Sofa stand. Ein fahrbares Gestell trägt das Atemgerät, ein anderes die Beutel mit der hochkalorischen Nahrung. Daneben steht der Cough-Assist, ein hochtechnisches Gerät, das das Husten erleichtern soll. Der Esstisch ist mit Medikamentenschachteln übersät, dazwischen liegen die Listen, auf denen mein Vater die Dosierungen vermerkt hat und außerdem genau Buch über den Verbrauch führt, um rechtzeitig nachordern zu können. Jede einzelne dieser vielen Tabletten ist jetzt lebenswichtig, es wäre nicht auszudenken, wenn plötzlich ein Versorgungsengpass eintreten würde.

Es ist recht kühl im Zimmer. Franziska bekommt bei warmen Temperaturen schlechter Luft, daher läuft die Heizung nur auf kleiner Stufe. Der Kamin kann natürlich gar nicht benutzt werden, weil das Feuer zusätzlich Sauerstoff verbrauchen würde. Da draußen eisige Temperaturen herrschen – in den Nächten fällt das Thermometer hier im Hochtaunus gerade auf fast 20 Grad unter dem Gefrierpunkt – fängt man auch drinnen schnell zu frösteln an. Ich bin aber vorgewarnt und habe sowohl mich als auch meine Tochter in unsere dicksten und wärmsten Pullover gehüllt. Auch Franziska und unsere Eltern tragen mehrere Schichten Kleidung übereinander. Wir bieten sicher einen eigenartigen Anblick, wie wir da vermummt im Wohnzimmer sitzen – um zwei aneinandergeschobene Beistelltische herum, von denen wir essen, da der Esstisch ja als Medikamententheke dient.

Franziska isst wie üblich nur zwei Gabeln und vermittelt

den Eindruck, darüber ihre letzten Kräfte zu verbrauchen. Sie ist von einer durchsichtigen Blässe. An der Unterhaltung kann sie sich kaum beteiligen, weil sie so schwer Luft bekommt. Wenn sie spricht, dann nur schleppend und so leise, dass man förmlich den Atem anhalten muss, um sie zu verstehen. An ihren Kommentaren ist aber erkennbar, dass sie konzentriert zuhört, und was sie sagt, ist genauso witzig und intelligent, wie es das immer gewesen ist. Die Krankheit und der Sauerstoffmangel schaffen es bis zum Schluss nicht, ihr Gehirn und ihre Gedanken auch nur ansatzweise zu vernebeln – ein zweischneidiges Privileg, denn es bedeutet, dass sie ihren gesamten Leidensweg vollkommen bewusst gehen muss.

Trotz ihrer deutlichen körperlichen Schwäche bittet mich Franziska nach dem Mittagessen, ihr die Haare zu waschen. Sie betreibt ihre gesamte Körperpflege nach wie vor mit eiserner Disziplin. Wir gehen ins Bad, sie schiebt das Gestell mit der künstlichen Ernährung neben sich her. Abhängen können wir sie nicht; das ist ein erstaunlich komplizierter Vorgang und kann nur von Fachkräften vorgenommen werden, also müssen wir beim Waschen eben besonders vorsichtig sein. Ich trage das Sauerstoffgerät. Franziska hat zwar einen Rucksack bekommen, in dem sie die Atemflasche verstauen und mit sich transportieren kann, aber das funktioniert nur in der Theorie. In der Praxis ist sie zu schwach dazu. Wann immer sie die Toilette aufsucht, muss unsere Mutter sie mit dem Sauerstoff begleiten. Ich erschrecke sehr darüber an diesem Sonntag, denn das Gerät wiegt kaum etwas in meiner Hand. Wie entkräftet muss ein Mensch sein, wenn er an diesem Gewicht schon scheitert?

Im Bad, obwohl nur wenige Schritte vom Wohnzimmer entfernt, muss Franziska erst einmal durchschnaufen, der

Weg hat sie völlig erschöpft. Sie hält sich am Waschbecken fest, beugt sich nach vorne, ringt um Luft. Ich stehe neben ihr, das Atemgerät in der einen, das Haarshampoo in der anderen Hand.

Wartend.

Plötzlich schaut sie zu mir herüber. Für wenige Momente verändert sich ihr Gesichtsausdruck. Von seltenen Augenblicken abgesehen, schien sie ja in den letzten Wochen immer tiefer in sich zu ruhen, schien trotz allem eine Art inneren Frieden finden zu können. Davon ist jetzt nichts zu sehen und zu spüren. Was mich aus ihren in tiefen Höhlen versunkenen Augen anblickt, ist die nackte Verzweiflung, ist Todesangst, Qual, fast Panik.

»Es ist ein Desaster«, keucht sie. Die Finger ihrer skelettösen Hände ballen sich zu Fäusten. »Mein ganzes Leben ist ein Desaster!«

Mir schießt sofort dieselbe Angst, dasselbe Entsetzen, das ich in ihrem Gesicht sehe, ins Bewusstsein. Ich muss schlucken, versuche irgendwie, die Fassung zu wahren. »Nein, das stimmt nicht. Das ist nicht wahr. Nicht dein ganzes Leben …«

Ich sehe, wie ihre Beine zu zittern beginnen, weil sie der Ausbruch zu viel Kraft kostet.

»Was habe ich nur getan, dass ich so sterben muss?«, fragt sie. Ich habe nicht einmal den Eindruck, dass sie diese Frage an mich richtet. Vielleicht an das Schicksal, an Gott … Ich weiß es nicht. Ich weiß nur, dass ich darauf nie eine Antwort finden werde, nicht hier auf dieser Welt jedenfalls. Vielleicht später.

Ich trete dicht an sie heran, stelle das Shampoo ab, lege meinen Arm um ihre mageren Schultern. Minutenlang stehen wir so. Ich spüre, wie sie ruhiger wird. Mir hingegen ist schwindelig, so aufgewühlt bin ich, so hoffnungslos und tief verzweifelt. Es ist dieses kurze Gespräch, diese Momente im Bad, in dem Haus, in dem wir beide aufgewachsen sind, was sich später in mir verselbstständigen und in einer unaufhörlichen Endlosschleife vor mir ablaufen wird. Ich werde darüber nicht mehr schlafen, nicht mehr arbeiten, nicht mehr lachen können.

Irgendwann wird es Stunden geben, da werde ich glauben, damit nicht mehr leben zu können.

Franziska schiebt schließlich sanft meinen Arm von ihren Schultern.

»Tut mir leid, aber ich kriege noch schlechter Luft, wenn du mich so festhältst«, flüstert sie. Sie hat sich gefangen, klingt sachlich und gefestigt. »Wollen wir anfangen?«, fragt sie.

»Ja, klar«, sage ich, stelle die Sauerstofflasche ab und öffne das Shampoo.

Zum letzten Mal wasche ich meiner Schwester die Haare.

2

Sonntag, 5. Februar. Eine weitere Woche ist vergangen. Ich habe mit Franziska täglich telefoniert, sie aber nicht gesehen. Bis heute kann ich über den Umstand, diese ganze Woche vergeudet zu haben, nicht nachdenken, ohne im nächsten Moment in die Verzweiflung zu stürzen. Hätte ich gewusst, wie nahe ihr Tod ist, ich wäre jeden Tag bei ihr gewesen. Ich hätte jede einzelne Sekunde zu nutzen versucht. Da ich aber trotz allem noch in größeren Zeiträumen rechne, beschäftige ich mich mit Dingen, die scheinbar keinen Aufschub mehr dulden, vor allem mit meiner Arbeit. Ich frage mich heute immer wieder, wie es mir passieren konnte, nicht zu erkennen, in welchem Bereich meines Lebens ich tatsächlich jeden Aufschub hätte vermeiden müssen.

Ich weiß, dass meine Schwester rund um die Uhr von unseren Eltern betreut wird. Sie ist keinen Moment lang alleine, immer sitzt jemand bei ihr. Sie braucht keine weitere Gesellschafterin. Ich denke bis heute, dass sie meine physische Anwesenheit in dieser Woche nicht vermisst hat.

Das Ganze ist eher ein Problem für mein eigenes weiteres Leben. Ich sehe immer wieder diese Vergeudung an nicht gemeinsam verbrachter Zeit. Ich werde mir diese leichtfertig verschenkte Woche zwischen dem 29. Januar und dem 5. Februar 2012 niemals verzeihen können.

Es geht Franziska nicht gut; sie wird in den Nächten von schweren Hustenanfällen gequält, findet so gut wie überhaupt keinen Schlaf mehr. Meine Mutter berichtet, dass ihr im Sitzen – liegen kann sie wegen der Erstickungsgefühle nicht mehr – ständig der Kopf nach vorne, nach hinten, zur Seite fällt, weil die Müdigkeit sie von einem Sekundenschlaf zum nächsten treibt.

Während unserer Telefonate klingt sie trotzdem nicht schlecht. An ihre stockende Sprechweise habe ich mich bereits gewöhnt. Wir lachen sogar zusammen. Franziska erscheint mir psychisch deutlich stabilisiert. Sie wird Anfang der Woche im Krankenhaus gewogen und erfährt, dass sie erneut zugenommen hat. Das gibt ihr ungeheuren seelischen Auftrieb. Ich wünschte, ich könnte mit diesem Buch vermitteln, wie wichtig positive Botschaften für schwer kranke Patienten sind. Ich habe es in all den Jahren bei Franziska immer wieder erlebt, wie sehr es sowohl ihre seelische, aber auch ihre körperliche Befindlichkeit sofort verbessert hat, wenn zwischen all den richtigen und falschen Langzeitprognosen und Negativberichten plötzlich auch einmal ein Arzt auftauchte, der ihr einfach nur Mut machte. Obwohl ich mit dieser Botschaft vollkommen gegen den in Medizinerkreisen vorherrschenden Trend der gnadenlosen Offenheit stehe, kann ich nicht genug betonen, wie erstaunlich stark und unmittelbar das Hervorrufen mentaler Zuversicht dazu geeignet ist, körperliche Beschwerden, von Schmerzen über Übelkeit bis hin zu Atemnot zu lindern.

Franziska ist also in dieser letzten Woche ihres Lebens trotz des Schlafmangels und der sicher qualvollen Müdigkeit psychisch viel ausgeglichener und stärker als in der schrecklichen Zeit in der bayerischen Klinik. Sie ist glücklich, ihre Eltern ständig um sich zu haben. Wieder zu Hause zu sein. Dass sie sich trotzdem nach ihrem Mann und ihren Kindern sehnt, ist nur natürlich.

»Vor allem nach dem Alltag«, sagt sie immer wieder, »nach dem ganz normalen Alltag. Ich träume davon, daheim durch meinen Garten zu gehen, und meine ganze Familie und alle meine Tiere sind um mich herum. Es ist das vollkommene Paradies.«

An diesem 5. Februar telefonieren wir früh morgens miteinander. Am späten Vormittag noch einmal. Es gibt nicht viel Neues, alles scheint den Umständen entsprechend in Ordnung. Absolut gar nichts deutet auf die unmittelbar bevorstehende Katastrophe hin.

Zum letzten Mal spreche ich gegen halb vier Uhr am Nachmittag mit meiner Schwester. Sie berichtet mir voller Stolz, dass es ihr gerade zum ersten Mal seit Wochen gelungen ist, sich alleine die Haare zu waschen. Unser Vater hat ihr dann im Wohnzimmer einen Spiegel aufgebaut, sodass sie sich davor im Sitzen auch selbstständig die Haare föhnen konnte.

»Es hat alles ziemlich gut geklappt«, berichtet sie glücklich.

Auch ich fühle mich sogleich optimistischer, denn die Episode zeigt, dass mit der Gewichtszunahme offenbar auch wirklich erste Kräfte zurückkehren. Vielleicht, so denke ich, geht der Plan auf und selbst der Lungenmuskel wird irgendwann stärker. Dann kann sie leichter atmen. Dann wird alles erträglicher.

Es ist ein fröhliches letztes Gespräch, das ich mit Franziska führe. Ich erinnere mich, dass wir lachen, dass wir irgendwelche albernen Bemerkungen machen. Ich meine, dass sogar Franziskas Stimme etwas besser klingt als sonst.

Diese Stimme, die ich zum letzten Mal in meinem Leben höre.

Wir verabschieden uns schließlich.

»Ich rufe heute Abend wieder an«, sage ich.

»Okay, bis dann«, sagt sie.

Gegen 18 Uhr. Es ist schon ziemlich dunkel draußen. Ich sitze im Wohnzimmer, lese ein Buch. Das Telefon klingelt, ich gehe arglos an den Apparat.

Am anderen Ende ist meine Mutter. Sie klingt vollkommen aufgelöst. »Ich glaube, es geht zu Ende«, sagt sie, ruft es eher. Ihre Stimme schwankt zwischen Schluchzen und dem Bemühen, irgendwie die Fassung zu wahren. »Bitte, stell dich darauf ein. Stell dich darauf ein!«

»Was ist denn passiert?« Während ich diese Frage stelle, habe ich das Gefühl, meine Beine würden unter mir nachgeben. Ich setze mich auf einen Stuhl, stehe aber sofort wieder auf. Mein Puls rast derart los, dass ich nicht in Ruhestellung bleiben kann.

Ich erfahre, dass vor dem Haus meiner Eltern ein Rettungswagen mit blinkendem Blaulicht steht, dass zwei Sanitäter Franziska schon hinausgebracht haben, dass soeben der Notarzt eingetroffen ist.

»Warum fahren die nicht los?«, schreit meine Mutter. »Warum stehen die da die ganze Zeit?«

»Was ist passiert?« Auch ich schreie. Mein Mann kommt aus seinem Arbeitszimmer gestürzt. Ich zittere inzwischen wie Espenlaub. »Mama, was ist denn nur passiert?«

Ich höre etwas von einer plötzlich eingetretenen Blutung, aber ich bekomme nur Bruchstücke aus ihr heraus, weil meine Mutter das Telefonat schlagartig abbricht und, wie ich später erfahre, hinaus auf die Straße rennt und Einlass in den Rettungswagen begehrt. Sie schreit den Notarzt an, dass sie sofort zu ihrer Tochter will, aber die Sanitäter drängen sie zurück, als sie in den Wagen zu steigen versucht. Man reicht ihr stattdessen den Morgenmantel nach draußen, den Franziska anhatte; er ist vorne aufgeschnitten, weil man nicht die Zeit hatte, den Reißverschluss zu öffnen.

»Sie können hier jetzt nicht rein«, bedeutet der Notarzt meinen Eltern. Auch mein Vater steht auf der Straße. In den Fenstern der umliegenden Häuser tauchen Gesichter auf. Das unaufhörlich zuckende Blaulicht erregt die Aufmerksamkeit der Nachbarn.

Ich gehe in Wiesbaden im Wohnzimmer auf und ab und wähle wieder und wieder die Nummer meiner Eltern. Ich weiß immer noch nicht genau, was geschehen ist, und drehe fast durch. Klaus versucht mich zu beruhigen, aber alles, was er sagt, rauscht an mir vorbei. Bei meinen Eltern meldet sich niemand. Wo sind sie? Was ist mit meiner Schwester?

Ich wähle wieder die Nummer. Lasse es endlos klingeln.

Greife nach meinem Autoschlüssel und will, so wie ich bin, ohne Mantel und Stiefel, nach draußen stürmen. »Ich fahre jetzt dorthin!«

Es ist eine Stunde Fahrtzeit von Wiesbaden bis zu meinen Eltern, es ist inzwischen dunkel, und ich bin völlig durcheinander. Klaus hält mich fest. »So kannst du nicht fahren. Notfalls bringe ich dich, aber versuch es doch jetzt noch mal telefonisch!«

Ich wähle erneut.

Erst eine halbe Stunde später erreiche ich meine Mutter wieder. Der Krankenwagen mit Franziska ist endlich abgefahren, sie wird ins Bad Homburger Krankenhaus gebracht. Mein Vater fährt mit seinem eigenen Auto hinterher, von den Sanitätern vorher noch gewarnt: Er soll bloß nicht versuchen, an dem mit Blaulicht und Sirene losrasenden Rettungswagen dranzubleiben. Meine Mutter, deren Blutdruck wieder vollkommen verrückt spielt, hat sich überreden lassen, daheimzubleiben.

Ich erfahre endlich den Ablauf des Nachmittags.

Sie sitzen alle drei im Wohnzimmer: mein Vater, meine Mutter und Franziska. Die Stimmung ist friedlich und entspannt. Franziska, ziemlich erschöpft von all dem, was sie an diesem Tag schon geleistet hat, dämmert zeitweise ein wenig vor sich hin. Meine Eltern lesen. Ab und zu sprechen sie miteinander. Franziska hustet immer wieder. Das ist aber normal, und es kommt wenigstens zu keinem ihrer quälenden Hustenanfälle, die sich manchmal so endlos lang hinziehen können.

Am Vortag war eine Optikerin da und hat Franziska eine

neue Lesebrille angepasst; diese soll eine Woche später fertig sein und geliefert werden.

Für den späteren Abend wird der ambulante Pflegedienst erwartet, der die künstliche Ernährung für die Nacht bringt.

Alles ist, immer noch, auf das Vorhandensein einer Zukunft ausgerichtet.

Es ist gegen halb sechs, als Franziska wieder hustet, nicht so, dass es bedrohlich klingen würde, aber doch etwas heftiger als sonst. Meine Mutter blickt von ihrer Lektüre hoch und sieht, dass Franziska nach einem Taschentuch greift und es sich an den Mund presst.

Das Taschentuch färbt sich rot.

Meine Mutter springt auf.

Franziska nimmt das Tuch vom Mund, starrt es an.

»Krankenhaus!«, keucht sie. Es ist eine Aufforderung.

»Was ist denn los?«, fragt mein Vater, nun auch aufmerksam geworden.

Franziska bringt nur noch zwei Worte hervor, die letzten zwei Worte ihres Lebens: »Helft mir!«

Von da an kommt nichts mehr von ihr, keine einzige erkennbare Reaktion auf ihre Umwelt. Sie scheint in eine Schockstarre zu fallen, ihre Augen werden glasig, blicken niemanden an. Mit der Zunge tastet sie in ihrem Mund herum. Auf ihren Lippen erscheinen immer wieder ganz kleine Blutstropfen.

Meine Mutter ist schon im Nebenzimmer am Telefon, wählt den Notruf. Sie bittet um einen Rettungswagen und einen Notarzt, »ganz schnell, so schnell wie möglich!«

»Na, na«, sagt der Mann am anderen Ende der Leitung, der sie ganz offensichtlich für ziemlich hysterisch hält, »was ist denn Schlimmes passiert?«

»Eine Lungenblutung«, antwortet meine Mutter. Sie sagt

das, um die Leute auf Trab zu bringen. Sie stellt damit zugleich die exakt richtige Diagnose.

Bis zum Eintreffen der Sanitäter sind meine beiden Eltern bei Franziska. Meine Mutter hält sie im Arm.

»Du stirbst nicht«, flüstert sie ihr zu. Und immer wieder: »Ich verspreche es dir! Ich verspreche es dir!«

Franziska reagiert nicht. Sie ist wach, hat die Augen weit offen, sitzt aufrecht im Sessel. Aber sie ist trotzdem nicht da. Sie ist nicht erreichbar.

Die Sanitäter trauen den Auskünften meiner Mutter nicht ganz und erscheinen zunächst ohne die Begleitung eines Arztes. Als sie das Wohnzimmer betreten, kommt es zu einer brenzligen Situation: Bella, die sonst so sanftmütige Schäfer-Mix-Hündin meiner Eltern, stellt sich zwischen Franziska und die Tür, knurrt und fletscht die Zähne. Sie ist nicht bereit, die beiden fremden Männer auch nur einen Schritt näher kommen zu lassen, sie will Franziska vor dem vermeintlichen Angriff schützen. Mit einiger Kraftanstrengung gelingt es meinem Vater, das große Tier ins Nebenzimmer zu zerren und dort einzuschließen. Die Sanitäter werfen unterdessen einen einzigen Blick auf meine Schwester, schon zückt einer von ihnen sein Handy und fordert dringlichst den Notarzt an.

Dann wird Franziska hinausgetragen.

Auch darauf zeigt sie nicht die geringste Reaktion.

Im Rettungswagen wird sie in Narkose gelegt und intubiert, wird so weit stabilisiert, dass sie die Fahrt zum Krankenhaus überstehen kann. Daran, dass diese Stabilisierungsmaßnahmen über eine halbe Stunde lang dauern, erkennen wir, wie kritisch es um sie stehen muss.

Als mein Vater in Bad Homburg eintrifft, befindet sich Franziska bereits auf der Intensivstation.

Mein Vater spricht mit dem diensthabenden Arzt, nachdem er seine abgemagerte, wie eine Tote daliegende Tochter kurz hat sehen dürfen. Ihr Gesicht ist verzerrt; stärker denn je scheint es die Torturen der letzten Jahre und die der letzten Stunde widerzuspiegeln.

»Ich wusste, der Abschied hatte begonnen«, sagt mein Vater später. Es sind die in diesen Momenten so besonders deutlich sichtbaren Linien des Leidens in ihren Zügen, die ihn bewegen, den Arzt wissen zu lassen, dass die Familie Franziska nicht um jeden Preis am Leben erhalten lassen will, nicht dann jedenfalls, wenn alles nur auf ein künstliches Verlängern ohne Ausblick auf wiederzuerlangende Lebensqualität hinausläuft.

Da Franziska verheiratet ist, will der Arzt diesen Punkt jedoch mit dem Ehemann besprechen. Im Verlaufe des Abends telefoniert er mit Christian. Auch mein Schwager bittet darum, Franziskas Leben nicht künstlich zu verlängern.

Dann setzt er sich in sein Auto und kommt zu uns nach Wiesbaden gefahren.

3

Montag, 6. Februar. Franziska hat die Nacht überlebt. Sie ist nach wie vor in Narkose und unter künstlicher Beatmung.

Meine Mutter hat am Vormittag mit Dr. Althoff telefoniert. Er konnte – gerade erst aus Berlin eintreffend – noch nichts Näheres sagen, aber für den Moment scheint sich die Situation zumindest nicht verschärft zu haben. Die Lage klingt stabil. Deshalb – und auch, um auf der Intensivstation nicht gleich zu viert einzufallen – fahren zunächst nur mein Schwager und ich ins Krankenhaus.

Wir befinden uns außerhalb der offiziellen Besuchszeiten, aber Dr. Althoff hat gesagt, dass wir jederzeit kommen können. Dennoch lässt uns niemand in den Intensivbereich hinein. Es dauert lange, bis eine Schwester erscheint und uns um Geduld bittet. Der Arzt sei mit Franziska beschäftigt. Wir möchten doch bitte in einer Stunde wiederkommen.

Natürlich will ich sofort wissen, ob etwas Schlimmes passiert ist, aber sie weicht aus. »Ich kann dazu jetzt nichts sagen. Seien Sie in einer Stunde wieder hier.«

Christian und ich pendeln ziellos und in steigender Unruhe im Krankenhaus umher. Schließlich setzen wir uns in irgendeinem Flur auf zwei nebeneinanderstehende Plastikstühle und starren dumpf vor uns hin.

Noch vor Ablauf der Stunde stehen wir wieder vor der Tür der Intensivstation. Man lässt uns ein und bittet uns in einen Nebenraum, in dem wir sterile Kleidung überziehen sollen.

»Wir holen Sie dann«, sagt die Schwester, »warten Sie bitte.«

Also warten wir wieder. Meine Handtasche darf ich nicht mit hineinnehmen; ich verstaue sie in einem Schließfach und binde den dazu gehörenden Schlüssel um mein Handgelenk. Christian und ich haben jeder einen weißen, fast bodenlangen Kittel übergestreift und ihn uns gegenseitig am Rücken zugebunden. So sitzen wir da, Christian in völligem Schweigen und totaler Regungslosigkeit. Ich knete permanent meine Hände. Dann drängen weitere Besucher heran, vier Leute, die einen »Onkel Gustav« besuchen wollen, wie man ihrer ziemlich laut und lebhaft geführten Unterhaltung schnell entnehmen kann. Onkel Gustav scheint bei Weitem nicht so kritisch dran zu sein wie meine Schwester, denn seine Angehörigen sind in bester Laune. Sie lachen sich halb kaputt, nachdem sie die weißen Kittel übergezogen haben, und fangen schließlich sogar an, sich wechselseitig in dieser Kostümierung zu fotografieren. Sie geben sich redlich Mühe, uns beide in ihr fröhliches Plaudern mit einzubeziehen; bei Christian beißen sie damit vollständig auf Granit, er würdigt sie nicht einmal eines Blickes, geschweige denn, dass er ihnen antworten würde. Ich reagiere wenigstens mit ein paar höflichen Bemerkungen.

Während ich nur eines denke: Warum dürfen wir nicht endlich zu Franziska? Und warum dauert das so lange?

Fast eine weitere halbe Stunde lang warten wir in diesem Schleusenbereich, dann taucht Dr. Althoff auf. Ich stürme auf ihn zu, gebe ihm die Hand.

»Wie geht es ihr?« Meine erste Frage. Dann besinne ich mich und mache ihn mit Christian bekannt.

Dr. Althoff bittet uns, ihm zu folgen. Er geleitet uns in eine Art Konferenzraum – großer Tisch, viele Stühle, eine Kaffeemaschine – und schließt die Tür.

Mein Herz gerät sofort aus dem Takt. Das lässt sich alles nicht gut an. Meine Kehle wird eng, ich habe Mühe zu schlucken.

Wir stehen am Kopfende des großen Tisches.

Dr. Althoff sieht uns ernst an. »Ich habe keine guten Nachrichten«, sagt er.

Wir warten. Ich denke, dass das gesamte Gebäude dröhnen müsste von meinem Herzschlag.

Dr. Althoff erklärt uns, dass Franziska eine Lungenblutung hat, dass eine Arterie kaputtgegangen ist und dass sie sich nicht wieder schließen lässt.

In den vergangenen Stunden habe er alles versucht, die

Blutung zum Stillstand zu bringen. Vergeblich. Zwischendurch hätten sich Franziskas gesamte Körperwerte so dramatisch verschlechtert, dass es aussah, als sterbe sie in den nächsten Momenten.

Während wir im Krankenhaus umherstreiften, während wir auf den Stühlen im Gang kauerten, wäre meine Schwester schon beinahe gestorben.

In meinen Ohren beginnt es zu rauschen. Dr. Althoffs Stimme klingt manchmal nah, dann ist sie wieder ganz weit weg. Ich spüre, dass sich Schweiß auf meiner Stirn sammelt.

Im Augenblick sei eine Stabilisierung eingetreten. Ein Blutpfropfen habe sich gebildet, der die Austrittsstelle an der Arterie verschließe. Daher sei die Blutung vorübergehend zum Stillstand gekommen – ein allerdings trügerischer Zustand.

Ich kann endlich etwas sagen. »Meine Schwester lebt also?«

»Ja.« Ich merke, wie schwer ihm die weitere Antwort fällt. »Aber sie kann das nicht überstehen. Sie wird in den nächsten Stunden sterben.«

Außer einem Rauschen vernehme ich nun überhaupt nichts mehr, und dann kommen auch schon Wände und Fußboden auf mich zu, wobei sie sich in Spiralen drehen. Ich registriere nur schwach, dass Dr. Althoff und Christian mich jeder von einer Seite an den Armen festhalten, und dann sitze ich auch schon auf einem Stuhl.

»Geht es wieder?«, fragt Dr. Althoff.

Ich nicke. Ich kann wieder normal hören. Ich bin wieder ganz da. Der Raum dreht sich nicht mehr. Mein heftiger Schweißausbruch ist abgeklungen.

Ich schaue den Arzt an. »Sie ist meine Schwester«, sage ich.

Eigentlich steht das für: *Es ist unmöglich, dass sie stirbt.*

»Ich weiß«, sagt er sanft.

Christian ist ganz grau im Gesicht. »Können wir zu ihr?«, fragt er.

»Ja«, sagt Dr. Althoff.

Sie ist so zart, so blass, so zerbrechlich – sie ist eigentlich nur noch ein Hauch von Mensch in dem großen Bett. Ein breiter Schlauch führt in ihren Mund. Überhaupt hängt sie an jeder Menge Schläuchen, die sie mit Maschinen am Kopfende des Bettes verbinden. Über einen Bildschirm verlaufen verschiedenfarbige Kurven, ich erkenne die Linie, die ihren Herzschlag anzeigt. Alles scheint ruhig und regelmäßig. Manchmal piept eines der Geräte leise.

Meine Schwester liegt in tiefer Narkose und atmet so tief und gleichförmig wie kaum jemals während der vergangenen Jahre. Kein Ringen um Luft mehr.

Ich betrachte ihr Gesicht, das mir so unendlich vertraut ist. Die hohen Wangenknochen, die dichten schwarzen Wimpern ihrer geschlossenen Augen. Ihre langen Haare verteilen sich auf dem Kissen. Ihr Mund sieht verändert aus, er ist verzerrt durch den Schlauch, der in ihre Lunge führt und an den Lippen mit Klebeband fixiert wurde.

Ich nehme ihre Hand. Ihre Haut fühlt sich warm und sehr trocken an. Sie trägt keine Ringe, schon lange nicht mehr, auch nicht ihren Ehering. Ihre immer schon feinen, sehr schlanken Finger sind so dünn geworden, dass die Ringe keinen Halt mehr finden.

Auf einem Regal neben dem Bett liegt ihre Uhr. Daneben stehen die Fleecepantoffeln, die unsere Mutter ihr erst vor wenigen Tagen gekauft hat, um ihre Füße endlich warm zu bekommen. Offenbar hatte sie sie an, als sie in den Krankenwagen getragen wurde. Und dann steht da ihre Necessairetasche, wahrscheinlich hat mein Vater sie gestern mitgebracht. In der Hoffnung, sie werde ihre Zahnbürste noch einmal brauchen und sich die Haare kämmen wollen.

Ich schaue diese Dinge an, dann betrachte ich wieder meine Schwester, die vor mir liegt und stirbt.

Sechs Jahre lang haben wir wieder und wieder nach Auswegen gesucht, damit sie am Leben bleiben kann. Das nächste Krankenhaus, den nächsten Arzt, den nächsten Spezialisten, die nächste Methode. Wir alle haben uns nie geschlagen gegeben, haben kein einziges *Das geht nicht!* hingenommen. Und immer war da eine Möglichkeit, immer wieder tat sich doch noch die Rettung auf. Sie hat alles mitgemacht, ist jeden Weg, der sich auftat, gegangen, egal, wie mühsam, schmerzhaft und kräfteraubend er war.

Weil sie um jeden Preis leben wollte.

Fast reflexhaft spüre ich in diesen Momenten noch einmal, wie ich kurz in das alte Muster zurückgleite. Wie es in meinem Kopf schon wieder zu kreisen beginnt. Was kann ich tun? Wo gibt es jemanden, der diese Arterie verschließen kann? Wie können wir sie dorthin bringen? Wie können wir Zeit schinden, um einen Weg zu finden?

Doch schon in der nächsten Sekunde fallen alle diese Gedanken in sich zusammen. Diese zerbrechliche, warme Hand fest in meiner, erkenne und akzeptiere ich, dass es vorbei ist. Dass es vorbei sein muss, weil niemand sie noch länger so unmenschlich leiden lassen darf, und wir dürfen es schon gar nicht. Ich begreife, dass diese Lungenblutung eine Gnade ist, für die wir dankbar sein müssen.

Vier Wochen zuvor habe ich meine Schwester angefleht, bei mir zu bleiben. Mich nicht allein auf der Welt zurückzulassen, weil ich nicht weiß, nicht die geringste Ahnung oder Vorstellung habe, wie das gehen soll: ohne sie zu leben.

Ich weiß es immer noch nicht, aber dennoch beuge ich mich über sie und flüstere ihr zu: »Geh jetzt. Es ist in Ordnung. Bitte mach dir keine Sorgen. Lass einfach los und geh. Ich komme dann später nach.«

Christian dreht den Kopf zur Seite. Er kämpft mit den Tränen.

Eine sehr freundliche Schwester bringt einen zweiten Stuhl, damit wir uns beide setzen können. Sie bietet uns Kaffee an, stellt uns eine Flasche Mineralwasser und zwei Gläser auf den Tisch. Und eine Packung mit Kleenextüchern.

»Bleiben Sie, so lange Sie mögen«, sagt sie. »Und wenn Sie etwas brauchen, dann rufen Sie mich einfach.«

Draußen auf dem Gang kommen die vier Leute, die wir in der Schleuse kennengelernt haben, von ihrem Besuch bei Onkel Gustav zurück. Sie winken mir fröhlich durch die geöffnete Tür zu. Dann fallen ihre Blicke auf Franziska, und das Lächeln erstarrt. Sie wissen jetzt, warum wir vorhin so gar nicht in der Lage waren, ihre Heiterkeit zu teilen.

Christian und ich sitzen jeder auf einer Seite des Bettes, halten Franziskas Hände. Seltsamerweise muss ich nicht weinen. Ich betrachte meine Schwester, und alles, was ich spüre, ist Liebe. Wie ich sie stärker, umfassender und tiefer nie zuvor im Leben empfunden habe. Sie ist so groß, dass nicht einmal Trauer daneben Platz hat. Es ist die Liebe, die mich und meine Schwester immer miteinander verbunden hat, vom ersten Tag an. Die uns über den Tod hinaus bleiben wird.

Dann berührt jemand meine Schulter, ich blicke mich um.

Dr. Althoff.

Leise sagt er: »Es wird nicht mehr lange dauern. Ich rufe jetzt Ihre Eltern an, ja?«

Ich nicke.

Franziska stirbt in den ersten Stunden des 7. Februar 2012, nachts um ein Uhr zwanzig.

Danach

Für Tschesie

Ich vermisse dich.

In den Tagen, die deinem Tod folgen, stehe ich jeden Abend zitternd in der Februarkälte auf der Terrasse unseres Hauses und starre in den Himmel hinauf. Ich suche dich und weiß doch, dass ich dich nicht mehr finde. Ich vermisse dich so sehr, dass der Schmerz oft sogar körperlich wird.

Ich will einfach nur zu dir. Es wird über ein Jahr dauern, ehe ich die Tatsache akzeptieren kann, dass ich vorläufig hierbleiben muss. Unsere Trennung fühlt sich so völlig verkehrt an, dass ich lange Zeit immer wieder von Neuem darüber nachdenke, wie ich sie aufheben könnte.

Ich vermisse die Gespräche mit dir, deine scharfe Intelligenz, deine Ironie. Die Klarheit deiner Gedanken. Deine unnachahmliche Fähigkeit, pointiert die menschlichen Schwächen, deine eigenen wie die deiner Mitmenschen, auf den Punkt zu bringen: Man konnte, neben allem anderen, so wunderbar mit dir zusammen lästern.

Ich vermisse deinen Humor, deinen Witz. Dein Lachen, das ganz besonders. Das Strahlen deiner Augen. Unsere wechselseitige Vertrautheit. Deine Anrufe, deine Mails, deine Fragen danach, wie es mir geht. Dein aufrichtiges, echtes, anteilnehmendes Interesse an meiner Antwort darauf. Deine Wärme, dein Mitgefühl, die tausend Gedanken, die du dir um andere machtest.

Ich vermisse deine Unfähigkeit, pünktlich zu sein, ich vermisse es, ständig dein überzogenes Konto ausgleichen zu müssen.

Ich vermisse den Menschen, zu dem ich, seit ich auf der Welt bin, mit allem kommen konnte, mit jeder Kränkung, die mir zugefügt wurde, mit jeder Angst, die mich erfüllte, mit Selbstzweifeln und mit begründeten wie unbegründeten Befürchtungen.

Ich vermisse deinen Trost, deine Art, mich zu beruhigen, mich zum Lachen zu bringen. Mir etwas von deiner Gelassenheit abzugeben. Ich vermisse deine Stärke, mit der du dich allem, was Mainstream war, stets verweigert hast. Man konnte dich dumm anschauen oder den Kopf schütteln – du hast dich einer Meinung nur dann angeschlossen, wenn du von ihr überzeugt warst, nie deshalb, weil sie gerade populär war. Wenn es sein musste, standest du gegen den Strom und hast standgehalten.

Du warst nie ein Opfer, nicht in den dunkelsten, schwersten Momenten deiner langen Krankheit, nicht einmal in jener letzten Klinik vor Bad Homburg, in der man dich mit unmenschlicher Gleichgültigkeit behandelt hat. Du hast fast keine Luft mehr bekommen und warst wehrlos wie niemals vorher, aber du hast dir nichts gefallen lassen. Du gabst den unfreundlichen Schwestern und Ärzten patzige Antworten auch dann noch, als du zwischen jedem Wort eine Pause machen musstest und dein Gegenüber dadurch gezwungen hast, sich lange zu gedulden, ehe es erfuhr, wie sehr du es verachtet hast.

Vielleicht ist es deine Kraft, die ich am allermeisten vermisse und die sich in den sechs langen Jahren, in denen du gegen den Tod gekämpft hast, mehr denn je bewies. Es ist eine Kraft, auf die auch ich mich, ohne es richtig zu bemerken, immer verlassen habe.

Ich und auch unsere Eltern haben so viele Briefe bekommen nach deinem Tod, von Menschen, die erschüttert und verstört waren, weil du nicht mehr da bist. Wir haben dabei noch einmal erfahren, wie sehr du immer für andere da warst, wie selbstverständlich du geholfen hast, wenn jemand Kummer oder Sorgen hatte.

»Sie hat nie geredet«, sagt einer deiner Freunde zu mir, »sie hat immer getan.«

Du hast dich nicht mit Geschwätz aufgehalten. Ob eine Freundin Hilfe in einer Lebenskrise brauchte, ob es um die Hunde in den Tötungsstationen ging oder um deine Kinder und ihre Freunde, die mit ihren Problemen zu dir kamen – du hast dich immer eingesetzt. Hast dir zu deinen wirklich nicht geringen eigenen Schwierigkeiten noch die Nöte leidender Menschen und gepeinigter Tiere aufgeladen und versucht, helfend einzugreifen. Und vor allem in den letzten Jahren bist du dabei meist weit über deine Kräfte hinausgegangen.

»Die Welt ist eigentlich gar kein Platz, an dem man unbedingt leben möchte«, hast du manchmal zu mir gesagt. Absolute innere Unbestechlichkeit gehörte zu den Hauptmerkmalen deines Wesens, daher warst du nie in der Lage, dir die Welt und alles, was in ihr geschieht, schönzureden. Du hast dir überhaupt fast nie etwas vorgemacht, auch und vor allem nicht, wenn es um dich selbst ging.

»Schaut mal dorthin, wo die Seele keine Faxen macht«, hat meine Deutschlehrerin früher Thomas Mann zitiert, wenn sie uns erklären wollte, dass man hin und wieder nicht darum herumkommt, dem eigenen Gewissen ohne Ausflüchte ins Gesicht zu blicken und sich Rechenschaft abzulegen – über die Wahrheit, die man dort gesehen hat.

Das fällt mir jetzt oft ein, wenn ich an dich denke. Weil du jenen Ort, an dem die Seele keine Faxen macht, häufig aufgesucht hast, öfter als viele andere Menschen, öfter als ich beispielsweise, und weil du danach immer begonnen hast, dein Leben nach dem auszurichten, was du dort vorgefunden hast. Das hat deinen Weg manchmal steinig und schwer sein lassen, auf Anerkennung musstest du meist verzichten, und höchst selten hast du dich im Gleichklang mit Mehrheitsmeinungen befunden. Aber Ehrlichkeit und Treue dir selbst und deinen innersten Erkenntnissen gegenüber waren dir wichtiger.

Du warst unfähig, dich selbst zu belügen.

Wir waren so eng miteinander verbunden, dass ich mir nach deinem Tod wie amputiert vorkomme. Ich bin nicht mehr vollständig, bin nur noch die Hälfte dessen, was ich einmal war. Es ist, als müsste ich lernen, plötzlich ohne meine Beine oder meine Arme zurechtzukommen, und das ist ein Prozess, der vor allem eines bedeutet: ständige Rückschläge. An einem Tag tut man ein paar wackelige Schritte und glaubt, ein Stück weitergekommen zu sein. Am nächsten bringt man nicht die kleinste Bewegung zustande, man verharrt in völliger Hilflosigkeit und ist überzeugt, nie wieder laufen zu können. Manchmal lähmt mich die Trauer vollständig. Inzwischen weiß ich, dass ich diesen Zustand dann aushalten muss, es hilft nichts, ihn zu bekämpfen. Oft gibt es am nächsten oder übernächsten Tag aus irgendeiner Richtung einen Lichtblick, dann rappelt man sich auf und schafft doch wieder einen Schritt nach vorne.

Mehr als zwei Jahre, nachdem du uns verlassen musstest, stehe ich deinem Tod noch immer vollkommen fassungslos gegenüber. Absolut geschockt, so, als habe man nicht sechs Jahre lang Zeit gehabt, sich an den Gedanken, dich möglicherweise zu verlieren, zu gewöhnen. Sowieso glaube ich, dass ich von »Gewöhnung« nie werde sprechen können. Es wird eher so sein, dass ich Wege finden werde, mich mit dem Schmerz und der Fassungslosigkeit zu arrangieren. Beides irgendwie in meinem Leben zu integrieren – als etwas, das ich nie haben wollte, das ich nun aber mitschleppen muss. Und womit ich einen halbwegs stabilen Frieden zu schließen versuche, damit mein Leben nicht vergiftet wird. Das wäre es sicher, was du mir raten würdest.

Wo bist du jetzt?

Es sind schon andere Menschen gestorben, die ich sehr gut kannte, unsere Großeltern etwa, aber auch Freunde. Doch noch nie habe ich einen Menschen verloren, von dem ich alles wusste, mit dem ich in schrankenloser Offenheit verbunden war. Dass du jetzt an einen Ort gegangen bist, ohne mir sofort erzählen zu können, wie es dort ist und was du dort tust, das ist so furchtbar ungewohnt. Ich bekomme keine Nachrichten mehr von dir und kann mich selber dir auch nicht mehr mitteilen.

Das ist so weit weg von dem Leben, wie ich es achtundvierzig Jahre lang kannte, dass ich eigentlich das Gefühl habe, mein altes Leben verlassen zu haben, so wie du deines.

Ich hoffe nur zutiefst, du findest dich in deiner jetzigen

Welt besser zurecht als ich mich in meiner. Ich habe nämlich vorläufig nur den Eindruck, dass ich zwar weiß, wo ich nicht mehr zu Hause bin, aber deshalb noch lange keine Ahnung von dem neuen Ort habe, an den es mich verschlagen hat. Er ist nicht sichtbar und nicht zu fühlen. Er versteckt sich hinter den vielen Bildern deiner Leidenszeit, die ständig vor meinem inneren Auge ablaufen, vor allem hinter denen aus den Jahren, in denen du immer weniger Luft bekamst.

Er versteckt sich hinter Gefühlen wie Verlust, Angst, Einsamkeit.

Vielleicht taucht er irgendwann dahinter auf, dieser neue Ort, und vielleicht ist er besser, als ich jetzt denke. Wenngleich er nie so sein wird wie all die Orte, an denen wir zusammen waren. Mein Leben ohne dich kann nur eine ziemlich düstere Variante des Lebens mit dir sein, aber es ist ja nicht so, dass man die Wahl hätte.

Ich habe dir, als du noch hier warst, viel zu selten gesagt, wie sehr ich dich bewundere. Vor allem für die Tapferkeit, mit der du deinen Weg gegangen bist. Selbst als es niemanden mehr gab, der dir noch Hoffnung machte, als dir ein Tod bevorstand, der Ersticken hieß, bist du aufrecht geblieben. Du hast so selten geklagt oder geweint. Du hast dein Schicksal mit größter Würde und unglaublicher innerer Stärke angenommen.

Du bist der tapferste Mensch, den ich je gekannt habe, und deshalb bin ich unsagbar stolz auf dich. Und, trotz allem, froh, so viele Jahre an deiner Seite gewesen zu sein.

Ich danke dir von ganzem Herzen dafür, dass du bei mir warst.

Deine Schwester